A Linguagem dos Dragões

A LINGUAGEM DOS DRAGÕES

S. F. WILLIAMSON

Tradução
Carlos César da Silva

1ª edição

Galera

RIO DE JANEIRO
2025

PREPARAÇÃO	DIAGRAMAÇÃO
João Rodrigues	Abreu's System
REVISÃO	CAPA
Julia Moreira	Ivan Belikov
Ana Lucia Gusmão Machado	TÍTULO ORIGINAL
Ligia Almeida	A Language of Dragons

CIP-BRASIL. CATALOGAÇÃO NA PUBLICAÇÃO
SINDICATO NACIONAL DOS EDITORES DE LIVROS, RJ

W693L

Williamson, S. F.
  A linguagem dos dragões / S. F. Williamson ; tradução Carlos César da Silva. – 1ª ed. – Rio de Janeiro : Galera Record, 2025.

  Tradução de: A language of dragons
  ISBN 978-65-5981-584-5

  1. Ficção inglesa. I. Silva, Carlos César da. II. Título.

24-94935

CDD: 823
CDU: 82-3(410.1)

Gabriela Faray Ferreira Lopes – Bibliotecária – CRB-7/6643

Copyright do texto © S. F. Williamson 2025
Copyright da capa © Ivan Belikov 2025
Copyright do design de capa © HarperCollins Publishers Ltd 2025

Todos os direitos reservados.
Proibida a reprodução, no todo ou em parte, através de quaisquer meios.
Os direitos morais da autora foram assegurados.

Texto revisado segundo o Acordo Ortográfico da Língua Portuguesa de 1990.

Direitos exclusivos de publicação em língua portuguesa somente para o Brasil adquiridos
pela
EDITORA GALERA RECORD LTDA.
Rua Argentina, 120 – Rio de Janeiro, RJ – 20921-380 – Tel.: (21) 2585-2000,
que se reserva a propriedade literária desta tradução.

Impresso no Brasil

ISBN 978-65-5981-584-5

Seja um leitor preferencial Record.
Cadastre-se e receba informações sobre nossos
lançamentos e nossas promoções.

Atendimento e venda direta ao leitor:
sac@record.com.br

Para o meu marido, que acreditou em mim mais do que eu mesma, para os meus pais, que me deram o presente valioso de uma segunda língua, e para todas as pessoas corajosas o bastante para perdoarem a si mesmas.

Aqui há dragões.

Um

Estou sonhando em línguas dracônicas mais uma vez.

As frases longas e complexas me vêm com mais facilidade durante o sono do que quando estou acordada, no entanto, momentos antes de abrir os olhos, minha mente se prende a uma palavra.

Mengkhenyass.

O que significa?

Rolo na cama e o torpor sonolento se esvai depressa quando a luz do sol entra pelas janelas. No chão, emaranhado em uma pilha de mantas, meu primo Marquis ronca. Mais uma vez meu tio passou a noite conversando com meus pais, sussurrando sobre greves, protestos e incêndios causados por dragões. A presença de Marquis no chão do meu quarto tem se tornado cada vez mais frequente.

O barulho de louça e panelas ressoa na cozinha lá embaixo, e eu jogo as pernas para fora da cama quando sinto um frio na barriga ao me dar conta de uma coisa: a reitora da Academia de Linguística Dracônica vem para o jantar. Aqui, na casa dos meus pais.

Hoje.

Espero por este dia há semanas... não, há meses. A dra. Rita Hollingsworth vem ver minha mãe para discutir a teoria dela a respeito de dialetos dracônicos, mas será minha chance de impressioná-la e, quem sabe (quase não ouso nutrir esperanças), garantir uma vaga como aprendiz no departamento de tradução da Academia durante o verão.

— Marquis! — Atiro uma almofada na cabeça do meu primo. — Acorda!

Com o rosto enfiado no travesseiro, Marquis resmunga:

— Pelo amor de Deus, Viv. Achei que hoje a gente fosse dormir até tarde.

— Temos muito a fazer — respondo. — Preciso estar na loja de encadernação às dez.

Visto o robe e atravesso o quarto até a escrivaninha, na qual a carta de recomendação da minha professora está intacta, sem nem uma ruga no papel. De repente, a porta é aberta, e Ursa entra, toda vestida. Marquis grunhe quando a garota pula em cima dele e leva os lábios rosados à sua orelha.

— Primo? — chama ela em um sussurro alto. — Tá acordado?

— Agora ele está, ursinha. — Dou uma risada e abro os braços para ela, que vem até mim com seu corpo macio e quente cheirando a leite e mel. — Aonde você vai?

— Não posso contar — responde Ursa, arregalando os olhos. — É um lugar secreto.

— Um lugar secreto, é? — Marquis se levanta, sentando-se com uma expressão marota no rosto. — Esse é meu tipo favorito de lugar.

Ursa solta uma risadinha, e me deixa desembaraçar seu cabelo, que ficou preso na fita desfiada do registro de classe dela.

Ursa Featherswallow
5 anos
segunda classe

Ajeito a fita na mão e a repreendo:

— Ursa! Já era pra você ter pedido para a mamãe trocar isto aqui. Você sabe *muito bem* que não pode arriscar perder o registro.

Pego meu próprio registro, preso em uma fita de veludo preto, e o coloco ao redor do pescoço. Só de pensar em alguém parar Ursa por aí e ela não estar com o registro de classe, fico toda arrepiada de medo. Essas duas palavras (*Segunda Classe*) são o que difere entre ter alguma coisa e não ter nada.

Minha irmã só faz uma cara emburrada e aponta para a parede atrás da escrivaninha, decorada com recortes de papéis: desenhos que Marquis fez das diferentes espécies de dragões, minha carta de admissão da Universidade de Londres e uma pintura em aquarela. Já me preparo para a pergunta que Ursa me faz quase todos os dias.

— Cadê a Sophie?

Com relutância, me volto para a pintura e tento ignorar a onda de saudade que de repente me inunda. Meu rosto sorridente me encara de volta e, ao lado dele, o da minha amiga mais antiga e querida.

— Já te expliquei — digo, acariciando o rosto de Ursa. — Ela foi embora.

Não vejo Sophie desde o verão, quando reprovou no Exame e foi rebaixada à Terceira Classe. No intervalo de algumas semanas, ela foi forçada a desistir do nosso sonho de ir para a universidade juntas e ainda a se mudar da casa dos pais em Marylebone para um alojamento em um dos distritos da Terceira Classe. Ao me lembrar do dia dos resultados, sinto um calafrio. O choro derrotado de Sophie, a forma como desabou ao chão como um balão esvaziando, o pavor no rosto de seu pai ao ler o papel que a filha segurava.

Como uma onda gigante, a culpa toma conta de mim e me deixa sem ar.

— A Sophie agora é da Terceira Classe, Ursa — explica Marquis, olhando para mim, nervoso.

Arranco a pintura da parede.

— Ursa! — grita minha mãe lá de baixo. — Estou te esperando, meu amor.

Sem olhar para trás, minha irmã sai correndo do quarto e alguns segundos depois a porta de casa é fechada com um baque. Jogo a pintura na lixeira e, no armário, pego uma blusa de renda e uma calça.

— Será que posso me vestir? — peço a Marquis antes que ele possa mencionar o nome de Sophie.

Meu primo assente, recolhe os pertences e me deixa a sós no quarto. Permito as lágrimas rolarem, quentes e inevitáveis, enquanto prendo a frente do cabelo. Em seguida, com raiva, pisco para cessá-las. O que fiz com Sophie foi imperdoável, mas é tarde demais para mudar as coisas. Fiz minha escolha (repugnante, mas necessária) e agora tenho que viver com as consequências. Minha tristeza não chega aos pés do que Sophie deve sentir.

Alguns instantes depois, ouço uma batida. Abro a porta, e Marquis me oferece o braço.

— Pronta para ir à encadernadora? — propõe ele, com um sorriso animado. Ele está usando um sobretudo bege, o cabelo preto escovado à perfeição.

Enrosco o braço no dele, e minhas preocupações me dão uma trégua. As horas passam e me deixam cada vez mais próxima do momento em que vou impressionar Rita Hollingsworth com meu portfólio. Sinto o frio na barriga, de ansiedade. Se o jantar correr conforme o planejado, estarei um passo mais perto de me tornar Vivien Featherswallow, tradutora dracônica.

Fitzrovia ferve com o movimento, e eu me seguro em Marquis com firmeza enquanto ele se desvia de vendedores ambulantes oferecendo doces e caixas lotadas de bijuterias. Muitos se viram para cumprimentá-lo. Com seu charme e sagacidade naturais que nos trouxeram diversos tipos de privilégio desde que éramos crianças, meu primo é amado por todos. Um grupo de homens barbados inspeciona uma coleção de livros antigos, segurando lentes para admirar os contornos dourados. A familiar língua búlgara chega a meus ouvidos com doçura, e, de uma das barracas, uma fileira de ícones religiosos pintados me encara.

— *Dragões rebeldes são detidos em Durham!* — grita um jornaleiro. — *Perigo à vista para o Tratado de Paz?*

Marquis vira a cabeça para ler as manchetes e, com desdém, solto uma risada anasalada.

— "Perigo à vista"? O acordo existe há mais de cinquenta anos. Até parece que alguns rebeldes conseguiriam destruí-lo.

O Tratado de Paz entre a primeira-ministra Wyvernmire e a rainha dos dragões britânica permite que humanos e dragões coexistam em harmonia. Sem ele e o Sistema de Classes, ainda haveria superpopulação, falta de moradia *e* a caça de humanos e dragões. Não entendo de onde surgiu essa indignação repentina com o acordo.

— Ouvi um boato bem interessante ontem — comenta Marquis ao atravessarmos a rua para Marylebone.

Desvio de um buraco na calçada, a marca do impacto da cauda de um dragão era um lembrete da guerra.

— A namorada atual do Hugo Montecue disse que o cunhado dela viu um dragão *e* um avião ao mesmo tempo no céu, voando *lado a lado*.

— Ah, conta outra! Eles têm rotas distintas justamente para evitar colisões — relembro-o, abrindo a porta da loja de encadernação.

Um sino emite um som estridente do lado de dentro.

— Bom — começa Marquis —, vai ver os rebeldes enfim estão conseguindo o que querem. Pode ser que estejam mais próximos de acabar com o Tratado de Paz do que pensamos.

— Se seus amigos acham mesmo que o governo vai permitir que rebeldes tomem conta dos céus, são mais imbecis do que eu pensava — debocho.

— Você só está com ciúme porque o Hugo Montecue arrumou uma namorada nova.

— Ah, me poupe — falo, irritada. — O Hugo foi o jeito que arrumei de passar em matemática, só isso. Ele ensina bem.

Marquis dá um sorrisinho zombeteiro.

— Aposto que ensina mesmo.

Sentindo as bochechas ruborizando, vasculho a bolsa à procura das moedas para pagar a encadernadora. Meus romances (até mesmo os mais insinceros) devem permanecer em segredo, assim como os do meu primo.

— Olha quem fala — balbucio, baixinho. — Você troca mais de namorado do que de echarpes de seda.

A encadernadora me entrega o portfólio, e eu murmuro um agradecimento. Dentro da capa de couro caro estão minhas melhores traduções, e sinto um leve arrepio de orgulho.

Cada escolha de tradução requer sacrifício (é a dura realidade que fez com que eu me apaixonasse pelo ofício). Não existe nenhuma correlação direta entre as palavras de uma língua e de outra, e nenhuma tradução é capaz de ser totalmente fiel ao original. Assim, por mais que uma pessoa possa, de certa forma, fazer as vezes de ponte entre línguas usando as palavras, sempre há um significado mais profundo que não é dito, um segredo invisível aos que só têm uma língua com a qual desbravar o mundo.

Tradutores, por outro lado, são criaturas aladas que voam com diversos pares de asas.

Enfio o portfólio embaixo do braço e saio com Marquis da loja. Seguimos para casa, passando pela Universidade de Londres ao longo do trajeto. Já faz dois meses que estudamos lá, porque consegui pular o último ano da escola para ir à universidade mais cedo. Amo tanto esse lugar que os fins de semana se tornaram tediosos para mim. Ainda sinto uma leve pontada de inveja por Marquis ter conseguido moradia, por ser homem, mas não posso reclamar, porque algumas universidades nem sequer admitem mulheres.

É preciso ver o lado bom da situação, falou meu tio Thomas.

E eu vejo. A Universidade de Londres, com o campus a céu aberto, os prédios com pináculos e as bibliotecas gigantes, é tudo com que sempre sonhei.

Sonhos... Penso na palavra dracônica desta manhã.

Mengkhenyass.

É komodonês, uma língua dracônica pouco falada na Britânia, a não ser pelos comerciantes que viajam a Singapura. Sua tradução para o inglês está na ponta da minha língua, mas ainda assim não consigo lembrar.

— Espera aí — fala Marquis, de repente.

Uma multidão marcha por uma das ruas que serpenteiam para fora de Fitzrovia. Olho para a placa pela qual eles passam enquanto abarrotam a praça.

CIDADE DE CAMDEN -
DISTRITO DA TERCEIRA CLASSE

É ali que fica o alojamento de Sophie.

— O Tratado de Paz é corrupto! — grita uma voz.

Homens de uniformes e capacetes brancos aparecem e começam a se entremear pelo grupo de aparência desgrenhada.

Guardiões da Paz.

Movida por instinto, levo a mão ao registro de classe e sinto Marquis fazer o mesmo.

— Libertem a Terceira Classe! — berra uma mulher o mais alto que seu fôlego permite.

Ela e os companheiros levantam placas.

> A COALIZÃO ENTRE HUMANOS E DRAGÕES DA BRITÂNIA EXIGE UMA REFORMA!
>
> DEFENDAM A DEMOCRACIA!
>
> ELEIÇÕES GERAIS JÁ!

Estremeço quando a mulher é derrubada e a multidão às costas dela avança, passando por cima de seu corpo.

— Justiça para os dragões! — grita outra voz.

Mais Guardiões aparecem, todos com cassetetes prateados em mãos. Eu pulo para o lado quando outro grupo de manifestantes corre atrás de mim, um deles batendo uma das placas na minha bochecha. Pego a mão de Marquis quando os dois grupos se juntam e formam uma massa espalhada pela praça.

— Vem — ordena Marquis, me puxando de volta para casa.

Enquanto corremos pelo chão de paralelepípedos, um brilho me chama atenção. Um cassetete prateado está erguido no ar, reluzindo sob o sol, a alguns passos de mim.

— Abaixo à Wyvernmire!

Há uma explosão de gritos no ar à medida que o cassetete desce com força, acertando alguém na multidão. O jato de sangue respinga no meu casaco e na capa do meu portfólio.

— Ah!

Cambaleio, e o som afoito que escapa dos meus lábios logo é silenciado pelo grito de desespero de uma mulher. A multidão fervilha, aumentando e se aglomerando em uma massa de corpos caindo em cascata. Vejo o terror no rosto de Marquis e saio correndo, mas logo tropeço ao me dar conta de que estou prestes a pisar na cabeça de alguém. A menina está caída na rua, o cabelo longo empapado de sangue e os olhos mortos encarando o vazio.

Um tiro soa pelo ar.

— Viv! — grita Marquis.

Nós dois desatamos a correr. Os vendedores de rua estão se espalhando, e os motocarros dos Guardiões avançam na nossa direção. Avisto minha casa: alta, branca e com cortinas azuis. Com dificuldade, subo os degraus que dão para a porta e tropeço, assustada, quando um segundo tiro é disparado, seguido por um terceiro. Com as mãos trêmulas, enfio a chave na fechadura enquanto Marquis empurra minhas costas.

— Eu não...

Caímos no piso do hall, e Marquis é rápido ao fechar a porta. Ofegante, encaro o rosto pálido do meu primo e seus sapatos manchados de sangue. Meu coração palpita, e o cabelo está ensopado de suor.

— *O que* foi aquilo? — indago.

— Manifestantes rebeldes — responde Marquis.

Vejo vislumbres do cabelo ensanguentado da menina morta e levo as mãos à boca, sentindo o estômago embrulhar. Sempre imaginei que os rebeldes fossem um partido político com sedes oficiais, uma organização composta de dragões furiosos e radicais armados. Não os homens e mulheres que vejo atravessando a praça todos os dias. Não garotas adolescentes.

Tenho um sobressalto quando a porta de casa de repente é aberta e minha mãe entra com uma Ursa aos berros no colo.

— Tranque a porta — ordena, colocando Ursa no chão. — E fiquem longe das janelas.

Faço o que ela manda, trocando um olhar com Marquis enquanto minha mãe ajuda Ursa a tirar o casaco e as botas.

— Vocês dois, me passem os sapatos e qualquer outra coisa que tenha se sujado — orienta ela, tirando o próprio casaco. — E cuide da sua irmã.

— Calma, ursinha — falo, baixinho, ajoelhando para sussurrar palavras de conforto no ouvido de Ursa.

Marquis se levanta e, teimoso, olha pela janela. Daqui a algumas horas, minha mãe vai ter apagado quaisquer rastros da nossa presença acidental no protesto rebelde. Minhas roupas vão aparecer limpíssimas e passadas no meu guarda-roupa, e vai ser como se nunca tivéssemos cruzado o caminho de um cassetete prateado nem do corpo de uma garota da Terceira Classe.

É por isso.

A ideia me atinge de repente, firme e reconfortante.

É por isso que posso contar, na linha de cicatrizes brancas do meu braço, as poucas notas baixas que já recebi na vida.

É por isso que, no ano anterior, deixei Hugo Montecue enfiar a mão debaixo do meu vestido em troca de aulas de matemática.

É por isso que traí minha melhor amiga.

Para passar no Exame. Para virar tradutora dracônica. Para nunca, jamais, arriscar ser rebaixada à Terceira Classe.

Ursa soluça ao passar a mão pela fita azul-clara nova de seu registro de classe.

— Quer brincar? — propõe Marquis, pegando a mão da minha irmã.

Espero até que os dois tenham desaparecido na sala de estar antes de pegar meu portfólio do chão. Limpo o sangue da capa, feliz por minha mãe não o ter visto e me feito descartá-lo. Em seguida perambulo até a sala de jantar, onde a mesa já tinha sido posta. A refeição desta noite foi totalmente orquestrada pela minha mãe, pois nunca tivemos nenhum criado ou cozinheira. Se fosse o caso, não teria sobrado dinheiro para tutores.

Coloco o portfólio no assento da cadeira (as marcas escuras na capa podem muito bem se passar por manchas de água). Vai ser o suficiente para que Rita Hollingsworth me considere para ser aprendiz, não vai?

E, com as cartas de recomendação e a postura profissional e sorridente que me ensinaram na escola, vou ser tão convincente quanto no dia do Exame. *Uma fruta pronta para ser colhida*, foi o que meu pai me falou naquele dia. Ainda não entendo o que ele quis dizer, mas é como me vejo agora.

Sou uma fruta madura e lustrosa: brilhante do lado de fora, mas podre por dentro.

*

A campainha toca às sete, quando minha mãe está terminando de colocar as últimas flores no vaso sobre a mesa. Tufos de cabelo claro escapam de seus grampos, emoldurando sua face, e ela me lança um sorriso encorajador. Com cachos escuros e pele cheia de sardas, não me pareço em nada com ela, e isso não me surpreende. Minha mãe é sábia, equilibrada e paciente. Eu sou mal-humorada, esquentadinha e egoísta.

Meu pai planta um beijo no rosto dela e, com um floreio, apresenta duas garrafas de vinho escondidas às costas.

— Achei que tínhamos concordado em apenas uma garrafa? — fala minha mãe.

— E foi mesmo — responde meu pai —, mas, com uma convidada tão respeitável agraciando nosso jantar, pensei que talvez precisássemos de mais.

Sentado à mesa, o tio Thomas rosna. No dia em que os resultados do Exame seriam divulgados, meu pai começou a beber enquanto esperava e não parou mais.

— Passa isso para cá — disse o tio Thomas, pegando as garrafas de Merlot.

Ele as abre, produzindo um estouro, e as coloca perto do fogo para decantar. Meu pai se aproxima da minha mãe, aponta para a pesquisa dela acima da moldura da lareira e sussurra:

— Não coloque todas as cartas na mesa de uma só vez.

Sei o suficiente a respeito da pesquisa da minha mãe para entender que a noite de hoje é importante. Sei que ela acredita que cada uma das línguas dracônicas contém dialetos, ramificações de um idioma que são particulares a um grupo ou local. Mostrar a existência e as significâncias culturais desses dialetos, defende minha mãe, vai fazer com que a sociedade se relembre do quanto dragões e humanos são semelhantes. No entanto, a Academia alega que os dragões são solitários demais para que suas línguas tenham se espalhado a ponto de se desenvolverem de tal forma.

A sala de jantar está iluminada e acolhedora; e a mesa, posta com a melhor louça cor-de-rosa da minha mãe. Estantes de livros e pinturas adornam todas as paredes, e Mina, nossa gatinha branca fofa, está dormindo na espreguiçadeira. É neste cômodo que meus pais ficam acordados até tarde com meu tio Thomas, noite após noite. A princípio, eu havia pensado que eles discutiam sobre trabalho, mas, diferentemente de meus pais, meu tio não é antropólogo. É da rebelião que falam (disso e da ameaça iminente de outra guerra). Entreouvi partes da conversa na noite anterior enquanto rumava para a cama.

A penalidade para um golpe de estado é a morte.

— Dra. Hollingsworth! — exclama minha mãe. — Seja bem-vinda à nossa casa!

Todos nos viramos para olhar para a mulher grisalha e baixinha adentrando no cômodo. Sua pele é queimada de sol e castigada pelo tempo, com pés de galinha nos cantos dos olhos. Ela segura uma piteira em uma das mãos e uma mala na outra. Seus dedos reluzem com anéis, e Ursa os observa com atenta curiosidade.

— É um prazer estar aqui — fala a dra. Hollingsworth, entregando o casaco a Marquis.

Meu primo arqueia a sobrancelha para mim, e eu o encaro de volta em uma súplica silenciosa de que seja educado com a mulher que tem o potencial de possuir a chave para o meu futuro.

— Ficaram sabendo, dra. e dr. Featherswallow, da manifestação rebelde que ocorreu esta tarde? — indaga a dra. Hollingsworth enquanto meu pai indica o lugar dela à mesa. — Que perturbação mais violenta para se ter logo à frente de casa.

— Tivemos a sorte de estar em segurança aqui dentro — responde minha mãe, rápido, lançando-me um olhar de alerta. — Dra. Hollingsworth, a senhora aceita uma taça de vinho?

Ouço Rita Hollingsworth falar com meus pais enquanto comemos tigelas de pierogis dourados na manteiga, seus olhos queimando com o que só posso descrever como brilhantismo. Essa é a mulher que registrou, sozinha, a sintaxe de três línguas dracônicas antigas, a reitora de uma instituição que deu ao dragonês uma forma escrita. E ali está ela, *na minha casa*, ouvindo *minha mãe*.

— Como a senhora sabe, dra. Hollingsworth, há milênios os dragões se comunicam em centenas de línguas — pontua minha mãe. — E minha pesquisa aponta que as habilidades linguísticas deles vão além disso. Acredito que membros próximos de pequenos grupos adotem dialetos derivados das línguas que conhecem. Esses dialetos evidentemente se distinguem uns dos outros, da mesma forma como o inglês padrão é diferente da variante do noroeste da Britânia.

— Dra. Featherswallow, se os dragões se valessem de dialetos regionais, certamente já os teríamos escutado.

— É que os dialetos talvez não sejam regionais — completa minha mãe, com veemência. — Eles podem ser...

Minha mãe vacila em seu discurso quando a dra. Hollingsworth levanta a mão, interrompendo-a. Quase me engasgo com meu pierogi e, do outro lado da mesa, meu primo cospe o vinho de volta na taça.

— A senhora é da Bulgária, estou correta, dra. Featherswallow?

— Eu... sou, sim — responde minha mãe.

— E quando se mudou para a Inglaterra?

— Em 1865, quando criança.

— Após o Massacre da Bulgária, então — conclui a dra. Hollingsworth, baixando o garfo. — Por acaso perdeu familiares para os dragões búlgaros?

— Muitos, incluindo minha mãe — responde, baixinho.

Isso é tudo que já ouvi sobre minha família materna. Que eles fugiram da Bulgária quando o levante dos dragões aconteceu, e que somente minha mãe e o pai dela sobreviveram. Minha avó pereceu junto à maior parte da população humana da Bulgária.

— Devo admitir que muito me surpreende que a senhora tenha se tornado uma antropóloga de dragões, estudando as criaturas que causaram tanto sofrimento à sua família — comenta a dra. Hollingsworth. — Muitos dos búlgaros que conheço andam por aí com ervas que supostamente os protegem das criaturas, e também fizeram votos de nunca mais confiar na espécie.

Minha mãe sorri, e meu pai segura sua mão.

— Antes da Proibição de Viagens, minha esposa visitou diversos lugares ao redor do mundo para desenvolver a pesquisa, dra. Hollingsworth — intervém ele. — Para cada dragão sanguinário encontrado na Bulgária, ela conheceu vários outros que só querem a paz.

A dra. Hollingsworth olha para meu pai.

— E não somos sortudos por termos o Tratado de Paz para nos garantir justamente isso?

O corpo do meu pai enrijece, e vejo minha mãe levar a mão às costas dele, que se serve de mais uma taça de vinho.

— Louvadas sejam a paz e a prosperidade! — diz minha mãe, recitando o lema nacional da Britânia com o mesmo cantarolar que usa para ajudar Ursa a memorizar as lições, e a dra. Hollingsworth sorri em aprovação.

Coloco a mão sobre o portfólio no meu colo e penso no particípio passado do draecksum na página nove. Será que agora é um bom momento para tocar no assunto da vaga de aprendiz? Observo minha mãe em busca de permissão quando noto que a dra. Hollingsworth olha direto para mim.

— Vivien Featherswallow — chama ela —, ouvi dizer que, assim como eu, a senhorita também é linguista, não?

Meu sangue ferve com um surto de energia, e eu me endireito na cadeira. Esta é minha chance. Sorrio da forma como me ensinaram.

— Estou estudando línguas dracônicas na Universidade de Londres — declaro. — É meu primeiro ano.

— Que maravilha! — exclama a dra. Hollingsworth. — Consegue praticar com frequência?

— Praticar, senhora? — indago.

— Com dragões, querida.

— Ah...

A pergunta faz sentido, mas nunca pensei muito a respeito disso. Agora que ela tocou no assunto, percebo que, desde que tinha a idade de Ursa, não troquei mais do que pouquíssimas palavras com um dragão.

— O último docente dragão foi substituído por uma humana este ano, então...

— Quantas línguas dracônicas você fala? — pergunta ela em um wyrmeriano impecável.

— Seis — respondo na mesma língua. Em seguida, troco para komodonês, que comecei a estudar há pouco tempo. — Mas não sou fluente nesta última.

— *Esti tin Drageoir?* — indaga ela em drageoir. — *Depuise quantem temps scrutes?*

— Por ser a língua dracônica oficial da França, comecei a aprendê--la aos oito anos — respondo, com um sotaque drageoir perfeito que aprendi com uma das minhas tutoras. — Está entre as mais fáceis, na minha opinião.

A dra. Hollingsworth me dá um sorriso divertido antes de voltar a falar em inglês.

— E o que achou do Exame? Fiquei sabendo que a senhorita foi aprovada com um sucesso extraordinário.

Sinto o estômago embrulhar quando ela menciona o Exame, mas sustento o sorriso. Onde foi que ela ouviu isso?

— Vivien se esforçou muito para passar — comenta meu pai. — Alguns dos amigos dela não tiveram a mesma sorte.

A dra. Hollingsworth volta a cabeça para ele.

— Então para o senhor trata-se de uma questão de sorte, dr. Featherswallow?

— Nossa amiga Sophie se esforçou tanto quanto Viv — acrescenta Marquis. — Ninguém esperava que ela fosse reprovar.

O nó na minha garganta aperta ainda mais. Sendo um ano mais velho, Marquis fez o Exame antes de mim e Sophie, só que o rebaixamento dela foi um baque e tanto para meu primo.

Ursa enfia o garfo com força no pierogi de seu prato, fazendo um ruído.

— E o que *você* acha, srta. Featherswallow?

Nervosa, busco o olhar da minha mãe. O que isso tem a ver com dialetos dracônicos? Todos os adolescentes fazem o Exame quando completam dezesseis anos. Os que passam se mantêm na classe de nascença, exceto os jovens da Terceira Classe, que são promovidos à Segunda. Os reprovados são rebaixados uma classe, exceto os membros da Terceira Classe, por já estarem na mais baixa. É assim que as coisas funcionam desde antes de eu nascer.

Penso nos meses de revisão de matéria, de candidatura à universidade, das mãos-bobas de Hugo Montecue.

— Reprovar não era uma opção para mim — respondo.

Foi por isso que estraguei a vida da Sophie.

A dra. Hollingsworth dá uma piscadinha para mim e me recosto na cadeira, surpresa. Será que falei a coisa certa? Minha mãe assente para mim quase imperceptivelmente.

— O senhor fala de sorte, dr. Featherswallow, e ainda assim paga pelos melhores livros, os melhores tutores, as melhores instituições de ensino para suas duas filhas, não?

Nem tudo é do melhor, quero rebater. *A Universidade de Cheltenham para Senhoritas aceita somente garotas da Primeira Classe.* Porém, fico quieta. Talvez minha família precise fazer alguns sacrifícios agora, mas na geração seguinte os Featherswallow vão ter a chance de passar a integrar a Primeira Classe.

Meu pai seca a taça de vinho mais uma vez e volta a enchê-la, semicerrando os olhos. É como se a temperatura na sala de jantar tivesse caído de repente.

— Faço mais que isso, doutora — responde ele. — Matriculamos Vivien no Colégio St. Saviour para Garotas antes mesmo de ela nascer. Minha esposa não a deixava dormir à noite até ter decorado os livros palavra por palavra. Minha filha tem cicatrizes nos braços, causadas pelo próprio pai... — A voz do meu pai vacila, e o tio Thomas tosse alto.

Meu coração parece congelar. Por um segundo, não consigo desgrudar os olhos do rosto do meu pai. Como foi que viemos parar aqui? Eu me viro para Marquis, depois para minha mãe e meu pai, que toma mais uma golada de vinho.

A dra. Hollingsworth está sorrindo.

— Como fazem todos os *bons* pais — concorda ela, com suavidade.

— Mas não seria necessário, não é? Se...

Minha mãe tira a taça da mão do meu pai enquanto ele completa o comentário, arrastando a fala:

— ... se minhas filhas não convivessem com a constante ameaça do rebaixamento à Terceira Classe.

Como se tivesse se queimado, minha mãe tem um sobressalto e deixa a taça cair, derramando vinho pelo piso de madeira. O líquido escorre para dentro das rachaduras e fendas em uma poça escarlate. A dra. Hollingsworth se levanta. Paro de respirar.

— Se me dão licença — fala ela, pegando a piteira no bolso —, acho que vou me retirar à sala de fumo.

Ela pega a maleta e sai da sala de jantar. Eu me viro para Marquis, que está olhando para meu pai com um semblante embasbacado de admiração.

— Boa, John — murmura o tio Thomas.

Minha mãe está tremendo, os lábios franzidos. Meu pai se reclina na cadeira e me observa com os lábios arroxeados pelo vinho. Seus olhos estão marejados. Até então eu nunca o tinha ouvido dizer uma só palavra contra a ordem das coisas, nunca o tinha visto expressar arrependimento pela forma como me criou. Por que escolheu fazer isso agora, na frente de uma estranha, e uma muito importante? Ele leva a mão ao bolso e tira um frasco, mas minha mãe dá um tapa para derrubá-lo antes mesmo que meu pai possa abrir a tampa.

— Mamãe, por que está tão brava? — quer saber Ursa.

Minha mãe aperta a ponte do nariz, e o tio Thomas se inclina para sussurrar algo em seu ouvido.

O que deu no seu pai?, pergunta Marquis, mexendo os lábios em silêncio.

Duas garrafas de vinho foram o que deu nele, quero dizer. A chama de empolgação que senti antes minguou e foi substituída pelo fervor da raiva. Fulmino meu pai com os olhos. Lá se vai a única chance que eu tinha de mostrar minhas traduções à dra. Hollingsworth.

— Eu também posso ir à sala de fumo? — pergunta Ursa.

Marquis e eu trocamos um olhar. Não temos um cômodo para fumantes.

Então para onde Rita Hollingsworth foi?

Meu pai tenta puxar minha mãe para o colo, mas ela o afasta.

— Me desculpe, Helina... — começa ele.

Agarro meu portfólio e saio pela porta sem chamar atenção.

O hall está quieto exceto pelo tique-taque do relógio de pêndulo. No fim do corredor fica uma sala de estar pequena e o escritório dos meus pais. Será que algum desses dois cômodos conta como sala de fumo? Sigo em direção a eles sem fazer barulho, os pensamentos acelerados. Que bicho mordeu meu pai para ele falar daquele jeito, praticamente soando como se *se contrapusesse* ao Sistema de Classes? A porta do escritório está entreaberta, deixando escapar a luz fraca de uma lâmpada. Ajeito minha expressão, forçando mais um sorriso, e abro a porta.

— Peço desculpas pela boca de sacola do meu pai, dra. Hollingsworth.

Ela está sentada à mesa de trabalho do meu pai com um cigarro fumegando no cinzeiro. Duas das gavetas estão abertas. Ela levanta o rosto para me olhar como se não estivesse fazendo nada de mais.

— O vinho deixa até os mais fortes propensos a discussões, Vivien — constata, com indulgência. Ela estende uma caixinha prateada na minha direção. — Cigarro?

— Não fumo — respondo.

— Mas vai, se um dia tiver uma profissão como a minha.

Eu me agarro à oportunidade.

— Dra. Hollingsworth, a senhora me consideraria para uma vaga no seu programa de veraneio para aprendizes? — Deslizo o portfólio para ela sobre a mesa. — Meus melhores trabalhos estão aqui, assim como a carta de recomendação de uma das minhas professoras.

Ela me olha, pensativa, e solta fumaça pela boca e pelo nariz.

— Quer seguir uma vida acadêmica como seus pais?

— Não — respondo. — Quero ser tradutora. Quero descobrir novas línguas dracônicas. Assim como a senhora.

A luz brilhante dos olhos de Rita cintila ainda mais forte.

— Ouvi coisas favoráveis a seu respeito — comenta. — A senhorita é exatamente o tipo de aluna que quero recrutar.

Meu coração acelera.

— Seria uma honra…

Há um estrondo, seguido pelo barulho de vidro quebrando. Eu me viro. Será que meu pai derrubou alguma coisa? Vou em direção à porta, mas a dra. Hollingsworth me agarra pela manga.

— Vejo um futuro brilhante em seu caminho, Vivien. No entanto, para acessá-lo, talvez você tenha que procurar em cantos inesperados.

Analiso seu rosto e tento entender o que ela quer dizer. Em meio às rugas com pó acumulado e o batom vermelho está um segredo que não consigo desvendar. Baixo os olhos para o telefone, que está fora do gancho.

Minha mãe grita.

— Guardiões da Paz! — anuncia uma voz. — Isto é um mandado de prisão!

O mundo fica lento. Olho para Rita Hollingsworth e para o pedaço de papel que acabou de tirar da gaveta do meu pai. As peças se encaixam na minha mente, fazendo meu cérebro latejar.

— A senhora não veio até aqui para ouvir as teorias da minha mãe, veio?

Ela me solta e sorri. A palavra dos meus sonhos e todas as suas traduções me atingem de repente.

Mengkhenyass.

Serpente.

Inimiga.

Impostora.

Dois

AGORA QUE ME LEMBRO DA PALAVRA em uma das línguas dracôni-cas, ela também me ocorre em outras. A tradução me escapa pela boca enquanto corro em direção à sala de jantar, sentindo a cabeça tonta.

Faitour. Slangrieger. Izmamnees.

Há dois Guardiões da Paz no hall e, a seus pés, cacos de vidro da porta de entrada estilhaçada no chão. A luz das lâmpadas é refletida nas viseiras, que escondem seus olhos. Derrapo ao parar de correr, vendo meu pai surgir da sala de jantar.

— Como ousam invadir minha casa…

Mais Guardiões marcham pela porta, pisoteando o vidro com botas pesadas. Eles agarram meu pai pelo braço.

— Soltem ele!

Vou em direção ao meu pai, mas o tio Thomas chega mais rápido e se joga entre ele e os Guardiões. O som do seu pé batendo no joelho de alguém me revira o estômago. Ele agarra um dos homens e o arremessa no chão.

— Vivien!

Minha mãe grita da porta. Vou para o lado dela ao mesmo tempo que outro Guardião, este com uma arma em riste. Ursa está aos berros, debatendo-se contra Marquis enquanto tenta correr até nosso pai. Meu primo usa o braço livre para proteger minha mãe e encara o capacete do Guardião.

— Não machuquem eles! — pede. — Por favor.

Estou paralisada, encarando o cano da arma, agora encostado no ombro de Marquis. Ursa enfia o rosto na parte de trás da saia da nossa mãe, e o Guardião baixa a arma.

— Helina Featherswallow, John Featherswallow, Thomas Featherswallow — anuncia —, vocês estão presos sob a suspeita de desobediência civil.

Desobediência civil?

Tem pelo menos dez Guardiões no hall de casa. Dois pressionam meu pai e o tio Thomas contra o chão com as mãos presas às costas. Eu olho para minha mãe, que chora lágrimas silenciosas e acaricia o topo da cabeça de Ursa. Por que ela não está explicando que houve um erro terrível?

— Conta pra eles, mãe — suplico. — Diz a eles que estão na casa errada.

Os olhos azuis de minha mãe estão elétricos.

— Pegue sua irmã e seu primo e saiam de Londres — instrui ela em búlgaro. Alguém aparece para prender seus pulsos à frente do corpo. — Vão para o mais longe possível.

Sinto um aperto imenso no peito.

— Mamãe!

Ursa cambaleia atrás da minha mãe quando dois Guardiões a empurram em direção à porta, vasculhando os bolsos. Na rua, uma procissão de motocarros elegantes está à espera. Nas casas vizinhas, as cortinas se mexem. O céu está escuro feito fumaça de dragão.

— Pai, me fala o que está acontecendo, por favor!

Mal consigo assimilar Marquis agarrado ao ombro do tio Thomas, gritando para ele enquanto os Guardiões o arrastam pelos braços. Estou ocupada demais vendo meu próprio pai ser empurrado para dentro de um dos veículos. Chego o mais perto que me permitem.

— Pai? — repito, tentando manter a voz estável.

Ele engole em seco, e estendo a mão para tocar seu rosto. Meu pai se inclina para a frente, os olhos vermelhos. Sinto o cheiro forte de vinho, mas a expressão em seu olhar denuncia uma sobriedade irrefutável.

— O povo não deveria temer os primeiros-ministros, Vivien — declara ele. — São os primeiros-ministros que deveriam temer o povo.

Os Guardiões empurram meu pai para dentro do carro e fecham a porta. Cambaleio para trás, sentindo o sangue latejar nos ouvidos. A calçada de pedra da Praça Fitzroy fica toda embaçada diante de mim. Em algum lugar ao longe, consigo ouvir punhos batendo contra o vidro. Um grito estridente corta o ar.

— Deixe ela ir agora, menina.

Hollingsworth está ajoelhada ao lado de Ursa, que não para de soluçar, tentando convencê-la a soltar minha mãe. É a visão de minha irmã, dos dedinhos agarrando o tecido da saia da nossa mãe, que me traz de volta à realidade.

— Não se atreva a falar com ela! — vocifero.

Agarro a mão de Ursa e ergo seu corpinho do chão enquanto ela grita. Hollingsworth se levanta, os lábios franzidos.

— Lembre-se do que falei — sussurra minha mãe para mim, mais uma vez em búlgaro.

Neste momento há uma dureza em seu olhar. As costas da mão dela roçam a minha, um gesto invisível de carinho que diz uma centena de coisas de uma só vez. Em seguida, ela beija o rosto de Ursa e entra no motocarro, desaparecendo atrás de uma janela escura. Ainda consigo sentir o cheiro do perfume dela. Solto um soluço sufocado ao observar o carro se afastar e a náusea tomar conta de mim. Ursa fica imóvel em meus braços.

— Registro de classe — rosna um Guardião para mim. — Me mostre.

Alcanço o registro no pescoço e o ofereço a ele.

— Segunda Classe. Dezessete anos — informa ele ao superior.

— E este outro?

O superior aponta a cabeça para Marquis, que encara o espaço vazio que o motocarro em que o pai foi colocado acabou de deixar no meio-fio. O outro Guardião pega o registro de classe do meu primo.

— Segunda Classe. Dezoito anos.

O superior assente e o Guardião segura Marquis pelo ombro, depois o algema.

— Não! — imploro. — Ele não fez nada de errado. Ele…

— Vivien Featherswallow, por ser menor de idade, a senhorita não será presa, mas, pela ordem da lei, deverá permanecer em casa até que seus pais sejam submetidos a julgamento e até que sua inocência possa ser provada.

Marquis olha de mim para Ursa, tensionando o maxilar.

— A penalidade por desobedecer a esta ordem é encarceramento imediato — prossegue o superior. — Estamos entendidos?

— Estamos, mas meu primo…

— É um adulto e será julgado como tal — rebate o superior.

Ursa soluça em meus braços e se estica para Marquis. No entanto, nosso primo já está sendo enfiado no último motocarro que resta ali.

— Não se preocupe, Marquis — prometo, lançando-me ao carro antes que possam me impedir. — Eles vão soltar vocês assim que perceberem que são todos inocentes!

Antes de o Guardião fechar a porta do veículo e outra pessoa me puxar, Marquis me olha com o mais absoluto desespero.

Eu me viro a tempo de ver outro Guardião saindo de casa com uma caixa em mãos e uma faca presa a uma bainha de couro em seu cinto.

— A primeira-ministra vai querer ver isto. Encontrei em um armário secreto no escritório.

Um armário secreto? Na nossa casa?

O Guardião coloca a caixa no chão.

— A chave estava debaixo do vestido da mãe.

A raiva queima dentro de mim feito febre. Ele me olha com uma alegria maldosa.

— Dá um sorriso, lindinha.

— Se encostar um dedo que seja na minha mãe, eu juro que…

O tapa me atinge não sei de onde. Cambaleio para trás com pontos escuros dançando na visão. Marquis grita de dentro do motocarro trancado, e os berros exaltados de Ursa ecoam pela rua. O Guardião levanta a viseira e me olha com um vago divertimento.

— Alto lá, Guardião 707 — repreende o superior. — Isso não é jeito de tratar uma cidadã da Segunda Classe. A srta. Featherswallow só está pedindo que trate a mãe dela com o respeito que a classe merece. Ainda que ela não passe de escória búlgara. — Ele solta uma risada alta que estrondeia de seu capacete, e eu me viro.

— Shh, Ursa. — Tento acalmar minha irmã e silenciar o choro entalado na minha garganta.

— Mande a evidência direto para o gabinete da primeira-ministra Wyvernmire — instrui o Guardião superior. — Ela vai examiná-la pela manhã, quando retornar dos territórios dos dragões.

— E não se demore — manda uma voz gélida. — Esta é uma questão de extrema urgência.

Rita Hollingsworth enfia no bolso o papel que pegou da mesa do meu pai. Apesar das lágrimas, consigo ver uma linha de caligrafia escrita em tinta turquesa.

— Você nunca esteve interessada na pesquisa da minha mãe — concluo. — Tudo não passou de um pretexto para entrar em nossa casa. Você os traiu, e…

— Não, Vivien — discorda Hollingsworth. — *Eles* é que traíram *você*. E sua irmã. E o país.

— Isso não é verdade! — protesto. — Você prendeu as pessoas erradas.

Mais um carro para atrás do veículo em que Marquis está trancado.

— Há meses a primeira-ministra Wyvernmire plantou pessoas para observar sua casa — expõe Hollingsworth. — Pessoas para observar *você*. Eu lhe disse mais cedo, Vivien, que é em lugares inesperados que a senhorita vai encontrar seu futuro. Quando isso acontecer, deve agarrá-lo e nunca abrir mão dele, não importa o que isso lhe custe. — Os olhos brilhantes dela reluzem quando encaram os meus. — Tenho certeza de que voltaremos a nos ver muito em breve.

Ela entra no carro e fecha a porta. Os dois veículos vão embora, e eu observo a silhueta de Marquis pelo vidro traseiro desaparecer ao longe.

— Vem, meu bem — sussurro no cabelo de Ursa. — Vamos entrar.

Ando com cuidado sobre os cacos de vidro que costumavam fazer parte da porta da frente. A sala de jantar foi revistada, cada gaveta e armário revirados. A mesa está tombada de lado e o chão, cheio de comida e louça quebrada. Um dos quadros está torto, como se alguém o tivesse inclinado para olhar atrás dele. E Mina está agachada embaixo da espreguiçadeira, chiando.

Por mais terrível que o momento seja, sinto vontade de rir.

Coloco Ursa no chão, e ela olha para a cena com os ombros caídos. Não está mais com um laço no cabelo, e os cílios estão úmidos por conta das lágrimas.

— Vamos dar uma geral aqui, está bem? — digo, forçando uma animação na voz.

Ursa me observa com olhos grandes e solenes.

— Aposto que só vai levar alguns dias para a mamãe e o papai voltarem, e não queremos que eles encontrem a casa bagunçada, não é mesmo?

Levanto a mesa e limpo o pierogi do chão, tentando manter as mãos estáveis. Endireito a pintura na parede e jogo fora as garrafas de vinho vazias. Enquanto varro os cacos de vidro do hall, Ursa dá comida para a gata.

— Come direitinho — ouço-a dizer para Mina. — Não queremos deixar a casa bagunçada para a mamãe e o papai, né?

Mais tarde, ajudo Ursa a se aprontar para dormir.

— Não recitei minha lição — fala ela em meio a um bocejo.

— Só dessa vez você pode pular, pode ser? — respondo.

Acaricio o cabelo da minha irmã até ela pegar no sono, depois fecho a porta do quarto. No primeiro andar, a sala de jantar está silenciosa exceto pelo crepitar da lareira. Me sento em uma cadeira e me lembro da curva de sorriso maldoso quando o Guardião disse a palavra *escória*. Será que estamos sendo atacados, incriminados de algum modo, porque minha mãe é búlgara? Coitado, Marquis está preso em uma cela de prisão sob alguma falsa acusação enquanto estou sozinha aqui, nesta casa enorme e vazia. E meus pais... Solto um arquejo, depois um soluço.

A penalidade para um golpe de estado é a morte.

Será mesmo que esse é o motivo por trás de todas as noites que passaram conversando na sala de jantar? Meus pais e meu tio planejavam se juntar a um grupo rebelde para derrubar o governo? Não dá para acreditar. Não vou acreditar nisso. Os Featherswallow usam os registros à risca, respeitam os limites de classe e preparam os filhos para o Exame. Minha mãe e meu pai jamais seriam capazes de tamanha idiotice, de tanto egoísmo.

O povo não deveria temer os primeiros-ministros, Vivien. São os primeiros-ministros que deveriam temer o povo.

Wyvernmire está em seu segundo mandato como primeira-ministra (e nunca havíamos tido uma mulher no cargo antes). Foi com ela no poder que a Britânia sobreviveu à Grande Guerra e manteve a paz entre humanos e dragões. Nunca ouvi meus pais proferirem uma só palavra contra ela. O que foi que meu pai quis dizer, então?

Fico de pé tão rápido que minha cabeça rodopia. O Guardião falou alguma coisa de um armário secreto. No escritório, encontro papéis espalhados pelo chão e livros jogados das estantes, as lombadas com vincos por terem sido folheados com brusquidão. A janela está entreaberta, deixando o vento gelado e furtivo entrar. A bituca do cigarro de Hollingsworth está no cinzeiro. Sinto lágrimas invadirem meus olhos de novo. Era aqui que minha mãe e meu pai passavam a maior parte do tempo, trabalhando para provar suas teorias mais recentes a respeito do comportamento e da cultura dos dragões. É um espaço cheio de conhecimento, hipóteses e dúvidas.

Embora meus olhos estejam marejados de lágrimas, avisto algo que chama minha atenção. A lateral da mesa do meu pai está... aberta? Com o coração martelando, me ajoelho ao lado do móvel. A tábua de madeira se abre como uma porta, com um buraquinho de fechadura disfarçado nos entalhes decorativos de ouro. Atrás dele, encontro um compartimento secreto, vazio exceto por um canivete. Eu o coloco no bolso e balanço a cabeça em descrença. Eles *estavam mesmo* escondendo algo. E, seja lá o que era, agora está em uma caixa dentro do motocarro de um Guardião.

Dou uma olhada no restante do cômodo. O sofá verde velho parece não ter sido tocado, assim como o piano e o gabinete em que meus prêmios escolares ficam expostos. Mexeram apenas no carrinho de bebidas. É um globo pintado, e a metade de cima pode ser levantada para revelar as garrafas de vinho. Eu amava traçar com os dedos as linhas de cada país e aprender o nome dos diferentes oceanos. Analiso-o mais de perto. Ali estão a Rumânia, a Iugoslávia e a Grécia. E, aninhado entre eles todos, a Bulgária (país dos dragões). Do lado esquerdo do globo estão os Estados Unidos, o lugar onde a mãe de Marquis nasceu, onde alguns estados vivem em paz com os dragões e outros os caçam como se fossem presas.

Franzo o cenho. Alguém traçou um risco sobre a pintura da superfície do globo com um objeto afiado, criando uma incisão que começa na Bulgária e se estende até a Britânia. Bem ao lado da linha está uma pequena versão da insígnia de Wyvernmire, um *W* enrolado na cauda de um wyvern. O símbolo foi desenhado em tinta turquesa. A mesma cor que meu pai usa na caneta-tinteiro.

O que é que ele estava pensando, desenhando aquilo no carrinho de bebidas? Será que os Guardiões viram? O que significa? Primeiro a menção a um golpe de estado, depois minha mãe me mandando fugir de Londres e agora isto. Eu me reclino contra a mesa e fecho os olhos.

Significa que eles são culpados.

Se for mesmo verdade, então seja lá o que for que os Guardiões tenham encontrado no compartimento secreto pode ser a prova. E se o governo a vir, ou se ela for usada no tribunal...

Meus pais e o tio Thomas receberão pena de morte.

E quanto a Marquis? Um grunhido baixo escapa dos meus lábios. Como nossos pais puderam fazer isso? Como puderam fazer justamente o que passaram a vida toda nos alertando para não fazermos? *Nunca tirem o registro, nunca socializem com ninguém abaixo da nossa classe, nunca quebrem as regras.* A ideia do meu rebaixamento assustava meu pai a ponto de ele bater em meu braço com um galho de bétula... então por que fez algo que vai mandar a mim e à minha irmã direto para um alojamento antes mesmo que seu cadáver esfrie?

O relógio na parede marca dez horas. Amanhã cedinho, a primeira-ministra Wyvernmire vai chegar ao gabinete em Westminster e examinar qualquer que seja a evidência que seus Guardiões encontraram.

Tenho um sobressalto com o grasnado alto que vem do canto do escritório. O dracovol do meu pai (uma ínfima subespécie de dragão empoleirada no interior de uma gaiola pendurada) está olhando para mim. Ele não sai desde o dia anterior, quando minha mãe o soltou para que levasse uma carta. Pego a gaiola, coloco-a sobre o parapeito da janela e abro a portinhola. O dracovol sai voando noite afora. Fecho a janela e encaro a gaiola vazia.

Preciso arrumar um jeito de destruir a prova contra meus pais, mas não tenho a menor chance de passar pela segurança em Westminster. Portanto, a menos que a caixa com papéis incriminatórios decida entrar em combustão espontânea durante a noite, não há saída.

Uma luz se acende na minha cabeça.

É uma ideia ridícula, talvez a pior que já tenha tido na vida, mas que alternativa me resta? Se eu não fizer alguma coisa, minha irmã vai acabar em um alojamento, minha carreira vai terminar antes mesmo de começar, e minha família...

Minha família vai morrer.

*

Dez minutos mais tarde, saio de casa com uma Ursa adormecida nos braços. Mina emite um ronronar de protesto dentro da mochila da minha irmã, na qual coloquei uma muda de roupas e o bichinho de pelúcia favorito dela. O ar noturno está frio, e a rua, assustadoramente quieta. No céu, bem acima das luzes dos postes, vejo a forma distante de um dragão voando. Sorte a minha que Marylebone fica a uma curta caminhada de casa e que não vou precisar passar por nenhum distrito da Terceira Classe para chegar até lá. Vejo um pôster em uma parada de bonde: a imagem de uma família respeitável, sorrindo sem se dar conta de que um rebelde com a cauda de um dragão e uma arma em riste rouba seu filho por trás. Os jovens manifestantes que Marquis e eu vimos deviam ser vítimas da radicalização, mas meus pais são capazes de pensar por si próprios. Então como foi que chegamos a este ponto?

Os pais de Sophie moram em uma modesta casa de tijolos vermelhos, onde uma macieira cresce logo à frente. As cortinas estão bem fechadas, e há sombras por todo o gramado. Caminho pela trilha de pedra que leva até a entrada, os braços doendo com o peso da minha irmã. Bato a aldraba de latão e aguardo.

Silêncio.

Nervosa, olho para trás. Em seguida, uma luz é acesa no corredor lá dentro, e Abel abre a porta. O pai de Sophie tem cabelo grisalho, um rosto marcado pela idade, pela privação de sono ou, talvez, pelo trauma de perder a única filha.

— Vivien? — sussurra ele para a escuridão. — É você?

— Sou eu — confirmo, baixinho. — Abel, estou em apuros.

Abel abre mais a porta, convidando-me a entrar, mas só balanço a cabeça em negativa.

— Não tenho tempo — digo, ouvindo o tremor na minha voz. — Meus pais foram presos. Estão sendo acusados de desobediência civil, ou algo do tipo, mas tive uma ideia que pode salvá-los. Pode ficar com Ursa para mim?

O pai de Sophie me olha sem dizer nada.

— Abel?

A esposa dele aparece, enrolada em um robe de flanela.

— Vivien?

— Preciso que fiquem com Ursa — peço, sentindo um soluço escalando a garganta. — Preciso que cuidem dela até eu voltar, o que provavelmente deve ser amanhã, mas, se não acontecer, preciso que a mantenham em segurança e preciso saber que ela vai ficar bem, porque do contrário eu posso…

Minha voz vacila. O terror surge no rosto de Alice enquanto olha de mim para o marido.

— Vivien — fala Abel, devagar —, se seus pais foram presos, não há nada que você possa fazer para…

— Eu não posso simplesmente ficar parada! — repito, mais alto, e Ursa tem um sobressalto. Baixo o tom e continuo: — Minha família vai morrer.

— Se forem inocentes, não.

— *Sophie* era inocente — constata Alice, com firmeza. — E só Deus sabe onde ela está agora.

Abel parece esmaecer ao ouvir o nome da filha.

— Alice, se os Guardiões vierem atrás de…

— Eles não vão encontrar nada além de dois pais que perderam a filha cuidando de uma menina que perdeu os pais. — Alice estica os braços para Ursa. — Dê ela aqui para mim, querida.

Reprimo o choro conforme o peso adormecido é tirado de meus braços.

— Vivien, ir contra a lei é mais perigoso do que acho que consiga imaginar. — Com os olhos azuis, Abel encara os meus. — Nossa Sophie… — Ele para, agarrando a moldura da porta. — Sophie tentou voltar para casa muitas vezes após ter sido rebaixada. Os Guardiões a escoltavam de volta para Camden, ao distrito da Terceira Classe a que pertencia, mas ela sempre voltava. E nós a deixávamos. Alice… Alice até mesmo tentou escondê-la. E agora ela se foi.

Sinto um aperto no peito.

— Como assim, ela se foi? Foi para onde?

— O conselho nos disse que ela foi transferida para trabalhar em outro distrito, mas ela nunca escreveu para nós. Se isso fosse verdade, Sophie *teria* enviado cartas, não acha?

Ele me olha como se eu pudesse saber o que Sophie está pensando, ou ao menos onde ela está. Só consigo assentir em resposta. Sophie jamais abandonaria a própria família.

— Não desapareça também, está certo? — pede Alice, os olhos reluzindo com lágrimas.

Entrego a mochila de Ursa para Abel, e Mina chia.

— A gata… — murmuro em uma tentativa de desculpa. — O registro de classe de Ursa está no pescoço dela. Vou voltar para buscar minha irmã, prometo.

Alice assente, ajeitando o cobertor ao redor de Ursa enquanto se afasta. Começo a chorar quando a cabecinha dourada desaparece dentro da casa. Paciente, Abel espera até eu me recompor, e de repente me dou conta de quanto tempo faz desde que estive dentro desta casa. As lembranças ameaçam transbordar, cada uma delas agora manchada com a vergonha. A janela do quarto de Sophie se ilumina, e sei que preciso partir. Alice aceitou ficar com Ursa sem pestanejar. Será que teria feito isso se soubesse que Sophie desapareceu por minha causa? Se soubesse como destruí a família dela?

— Cuidado, Vivien — alerta Abel.

Concordo com a cabeça e volto para a trilha de pedra e depois para a rua, colocando a alça da minha bolsa atravessada sobre o ombro. Tenho uma longa noite pela frente. Preciso de um dragão (um dragão com um motivo).

E, para minha sorte, sei exatamente onde encontrar um.

TRÊS

A BIBLIOTECA FICA NA TORRE NORTE da Universidade de Londres. Todas as passagens e janelas estão encobertas por sombras, e os portões de ferro grandiosos surgem imponentes na escuridão. Porém, sei que é tudo fachada. Depois que pulo o muro em silêncio, pouso com meus sapatos de couro suavemente na grama macia. As portas de carvalho da torre estão trancadas, então dou a volta na lateral do prédio e vou até uma janelinha iluminada pela luz de um poste. Corro o dedo pela beirada da vidraça. O canivete do meu pai está frio e pesado no meu bolso. Eu o abro e coloco a ponta no espaço entre a moldura da janela e o vidro.

Já vi meu pai fazer isso antes, quando Ursa ficou presa no barracão do jardim em protesto contra o início das aulas. Ele a tirou de lá e explicou que a educação faria com que tivesse uma boa profissão no futuro, que garantiria sua permanência com a família para sempre.

A lâmina fura a borracha e eu começo a cortar, puxando o canivete para baixo e ao redor do vidro. Meu pai é mais gentil com Ursa do que foi comigo durante a infância. Eu tinha seis anos quando troquei de registro de classe com Vera Malloy, do distrito da Terceira Classe que fica do outro lado da praça. Era apenas uma brincadeira de criança, mas não foi nada engraçado quando o motocarro de um Guardião parou próximo da gente e Vera deu no pé, ainda com meu registro ao redor do pescoço.

O Guardião exigiu saber o que eu, Vera Malloy, estava fazendo em um distrito da Segunda Classe sem um distintivo de autorização. Meu corpo todo gelou de medo, mas, em vez de me prender, me levou ao distrito de Vera e me largou em uma rua que eu não conhecia. Gritei para ele em wyrmeriano, e depois em diversas outras línguas dracônicas, perguntando como eu saberia falar tantas delas se frequentasse uma escola da Terceira Classe.

Suas línguas te salvaram, Vivien, e vão te salvar mais vezes, disse meu pai.

Porém, depois do ocorrido, ele me proibiu de brincar na rua.

O vidro cede quando enfio a lâmina debaixo, depois se solta. Eu o coloco no chão com delicadeza, enfio a mão pelo buraco e levanto a maçaneta do lado de dentro. A janela se abre, e eu me esgueiro pelo espaço, apoiando os pés no peitoril durante o processo. Em todas as minhas fantasias de infância em relação à Universidade de Londres, nunca me imaginei invadindo o campus.

Estou atrás da mesa de recepção, em uma parte pequena e cercada de livros na biblioteca. Sigo furtivamente pelo escuro e atravesso o piso de madeira antigo até o saguão, onde enfim encontro o elevador. Entro nele e fecho as portas. Puxo a manivela para a esquerda até o limite. Quando o elevador começa a subir, vislumbro lampejos dos andares pela janelinha. Ele para no último com um solavanco, e eu saio de frente para a base de uma escadaria em espiral. Já fui desafiada a subir aqui antes.

Aposto que você não tem coragem de ir ver o dragão com os próprios olhos, dissera Marquis.

Eu subira a escadaria até a prisão do dragão, deliciada com o espanto do meu primo, antes de descer correndo de volta. Só para provar que eu tinha, sim, coragem. Agora, tateando o corrimão curvo, volto a subir ali.

Uma brisa gela o ar e, ao adentrar no cômodo circular, começo a tremer. Olho em direção à fileira de estantes de livros sobre a qual vi o dragão deitado da última vez, e procuro a criatura à luz do luar. Contudo, não há nada. Uma sequência de degraus leva a um mezanino que dá acesso às estantes mais altas. Fico me perguntando quais são os livros que estão naquelas prateleiras (não devem ter muita importância se foram deixados ali em cima).

Um odor doce e podre faz meu estômago embrulhar. Dou um passo à frente, mas algo se quebra sob meu pé. É o crânio branco de um mamífero pequeno, talvez um gato, que deve ter subido ali para procurar camundongos e tudo que acabou encontrando foi seu fim sangrento. Das duas uma: ou foi isso ou os funcionários da manutenção passaram a alimentar a criatura com seus animais de estimação.

Sinto um frio na barriga. *Preciso* fazer isso. Não tenho outra escolha. A ideia me dá mais coragem. Mas cadê o dragão?

Atravesso a passagem curvada à frente, que me leva ao segundo cômodo, este maior que o primeiro. Piso no tapete, o qual estala sob meus sapatos. Não se trata de um tapete coisa alguma: é uma enorme troca de pele de dragão, pálida e fina feito papel. À direita está uma mesa abandonada chapiscada com cocô de pássaros, e à esquerda tem uma placa desbotada.

SOLICITAÇÕES DE CONHECIMENTO, diz ela.

Alunos mais velhos me contaram que o dragão da biblioteca é um criminoso que se rebelou contra a criação do Tratado de Paz, porque se recusava a ser governado por leis humanas. Desse modo, foi mandado para cá para servir humanos (o pior castigo que se pode atribuir à espécie). Sua sentença era prover aos acadêmicos conhecimentos e fatos históricos relevantes. Afinal, uma criatura que vive durante séculos possui cem vezes mais informações que qualquer livro. Entretanto, a decisão saiu pela culatra quando o dragão quase matou um aluno. Acho que agora vão apenas mantê-lo preso aqui até que morra.

Levanto a cabeça para observar os beirais da torre, mas não há movimento exceto pelo de um pombo aninhado. Uma lufada de vento atinge meu rosto quando contorno um canto. A parede recebeu um golpe tão grande que há uma fenda para o outro lado, abrindo-se para os terraços externos da torre como uma ferida feita de calcário e metal dentado.

Sinto os pelos da nuca eriçando. É como se o ar tivesse sido sugado. De costas para mim, com o corpo ocupando todo o espaço, está o dragão.

A criatura está olhando através do parapeito que dá para o campus lá embaixo e para a cidade no horizonte. Sua cauda cheia de espinhos está enrolada no corpo como um gato, e sua pele, de um cor-de-rosa forte, é coberta de escamas que reluzem feito vidro sob a luz do luar. É o maior dragão, e mais amedrontador, que já vi na vida.

Uma vez, quando estava em uma excursão de pesquisa com minha mãe, da qual guardo somente vagas lembranças, dormi em meio a wyverns amistosos, seus corpos me mantendo aquecida como sóis que roncam. Durante as rondas aéreas dos zepelins na Grande Guerra, vi dragões guardarem seus postos na Praça Fitzroy, fazerem fila na ponte Blackfriars para receber armaduras e desviarem de bombas acima de Westminster. À minha frente, no entanto, está algo bem diferente. Este é um dragão criminoso.

Onde é que eu estava com a cabeça? Afasto-me devagar, mas bato com o pé em uma pedra.

Merda.

Faço uma careta quando a pedra rola pelo chão. Meu coração dispara, retumbando. O dragão tremelica a cauda. Há quanto tempo se deu conta de que estou aqui?

Pelo menos agora você não consegue voltar atrás.

Pigarreio e tento manter a voz estável.

— Você é o dragão da biblioteca? — pergunto, parecendo uma criança assustada.

O dragão solta um som de deboche.

— Que outro dragão eu poderia ser?

A criatura fala comigo em um inglês marcado por um sotaque eslavo (será que é búlgaro?). Esta é a pior ideia que já tive.

Engulo em seco.

— Eu queria saber se…

— Não atendo a solicitações de conhecimento desde 1903.

A voz é rouca, mas suave, e inegavelmente feminina. A dragoa se vira de repente, girando a cabeça enorme para mim. Como sua cauda, a face também é coberta de espinhos, e há círculos brancos ao redor dos olhos.

— Não vim aqui para fazer uma solicitação de conhecimento — apresso-me a dizer.

Ela solta um rosnado que faz o chão vibrar.

— Ora, mas que sorte — exclama ela. — Eu teria cortado sua língua se fosse o caso.

Minhas entranhas se contorcem.

— Foi o que fez com o último aluno que subiu aqui?

— Ai de mim, não me recordo.

— A memória dos dragões é dez vezes mais capaz de guardar lembranças do que a mente humana consegue reter informações — contesto. — E os humanos daqui parecem se lembrar muito bem.

Por acaso estou tentando morrer? A dragoa mexe a cauda e me encara com olhos feito globos âmbares brilhantes. Suas garras gigantes são cobertas por várias fileiras de penas pretas macias. Ela é belíssima, mas há feridas em suas patas e um tom acinzentado na pele.

— Você é uma prisioneira — constato, apontando para a caixinha prateada que sei estar acoplada ao espaço entre as asas da dragoa.

É um detonador, fundido à pele da criatura com um explosivo dentro.

— Muito bem observado — responde a dragoa.

— Você é uma dragoa búlgara? — Me lembro dos desenhos que Marquis fez das diferentes espécies. — Uma bolgorith?

— E se eu for?

— *Moyava maìka izlydane e v Bolgor* — falo em slavidraneishá. *Minha mãe é da Bulgária.*

— A criança fala línguas dracônicas.

A emoção reverbera dentro de mim. Ela entendeu o que eu disse. Pela primeira vez na vida, estou falando dragonês com um dragão de verdade.

— Falo slavidraneishá, wyrmeriano, harpentesa, drageoir, draecksum e um pouco de komodonês. Além de algumas línguas humanas, óbvio.

Ajeito o cabelo atrás da orelha e respiro fundo.

— Como você se chama?

A dragoa solta um suspiro profundo.

— O meu nome é Vivien — ofereço.

— Me chamo Chumana.

— Cobra Noviça? — pergunto. — É o que significa em inglês, não é?

— O que quer aqui, garota humana?

Me preparo para o que está por vir. Esta conversa pode ir bem ou mal. Chumana já tentou matar um aluno antes (quem garante que não vai tentar de novo?).

— Vim propor um acordo.

Chumana emite um som que só pode ser uma risada.

— Que tipo de acordo uma garota humana poderia propor a uma dragoa criminosa?

Hesito, mas apenas por um segundo.

— Fuga — digo. — Liberdade. Vingança.

— Você bateu a cabeça? — Chumana suspira, virando a cabeça.

— Posso tirar o detonador de você! Depois disso, você pode simplesmente voar para longe. Mas primeiro… — Faço uma pausa. — Primeiro, preciso que queime o gabinete da primeira-ministra Wyvernmire até virar cinzas.

A dragoa volta a me olhar.

— Quer que eu a sirva?

— Não! — rebato. — Já falei, seria um acordo. De igual para igual.

Chumana voltar a rir, e sinto o rosto enrubescer.

— Ousaria fazer um acordo com uma dragoa?

Penso no rosto aterrorizado de Marquis, no choro de Ursa, na minha mãe deixada sozinha com aqueles Guardiões.

— Ousaria, sim.

— Sabe o que vai acontecer se não o honrar?

A voz de Chumana é sedutora feito o toque de seda em pele nua.

— Você vai me matar — respondo, sem rodeios.

A dragoa criminosa me analisa, os olhos âmbares escurecendo.

— Queimar o gabinete de Wyvernmire até virar cinzas, você disse? — sibila ela. — Seria um prazer.

Meu coração pulsa para fora do peito e volta, mas assinto, tentando parecer calma.

— O detonador — falo, virando a cabeça na direção das asas de Chumana.

Marquis já me contou a respeito dos detonadores dos dragões e de como foi uma medida negociada no Tratado de Paz para ser usada apenas nos criminosos. A caixinha prateada não passa do tamanho da minha mão, mas está cheia (se me lembro corretamente) de cristais explosivos de mercúrio.

— Por acaso tem uma lâmina, garota humana? — indaga Chumana.

— Nós duas sabemos que não podemos contar com seus dentes.

Reprimo um sorriso. Então dragões têm humor e, ainda por cima, sarcasmo? Pego o canivete do meu pai, e Chumana grunhe pelo focinho.

— Não vai ser o suficiente para minha pele — determina ela, depois levanta uma garra na direção da biblioteca. — Em cima da mesa.

Volto para dentro e Chumana me segue, sua cauda longa se arrastando atrás do restante do corpo feito uma cobra. Montada na parede acima da mesa está uma espada envolta por uma moldura de vidro. Subo na mesa para tirar a caixa de vidro pesada da parede e a coloco no chão. Chumana me observa, um sopro de fumaça saindo das narinas.

— Por que deixariam isto aqui, com uma prisioneira? — pergunto enquanto vasculho as gavetas da mesa atrás de algo pesado.

— Por acaso *você* conhece algum humano que estaria disposto a cortar um explosivo perigoso do corpo de uma dragoa assassina? — retruca Chumana.

Dou de ombros (aposto que a menina da Terceira Classe que vi ser morta na manifestação estaria).

Só que era raro a classe dela chegar perto de bibliotecas universitárias.

Encosto a mão em algo redondo e frio, e tiro um peso de papel da gaveta. Arremesso o objeto na caixa, estilhaçando o vidro. Em seguida, tiro a espada com cuidado. É pesada e, sem dúvida, real. O punho está um pouco enferrujado, mas a lâmina é bastante afiada.

— Certo — digo, me virando.

Chumana está entre duas estantes, aguardando.

— Como quer fazer?

— Você vai ter que subir — explica ela.

Assinto, tentando fazer as mãos pararem de tremer. Dou a volta pelo lado esquerdo de Chumana, perto o bastante para ver os calos em sua pele.

— Vou precisar de um pouco de luz — falo de trás da orelha dela. — Você por acaso poderia... botar fogo em alguma coisa?

— Não — rosna a dragoa. — A não ser que queira que nós duas explodamos.

— Entendi — respondo, desanimada. — Vou acender as lâmpadas, então.

Acendo as lamparinas a gás antigas na parede, depois olho para o corpo de Chumana. Suas asas tiritam de cada lado das costas (coriáceas e tão gigantes que sei que vão ocupar todo o espaço da torre quando ela as abrir). As escamas no formato de redomas sobem pela extensão de sua coluna.

Agarro a espada com mais firmeza na mão.

— Então eu só...

— Vá logo.

Coloco um pé na base da cauda de Chumana.

Ah, Marquis, se você pudesse me ver agora.

A subida é mais fácil do que eu esperava. Consigo segurar bem as mãos e os pés nas escamas de Chumana (de certa forma, a experiência é como escalar um penhasco que respira). Encosto os dedos na pele entre as escamas, que é quente, quase escaldante, ao toque. Chumana tem cheiro de bicho, fumaça de dragão e livros antigos.

Paro no topo das costas, meus joelhos pendendo sobre cada lado da espinha dela. O detonador está posicionado de modo estratégico na base de suas asas e cercado por cicatrizes grossas. Como deve ser a sensação de ter um pedaço de metal fundido à pele? Será que dói menos em dragões, cuja temperatura corporal já é mais alta? Espero que sim.

— Chumana — falo, de repente. — Como funciona o detonador?

Ela se mexe bem de leve, e eu agarro sua asa para não cair.

— Você deve ter cautela — instrui Chumana. — Os cristais no detonador são sensíveis a choque, assim como a calor. Quando o remover, *não* o deixe cair.

Meu coração acelera. Quer dizer então que posso estar à beira de matar nós duas?

— Mas *como* exatamente o dispositivo funciona? — repito. — Como ele a impediu de fugir esse tempo todo?

— Fricção — grunhe a dragoa. — Se eu voasse, o movimento das minhas asas ativaria o detonador. E, se isso não desse certo, a elevação da temperatura corporal causada pelo aumento nos meus batimentos cardíacos reagiria com os cristais. — Chumana rosna de novo. — É uma invençãozinha humana engenhosa.

Olho para a caixa prateada letal e tento assimilar a crueldade em atrelar a necessidade inata de voo de um dragão à sua morte inescapável.

— Está pronta? — pergunto, e Chumana resmunga.

Nunca usei uma espada antes. Passo um dedo pela pele grossa da cicatriz. E se o corte for fundo demais e Chumana sangrar até morrer? Rio de mim mesma. Como se eu, Viv Featherswallow, fosse capaz de acidentalmente matar uma dragoa.

Dou impulso para ficar de joelhos e seguro o punho da espada com as duas mãos. Em seguida, inclino a lâmina contra a pele e a pressiono com força. Sangue vermelho sai do corte. Chumana não se move. Vou mais fundo. Quando sinto a ponta da caixa na lâmina, corto abaixo dela, rasgando a carne como uma faca deslizando pela manteiga. Chumana solta um chiado alto enquanto pego com a mão esquerda a caixa toda sangrenta.

Não *a deixe cair.*

Jogo a espada no chão e deslizo sem pressa pelas costas de Chumana, olhando para o detonador a todo tempo. Na cadeira da mesa há uma almofada macia e roída por traças sobre a qual coloco o dispositivo com cuidado. Respiro fundo e me viro para Chumana com um sorriso convencido. Ela abre os olhos e me encara. Espero. Acabei de libertar uma dragoa criminosa que se rebelou contra o Tratado de Paz estabelecido entre minha espécie e a dela. Quem garante que *ela* vai honrar o acordo?

— Por que deseja queimar o gabinete de Wyvernmire?

— Uma evidência de que meus pais são rebeldes está lá — respondo. — Preciso que ela seja destruída.

Os bigodes no focinho de Chumana tremelicam. Ela faz uma reverência com a cabeça.

— Considere a evidência destruída, então, garota humana.

De repente, ela abre as asas e derruba as estantes de livros como se fossem peças de dominó. As pontas contêm espinhos e são fortes feito osso, mas a membrana parece ser fina como papel e leve feito pluma.

— Chumana — falo, de repente. — Qual é sua máxima?

Se me escuta, não demonstra. Corro atrás dela conforme a dragoa segue para o terraço e, sem aviso, avança para a frente, indo em direção à noite. Suas garras batem no parapeito, derrubando-o em destroços no chão lá embaixo com um estrondo que ecoa pelo campus. Ela mergulha de cabeça, o corpo tentando ganhar equilíbrio.

Chumana plana no ar, depois começa a voar.

Solto uma risada, a adrenalina correndo pelo meu corpo enquanto assisto à dragoa ficando cada vez menor à distância, sua silhueta contornada pelas estrelas. Há quanto tempo será que ela não voava? A ideia me recupera o foco.

Limpo as mãos cheias de sangue na calça e desço de elevador até o térreo. Preciso estar de volta em Fitzrovia até o amanhecer, mas isso me deixa tempo suficiente para ver, com meus próprios olhos, Chumana cumprir sua parte do trato. Wyvernmire não está no gabinete, então não lhe ocorrerá mal algum. Depois disso, tendo destruído a evidência dos crimes da minha família, buscarei Ursa na casa de Sophie e voltarei para casa e aguardarei o retorno de todos.

Volto a passar por cima do muro e caminho pela escuridão em direção a Westminster com o coração tão leve que poderia voar.

*

Quando enfim faço a curva na rua Downing, a chuva está torrencial. Me agacho nas sombras, seguindo pelo lado oposto da estrada de onde os Guardiões patrulham em frente ao número 10. A chuva escorre pelo meu cabelo e nuca, me fazendo tremer. O céu está tomado por nuvens escuras. Não há o menor sinal de Chumana.

Ela não vem.

Observo os Guardiões à medida que a chuva forma poças na grama sob meus sapatos. Mexo no cordão vermelho desgastado ao redor do braço, a pulseira da amizade que Sophie me deu, o adorno que nunca tive coragem de arrancar.

Ela mentiu.

Tento me distrair com palpites de qual deve ser a máxima de Chumana. Todos os dragões têm uma, um lema que adotam para si, em geral em latim. Uma máxima é a única constante pela qual vivem. Dez minutos depois, minhas roupas estão encharcadas e ela ainda não apareceu. Jogo o peso para os calcanhares e solto uma respiração trêmula. Logo, logo o sol vai nascer e a evidência da rebelião da minha família vai ser transferida mais uma vez, sem dúvida para algum local ainda mais seguro. Engulo o nó que se formou na minha garganta. Passei a noite toda plantada ali para nada. Não posso salvá-los.

Um movimento chama minha atenção. Uma sombra desliza pela noite. Chumana voa em silêncio sobre o número 10 da rua Downing e volta, o corpo imenso como um recorte de papel escuro no céu. Os Guardiões continuam a patrulha, sem se darem conta da presença dela. É então que chamas surgem das nuvens. O lado esquerdo do edifício é o primeiro a pegar fogo, e os Guardiões têm um sobressalto, alarmados. Enquanto gritam por reforço e pegam as armas, Chumana lança mais labaredas do lado direito. Eu me escondo ainda mais atrás dos arbustos ao ver Guardiões vindo correndo de várias direções, disparando tiros no ar. A fumaça preta se espalha em direção ao céu e as chamas laranja sobem e sobem, como se tentassem alcançar a chuva. Um alarme soa e Chumana desaparece.

Ouço o barulho do vidro das janelas explodindo e pessoas saindo às pressas lá de dentro. De algum lugar ao longe, a sirene de um carro de bombeiros ecoa. Uma vez ouvi dizer que os ancestrais de Wyvernmire caçavam wyverns. Há boatos de que ela deixa a cabeça das criaturas à mostra nas paredes de seu gabinete, como uma lembrança do período atroz em que dragões e humanos se atacavam sem dó nem piedade. Fico me perguntando se elas também estão queimando. Tusso quando a fumaça chega aos arbustos em que estou escondida.

Deu minha hora.

Guardiões e funcionários tomam conta da rua, fugindo das chamas que se espalham com uma velocidade alarmante. Eu mesma vi muitos incêndios causados por dragões durante a guerra, mas me esqueci do quanto o fogo das criaturas é voraz.

Por favor, que ninguém tenha se machucado.

De todo modo, a esta altura os papéis incriminatórios já devem ter virado cinzas. Fico de pé e me afasto, até que...

A mão fria de alguém agarra meu pescoço.

Tento gritar enquanto sou arrastada para trás, mas minha respiração fica esganada na garganta. A dor consome meu braço quando bato o punho no capacete duro de um Guardião, e os edifícios ao meu redor parecem girar. Ele me joga na parte de trás de uma van.

— Você está presa — anuncia ao algemar minhas mãos. — Tudo que disser a partir de agora pode ser usado contra você no tribunal.

Não, não, não.

Estou ajoelhada no escuro e quase cambaleio para o lado quando a van dá partida.

— Presa por qual acusação? — pergunto, ofegante.

Minhas roupas molhadas estão grudadas à pele, e meu cabelo fede a fumaça de dragão. A van faz uma curva repentina, e o Guardião me segura quando ameaço cair para a frente.

— Vivien Featherswallow, você está presa por quebrar o Tratado de Paz.

NOTICIÁRIO ILUSTRADO
DE LONDRES

Sábado, 24 de novembro de 1923

AS VIDAS E MORTES DOS HERDEIROS REAIS —
RETRATOS E ESCRITOS PARTICULARES

O DIA DE HOJE marca o jubileu de prata da rainha Beatriz Maria Vitória Feodore, a nona filha da rainha Vitória e do príncipe Alberto, nascida em 1857. Sua Majestade assumiu o trono em 1898, após a morte de seu último irmão vivo, o rei Leopoldo. Ao longo do reinado, nossa estimada rainha Beatriz desempenhou um papel unificante como a líder do Império, implementando a Associação Britânica para Refugiados Búlgaros e instalando a primeira Guarda Dracônica no castelo de Balmoral, composta de wyverns em dívida com a Coroa. Em sua infância, Beatriz criou dois filhotes de dragão, que conquistaram a emancipação ao assinarem o Tratado de Paz.

Linha de sucessão (retratos na página 8)

Rei Eduardo VII †
Morto por um dragão durante um acidente de caça no
Protetorado de Bechuanalândia, junto dos filhos
Príncipe Alfredo †
Vítima de overdose de reptiliaum (um opioide, agora
ilegal, produzido com saliva de dragão)
Príncipe Arthur †
Morto por um dragão durante uma exposição de ovos
de dragão no Palácio de Buckingham
Rei Leopoldo †
Vítima de complicações causadas pela hemofilia

Rainha Beatrice I — Nascida em 1857
Feodora, princesa real — Nascida em 1887

QUATRO

VOCÊ ESTÁ PRESA POR QUEBRAR O Tratado de Paz.

Deitada na cama da cela da prisão, ouço as palavras ecoando sem parar na minha cabeça. Me sento na cama e engulo em seco, sentindo a garganta arranhando feito lixa. Por que me arrisquei a ir ver Chumana queimar o gabinete de Wyvernmire? Por que simplesmente não fui direto para casa? A luz do amanhecer entra pela janelinha da cela, e de repente uma pontada fisga meu coração. Ursa vai acordar em uma casa estranha com pessoas que mal conhece. Ela vai chorar quando se der conta de que parti? Será que vai pensar que a deixei para sempre? O que o Estado vai fazer com a filha abandonada de rebeldes?

A culpa assola meu peito, arrancando o ar dos meus pulmões em um choro curto e doloroso. Nunca na vida achei que faria algo pior do que aquilo que fiz com Sophie no verão. No entanto, agora a mancha de desespero que aquela decisão provocou (a mancha que sempre macula tudo que é bom) cresceu ainda mais. É como se eu não conseguisse parar de cometer erros que machucam as pessoas que amo.

Fecho os olhos e aceito a culpa, que me é mais dolorosa do que o ardor das feridas causadas pelo galho de bétula ou a humilhação de ser descartada por Hugo Montecue depois de enfim criar coragem para tirar as mãos dele de mim. Eu me forço a sentir cada gota do sentimento.

Não cometa erros se não estiver pronta para viver com as consequências, minha mãe sempre me disse.

Esta dor é a consequência das minhas ações.

Eu a remoo o dia todo, os olhos fixos no pedacinho de céu que consigo enxergar pela janela. Seguro o máximo que consigo antes de ser forçada a usar o urinol no canto e, enquanto me agacho sobre ele, ouço um estrondo alto que reverbera por toda a cadeia. Pessoas gritam do lado de fora. Caio em um sono instável quando as nuvens brancas são substituídas por estrelas. Quando volto a acordar, o sol está alto no céu, e alguém desliza o ferrolho que tranca a porta.

Fica calma, digo a mim mesma. *Ninguém pode provar nada.*

— Levante-se! — ordena uma voz de dentro do capacete do Guardião.

Fico em pé.

— Estenda os braços.

— Passei um dia *e* uma noite inteiros aqui — falo enquanto ele me revista. — Até agora ninguém leu nenhuma acusação oficial contra mim.

— O gabinete da primeira-ministra foi alvo de um incêndio criminoso — declara o Guardião. — Você e um dragão foram vistos na cena do crime.

— Nesse caso, acho mais provável que o dragão tenha provocado o fogo, não concorda? — rebato, com rispidez.

Minhas entranhas se contorcem feito cobras. Qual é o meu problema? Se quero sair daqui, preciso mostrar a versão de Viv Featherswallow que é uma graça de aluna dedicada (não esta nova versão, irritada e disposta a invadir propriedades com o canivete do pai).

— Mãos para trás.

O Guardião coloca as algemas e me empurra em direção à porta. O corredor é repleto de celas idênticas à minha. Será que meus pais estão em uma delas? E Marquis? O Guardião me empurra até um elevador, muito mais moderno e prístino do que o da biblioteca, que para com um tranco após subir vários andares. Saímos em um corredor com um forte cheiro de chá. Fotos de pessoas que parecem ser importantes preenchem uma parede de ponta a ponta, e no meio está uma cópia emoldurada do Tratado de Paz — assinada pela própria Ignacia, a rainha dos dragões, com seu próprio sangue. A caneta-tinteiro do primeiro-ministro anterior deve ter sido patética em comparação.

Observo as minúsculas palavras impressas, linhas e mais linhas de promessas e cláusulas negociadas entre humanos e dragões. O mesmo documento que ocupou lugar de destaque em cada sala de aula que já frequentei. Minha única chance é convencer seja lá quem for que lidere esta prisão do quanto concordo com ele.

O Guardião me leva a uma pequena sala iluminada por lâmpadas elétricas fracas. Ao longo da parede, vejo armários feios de metal para o armazenamento de arquivos, e sobre uma mesa na outra ponta do cômodo há um modelo do que parece ser uma cidade em miniatura, com dragões de papel suspensos acima.

— Sente-se — ordena o homem, me empurrando até uma poltrona.

Faço o que ele manda. Uma chaleira fumega sobre uma mesinha, posta para dois, com uma caixa de folhas de chá ao lado.

— Houve algum equívoco — falo para o Guardião, que está plantado à porta. — Eu apoio o Tratado de Paz. Ele literalmente impede que humanos e dragões matem uns aos outros, então por que eu...

Uma mulher alta entra na sala, e eu mordo o interior da bochecha com tanta força que sinto gosto de sangue. A primeira-ministra Wyvernmire está usando um sobretudo longo e um broche no formato da garra de um dragão (um símbolo de seu comprometimento ao Tratado de Paz e à rainha dos dragões). O penteado do cabelo ruivo foi finalizado com laquê, parecendo um halo felpudo ao redor de sua cabeça. Seu rosto, pálido feito leite, contém diversas linhas finas cobertas com pó. Ela é mais velha do que eu pensava.

— Bom dia, srta. Featherswallow.

A voz é exatamente como no rádio (ao mesmo tempo severa e suave). Ela se senta na poltrona de frente para a minha. Abro a boca, e então a fecho de novo. Estou na presença da primeira-ministra da Britânia. Algemada.

— Seja bem-vinda à Prisão Highfall, onde os rebeldes mais radicais do país são trancafiados com os mais altos níveis de segurança.

— Ela semicerra os olhos. — Acredito que aqui você esteja se sentindo em casa.

Eu me encolho em resposta.

No melhor dos casos, os rebeldes são preguiçosos que sonegam impostos e, no pior, anarquistas violentos. Li as matérias nos jornais a respeito de atos de vandalismo, bombas em caixas de correio, tentativas de assassinato.

— Não, não estou. — E isso é tudo que consigo dizer.

— Peço desculpas — responde Wyvernmire, colocando chá nas xícaras. — Pensei que devido a quem seus pais são…

— A senhora não pode provar nada sobre meus pais — rebato, e me arrependo no mesmo instante.

— Infelizmente, isso é verdade — concorda Wyvernmire. — A evidência que meus Guardiões coletaram foi destruída no incêndio que avassalou o número 10 da rua Downing ao amanhecer do dia de ontem. Mas, óbvio, a senhorita sabe bem do que estou falando.

Meu estômago embrulha. O pouco de coragem que eu sentia se dissipa prontamente.

— Ainda assim — continua Wyvernmire —, temos testemunhas oculares mais do que dispostas a dar informações sobre os crimes de seus pais. É irônico como até mesmo os insurrecionistas mais radicais dão com a língua nos dentes para que a corda esteja no pescoço de seus comparsas, quando o deles próprio está na reta.

Sinto o calor subir para o rosto.

— Meus pais não são insurrecionistas. E eu também não sou.

Wyvernmire coloca uma xícara na minha frente.

— Você libertou uma dragoa criminosa de sua prisão na Universidade de Londres, convencendo-a, de alguma forma, a atear fogo no meu gabinete em um ato pavoroso de incêndio criminoso. Ou quer me dizer que a destruição da evidência que atrela seus pais à rebelião contra meu governo foi mera coincidência?

Olho para o chão, o rosto ardendo em vergonha.

— Sabe do que chamamos um ataque a uma sede política, Vivien?

— Terrorismo — sussurro.

— Garota esperta.

Neste momento, começo a assimilar o peso do que pedi a Chumana que fizesse.

— Mas o que me interessa é como você conseguiu persuadi-la a concordar com seu plano — acrescenta Wyvernmire. — Suas ações só resultaram em uma incriminação ainda maior para seus pais, e para si mesma. E no entanto... acredito que haja mais por trás dessa sua rebeldia. Você causou uma impressão e tanto em Rita Hollingsworth.

— Nunca mais quero ver aquela mulher de novo — retruco.

— Você é a melhor de sua turma há doze anos. Tem fluência em nove línguas. É a filha perfeita dos seus pais.

Wyvernmire faz um gesto para o Guardião tirar minhas algemas. Esfrego meus pulsos doloridos e dou um gole no chá quente e doce.

— Minha querida — fala a primeira-ministra —, o que foi que deu em você?

A delicadeza na voz dela me pega de surpresa. Minhas lágrimas se misturam ao vapor da xícara. Dois dias antes, eu só queria uma vaga como aprendiz no departamento de tradução da Academia, mas agora é provável que eu nunca mais pise na universidade.

— Meus pais são boas pessoas, e eu quis ajudá-los — respondo, devagar.

— Eles fizeram uma escolha que acabou com sua família — pontua Wyvernmire, a voz voltando ao tom lento e austero. — Usaram suas posições de influência na sociedade para ajudar um movimento rebelde. E, de propósito, não lhe contaram nada, tomando uma decisão que arruinou sua oportunidade de conquistar a carreira dos sonhos, além de potencialmente ter garantido que você e sua irmã fiquem órfãs.

Respiro entre os dentes.

— Tudo não passa de um engano — defendo, atropelando minhas próprias palavras. — Minha mãe trabalha para a Academia, meu tio faz parte do Exército...

— Faz meses que observamos sua casa — explica Wyvernmire. — Desde que você se candidatou à universidade. As pessoas que entram e saem de lá são irrefutavelmente...

— Como é? — interrompo-a. — A senhora disse desde que me candidatei à universidade?

— Não concedemos a vaga para um diploma em línguas dracônicas a qualquer pessoa, Vivien.

— Não?

— Nessas últimas décadas temos visto um aumento palpável em rebelião e dissidência, mais comumente encontradas nas pessoas cujas carreiras requerem um contato regular com… dragões. — A primeira-ministra fecha os olhos, como se a última palavra lhe causasse dor física. — Decidimos que o mais sábio a ser feito, então, seria desincentivar a aprendizagem de línguas dracônicas, ou ao menos garantir que tal estudo seja concedido a cidadãos a quem confiamos serem leais.

Ela sorri para mim, e o gesto não parece uma reação nada natural.

— Por que achou que lhe pedimos tantas referências de caráter?

Referências. Eu precisava de cinco, mas só consegui quatro até o dia da candidatura. Por isso eu tinha ido ver a sra. Morris, que me pediu para…

Não, não posso pensar nisso agora.

— As investigações de praxe que seguiram sua inscrição apontaram algumas irregularidades em relação a seus pais e tio — explica Wyvernmire. — Eles são parte de um grupo de simpatizantes de Coalizão da Segunda Classe.

— Isso é impossível — murmuro. — Meus pais sempre foram rígidos a respeito dos limites de classe, e todos os anos minha família comparece à Celebração do Tratado de Paz …

— Vivien, estou convicta de que você não sabia nada a respeito dos crimes de seus pais — fala Wyvernmire, paciente. — Contudo, meus Guardiões a viram quebrar o protocolo de sua prisão domiciliar, deixar sua irmã mais nova em uma casa em Marylebone e invadir à força a Universidade de Londres.

Eles sabem onde Ursa está.

— Na noite de sábado, você não somente libertou uma dragoa criminosa. Você *pediu à criatura* que cometesse um ato de terrorismo no número 10 da rua Downing, o que é uma infração direta do Tratado de Paz entre os humanos e os dragões da Britânia.

A primeira-ministra Wyvernmire baixa a xícara de chá e me observa com os olhos verdes, sem piscar.

— Você deu início a uma guerra.

Sinto o sangue latejando nos ouvidos.

— Uma guerra?

— A esta altura você já deve ter entendido isso?

Viro o rosto para a janela no exato instante em que um dragão passa voando, tão perto que consigo ver as penas verdes de sua asa. O chá revira no meu estômago vazio. Olho de volta para a primeira-ministra Wyvernmire.

— Neste instante, meu exército está a postos para atacar os dragões em retaliação. Todas as alianças foram quebradas. E o caos que você provocou deu aos grupos rebeldes a oportunidade de se movimentarem contra meu governo.

Ouço um estrondo pesado, mas baixo, ecoando mais adiante na rua. As janelas balançam. O que eu fiz? A sala gira ao meu redor. Por que só não fui embora de Londres, como minha mãe me pediu?

— Me desculpe — balbucio. — Eu não queria que isso acontecesse. Só queria meus pais de volta em casa.

— Por cinquenta e sete anos, o Tratado de Paz nos manteve em segurança — fala Wyvernmire. — Felizmente, eu já estava me preparando para a possibilidade de seu colapso havia um bom tempo.

Ela faz uma pausa.

— Enquanto os rebeldes passaram as últimas vinte e quatro horas incitando atos de guerra por todo o país, *eu* as passei conversando com a rainha Ignacia. Ela não se responsabiliza pelos atos da dragoa que ajudou você a começar esta guerra e decretou um mandado de destruição da criatura.

Penso em Chumana, enfim liberta só para acabar assassinada nos ares.

— E nós duas chegamos a um consenso.

Estou assentindo, mas não entendo uma só palavra do que a primeira-ministra diz. Tudo em que consigo pensar é como as coisas teriam sido melhores para Ursa se eu só tivesse ficado em casa.

— O Tratado de Paz será mantido — continua Wyvernmire —, mas usaremos esta tentativa de arruiná-lo como uma oportunidade para punir os radicais, sejam humanos, sejam dragões. A manifestação rebelde está atacando, e nós precisamos nos defender.

— Então... trata-se de uma guerra civil? — pergunto. — Com o governo e a rainha dos dragões de um lado e os rebeldes do outro?

— Correto — confirma Wyvernmire. — A questão agora, Vivien, é a seguinte: em qual lado você estará?

O relógio na parede conta os segundos de silêncio.

— Não entendo — digo. — Quebrei o Tratado de Paz. Meus pais são rebeldes. Sou tida como criminosa agora, não?

Wyvernmire se inclina para a frente.

— Você é mesmo fluente em nove línguas?

— Sou... — respondo. Por que isso importa? — Três humanas e cinco dracônicas... seis se contar komodonês.

Wyvernmire entrelaça os dedos sobre o colo.

— O Esforço de Guerra requer as habilidades de um poliglota — revela ela. — Um falante de línguas dracônicas. Alguém que possua um talento único para decifrar... significados.

Permaneço incrédula.

— No momento, sua família está enfrentando a penalidade de morte — prossegue a primeira-ministra. — Sua irmã ficará órfã e será colocada em um alojamento para crianças da Terceira Classe, e as pessoas que estão cuidando dela agora serão punidas pelo acolhimento da filha de rebeldes que...

— Não! — protesto. — Eles só estão fazendo o que qualquer pessoa decente faria.

O semblante de Wyvernmire se torna gélido.

— Estou lhe oferecendo uma oportunidade única na vida — destaca ela. — Estou lhe oferecendo um trabalho.

Um trabalho?

De repente, eu me vejo em um campo de trabalho, a vida passando diante dos meus olhos em um fluxo contínuo de dor e labuta.

— Se aceitar a empreitada e for bem-sucedida, sua família será perdoada. Mas nem um minuto antes disso.

Meu coração dispara.

Isso é real?

— Seus pais e seu tio não vão mais poder exercer as profissões que tinham. No entanto, terão o aval para procurar trabalho em outras esferas — explica Wyvernmire. — Você poderá retornar aos estudos, tendo provado sua lealdade ao governo de uma vez por todas.

— E meu primo? De todos nós, ele é o mais inocente.

— Ele também terá o perdão do governo.

Solto uma respiração trêmula. Não sei se um dia vou conseguir deixar para trás o que minha mãe e meu pai fizeram, mas ao menos posso salvar a vida deles. Ao menos posso fazê-los voltar para casa.

— Qual é o trabalho?

— Receio que não terá mais informações até chegar lá. — Wyvernmire olha para o relógio de ouro em seu pulso. — Aceita?

Eu me forço a parar, dar um gole no chá morno e fingir ter escolha nessa questão.

— E onde minha família vai estar nesse meio-tempo?

— Em Highfall.

Meu estômago revira. Então eles estão mesmo aqui.

— E minha irmã e seus... cuidadores? Ficarão em segurança?

— Certamente — confirma Wyvernmire. — A menos que você falhe em desempenhar o papel que lhe será incumbido.

Assinto devagar, sentindo a esperança invadir meu corpo. A luz do sol bate na janela, cercando a primeira-ministra Wyvernmire com um brilho dourado. Diante de mim está uma mulher que admiro há muito tempo: justa e venerável, que impõe respeito como um homem. Entre as primeiras mulheres da Britânia a irem para a universidade, ela teve conquistas para a nação tanto quanto Hollingsworth teve para a Academia. Percebo, então, que Wyvernmire só está fazendo o trabalho dela. O trabalho que sustenta a sociedade. O que manteve intacta a aliança entre humanos e dragões britânicos (agora por um fio, graças a mim). E neste momento ela está me oferecendo a oportunidade de apagar os dois dias anteriores como se não tivessem passado de um pesadelo horrível.

Suas línguas te salvaram, Vivien, e vão te salvar mais vezes.

— Certo — digo. — Mas tenho uma condição.

— Você não está em posição de negociar.

— Meu primo, Marquis. Ele é inteligente, estuda a anatomia dos dragões. Arrume um trabalho para ele também.

Wyvernmire me encara.

— Não.

— Ele não pode ficar aqui, não fez nada de errado! — Sinto a coragem ganhando força dentro de mim, ancorada pelo fato de que a primeira-ministra do Reino Unido acabou de sugerir que *precisa* de mim. — Leve nós dois, e vamos *juntos* ajudar você a vencer esta guerra.

Ela analisa meu rosto por um longo momento, como se estivesse procurando uma mentira.

— Muito bem, então — concede ela.

Eu me sinto leve, como se pudesse sair voando a qualquer minuto.

— Porém, se falhar, seu primo vai encontrar o fim no laço do carrasco... assim como o restante da sua família.

Assinto.

— Aceito a proposta.

Wyvernmire tira da maleta um maço de folhas manuscritas.

— Você deve assinar o Ato Oficial de Sigilo antes de ir a qualquer lugar. Ao fazê-lo, estará comprometendo-se com uma promessa eterna de nunca revelar os detalhes do trabalho que está prestes a começar. Estamos entendidas?

— Sim — respondo, pegando a caneta que ela estende para mim.

Dou uma rápida olhada na página, e palavras como SIGILO, DRAGÕES e DIRETRIZES DO GOVERNO me saltam aos olhos. Não há sentido em ler o documento. Este trabalho é a única esperança que me resta.

Assino a papelada e Wyvernmire assente para mim, satisfeita. Em seguida, ela vira a cabeça na direção do Guardião.

— Leve a srta. Featherswallow para se lavar.

De repente, reparo no estado da minha calça, suja com sangue de dragão.

— E solte o rapaz — orienta Wyvernmire. — Os dois vão para o DDCD.

— Posso fazer uma pergunta? — falo quando o Guardião me escolta para a porta, desta vez sem algemas.

— Apenas uma — estipula Wyvernmire.

— A dragoa que queimou seu gabinete. Ela já foi destruída?

Rugas vincam a testa da primeira-ministra.

— Não — responde ela. — Por ora, essa rebelde em particular continua viva.

Cópia de um excerto de **História natural de línguas dracônicas,** *artigo disponibilizado aos alunos da Universidade de Londres, em 1919, e escrito pela antropóloga de dragões, a Dra. M.ª Helina Featherswallow.*

Antes de embarcarem no estudo de línguas dracônicas propriamente dito, como vocês, jovens brilhantes, estão prestes a fazer, é necessário considerar suas origens.

Ao longo dos últimos cinquenta anos, foi amplamente aceito no meio acadêmico que as línguas dracônicas de fato se desenvolveram a partir de línguas humanas. Na verdade, se os humanos jamais tivessem vagado pela terra, é possível que os dragões nunca tivessem chegado a desenvolver alguma forma de linguagem oral. No entanto, a espécie demonstra uma maestria linguística que em muito supera a nossa.

Não há evidências que indiquem que os dragões se comunicavam verbalmente antes da evolução dos humanos em nosso planeta. Quando nossos ancestrais, cujas primeiras línguas faladas começaram a surgir somente depois de eles aprenderem a controlar suas vocalizações primitivas, passaram a migrar pelo mundo, a interação com as populações dracônicas se tornou inevitável. Foi precisamente nesse período, quando os dragões haviam captado os fundamentos básicos da linguagem humana, que as línguas dracônicas nasceram.

Isso explica por que as seis línguas dracônicas conhecidas e faladas nos países anglófonos da Inglaterra, Austrália e América têm diversas similaridades com o inglês (uma língua humana germânica), mas quase nenhuma com o espanhol (uma língua humana românica). Além disso, essas seis línguas dracônicas análogas ao inglês têm similaridades com a língua dracônica falada na Alemanha, devido, é óbvio, ao fato de que tanto o alemão como o inglês se desenvolveram a partir da mesma ancestral sem registro escrito: a língua protogermânica.

Além disso, o wyrmeriano, uma língua da idade moderna falada por dragões britânicos, assim como o draecksum, falado por dragões holandeses, são tão próximos que muitas palavras de seus léxicos são intercambiáveis. Isso se dá porque a Holanda é uma das principais regiões da qual migraram os colonos anglo-saxões na Inglaterra. Agora, nossas línguas humanas até mesmo fazem empréstimos das dracônicas, com skrit, uma palavra comum no vocabulário de língua inglesa que significa tolo, tendo origem no wyrmeriano. É interessante ressaltar que as línguas dracônicas contêm muitas palavras que necessitam do som de 's', bastante natural aos dragões devido à natureza bifurcada de suas línguas.

É somente após compreender as origens do dragonês que linguistas podem estudar cada idioma separadamente. Tal processo viabilizará um aprofundamento ainda maior na área de linguística dracônica, como sei que vocês almejam fazer, começando pela teoria fascinante acerca de dialetos dracônicos, que são...

Cinco

A ESTAÇÃO ST. PANCRAS ESTÁ TOMADA por caos. O ar cortante de novembro esgueira suas mãos frias para dentro do meu casaco, me fazendo tremer. Os Guardiões permitiram que eu me lavasse e trocasse de roupa antes de entrar no mesmo tipo de motocarro que levou meus pais embora. Puxo o suéter de lã e a saia curta demais, tentando não pensar a quem pertenceram. Marquis, disseram, vai nos seguir em outro veículo. Porém, enquanto vejo pessoas correndo para pegar os trens, carregando malas ruidosas e crianças estridentes, não vejo nenhum sinal do meu primo.

— A Britânia está em guerra de novo!

O jornaleiro parou com a banca na frente do guichê de passagens, onde um homem com um carrinho, segurando um violoncelo e diversos outros instrumentos, faz um gesto com urgência. A voz do vendedor ecoa pela estação quando um trem chega com uma lufada de vapor. É pequeno, antigo e azul. Algo me diz que não vou precisar de um tíquete.

— Tem certeza de que é esse mesmo? — pergunto ao Guardião mais próximo.

Ele assente, a viseira do capacete escondendo seu rosto, e me empurra em direção ao trem. Através da janela, vislumbro os assentos vazios e depois subo a bordo. Meus acompanhantes permanecem na plataforma. Meu casaco, a única coisa que tive autorização para manter, ainda cheira a fumaça de dragão. Encontro um vagão e me sento à janela, sentindo o medo embrulhar meu estômago.

Marquis não está aqui. Eu devia ter imaginado, não é? Como se a primeira-ministra fosse negociar com uma criminosa de dezessete anos. Pisco para tentar conter as lágrimas (me recuso a chorar com os Guardiões me observando). Vejo um jornal enfiado na lateral do meu banco e o pego, virando o anúncio da Selfridges de gabardina à prova d'água para mulheres, o qual ocupa a primeira página.

O TRATADO DE PAZ SERÁ MANTIDO: INICIA-SE UMA GUERRA CONTRA OS REBELDES, diz a primeira manchete.

Uma guerra contra os rebeldes.

Me lembro das inúmeras conversas dos meus pais que aconteciam durante a madrugada. Esse tempo todo deviam estar armando reuniões secretas, ataques ou falando sobre seja lá o que for que rebeldes discutem. Como puderam fazer isso comigo, com Marquis, com Ursa? Leio o restante das manchetes, tentando controlar a respiração.

GOLPE DE ESTADO DA COALIZÃO ENTRE HUMANOS
E DRAGÕES ATACA LONDRES

DE PROTESTOS A PUTSCH — O PRIMEIRO PARTIDO INTERESPÉCIES
DA BRITÂNIA DECLARA GUERRA

FUGA EM MASSA DA PRISÃO GRANGER

Nervosa, batuco o pé no chão. Não é de se admirar que Rita Hollingsworth tenha se recusado a publicar os artigos mais recentes da minha mãe, se o governo de fato já sabia que ela era uma rebelde. Porém, a ideia da Academia de desincentivar a aprendizagem de línguas dracônicas me soa tão extrema — Hollingsworth não deve estar de acordo com isso, não é? Amasso o jornal até virar uma bola e o jogo no chão. O trem dá um solavanco de repente, saindo da estação. Eu avanço para a janela.

— Meu primo! — grito para os Guardiões. — Ele não está aqui!

Uma explosão atinge a plataforma.

Estremeço e cambaleio para trás, batendo o joelho no braço do assento. Os Guardiões se viram, apontando armas para o céu, quando um dragão bate no teto de vidro da estação. As pessoas fogem em todas as direções, seus gritos quase inaudíveis em meio ao som do estilhaçar de vidro e do arranhar de metal. A barriga do dragão, de um roxo violento, desliza pela plataforma quando sua cauda cheia de espinhos desmorona um pilar de pedra. A criatura vira a cabeça para a sala de bagagem, as escamas hexagonais reluzindo como se tivessem sido forjadas em metal, e os chifres logo abaixo de seu papo empalam o carrinho de um passageiro e o levantam aos ares. A última coisa que vejo quando o trem parte em meio à chuva de fragmentos são os Guardiões que me escoltaram sendo engolidos por chamas.

A porta do vagão se abre, fazendo um barulho, e eu me viro.

Parado no corredor, com o cabelo embaraçado e com o roxo de um corte sob os olhos, está Marquis. Caio no choro. Marquis quase tropeça para chegar até mim, e logo estou sentindo o doce cheiro familiar de casa.

— Tudo bem? — pergunta ele, a voz rouca, como se estivéssemos apenas nos encontrando por acaso para ir à aula. Depois, ele emenda: — Caralho, Viv, como foi que você conseguiu me tirar de lá?

— Achei que você não vinha — digo, baixinho, quando nos soltamos. — Pensei que ela tivesse mentido para mim.

— Quem?

— A Wyvernmire.

— Você conheceu a Wyvernmire?

Faço que sim. Nós dois nos sentamos, e por um momento só observamos os prédios cinza altos passando pela janela à medida que o trem sai de Londres.

— O que aconteceu lá atrás? — pergunta Marquis.

— Um dragão atacou a estação — respondo. — Botou fogo na plataforma. Acho que os Guardiões que me escoltaram foram mortos.

— Já vão tarde — balbucia Marquis.

Estremeço e aponto para o corte em seu rosto.

— Foram eles que fizeram isso em você?

— Aham, e logo depois me disseram que minha prima tinha negociado minha soltura. — Ele passa os dedos pelo cabelo. — Viv, será que você pode, por favor, me falar o que está acontecendo?

Conto tudo para ele, desde o momento em que deixei Ursa com os pais de Sophie até o encontro com Wyvernmire. Ele responde com uma enxurrada de linguagem chula.

— Você tirou um detonador do dragão da biblioteca?

— Fiz pior que isso — digo, grunhindo. — Dei início a uma guerra.

Marquis sorri.

— *Você* deu início a uma guerra?

— O que a Chumana fez... o que eu a ajudei a fazer... foi uma infração direta do Tratado de Paz — explico. — Os rebeldes entenderam isso como algum tipo de sinal, agora estamos no meio de uma guerra civil, e a culpa é toda minha.

Marquis tira um saquinho de tabaco da bota.

— Os rebeldes têm planejado um golpe há meses — conta ele, pegando uma folha de seda. — Todo mundo já sabia que ia acontecer. Você leu os jornais... e até *viu* uma das manifestações com os próprios olhos.

Vejo um lampejo do rosto da menina da Terceira Classe morta.

— Mas o incêndio causado por dragão na rua Downing foi o ponto de virada. A Wyvernmire disse que...

— Parece que ela está tentando fazer você se sentir culpada — aponta Marquis, bolando um cigarro entre os dedos. — Quando, na verdade, ela sabia tanto quanto qualquer outra pessoa que o estopim para esta guerra era só questão de tempo.

— O único motivo pelo qual ainda temos o Tratado de Paz é porque ela não deu ao exército a ordem de retaliação — falo, com amargor. — O que fiz... poderia ter causado uma guerra entre as espécies.

— Parece que está se dando crédito para algo muito maior do que você.

Faço uma cara confusa.

— Não quero crédito nenhum pelo que está acontecendo — retruco. — Não quero ter nada a ver com o que diz respeito aos rebeldes.

Ficamos em silêncio conforme as palavras pesam no espaço entre nós dois.

— Você sabia? — pergunto, encarando meu primo no fundo dos olhos. — Sobre nossos pais?

Marquis solta a fumaça por entre os dentes.

— Mas que pergunta. Você sabia, por acaso?

— Não. — Meu lábio treme, e eu o mordo para impedir o movimento.

— Há quanto tempo você acha que eles fazem parte disso? — indago.

— Da rebelião? Pelo que eu li, a coalizão entre rebeldes humanos e rebeldes dragões é bem recente. E, conhecendo sua mãe, foram os dragões que a meteram nisso.

— Mas por que é que eles topariam se meter nisso tudo? — rebato. — A vida dos nossos pais estava completamente aceitável, boa até…

— Eu não acho que isso tenha a ver com a vida *deles* — argumenta Marquis. — E sim com a vida das pessoas da Terceira Classe, das injustiças que os dragões enfrentavam em nome do Tratado de Paz e…

— Injustiças? — digo. — Do que você tá falando? Os dragões *concordaram* com o Tratado de Paz. Durante anos, tanto o acordo quanto o Sistema de Classes funcionaram muito bem.

— Mas não é tudo tão bom assim, é?

Olho para Marquis esperando que ele continue.

— A restrição de locomoção, pra começo de conversa — diz meu primo.

Reviro os olhos.

— A Proibição de Viagens é para impedir a superpopulação!

— Se ela existisse quando o Massacre da Bulgária ocorreu, sua mãe estaria morta e você não estaria aqui — responde Marquis.

Fecho os olhos, me lembrando de como o Guardião chamou minha mãe de escória búlgara. Nesse quesito meu primo está coberto de razão.

— E não parece justo que haja coisas que nós podemos fazer, lugares que podemos visitar, e a Terceira Classe, não.

Eu tinha doze anos quando vi uma garota ser fisicamente retirada da biblioteca pública porque pertencia à Terceira Classe. Os Guardiões a revistaram, esvaziando seus bolsos com páginas rasgadas de *Um conto de Natal*, do Dickens. Fiquei chocada pelo vandalismo dela, mas mais ainda por sua determinação em ter acesso à literatura. O Sistema de Classes alimenta a ambição, explicou o tio Thomas mais tarde. Será que a menina teria tido tanta vontade assim de ler o livro caso tivesse recebido permissão para fazê-lo? Será que eu seria uma aluna tão boa se, como disse meu pai, não convivesse com a constante ameaça do rebaixamento à Terceira Classe?

— Não te incomoda que você esteja aprendendo línguas dracônicas em um país que mantém as interações entre humanos e tais criaturas na mínima frequência possível? — questiona Marquis.

— Nós interagimos, sim, com dragões — afirmo, indignada. — Passamos pelo ninho acima da Biblioteca Britânica todos os dias, e tem aquela dragoa prateada que conta dinheiro no banco... — Paro, tentando me lembrar do nome dela. — Sheba.

— E quantas vezes você falou com a Sheba, para ser exato? — retruca Marquis, com frieza. — Dizem que, antes do Tratado de Paz, havia dragões por toda a parte. E que, até algumas décadas atrás, eles eram tratados como iguais aos humanos. Meu pai me contou que ele e minha mãe até mesmo eram *amigos* de alguns. De dragões, Viv!

Olho para os pastos de vacas que passam pela janela. A mãe de Marquis, minha tia Florence, morreu no parto. A família dela é da Carolina do Norte, onde bebês humanos e filhotes de dragões compartilham ninhos. Marquis só visitou os parentes maternos uma única vez, antes da Proibição de Viagens.

Ele solta fumaça pela janelinha de deslizar.

— Só estou dizendo que o Tratado de Paz e o Sistema de Classes podem não ser as mil maravilhas que você acha que são.

— Eu ouvi os boatos — digo, pensando nas conversas sussurradas a respeito de cláusulas secretas e um sistema de eleição burlado que ouvi no campus. — E, sendo bem sincera, muito me admira que você tenha se deixado levar por todo esse sensacionalismo para causar medo.

— E em *nada* me admira te ouvir chamar uma coisa de "sensacionalismo para causar medo" só porque você não entende — retorque Marquis.

Eu me viro, queimando de raiva. O que aconteceu com minha família? Primeiro meu pai, agora Marquis.

— A primeira-ministra Wyvernmire e a rainha Ignacia vão vencer a guerra — digo. — E os rebeldes, nossos pais, vão pagar com a própria vida.

— Não se conseguirmos limpar a ficha deles — fala Marquis, baixinho. — É por isso que estamos aqui, não é? Fazemos o trabalho necessário, damos ao governo o que eles querem e voltamos para casa.

Casa. Marquis está certo. Quanto antes concluir o trabalho, mais rapidamente vou voltar para uma vida normal, uma vida na qual meus pais não são rebeldes. Eu me imagino no meu quarto de novo, sendo acordada por Ursa pulando na cama. Deixo a mente vagar por Fitzrovia, cruzar a praça abaixo da minha janela, abarrotada com sua mistura colorida de artistas, imigrantes e intelectuais. Me sento na biblioteca repleta de livros da universidade, estudo no gramado com Marquis, subo a escada que dá para o Banco de Londres e peço para falar com Sheba...

Marquis me sacode, me despertando.

— Chegamos.

O trem parou sob a luz fraca da tarde. Esfrego os olhos para afastar o sono e bisbilhoto pela janela. A plataforma é pequena, construída à sombra de um único carvalho largo com um guichê de passagens do tamanho de uma cabine telefônica. A placa diz:

ESTAÇÃO FERROVIÁRIA DE BLETCHLEY.

— Bletchley? — indago.

Marquis dá de ombros.

— Nunca nem ouvi falar.

Um Guardião está à nossa espera na plataforma, segurando o capacete embaixo do braço. Eu nunca tinha visto um sem capacete. Desço do trem atrás de Marquis.

— Vivien e Marquis Featherswallow? — chama o homem. Seu sotaque irlandês é estranhamente reconfortante.

— Sim — respondemos juntos.

— Excelente. Sou o Guardião 601. Meu nome verdadeiro é Owen.

Eu nunca tinha ouvido o nome de um Guardião.

Ele faz um gesto em direção à estrada, e meu coração murcha ao ver mais um motocarro elegante dos Guardiões.

— Eu não sabia a que horas vocês iam chegar — comenta Owen, entrando no lado do motorista. — Os recrutas têm chegado sem parar desde manhã. O governo está elevando as coisas agora que a guerra começou.

Ao dizer isso, ele para de falar, e um silêncio constrangedor toma conta do carro. Seguimos por uma cidadezinha chocha com prédios de tijolos e um campo de esportes deserto. Vejo um amontoado de pessoas na fachada de uma quitanda e uma moça passando com um carrinho de bebê em frente a uma loja queimada que, provavelmente, havia sido destruída na Grande Guerra e ninguém nunca mais a reformara. Este deve ser um distrito da Terceira Classe.

As estradas de concreto somem e dão espaço a um chão de terra cercado por fileiras de árvores. Um lago surge, azul-escuro sob o sol baixo. Depois, há mais árvores e um campo. Mais além ainda, um solar de tijolos vermelhos e altos portões de ferro que se abrem por meio de força mecânica. Atrás deles, um pequeno exército de Guardiões da Paz abre caminho para que o motocarro passe.

— Vocês arranjaram uma bela recepção de boas-vindas — comenta Owen, baixinho, e eu fico me perguntando o que será que contaram a ele a nosso respeito.

O motocarro para no pátio de cascalhos brancos em frente ao solar, e eu me inclino sobre Marquis para ver a mansão. É enorme, isso não está aberto à discussão, mas tem um ar confuso a seu respeito: varandas no estilo de catedrais, esculturas góticas de leões dispostas ao lado de jardins de inverno de vidro e janelas salientes típicas de casas de bairros residenciais. Todas as tendências de arquitetura vão uma de encontro à outra — minha mãe chamaria isso de vulgar. No entanto, banhado pela luz leve do entardecer, o solar me parece reconfortantemente despretensioso.

Desço do carro. Owen nos acompanha até os degraus da frente e adentra em um hall com um teto em redoma. Duas escadarias de carvalho sobem pelos dois lados do salão até um patamar amplo.

— Estão esperando por vocês na ala oeste — avisa Owen, nos conduzindo a um corredor à esquerda.

Paramos em frente a uma porta fechada, à qual Owen bate bem alto. Ouço movimento do outro lado. A porta range ao ser aberta e revela um homem largo usando um terno roxo-escuro. Ele arregala os olhos ao nos avistar e levanta a mão rechonchuda para acariciar a barba curta.

— Ah, Vivien e Marquis — cumprimenta ele. — Estávamos aguardando sua chegada.

Também reconheço a voz dele do rádio. Este homem é o vice-primeiro-ministro Ravensloe. Nós entramos no que parece ser uma sala de aula universitária fora de uso, tudo ao redor aparenta estar coberto por uma grossa camada de poeira e penumbra. As janelas estão fechadas com cortinas de vedação, e a luz branca do dia força entrada por suas bordas, ameaçando invadir o recinto. Várias pessoas, todas por volta da minha idade, estão sentadas a carteiras como se fossem alunas. Elas nos encaram, sérias, e de repente desejo que o chão se abra e me engula inteirinha. Será que *eles* sabem por que estou aqui? Sabem o que eu fiz?

— Por favor, sentem-se — diz Ravensloe em um tom agradável. — A turma está quase completa.

Escolho uma carteira vaga entre dois garotos. O primeiro é alto, tem ombros largos e me encara com raiva quando olho em sua direção. O segundo tem maçãs do rosto proeminentes e uma pele negra que reluz em contraste com o colarinho branco da camisa. Está sentado com a postura reta, em alerta, como se estivesse prestes a fazer uma prova. Quando me sento no lugar ao lado dele, sinto o cheiro de hortelã e tabaco. Marquis se senta algumas carteiras à direita, uma fileira antes da minha.

Com um Guardião armado logo atrás, Ravensloe está ao lado de uma mesa na frente da sala.

— Olhem só para vocês — exclama Ravensloe, os olhos brilhando. — A turma de 1923.

Ninguém fala e o vice-primeiro-ministro mexe em uma papelada.

— Vamos direto ao ponto, então — conclui ele perante o silêncio. — Sejam todos bem-vindos ao DDCD.

Alguém ergue a mão. É uma menina ruiva de óculos.

— Por favor, senhor — interrompe ela —, o que DDCD significa?

Ravensloe lança a ela um sorriso condescendente, como se a pergunta fosse idiota. Sinto uma onda de repulsa por ele.

— Deixe-me refrasear isso para você, senhorita — responde ele. — Sejam todos bem-vindos ao Departamento de Defesa Contra Dragões.

A porta é aberta com um estrondo e mais dois Guardiões entram. Entre eles está uma garota com roupas chamuscadas, o cabelo loiro cheio de terra.

— Aqui está a última, senhor.

Meu coração dispara quando reparo no andar leve e familiar, além do cordão vermelho ao redor do pulso da menina. Sinto o sangue fugir do rosto. A menina levanta a cabeça.

Eu a observo, o corpo inteiro explodindo em calafrios.

Nossos olhares se encontram, e o lábio inferior dela treme.

— Excelente — fala Ravensloe. — Turma, permitam que eu lhes apresente nossa última recruta. O nome dela é…

— Sophie — diz a garota. — Meu nome é Sophie.

SEIS

NÃO DESVIO O OLHAR DA FRENTE da sala enquanto Sophie se senta à última carteira vaga. Sinto Marquis tentando chamar minha atenção, mas não consigo me mover. É como se minha mente estivesse espiralando, fugindo de controle. Os pais de Sophie me disseram que ela estava desaparecida havia semanas. E de repente ela aparece ali. No Departamento de Defesa Contra Dragões. No mesmo dia que eu.

Mal consigo assimilar uma só palavra do que Ravensloe está dizendo:

— O DDCD foi criado logo após a assinatura do Tratado de Paz como medida preventiva para nos poupar de uma tragédia como a que ocorreu na Bulgária…

Eu viro a cabeça devagar e olho de relance para Sophie. Ela está usando o suéter azul favorito (o que a mãe lhe deu de presente no Natal), mas a manga está chamuscada e rasgada. As unhas, sempre limpas e bem cortadas, estão roídas, e os brinquinhos de prata que costumavam adornar suas orelhas já não estão mais lá.

— … em um conglomerado de inteligência que possa nos ajudar caso sejamos forçados a combater os dragões…

Sophie passa os dedos pelo cordão ao redor do pulso. Não olha para mim.

Onde é que ela estava esse tempo todo? E por que parece que andou em meio a chamas? Será que ela também é uma criminosa? Tenho um sobressalto quando Ravensloe bate a mão na minha carteira.

— Vivien Featherswallow, você está me acompanhando?

Sophie não se move, mas todas as outras pessoas se viram para me fulminar. De soslaio, vejo Marquis revirando os olhos.

— Sim, senhor — respondo, como se estivéssemos na escola.

Quando Ravensloe prossegue com o discurso, olho para Marquis.

O que está acontecendo?, questiona ele, apenas mexendo os lábios.

Balanço a cabeça em negativa e me concentro em Ravensloe.

— Com o alvo nas costas do governo, que está na mira tanto de rebeldes dragões quanto de rebeldes humanos, o DDCD de repente se tornou crucial para a sobrevivência dos valores e do estilo de vida que cultivamos em nossa nação. — O vice-primeiro-ministro anda de um lado para outro. — É por isso que, há muitos meses, a primeira-ministra Wyvernmire vem recrutando mentes afiadas feito diamantes: pessoas fortes e saudáveis, com habilidades especializadas e que são capazes de trabalhar bem sob pressão. — Ravensloe faz uma pausa para olhar para a turma. — Acreditamos que vocês todos se encaixam nesses parâmetros.

Espero pela risada educada que costuma acompanhar uma piada ruim, mas o silêncio da turma se estende. Posso até trabalhar bem sob pressão (os anos que antecederam o Exame me prepararam para isso), mas uma mente afiada feito diamante? Sou boa com línguas, é verdade, mas só tenho dezessete anos. E Marquis? Praticamente precisei implorar para ele ser mandado para cá.

— Cada um de vocês se viu em algum tipo de circunstância de rejeição social — continua Ravensloe. — Todos aqui, de um jeito ou de outro, são marginais.

Meu rosto cora em surpresa devido à vergonha repentina que corre pelas minhas veias.

Marginais.

É uma palavra triste, usada para descrever alguém cujo comportamento é estranho ou descabido, alguém que ignora as regras. Nunca imaginei que seria usada para *me* descrever.

— Entretanto, graças à generosidade da líder da nossa nação, cada um de vocês recebeu uma oportunidade. Uma chance de serem outro alguém. Uma chance de redenção.

O silêncio na sala é palpável. Sophie ainda não se mexeu. Ergo a mão.

— Disseram que nos dariam um trabalho — falo. — No que exatamente isso consiste?

Com isso, Sophie enfim vira a cabeça para me olhar, de um jeito frio e irreconhecível.

— Excelente pergunta — diz Ravensloe.

Ele gesticula para o Guardião, que vai até a porta e a abre. Dois homens e uma mulher entram. Um deles tem uma barba branca comprida, já o outro é alto e de aparência estranha. A mulher é bonita, com cabelo escuro e óculos vermelhos grandes demais para seu rosto. Ravensloe sorri para eles como se estivessem trazendo boas-novas.

— Cada um de vocês será designado a uma de três categorias — explica ele. — Aqui estão os líderes de cada uma delas: o professor Marcus Lumens, o sr. Rob Knott e a dra. Dolores Seymour.

A mulher, a dra. Dolores Seymour, acena brevemente.

— Entre a turma, não haverá distinções de classe — acrescenta Ravensloe. — Todos aqui são do mesmo status e têm as mesmas chances. Contudo, assim como a vida fora da Propriedade Bletchley, a contribuição é essencial. Quem não contribuir será rebaixado.

— Rebaixado? O que pode ser inferior a "marginais"? — pergunta Marquis, brincando, o que faz a menina atrás dele soltar uma risadinha.

Ravensloe volta o olhar na direção dele, já sem nem mais um traço de sorriso.

— Quer mesmo descobrir? — rebate ele, baixinho.

Fulmino Marquis com o olhar, e por um segundo queria poder dar um tapa nele para arrancar aquele sorrisinho desafiador de seu rosto. Ele vai arrumar dor de cabeça para nós dois antes mesmo de começarmos. Sei que está pensando na nossa discussão no trem. Nas vidas da Terceira Classe, nos rumores acerca do Tratado de Paz e do Sistema de Classes. Por outro lado, *eu* sinto uma estranha leveza no peito, uma sensação de alívio. Se tudo que preciso fazer é trabalhar duro, então eu (e minha família) ficarei em segurança. Afinal de contas, passei a vida inteira envolvida neste jogo. Trabalho, notas, elogios... tudo isso eu conheço bem.

Ravensloe pigarreia.

— Antes de sua chegada, todos assinaram o Ato Oficial de Sigilo, assim como todas as pessoas que trabalham no DDCD. Vocês não devem discutir seu trabalho com ninguém, exceto uns com os outros... e *somente* se necessário. Não temos espaço para conversa-fiada aqui. Todas as janelas do solar devem ser vedadas diariamente antes do anoitecer. Pois permitir que o inimigo descubra nossa posição colocaria em risco a vitória, além de nossa vida.

Penso no ataque do dragão na estação St. Pancras e fico arrepiada ao lembrar as chamas engolindo as pernas dos Guardiões.

— Plantamos entre os moradores locais o pretexto de que estamos aqui unicamente por motivos administrativos — compartilha Ravensloe. — Se algum visitante desta residência questionar, vocês devem perpetuar o pretexto. É proibido mandarem cartas ou se comunicarem com qualquer indivíduo fora de Bletchley.

O garoto do colarinho branco tamborila os dedos na coxa, impaciente.

— Os turnos são de sete horas diárias, e vocês terão folga aos domingos. Devem trabalhar em equipe com os demais membros de sua categoria para completar as missões no período mais curto possível. Se nos providenciarem as informações necessárias para que vençamos a guerra, os membros de cada categoria bem-sucedida serão libertos para reintegrar a sociedade nas devidas classes a que pertenciam antes de aceitarem o trabalho, *ou* no período do último censo, o que for mais alto. Quaisquer crimes que tenham cometidos serão perdoados.

Olho para Sophie, sentindo os cantos da minha visão suavizarem.

Ou *no período do último censo.*

Será que o destino nos colocou juntas aqui? Ou foi o golpe de sorte mais ultrajante que vou receber na vida? O último censo foi há quase um ano, antes do Exame. Antes de Sophie ter sido rebaixada. O que significa que, se a categoria dela for bem-sucedida, vai voltar para a Segunda Classe. Para casa.

Fico sem fôlego. Será que vou ser colocada na mesma categoria que ela? Se estamos aqui, então esta é minha chance de devolver a Sophie o que lhe tirei. Se todos conseguirmos, Marquis, Sophie e eu vamos voltar para a Segunda Classe *juntos*.

Esta é minha oportunidade de salvá-la.

— Alguma pergunta? — fala Ravensloe, acariciando a barba mais uma vez.

Em minha visão periférica, vejo o garoto do colarinho branco levantar a mão, mas ainda estou olhando para Sophie, torcendo para ela corresponder o ato.

— Só para que não restem dúvidas, vice-primeiro-ministro... quem exatamente estamos combatendo nesta guerra?

A voz firme e grossa do garoto me faz virar a cabeça antes que possa me impedir. Ele tem um sotaque de Terceira Classe, talvez de Bristol, mas seu tom é afiado como vidro. Ele me vê o olhando e dá um sorrisinho de canto da boca. Ravensloe semicerra os olhos.

— Qualquer indivíduo que conspire contra o Estado, qualquer indivíduo que colabore com a rebelião, qualquer indivíduo que forneça abrigo ao inimigo, seja ele humano ou dragão... são contra essas pessoas que estamos lutando. Respondi à sua pergunta, rapaz?

O sorriso que foi aberto para mim cresce enquanto o garoto sustenta o olhar de Ravensloe.

— Certamente, senhor.

Desvio o olhar, meu coração batendo mais forte do que momentos antes. Ravensloe estala os dedos, e a dra. Dolores Seymour começa a distribuir arquivos. O meu está dentro de uma pasta de papel com meu nome escrito na frente em tinta preta.

— Vocês devem ler os arquivos que lhes foram entregues uma única vez antes que sejam destruídos — comunica Ravensloe.

Marquis arqueia a sobrancelha para mim, e a sala é preenchida pelos ruídos dos arquivos sendo abertos. Também abro o meu e começo a ler.

NOME: Vivien Marie Featherswallow
TURNO: das 5h às 12h
LOCAL DO TURNO: Estufa
CATEGORIA DE TRABALHO: Decifração de códigos

Decifração de códigos? Leio e releio as palavras à procura de informações que eu possa ter deixado passar, mas não encontro nada. Meu estômago embrulha. Wyvernmire disse que precisava de alguém que falasse línguas dracônicas, de um poliglota. Não sei nada a respeito de códigos. Talvez eu tenha recebido o arquivo errado. Sussurros ecoam pela sala. Olho para Marquis, que balança a cabeça em descrença. Sophie fechou a pasta e enfiou o rosto nas mãos. Somente o garoto do colarinho branco transparece serenidade. Na verdade, seu semblante quase se parece com divertimento.

— O Guardião 601 vai ajudá-los a encontrar as acomodações — anuncia Ravensloe quando Owen reaparece à porta. — Os turnos terão início pela manhã. Recomendo terem em mente que aceitaram um trabalho governamental do mais alto sigilo, o qual deve ser completado com máxima urgência. Vocês têm três meses.

Três meses? Três meses para vencer uma guerra?

— Infelizmente, a turma anterior não seguiu meu conselho.

Um calafrio percorre minha espinha. Então não somos os primeiros. Olho para os líderes das três categorias, mas estes não demonstram emoção alguma. Será que também trabalharam com *a turma anterior*? Há quanto tempo exatamente estão se preparando para esta guerra? Os demais recrutas trocam olhares, como se em busca de uma confirmação de que ouviram errado.

— Lembrem-se, recrutas, de que o que fizerem aqui vai ajudar a determinar o curso da guerra.

Ao dizer isso, o vice-primeiro-ministro e seu Guardião deixam a sala. Os líderes das categorias começam a recolher os arquivos, e minha mente vai a mil. Três meses. É pouca coisa, mas também é tempo demais para ficar longe de Ursa. De repente, me sinto desesperada para começar a trabalhar, para descobrir o que precisamente este trabalho vai exigir.

— E aí? — balbucia Marquis, conferindo se os líderes das categorias não estão olhando antes de se aproximar da minha carteira. — O que você vai fazer?

— A gente não deve falar disso — rebato.

— Vai, prima — pressiona Marquis, dando uma piscadinha. — Só uma vez na vida tenta *não* ser tão certinha.

Estamos aqui há cinco minutos e ele já quer quebrar as regras.

— Assinamos o Ato Oficial de Sigilo — sussurro. — O Ravensloe disse que...

— Que podemos discutir nosso trabalho *uns com os outros* — completa Marquis, apoiando os cotovelos na beirada da minha carteira. — Nós dois sabemos que você vai me contar. Então só desembucha.

— Tá — concedo. — Sou decifradora de códigos.

— É o quê? — emenda Marquis em voz alta.

— *Shhh!* — sibilo quando várias cabeças se viram na nossa direção. — Você não tá nessa categoria, então?

— Não — responde Marquis. — Me colocaram na aviação.

Rio pelo nariz.

— Tipo, para pilotar aviões?

— Como é que eu vou saber? — retruca ele. — Você disse para eles que estou estudando a anatomia dos dragões, não disse, Viv?

Só que não estou mais prestando atenção. Conforme os recrutas começam a sair da sala, Sophie passa pela gente sem nem olhar na nossa cara.

— Sophie! — chama Marquis.

Ela o ignora, e meu primo se vira para mim com uma expressão ofendida.

— Ela deu pra odiar a gente agora, é?

Meu coração dispara.

— Por que ela nos odiaria? Não a vemos há meses, e não é como se ela soubesse...

Paro de falar, meu rosto ficando quente.

— Soubesse o quê? — pergunta Marquis, que tira um cigarro já bolado da bota e o coloca sobre a orelha.

— Nada — murmuro enquanto seguimos os recrutas pelo corredor.

Meu estômago se contorce em nós. Sophie não faz ideia do quanto a machuquei e, se depender de mim, nunca vai descobrir. Vou consertar o que fiz, e tudo vai voltar a ser como antes.

SETE

OWEN NOS CONDUZ ESCADA ACIMA, ATÉ O segundo andar. Um número obsceno de placas aparece nas paredes, todas com instruções ou proibições. Na entrada da ala leste do solar, há uma placa redonda com uma boca e um dedo pressionado aos lábios.

DISCRIÇÃO, NÃO DISCUSSÃO, dizem as instruções abaixo.

— Meninas ficam ao lado esquerdo do corredor e os meninos, ao direito — grita Owen por cima da nossa cabeça.

Vejo Sophie mais à frente, conversando com outra garota. Sinto uma pontada de tristeza. Por que ela conversaria com uma estranha, mas não comigo? Marquis pega minha mão e dá um aperto para me reconfortar.

— Se precisar de mim, manda o sinal — fala ele.

O sinal é uma série de assovios baixos que ele, Sophie e eu usávamos na infância para acharmos uns aos outros quando estávamos perdidos nos bunkers subterrâneos superlotados durante a guerra. O hábito persistiu desde aquela época, um som que faria os demais virem correndo ao encontro de quem assovia.

O garoto do colarinho branco está parado ao lado da porta do dormitório masculino, mexendo em algo no bolso. Quando me pega observando, ele para o que está fazendo e sorri. Eu me forço a desviar o olhar.

— Mandar o sinal — digo, assentindo uma vez. — Vejo você mais tarde.

O dormitório feminino é grande e pouco iluminado, com lamparinas de cobre na parede. Saindo por trás dos blecautes das janelas há um conjunto de cortinas cor-de-rosa com frisos. Na parede, há uma tapeçaria do alfabeto e, no canto, um cavalo de balanço de aparência triste. A quais crianças este quarto pertenceu? Seis camas estão aninhadas juntas umas das outras, todas bem-arrumadas, com uniformes aguardando em cada uma: uma camisa e uma gravata preta de seda; uma saia de lã e um casaco, ambos azul-marinho; meias-calças pretas e uma boina. Também vejo um broche: um dragão voando por um aro prateado. Pode ser uma coroa.

Ou uma rede.

Sophie pegou a cama ao lado da minha (a única que sobrou). Ela leva a mão à manga do casaco e depois a larga de novo. Suas bochechas estão magras e fundas, e há uma queimadura feia na mão. Eu a encaro até ela se ver forçada a me olhar também.

— Olá — digo, surpresa pelo quanto minha voz ficou baixa. — Que bom te ver.

Ela me lança um olhar fulminante.

— O que é que você tá fazendo aqui?

— Eu poderia te perguntar a mesma coisa.

Ao nosso redor, as outras recrutas estão se apresentando.

— Sou uma marginal agora, lembra? — fala Sophie, revirando os olhos. — Mas você e Marquis... vocês deveriam estar em Fitzrovia.

— Seus pais me disseram que você esteve desaparecida por semanas...

— Você viu meus pais?

— Deixei a Ursa com eles — começo. — Aconteceu tanta coisa, Sophie...

— A Ursa? — diz ela. — Por quê? Onde estão seus...

— Eles foram presos — sussurro, sentindo uma dor repentina no peito. — Me disseram que, se eu viesse trabalhar aqui, eles seriam soltos. — Não menciono Chumana nem o Tratado de Paz. Sophie não acreditaria em mim. — Por onde você andou?

— Na Prisão Granger — responde Sophie, nitidamente satisfeita com a expressão surpresa no meu rosto. — O lugar para onde mandam fugitivos de classe.

A Prisão Granger é o destino das pessoas que se recusam a ser rebaixadas. De repente, me lembro das manchetes de hoje de manhã.

— Li que houve uma fuga em massa — comento. — Você por acaso...

Sophie balança a cabeça em negativa.

— Não, não escapei como os demais. Fui recrutada. Aquela mulher, a Dolores Seymour, veio e falou com vários de nós, mas acabou me escolhendo. — Sophie dá de ombros. — Sei lá por quê.

— Seus pais disseram que você ficou tentando voltar para casa, mas eles não sabem que você foi presa.

— É óbvio que não sabem. Como poderiam saber? — Sophie pega o broche de dragão e o vira. — E você? — pergunta, fixando os olhos verdes nos meus. — Qual é sua desculpa?

— Minha desculpa?

— Por ter me abandonado. Por fingir que nunca fomos amigas. Você nunca me escreveu, nunca tentou me visitar.

Então ela me odeia mesmo.

— Marquis disse que a gente deveria te dar espaço para se instalar no alojamento — minto.

Sophie solta uma risada vazia.

— É tão óbvio que você nunca botou os pés em um alojamento, Viv.

— Eu...

A verdade é que, depois do rebaixamento de Sophie, eu só queria esquecer. Como é que ia visitá-la naquele alojamento, sabendo que era por minha causa que estava lá?

— Depois do Exame...

— Você não quer saber por que meus pais foram presos? — pergunto. Posso admitir que eles são rebeldes se isso significa que Sophie vai parar de falar sobre ter sido rebaixada. — Eles...

— Podemos fazer parte da conversa? — Uma garota de pele negra e cabelo em tranças emoldurando o rosto está olhado para nós duas com um ar arrogante. — Parece que vocês têm muito a discutir.

— Temos, sim — rebato, puxando Sophie pela manga.

Ela se solta.

— Foi mal — fala Sophie para a menina. — A Viv não está acostumada a ser interrompida.

O comentário me atinge como um tapa. Olho para Sophie, que curva os lábios para cima.

A menina sorri de volta e cumprimenta Sophie com um aperto de mão.

— Serena Serpentine.

Primeira Classe, então. A maioria das famílias de Primeira Classe têm sobrenomes derivados de dragões, um símbolo de poder e riqueza.

— Sophie Rundell — responde Sophie, virando-se com expectativa para mim.

— Vivien Featherswallow — balbucio, olhando para Serena.

E lá se vai por água abaixo meu plano de mostrar a versão mais polida de mim.

— Sou Dodie — apresenta-se a menina de cabelo ruivo, a que fez a pergunta a Ravensloe. Ela segura o registro ao redor do pescoço, e vejo de relance as palavras *Segunda Classe*.

— Katherine — diz uma menina pálida que parece uma fada. — Mais alguém aqui está na decifração de códigos?

Meu coração dispara.

— Eu — falo rapidamente.

E a discrição que se lasque.

— Alguma ideia do tipo de código que teremos que decifrar?

Faço que não com a cabeça, decepcionada que ela também não saiba.

— Me disseram que vou trabalhar com línguas.

— Misericórdia, espero que não — rebate Sophie, rindo com deboche.

Eu me viro.

— Você também é…

— Decifradora de códigos? Receio que sim — diz ela. — O que foi, Vivvy? Achou que seria a única?

Eu me viro, sentindo um vazio crescendo na boca do estômago. Sophie está na mesma categoria que eu, o que é justamente o que torcia para acontecer. No entanto, era para ela estudar matemática na universidade. Se foi escolhida para decifrar códigos, então pode ser que, no fim das contas, este trabalho não tenha nada a ver com línguas dracônicas. Talvez Wyvernmire tenha mentido para mim.

Respiro fundo. Isso é uma coisa *boa*. Significa que, se eu salvar a mim mesma, também salvo Sophie.

— Me escolheram porque sou boa em xadrez — revela Katherine. — Aquela Dolores me recrutou depois de eu ter derrotado todo mundo na cadeia, incluindo o filho do diretor da prisão, que é campeão de xadrez.

Não pergunto para Katherine por qual motivo estava presa.

— Estou na aviação — fala Serena, colocando uma malinha de couro sobre a cama.

Por que *ela* pôde trazer bagagem?

— Qual é a última categoria?

— Zoologia — responde Dodie, baixinho.

— Zoologia? — repito. — Tipo, o estudo de animais?

— Animais, não, né! — Serena ri. — Dragões, querida!

Nós todas olhamos para ela.

— Decifração de códigos, aviação, zoologia... todas as categorias são tentativas de Wyvernmire de *emular* dragões. — A voz dela soa calorosa e suave, esbanjando autoconfiança articulada. — É assim que planeja vencer a guerra.

Eu me sento na cama. Então a habilidade de decifrar códigos está, sim, relacionada a dragões. Mas como?

— Isso é de osso de dragão? — pergunta Dodie.

Ela está olhando para a escova de cabelo que Serena acabou de tirar da mala. O cabo é branco-perolado, em contraste com as cerdas de pelo de cavalo. Com a assinatura do Tratado de Paz, o uso artesanal de osso de dragão se tornou ilegal.

Serena dá de ombros.

— É herança de família. Minha mãe me deu antes de me mandar para cá.

— Sua mãe *te mandou* pra cá? — pergunta Dodie.

— Aham — responde Serena, com amargor. — Depois de eu ter reprovado de propósito no Exame e me recusado a me casar com o homem que ela escolheu para mim com a intenção de que eu continuasse na Primeira Classe, ela praticamente implorou para Ravensloe me levar embora.

— Por que você quis reprovar de propósito no Exame? — questiona Sophie.

Serena faz pouco caso da pergunta.

— Tédio. Na minha classe, são só algumas perguntinhas a serem respondidas enquanto você toma chá com o aplicador. Além do mais, ver minha mãe cedendo ao desespero foi divertido.

— É sério isso? — pergunto. — Você está aqui porque o vice-primeiro-ministro Ravensloe fez um favor à sua mãe?

— Não — retruca Serena, me lançando um olhar irritado. — Ravensloe recusou, na verdade. Só que meu pai organizou uma reuniãozinha na nossa casa para comemorar o noivado, com o qual não concordei, e abafar os rumores de que sua única filha tinha sido rebaixada. E aconteceu de o Ravensloe estar presente.

Reviro os olhos ao descobrir que Serena vem de uma família que celebra vitórias singelas com o vice-primeiro-ministro. É o tipo de pessoa que pode se dar ao luxo de sabotar os próprios estudos só para fazer birra para a mãe (a imprudência não é um risco lá muito grande quando não se está a um erro de ser rebaixada à Terceira Classe). O pior que poderia acontecer a Serena é uma vida ligeiramente menos privilegiada na Segunda Classe.

— Eu faço… geringonças — continua ela. — É como minha mãe os chama. São modelos de aviões e asas, coisas que voam. É um passatempo meu. O Ravensloe me encontrou no corredor, tentando salvar um dos meus modelos das mãos das criadas que minha mãe tinha mandado para fazer a limpa nos meus quartos. Aí ele disse a ela que tinha mudado de ideia. E, como eu tinha me recusado a comparecer à minha própria festa de noivado, minha mãe sabia que eu não ia ceder. Ela acha que, assim que eu vir o trabalho que devo fazer aqui, vou voltar correndo pra casa. Mas está errada. Vou trabalhar e continuar na Primeira Classe. E depois vou começar a vender meus modelos...

— Sem querer ser grossa — fala Dodie, baixinho —, mas como é que você fazer modelos vai contribuir com os esforços para vencer a guerra?

Serena está desabotoando a frente do vestido.

— A cada dia que passa mais dragões se juntam ao movimento rebelde — explica, tirando o vestido e ficando só com uma camisa de seda. Ela coloca as meias-calças pretas e a saia azul-marinho. — E, se o intuito é derrotar um dragão, é preciso lutar como um dragão, não acha?

A aviação (a operação de uma aeronave) e a zoologia (o estudo de animais) são áreas que podem ser ligadas a dragões, de certa forma. Mas decifração de códigos? Há uma batida alta à porta. A cabeça do garoto do colarinho branco surge pelo vão bem quando Serena está abotoando a camisa.

— Ah, foi mal — desculpa-se ele, desviando o olhar.

Serena lança um sorriso meigo para o menino, e eu decido que não gosto dela.

— Desculpa atrapalhar vocês — recomeça o garoto quando Serena termina de se vestir —, mas chamaram a gente para o jantar.

O azul do uniforme dele destaca o brilho de seus olhos castanhos. Percebo que ainda está usando o colarinho branco, que escapa de dentro do casaco.

— Aaah, estou *morrendo* de fome mesmo — fala Serena.

Duvido que ela tenha passado fome uma única vez na vida. No entanto, também visto o uniforme (deixo o registro de classe embaixo do travesseiro) e sigo as meninas para o corredor, onde Marquis está esperando.

— Uniforme bonito — ironiza ele, olhando para o broche na minha gola.

— Digo o mesmo — falo, ajeitando sua gravata.

— E a Sophie?

— Ela me odeia, então acredito que seu desprezo também se aplique a você.

— Nossa.

Observo ela seguindo em direção à escadaria com Serena, logo à frente de Katherine e Dodie.

— Uma menina da Primeira Classe falou que a Wyvernmire quer que a gente emule dragões. É como ela acredita que vai conseguir vencer a guerra.

Marquis inclina a cabeça, tentando decidir se estou falando sério.

— Algum dos garotos também é decifrador de códigos? — pergunto.

— Só um — responde meu primo. — O Gideon. Aquele alto e bonitão. Pelo o que entendi, fala várias línguas.

Meu coração dispara. Me lembro do garoto que me olhou na sala de aula. Se ele também é poliglota, então vai ver esse código tem, *sim*, alguma conexão com línguas dracônicas. Passo a mão pelas cicatrizes finas do meu braço. As notas altas, os prêmios, as reuniões de pais repletas de aclamação... tudo isso sempre me pertenceu. Agora, esse tal código dracônico também será meu.

O salão de jantar está tomado por sombras, a luz das velas bruxuleando como estrelas no teto com padrões moldados. Retratos nos observam à meia-luz, e a longa mesa está disposta com talheres de prata e pratos fumegantes. O rádio crepita mais baixo que o som das conversas em um tom educado. Marquis vai até Sophie e sussurra algo em seu ouvido. Ela dá um sorrisinho reconfortante a ele, e meu primo a abraça, erguendo-a do chão. Meu sangue ferve. Ah, então Sophie pode *perdoá--lo* por não escrever para ela, mas não a mim? É tão estranho vê-los juntos de novo, como se nenhum tempo tivesse passado.

Meus dois melhores amigos.

Eu me sento de frente para Gideon. Ele é tão bonito quanto Marquis disse (alto, com cachos loiros e um rosto corado). Pego uma colherada de cenouras assadas no mel. Ele assente para mim, mal-humorado, e me pergunto como puxar assunto. Decido ir direto ao ponto.

— Ouvi dizer que você também está na decifração de códigos.

Gideon, que acabou de colocar um pedaço de frango na boca, para de mastigar e olha nervoso para Owen, que está ao lado da porta com a arma no ombro.

— Não estou te pedindo para quebrar nenhuma regra — acrescento rapidamente. — Eu também não quero que a gente se meta em encrenca. Só fiquei curiosa para saber se vamos trabalhar juntos.

Ele assente de novo.

— Você entende alguma coisa sobre códigos?

— Não — balbucia Gideon, sem tirar os olhos do prato. Então pega outra garfada e não volta a fazer contato visual.

— Ah, ok. — Eu me recosto na cadeira, desapontada.

No outro canto da mesa, Katherine e Serena estão comparando os registros de classe, que evidentemente não tiveram coragem de tirar. O de Katherine está suspenso no pescoço com algum tipo de cordão, enquanto o de Serena está preso em uma delicada corrente de ouro.

— Antigamente eu fazia vestidos para garotas como você — fala Katherine, com admiração. — Vai por mim, é muito mais agradável do que embalar crisântemos, embora nossas mãos de fato acabem com várias agulhadas.

Serena dá um sorriso intrigado, e eu tomo um gole de vinho. A bebida é encorpada e me dá calor, além de fazer meus lábios formigarem.

— É uma refeição um tanto extravagante para um grupo de marginais, não acham? — comenta Dodie, nervosa. — Por que eles se dariam a todo esse trabalho? Não é como se alguém fora da Propriedade Bletchley soubesse que estamos aqui.

As palavras dela fazem uma onda de desconforto percorrer meu corpo, mas Marquis lança a Dodie seu melhor sorriso.

— Estamos executando funções que vão mudar o curso da guerra — diz ele, imitando o falar arrastado de Ravensloe. — Somos pessoas fortes e saudáveis com mentes afiadas feito diamantes que enfim receberam a chance de… o que era mesmo? Respeitabilidade? Rejuvenescimento? Romance?

Os risos ecoam pelo salão.

— Redenção — completa Dodie, com um sorrisinho.

Os recrutas olham para Marquis com admiração, o que, com certeza, era a intenção dele desde o princípio. Às vezes fico me perguntando se meu primo espera que, ao mostrar às pessoas o quanto tem um humor afiado, elas não percebam como ele é diferente. E será que eu torço pelo mesmo?

— Faz sentido que queiram nos alimentar — conclui ele para Dodie, recuperando o tom de voz sério. — Mas bem que podiam ter pelo menos acendido uma lareira.

Reviro os olhos e pego uma garfada de purê de batata. É a primeira coisa que como em dias, e o gosto é divino. Do outro lado de Marquis, Sophie está enfiando frango assado na boca como se a vida dependesse disso.

— Com toda a certeza, querido, vamos, sim, acender um fogo no local mais secreto da Inglaterra para que ele possa ser avistado dos céus infestados de dragões — debocha Katherine, piscando com doçura para Marquis, que aparenta ficar satisfeito.

Katherine parece não ter entendido a proposta da vedação nas janelas.

— E quem é você, *milady*? — pergunta Marquis.

Coloco mais molho em cima do frango enquanto minha nova colega de quarto ri. Ela está prestes a ficar bastante decepcionada.

— Katherine — responde, observando o machucado no rosto de Marquis. — Eu sempre tive um fraco por homens que **aguentam** uma briga.

Marquis pega a mão da garota por sobre a mesa e planta um beijo ali.

— Ah, faça-me o favor — resmungo quando Dodie esconde uma risada com a taça. — Katherine, isso não…

— Não é muito minha praia — completa Marquis.

— Brigar? — indaga Katherine.

Marquis não responde, mas aponta para Gideon.

— Aquele ali é um rapaz forte. Aposto que ele, sim, aguenta uma briga.

Gideon faz cara de poucos amigos, mas pelo menos a tensão no ar se dissipa, e as conversas descontraídas se misturam ao som do rádio.

Somos nove no total: cinco meninas e quatro meninos. O garoto do colarinho branco está conversando com um outro, que é bem quieto, tem a cabeça raspada e se chama Karim.

— Já fez amizade com alguém? — pergunta Marquis para mim.

— Não — digo, ríspida. — Mas parece que *você* fez.

Marquis dá de ombros.

— Antes ter amigos do que inimigos.

— Você não está preocupado? — pergunto, baixinho, e bebo um gole de água.

— Com o quê? — emenda ele. — O céu infestado de dragões? O fato de que praticamente somos prisioneiros disfarçados de hóspedes? Ou com a realidade de que nenhum de nós sabe o que está fazendo?

— A última opção.

O sorriso de Marquis vacila de modo quase imperceptível, e ele baixa o tom de voz:

— É óbvio que estou preocupado. Nunca toquei em um avião na vida. Mas vamos aprender, não é mesmo? Vou construir seja lá que modelo eles queiram que seja construído, e você vai decifrar seja lá que código eles queiram que seja decifrado, e depois vamos voltar para casa.

— E se a gente falhar? — questiono, o copo tremendo na minha mão. — Vamos ser mandados para a cadeia e nossa família nunca será perdoada. E a Ursa... — Abaixo a água enquanto perco a capacidade de falar.

O garoto do colarinho branco pressiona um guardanapo nos lábios e me olha com curiosidade.

— Vai dar tudo certo, Viv — assegura Marquis, com firmeza.

Conheço bem demais a expressão teimosa no rosto do meu primo. É o mesmo semblante com que ficou quando era criança e um grupo de meninos disse que ele era *marica* demais para entrar no time de futebol, então ele se desdobrou em dois nos testes. Nada é impossível para Marquis, que, depois de um tempo, se tornou o capitão do time. Eu, por outro lado, não sou nem um pouco como meu primo. Sou... realista. E ainda não consigo enxergar o que línguas, decifração de códigos e dragões têm a ver.

— *Londres sofreu uma série de ataques...*

A atmosfera esperançosa é extinguida quando ouvimos os relatos de bombardeamentos e incêndios causados por dragões. Ficamos em silêncio até a reportagem acabar e o rádio emitir um crepitar interminável. Marquis se levanta e desliga o aparelho, e tudo que resta é o som de colheres sendo raspadas nas tigelas. A animação que estivemos sentindo, fortalecida pela promessa de uma segunda chance, murcha.

— A comida está boa, Vivien Featherswallow?

Sou pega de surpresa. O menino do colarinho branco está falando comigo, se inclinando sobre a mesa, tão próximo de mim, que consigo enxergar a barba crescendo em seu queixo. Sua pele é lisa feito vidro.

— Está ok. Como sabe meu nome?

— Prestei atenção — responde ele de maneira agradável. — Eu sou Atlas. Atlas King.

— Muito prazer, Atlas King. Como está o vinho?

Ele dá um gole na taça à frente de si e faz uma careta.

— Podre. Como bem se espera deste lugar.

— Podre? — repito, baixando a colher.

— Ruim, nojento, intragável — fala Atlas, e olha ao redor. — Qual é, não vai me dizer que acreditou mesmo naquilo que o Ravensloe disse de esta ser nossa chance de redenção.

Olho nervosa para Owen. Este é exatamente o tipo de conversa que poderia acabar nos rebaixando.

— Acredito, sim — respondo, com frieza. — O que ele ganharia em não cumprir com a promessa?

— Deixa eu adivinhar — pondera Atlas, com um sorriso convencido. — Você é da Primeira Classe, né?

Arqueio a sobrancelha.

— Segunda.

Sinto Marquis e Sophie se inclinando para ouvir a conversa.

Atlas se reclina na cadeira.

— Ainda assim, não é da Terceira. Se fosse, entenderia por que não confio nele.

Sophie solta um riso baixo, e meu rosto cora. Então ele é mesmo da Terceira Classe. Soube assim que o ouvi falar com um sotaque de Bristol, porque a cidade é quase toda ocupada por essa classe. Eu o encaro de volta. O tempo todo há julgamentos por causa de sotaques, e é por isso que falo com tanto cuidado, puxando bem as vogais e prestando atenção no meu tom. Quero que as pessoas façam as suposições certas a meu respeito (em outras palavras, o oposto do que já deduzi sobre Atlas King).

— Você está sugerindo então que, mesmo se vencermos a guerra, nenhum de nós será liberto? — indaga Marquis.

Os recrutas ao nosso redor estão se levantando para sair do cômodo, e uma criada aparece para tirar a louça suja da mesa. Atlas dá um sorriso irritante e começa a juntar os talheres, fazendo o trabalho da mulher. Quando o rapaz entrega as colheres, ela fica vermelha e faz um tipo de reverência desconfortável. Atlas enfim se vira de volta para nós.

— Isso, meus amigos — diz ele —, depende unicamente de a quem vocês se referem quando dizem *nós*.

OITO

ACORDO COM O BARULHO BAIXO DE uma sirene. Levo um momento para me dar conta de que não estou na minha cama, na Praça Fitzroy, mas sim na Propriedade Bletchley, cercada pelos leves roncos de pessoas desconhecidas. Ou quase desconhecidas. Sophie acende a lâmpada e me lança um aceno de cabeça relutante. Nos vestimos em silêncio, o fardo da tarefa que nos aguarda de repente mais pesado. Vou ficando mais nervosa enquanto tranço o cabelo e ajeito o broche. E se falharmos? Wyvernmire não vai ter escolha senão aplicar a lei. Minha família vai receber a sentença de morte. Eu vou ser presa. Ursa vai crescer órfã. Hoje é o terceiro dia que minha irmã acorda em Marylebone, com Abel e Alice. Será que acha que eu a abandonei?

Foi justamente isso o que você fez.

Sigo as demais para o corredor, onde Marquis está à espera com o rosto ainda amassado de sono.

— Tudo bem? — pergunta ele.

Assinto, contendo as lágrimas. Só preciso me concentrar. Um Guardião cujo rosto está coberto pelo capacete nos aguarda na entrada. Ele entrega uma cesta cheia de pãezinhos amanteigados para Marquis.

— Repasse isto entre vocês, depois apresentem-se para o serviço.

A voz me parece familiar, mas não consigo identificar onde foi que a ouvi antes.

— Quem for para a estufa, pode me acompanhar — fala ele. — O restante de vocês vai ficar com os Guardiões 629 e 311.

Mordo o pãozinho e observo Atlas desaparecer por uma porta atrás da escadaria. Ele se parece tanto com os garotos da minha antiga escola, cheio de notas boas e sorrisos para distribuir. Só que na noite anterior ele falou usando enigmas arrogantes e deixou explícito que não está nem aí para as regras. A obediência a elas, no momento, é a única coisa que nos mantém em segurança, então decido ficar longe dele daqui em diante.

Seguindo o Guardião, desço as escadas com Sophie e os outros dois recrutas da nossa categoria (Katherine, a jogadora de xadrez, e Gideon, o poliglota). O céu está de um tom forte de azul e fica mais claro nos cantos, como em uma aquarela. Nós pegamos a trilha dando a volta pela lateral do solar até um jardim de grama perfeitamente aparada, onde um galinhame bica as ervas daninhas e cacareja de susto quando passamos.

Andamos em silêncio, caminhando sobre a geada de dezembro, até que Katherine tropeça e solta um ganido. Levanto a cabeça. Algo imenso surge das árvores à frente. O dragão é de um vermelho brilhante, da cor do outono. Observo os espinhos pretos em sua face. O peito reluz com escamas ebâneas, e as pontas que circundam o topo de sua cabeça lembram uma coroa. Ao meu lado, Gideon ficou tenso, cerrando os punhos.

— Bom dia, Yndrir — cumprimenta o Guardião.

O dragão meneia a cabeça ao passar por nós, e é tão grande que as folhas das árvores raspam em sua pele conforme ele se movimenta. Sua longa cauda roça minha bota, e Gideon dá um pulo para trás. Katherine agarra Sophie pelo braço.

— É um ddraig goch — sussurro para ninguém em particular.

Um dragão galês. Ele é majestoso.

— Andem, vocês aí — grita o Guardião mais à frente.

Por que não esperei que houvesse dragões em Bletchley? Os demais recrutas ainda estão olhando para Yndrir, embasbacados. É provável que seja o mais perto que já chegaram de um dragão na vida. Quantos dragões mais será que trabalham no DDCD, e o que exatamente eles *fazem*? Olho para trás à medida que o ddraig goch contorna a casa, a empolgação crescendo no meu peito. Então, no fim das contas, vou mesmo trabalhar com línguas dracônicas. Talvez eu até converse com *dragões de verdade*.

Alcanço Sophie, espero até que ninguém esteja olhando e a puxo pelo braço.

— Caramba, Viv!

Sophie se vira para mim, irritada, o cabelo longo batendo no rosto. Agora que está limpa e alimentada, se parece mais com a Sophie que conheço. Fecho os olhos e tento ignorar as lembranças que ressurgem daquele dia. *Sinto muito*, quero dizer. Mas não consigo. Porque sei que um pedido de desculpas não é o suficiente.

— Olha — começo —, independentemente do que aconteceu no verão passado, nós duas estamos aqui agora, e precisamos completar o trabalho que nos designaram para que possamos voltar pra casa. Acho que a gente deveria trabalhar juntas.

Sophie semicerra os olhos.

— É óbvio que *você* já superou o que aconteceu no verão. Porque *a sua* vida seguiu igual. A minha, por outro lado... — O lábio dela treme, e a culpa me inunda tão rápido que quase cambaleio.

— Me fala — peço. — Me conta sobre onde você esteve.

— Já falei — responde ela. — Na Prisão Granger.

— Por quanto tempo?

— Algumas semanas. Foi melhor do que onde eu estava antes.

Sinto um aperto no peito. Eu tinha esperanças (na verdade, tinha até me convencido) de que a Terceira Classe não seria tão ruim quanto os boatos diziam. De que, apesar dos avisos dos nossos pais, o rebaixamento não era o fim do mundo.

— Está falando do alojamento?

Sophie confirma com a cabeça.

— Não quero falar disso.

— Está bem — respondo, com delicadeza. — Mas e quanto a nós trabalharmos juntas? Em qualquer que seja o código que querem que decifremos? Não sei nada a respeito disso, e aposto que você também não. E eu quero que a gente saia daqui: eu, você e Marquis. Juntos. Duas cabeças pensam melhor que só uma, né, Soph?

Sophie me encara ao ouvir o apelido de infância.

— Me prometeram que, se eu fizesse o trabalho aqui, seria promovida — diz ela, olhando para as árvores adiante. — Prometeram que eu voltaria à Segunda Classe.

Assinto. *Eu, sim,* mereço estar aqui, mas Sophie, não. Ela não merece ter lembranças que são terríveis demais para serem contadas. Não merece ter uma amiga traidora. Seguimos pelo caminho de raízes e montes de terra na floresta, parando somente para olhar para a quadra de tênis escondida em uma lareira à direta das árvores.

— A estufa é nossa locação mais bem protegida — explica o Guardião conforme nos aproximamos do grupo. — Diversos dragões e Guardiões a protegem, e a floresta a torna quase indetectável do céu.

Quase indetectável do céu. Quantos dragões devem sobrevoar Bletchley todos os dias? De cima, o solar e seus arredores não devem parecer nada além de uma casa da Primeira Classe. O DDCD está escondido a céu aberto, e os rebeldes não fazem a mínima ideia. À medida que avançamos pela floresta, uma construção de vidro alta emerge de trás das árvores. Há plantas e folhas pressionadas contra a parte de dentro das janelas, fazendo a casa parecer ter crescido da própria vegetação. Pontilhado na grama ao redor, vejo várias chapas de borracha preta montadas sobre apoios e com nervuras como escamas de dragão. O que são? O Guardião abre a porta para nós e nossos olhos se encontram. Tenho um sobressalto. De onde é que o conheço?

— Bem-vindos à estufa!

A dra. Dolores Seymour sorri para nós, usando seus óculos grandes demais e um vestido verde que se mescla às plantas altas nos vasos que a cercam. Às costas dela há um tapete estampado e um sofá estofado, além de duas estantes de livro grandes e um armário à sombra de ainda mais folhas. O teto de vidro vai até os galhos de um olmo próximo, então o espaço todo tem uma iluminação esverdeada. Cortinas de vedação estão recolhidas nos cantos das paredes e no teto, e imagino como este lugar deve ficar encoberto por elas com o simples puxar de uma cordinha. Fios serpenteiam pelo chão como raízes pretas entrelaçadas, contornando até a parte de trás de uma fileira de máquinas e duas engenhocas menores que estão acima de algumas mesas, bem no fundo do cômodo.

— Não há tempo para sutilezas, dra. Seymour — fala o Guardião. — Seus recrutas vão precisar de instrução rígida para superarem a inata falta de respeito por autoridades que sem dúvida nenhuma eles têm.

Ele olha para mim e dá um sorriso zombeteiro, e eu vejo a diversão dançando em seus olhos.

Dou um passo para trás, o calor fantasma de um tapa fazendo meu rosto arder.

Guardião 707.

Este é o homem que bateu em mim quando meus pais foram presos. Que brincou sobre ter encontrado uma chave debaixo da saia da minha mãe. Dá para ver pela forma como está me encarando que ele também me reconhece.

— Obrigada, Ralph, mas estes recrutas são de *minha* responsabilidade, e não sua — rebate a dra. Seymour. — Se puder fazer o favor de assumir sua posição *fora* da estufa, daremos início aos trabalhos.

Ralph volta seu semblante desafiador à dra. Seymour e, por um segundo, penso que ele pode se recusar, mas de repente o Guardião se vira e vai embora, fazendo a porta bater ao sair. A dra. Seymour sorri para nós.

— Por favor — diz ela, fazendo um gesto para a parte de trás do cômodo. — Sentem-se.

Puxo a cadeira de uma das mesas. A estufa dá a impressão de que alguém construiu uma biblioteca em meio a uma selva. Lâmpadas bulbosas de uma linda porcelana azul, almofadas chiques e revistas intituladas *O Periódico dos Dragões* estão abaixo de vinhas de hera, que caem do alto, e de folhas afiadas de alguma planta tropical do tamanho de uma arvoreta. As máquinas parecem de todo deslocadas.

Olho para o aparelho à minha frente. É uma caixa feita de vidro, mais ou menos no mesmo formato de um rádio, com uma antena extensa e retrátil e um alto-falante pequeno de ouro que parece pertencer a um gramofone. Há também diversos diais de latão, botões de *tocar* e *pausar* e um ainda maior para ligar e desligar.

— Meu nome é Dolores Seymour. Sou uma behaviorista de dragões, chefe de decifração de códigos *e* do recrutamento na Propriedade Bletchley. Cada um de vocês foi selecionado para me auxiliar nesta estufa por possuir um conjunto de habilidades particular que se adapta muito bem ao trabalho que desempenho aqui. — A dra. Seymour gesticula ao nosso redor. — Por exemplo, Katherine: *você* é uma campeã de xadrez até então desconhecida.

Katherine assente devagar, com uma expressão desnorteada.

— Sua lógica, memória e habilidade de solucionar desafios são exatamente o tipo de talento de que precisamos por aqui. — A dra. Seymour se vira para Sophie. — E você, Sophie, tem habilidades matemáticas *e* é fluente em código Morse, graças à sua experiência enviando mensagens decodificadas via sistema telegráfico.

Foi por isso que recrutaram Sophie? Porque ela ajudou a mãe em postos de telégrafo durante a guerra?

— E, é óbvio, temos nossos poliglotas! — A dra. Seymour olha de mim para Gideon com um sorriso. — Gideon fala várias línguas humanas, enquanto Vivien é especialista em línguas dracônicas. Juntos, vocês trazem uma riqueza de conhecimento linguístico ao departamento.

Levanto a mão.

— Com licença, dra. Seymour?

— Sim, Vivien?

— Até consigo entender como xadrez ou Morse podem ser úteis para decifrar códigos, mas línguas? — Olho para Gideon. — Tem certeza de que estamos na categoria correta?

A dra. Seymour se senta em uma banqueta e junta as mãos sobre o colo.

— Bem, Vivien, você já deve saber que dragões são os maiores linguistas do mundo, capazes de aprender inúmeras línguas em uma velocidade impressionante.

Faço que sim.

— Mas eles também se comunicam de outras maneiras. Entende o que quero dizer com isso?

De repente, me sinto de volta à universidade, surpresa com uma pegadinha durante a aula. Balanço a cabeça em negativa.

— Mas é óbvio que não sabe — fala ela, sorrindo como se achasse graça na própria piada. — Os dragões também se comunicam via sonar. É uma forma de ecolocalização, comumente utilizada por baleias e morcegos.

Baleias e morcegos? Por que dragões precisariam se comunicar como animais quando aprendem sozinhos diversas línguas já no primeiro ano de vida?

— Os dragões se comunicam via ecolocalização quando se separam por longas distâncias ou quando estão submersos. Algum de vocês já ouviu falar desse assunto e sabe como funciona?

Gideon levanta a mão, e eu sinto uma pontada de inveja. Como é que *ele* sabe a resposta?

— Já ouvi falar que sonares foram utilizados na guerra, para detectar submarinos — responde ele, hesitante.

A dra. Seymour assente e continua:

— O primeiro dispositivo de escuta sonar foi inventado no início do século, e se tornou os olhos e ouvidos de navios de guerra. No entanto, é a natureza a autora do sistema sonar original. A ecolocalização foi notada pela primeira vez nos morcegos e nas baleias. Durante a Grande Guerra, percebemos que os dragões que coordenavam ataques durante o voo com uma precisão minuciosa também a usavam.

Fico arrepiada. Faz cinco anos desde que a guerra acabou… por que nunca ouvi falar de nada disso nos módulos de comunicação dracônica?

— Os dragões emitem ondas sonoras pela boca e, quando tais ondas atingem objetos, elas produzem ecos — explica a dra. Seymour. — Existem dois tipos de som de ecolocalização: os chamados de mapeamento, que os dragões usam para detectar objetos no espaço ao redor, e os chamados sociais. Todos têm uma frequência alta demais para o ouvido humano identificar.

Olho para as engenhocas na minha mesa.

— Os dragões rebeldes estão fazendo uso de ecolocalização para se comunicarem? É por isso que estamos aqui, para ler ondas sonoras ultrassônicas?

— Vocês estão aqui para as ouvir, não as ler — corrige a dra. Seymour. — Em seguida, vocês vão traduzi-las.

Uma mosca passa voando pela estufa e pousa no alto-falante da engenhoca. Será que seus zunidos também podem ser decodificados, se tivermos a máquina correta?

— Não sabemos ao certo quando ou por que os dragões começaram a se comunicar via ecolocalização, mas sabemos que é crucial para o modo como se organizam em batalha. Se decifrarmos o que estão dizendo, e quem sabe se um dia formos capazes de reproduzir tal comunicação, isso nos traria uma vantagem imensurável.

— Por que a primeira-ministra simplesmente não pede à rainha dos dragões para explicar como funciona? — pergunta Katherine. — Ela não concordaria se isso significasse nos ajudar a combater os rebeldes?

— Os dragões não querem que saibamos que têm um sistema sonar natural. Nos parece que a intenção deles é manter esse método de comunicação em segredo.

— Como funciona? — pergunta Sophie. Ela prendeu o cabelo, e seus olhos reluzem com determinação.

— A ecolocalização utilizada pelos dragões é composta de centenas de sons ultrassônicos, isto é, estalos, chamados e pulsos. Quando gravados e desacelerados, podem imitar o ritmo e a estrutura de muitas línguas dracônicas — explica a dra. Seymour. — E é aí que entram nossos poliglotas.

— Eu traduzo línguas, não códigos — falo, devagar. — Não sou qualificada para esse trabalho.

— Nem eu — emenda Katherine, balançando a cabeça de um lado para outro.

— A ecolocalização dos dragões deve ser mais semelhante à das baleias e à dos morcegos do que a das línguas orais, não? — pergunta Gideon.

— Mas a ecolocalização dracônica *é* uma língua — reitera a dra. Seymour, paciente. — E parece ser mais sofisticada do que a ecolocalização observada em outras criaturas. Embora os estalos que emitem para localizar objetos no ar possam estar relacionados às batidas do código Morse, os *chamados sociais* ultrassônicos dos dragões soam quase verbais, e acreditamos que tenham significados complexos. No entanto, é óbvio, o *código dos dragões*, como o chamamos, não tem nada a ver com o Morse criado por humanos, mas pessoas treinadas em Morse, pessoas capazes de resolver enigmas intricados e pessoas com um ouvido apurado para a linguística têm as melhoras chances de traduzi-lo com sucesso.

— Então qual é o meu trabalho aqui? — questiona Gideon. — Você quer que eu escute gravações de ecolocalizações dracônicas e te diga se elas se parecem com alguma das línguas que sei? Eu não falo nenhuma língua dracônica.

A situação toda é tão absurda que sinto vontade de rir.

— Você sabe tão bem quanto eu que todas as línguas dracônicas se originaram de línguas humanas — fala a dra. Seymour. — E, não, não queremos que vocês simplesmente ouçam as gravações. — Ela levanta a cabeça e olha para o céu acima do teto de vidro. — Dragões sobrevoam Bletchley dia e noite. E, como o vidro é um dos poucos materiais por meio dos quais as ondas sonoras viajam, queremos que ouçam ao vivo.

Então estou aqui para ser espiã.

— O ideal seria que tivéssemos uma vigilância vinte e quatro horas por dia, mas, por ora, vocês quatro vão ficar com o turno da manhã e eu, com o da tarde — explica a dra. Seymour. — Acreditamos que vocês vão conseguir trabalhar mais rápido juntos e com um propósito em comum.

— Para aprender a falar o código dos dragões — comenta Katherine, com um suspiro de derrota.

Apesar do pânico crescente dentro de mim, tento manter a calma. Pelo menos Sophie tem um pouco de experiência em significados codificados, mas e eu? Falo línguas formadas por gramática, estruturas e o alfabeto. E não por estalos e chamados. Como é que esperam que eu traduza em palavras sons ultrassônicos que são semelhantes aos de morcegos?

— É isto o que vamos usar? — pergunto à dra. Seymour, apontando para o aparelho diante de mim e o que está ao lado.

Ela assente.

— Estas são máquinas de *loquisonus*... os aparatos tecnológicos mais recentes na detecção de ecolocalização. — Ela aponta para as aparelhagens pretas e altas enfileiradas na parede atrás de nós. — Já as máquinas de *reperisonus* ali são usadas para armazenar as gravações feitas por suas irmãs que, embora menores, são muito mais impressionantes.

Ela pousa a mão sobre um dos dispositivos menores.

— Aqui, em Bletchley, temos as únicas máquinas de *loquisonus* de toda a Britânia. São portáteis, o que significa que podem detectar ecolocalização em qualquer lugar para onde as levarmos. — Ela se inclina em direção a uma delas na minha frente e liga o botão. — Suas funções também podem ser revertidas, o que significa que são capazes de emitir sons, além de gravá-los. Em outras palavras: na teoria elas podem ser usadas para se comunicar via ecolocalização.

Chego mais perto da máquina de *loquisonus* e sinto um choque de ansiedade. Se o que a dra. Seymour está dizendo for mesmo verdade, então o aparelho pode ser utilizado para se comunicar com dragões a quilômetros de distância...

— Tudo isso se trata de uma tecnologia muitíssimo nova — acrescenta ela —, e, como ainda não conseguimos decifrar muitos dos chamados de ecolocalização dos dragões, não fomos capazes de reproduzi-los como meio de comunicação.

— E os dragões não escutariam, se vocês fizessem isso? — indaga Sophie.

Imagino os rebeldes sobrevoando Bletchley e identificando os chamados sonoros (o que de imediato entregaria nossa localização).

A dra. Seymour sorri.

— É por isso que temos bloqueadores. Talvez vocês já os tenham visto lá fora. São grandes chapas de borracha que bloqueiam a saída de ondas sonares, de modo que nenhum chamado de ecolocalização possa acidentalmente ser emitido da estufa para atrair a atenção de dragões. É como um espelho falso: nós conseguimos ver do lado de fora, mas eles não podem ver aqui dentro. — A dra. Seymour se inclina sobre a banqueta. — É de *extrema importância* que nenhum dos dragões guardando a Propriedade Bletchley descubra a respeito da decifração de códigos que acontece dentro desta estufa.

Penso em Yndrir e nos espinhos pontudos de sua face, na força daquela cauda. Como ele reagiria se soubesse o que está protegendo?

— Por que eles não querem que saibamos sobre a ecolocalização? — pergunta Sophie. — Se morcegos e baleias também usam esse recurso, não é como se ele fosse propriedade dos dragões.

— O governo acredita que os dragões querem usá-lo como arma de guerra, para o caso de os humanos se virarem contra eles, mas…

— Mas você não acredita nisso — falo, baixinho.

Nervosa, a dra. Seymour olha para a porta, mas não responde.

Ajeito as costas, sentindo a cabeça girar. O DDCD está decifrando a ecolocalização de dragões, algo que os dragões da Britânia (e, portanto, a própria rainha dos dragões) não querem que aconteça. Então o que fariam se descobrissem? E por que Wyvernmire está colocando em risco o apoio da rainha Ignacia para conseguir esse código dracônico? Será que é tão relevante assim?

— É provável que as gravações que fizerem aqui serão de chamados de ecolocalização feitos por dragões que sobrevoarem a região — explica a dra. Seymour. — No entanto, quando levarmos as máquinas de *loquisonus* conosco em estudos de campo ao longo da extensão da Propriedade Bletchley, talvez vocês registrem a comunicação dos nossos próprios dragões de patrulha. Nesse caso, é importante que anotem qual dragão estão ouvindo.

— Por quê? — pergunto. — A ideia disso tudo não é espionar os dragões *rebeldes*?

— O buraco é um tanto mais embaixo — responde a dra. Seymour. — Nosso intuito é aprender a falar em ecolocalização, independentemente de com qual dragão aprendamos a fazê-lo. Como com qualquer outra área de estudos, é sempre útil ter o máximo de informações possível. Portanto, seria interessante comparar, por exemplo, de onde vêm, em especial, os dragões que ouvimos usando a ecolocalização.

Ela segura um livro.

— Aqui está um livro de fotogramas dos diversos dragões que talvez encontrem em Bletchley. Vocês terão que decorar o nome de cada um.

A dra. Seymour se aproxima e fica entre mim e Gideon para ajustar algumas coisas em ambas as máquinas.

— Vamos começar a ouvir algumas gravações. O DDCD está mais interessado nos chamados sociais dos dragões. Queremos saber o que os rebeldes dizem uns aos outros, e como se dá a coordenação entre eles durante um ataque. Porém, conhecer seus chamados de mapeamento também pode ser benéfico.

Gideon se inclina sobre a outra máquina de *loquisonus*, todo curioso.

— O que vocês estão prestes a escutar é uma seleção de chamados de mapeamento emitidos por um dragão durante uma caça a presas — anuncia a dra. Seymour. — A *loquisonus* os converte para uma frequência audível e os desacelera para nos permitir ouvi-los. Escutem com atenção, por favor.

Ela pressiona um botão e em seguida um som estático irrompe do alto-falante do gramofone. O sonido é interrompido por um chilreio alto, como se fosse um pássaro. Toda uma sequência de sons idênticos vem em seguida. Dominada pelo nervosismo, olho para a porta. Agora em uma frequência audível para humanos, como esses ruídos devem soar para Yndrir? Será que ele conseguiria reconhecê-los como chamados de ecolocalização, ou lhe pareceria simplesmente que há um pássaro preso na estufa?

A dra. Seymour me pega olhando.

— Geralmente a gente usa fones de ouvido.

Um pouco depois, vem um som diferente, bem mais longo, como uma melodia. O som do chilrear volta por alguns segundos e então a gravação é interrompida. A dra. Seymour olha para mim.

— Ouviram os chamados de mapeamento, os idênticos que aparecem em intervalos de três segundos? Eram eles que estavam ajudando o dragão a localizar a presa. Mas há um outro som, bem no meio. Mais baixo, mas harmonioso. Perceberam?

Faço que sim.

— Aquilo era um chamado social — continua a dra. Seymour —, o que sugere que o dragão não estava caçando sozinho.

Um arrepio percorre minha espinha quando imagino os dragões voando acima da gente, alheios ao fato de que estão sendo ouvidos enquanto caçam. É como se estivéssemos voando com eles, invisíveis.

A dra. Seymour volta a mexer na máquina.

— E lembrem-se de que, quando estiverem escutando em tempo real, haverá um curto atraso entre a emissão dos chamados e o que vocês ouvirem, porque a máquina precisa de alguns segundinhos para convertê-los. Agora, vou tocar mais uma gravação.

Desta vez, os chilreios tocam em intervalos mais curtos e ficam cada vez mais rápidos, até se misturarem em um só zumbido alto.

— Essa parte no final é chamada de zumbido da alimentação. À medida que o dragão se aproxima da presa, emite diversos estalos em uma sucessão rápida para conseguir uma maior precisão. Isso permite que ele se mantenha atualizado mesmo quanto à mais singela mudança de direção do alvo. É possível ouvir um último zumbido no fim, logo antes de ele apanhar a presa.

Coloco as mãos sobre a máquina de *loquisonus*. Isso é inteligente, mais perspicaz e complexo do que qualquer outra forma de comunicação dracônica que eu já tenha estudado. Porém, se os dragões não querem que os humanos descubram a respeito da ecolocalização, será que isso significa que também não querem que aprendamos suas línguas orais? Será que são contra a prática de os humanos estudarem as línguas dracônicas?

Penso em Chumana na biblioteca.

A criança fala línguas dracônicas.

Ela não pareceu se importar. Na verdade, prefiro pensar que ficou impressionada. Por outro lado, a ecolocalização é diferente. Conseguir compreendê-la e imitá-la significaria que o governo de Wyvernmire não apenas conseguiria espionar os dragões rebeldes e aplicar suas técnicas de ecolocalização a seus próprios meios de comunicação, como também teria o potencial de emitir chamados enganosos capazes de despistar os rebeldes. Seria uma inovação e tanto. Agora, sim, entendo por que Wyvernmire quer o código. Ele poderia *mesmo* mudar o curso da guerra.

— Quem criou estas máquinas? — pergunto.

— Eu mesma — responde a dra. Seymour, baixinho.

Ela coloca uma mecha de cabelo atrás da orelha, e eu sinto uma onda de admiração pela doutora.

— Como é de se esperar, será preciso muito treinamento. Vocês terão que ouvir muitas gravações, em diferentes velocidades, até começarem a ver sentido nelas. Vivien e Gideon, em seguida vocês vão tentar correlacionar a ecolocalização a quaisquer línguas verbais que conheçam. Sophie e Katherine, vocês duas vão procurar por padrões na fonologia e incidência. Quero que todos comecem aprendendo a terminologia.

Do armário, ela pega uma caixa e tira a tampa. Está cheia de cartões de indexação organizados em ordem alfabética.

— Para que o plano funcione, vocês devem aprender as diferenças entre um estalo e um tique, um frêmito e um trinado. Afinal, para que nós, humanos, possamos fazer observações consistentes, devemos usar um léxico em comum.

— O que são essas coisas? — balbucia Gideon, apontando para uma pilha de cadernos sobre a mesa.

— São nossos cadernos de registros — explica a dra. Seymour. — Eles nunca devem ser tirados da estufa. Quando começarem o turno, escrevam seus nomes e a data, depois anotem todas as descobertas e deduções abaixo. É o que nos permite acompanhar o progresso uns dos outros e recomeçar de onde o colega parou. Se acharem que traduziram um chamado corretamente, acrescentem a informação ao sistema de indexação. — A dra. Seymour aponta para a caixa de cartões.

Olho para a última coisa escrita no caderno de registros à minha frente.

O TRINADO-TIPO2 PODE SER USADO PARA ALERTAR OUTROS DRAGÕES ACERCA DE ALGO DE INTERESSE.

— Ainda restam muitas horas no turno de vocês — constata a dra. Seymour, olhando para o relógio. — Peguem uma xícara de café e comecem a se familiarizar com o material.

Enquanto Gideon pega o livro de fotogramas dos dragões de patrulha, e Sophie e Katherine dividem alguns cartões de indexação, folheio o caderno de registros. Há tantas perguntas que quero fazer, mas, antes de mais nada, preciso ler e aprender tudo que devo saber. Sinto aquele friozinho na barriga de animação já conhecido, o mesmo da época em que os professores atribuíam uma tradução longa como lição de casa, como um enigma esperando para ser resolvido. Observo os diferentes chamados e as observações abaixo de cada um:

Trinado-tipo6
Trinado-tipo10
Tradução: Não pousar.
Chamado gravado às 21h, dragão rebelde sobrevoando a estufa, suspeita-se de que estivesse acompanhado por outros dois.

É como se estivesse lendo os pensamentos dos dragões. Estudo as máquinas de *loquisonus*, reluzindo feito ouro à luz da manhã. Não estamos só traduzindo uma língua, me dou conta. Estamos registrando-a pela primeira vez.

Observo os cartões de indexação remanescentes para fazer a verificação cruzada da tradução. Quero saber qual desses trinados significa *pousar*. Pego um lápis para fazer anotações, mas está sem ponta. Vou até o armário e vasculho entre as caixas em busca de um apontador. Não encontro nenhum, mas acho uma lata de lápis novos. Quando a levanto, vejo que há um envelope embaixo. Não consta nenhum nome nem endereço, mas tem duas marcas de garras de três pontas na frente, na esquerda e na direita. Sei do que se trata.

É uma correspondência trazida por um dracovol.

Olho de relance para a dra. Seymour, mas ela está ocupada explicando um dos cartões para Katherine. Meus pais costumavam mandar nosso dracovol para buscar os livros escolares para mim, uma vez que o correio dos dracovols é bem mais rápido do que o Correio Real. É uma forma privada e não supervisionada de fazer e receber envios, na qual cartas e pacotes são transportados por um dragão pequeno de cauda longa, rápido como um falcão e treinado para fazer entregas em algumas poucas localizações específicas. A maioria das famílias da Segunda Classe têm um dracovol. No entanto, aqui na estufa não há uma gaiola de dracovol, e eu não vi nenhuma miniatura de dragão voando por aí. Sem falar que Ravensloe disse que o envio de cartas não é permitido em Bletchley. Então o que será que a dra. Seymour está aprontando? Tiro metade da carta de dentro do envelope e leio a frase escrita em uma caligrafia bonita no topo da página.

Canna, Rum e Eigg estão todas

Não consigo ver o restante sem desdobrar a carta. Olho para trás. Gideon está me observando, então guardo a carta de volta no envelope e fecho a porta do armário. Sei que Rùm é uma ilha afastada da costa da Escócia que oficialmente virou território dos dragões com a assinatura do Tratado de Paz. É onde chocam seus ovos. Entretanto, nunca ouvi falar dos demais nomes. Me sento à mesa com um lápis novo. Por que a dra. Seymour está recebendo correspondências via dracovol? Ravensloe deve ter lhe dado uma permissão excepcional, talvez para uma pesquisa secreta de ecolocalização.

Olho para a caixa de cartões de indexação. Há centenas dentro dela, e ainda assim a dra. Seymour deu a entender que mal começamos a entender a linguagem de ecolocalização. Apesar do entusiasmo dela, estou começando a sentir que decifrar esse código dracônico em três meses será impossível. Ninguém consegue aprender toda uma língua tão rápido assim.

Com minhas traduções anteriores, eu passava horas estudando livros para pesquisar contextos, lendo questões adjacentes ao tema até que de repente me ocorria uma nova forma de usar uma palavra, uma tradução que eu não tinha considerado até então e que dava ao texto um significado completamente novo. É assim que devo começar desta vez também. Para isso, vou precisar de uma biblioteca. Deve haver uma em Bletchley, não?

Começo a fazer anotações, sem tirar os olhos da página mesmo quando sinto a dra. Seymour me observando. A primeira coisa que vou pesquisar são as ilhas escocesas. Se a dra. Seymour está recebendo cartas tratando delas, então devem ter importância no aprendizado sobre a ecolocalização dos dragões. Talvez eu descubra algo que logo de cara vai me colocar à frente dos demais. Olho para eles e sinto uma faísca de competitividade. Sei que é besteira, porque estamos juntos nisso. Mas, se alguém aqui vai decifrar um código que pode vencer a guerra e apagar meus erros, quero que eu seja essa pessoa.

Nove

— Então você está ouvindo em segredo o que os dragões rebeldes estão dizendo uns aos outros para que possa traduzir a comunicação deles e repassá-la à Wyvernmire?

Eu me sento com Marquis à mesa, falando baixinho enquanto os outros recrutas chegam para o almoço. O ar zune com discussões a respeito do trabalho e da guerra, e vejo Katherine e Gideon conversando animados enquanto comem.

— Isso — respondo, tomando um gole da sopa. — E a rainha dos dragões não quer que a Wyvernmire saiba a respeito da ecolocalização, embora isso pudesse ajudar *as duas* a derrotar os rebeldes.

— Um dos meus professores mencionou a ecolocalização dos dragões uma vez — comenta Marquis —, mas ele disse que era só uma teoria. A ideia de que uma espécie inteira criou um código secreto dentro da mente com o propósito de lutar contra humanos é...

— A dra. Seymour não acha que seja uma arma. E não é exatamente um código; é uma língua.

— Seja lá o que for, basicamente consiste em ler mentes — fala Marquis, empolgado. — Como se fosse algum tipo de vantagem primitiva absurda que os dragões têm.

— Não é uma vantagem maior do que nossa habilidade de comunicação via sistemas sem fio. — Atlas puxa uma cadeira para o nosso lado e eu franzo o cenho.

Faz quanto tempo que ele está ouvindo a conversa?

— É óbvio que é uma vantagem — rebato. — *Nós* não temos um sistema de comunicação sem fio implementado na cabeça.

Serena e Karim se juntam a nós à mesa. Karim me dá um sorriso tímido (eu ainda não o ouvi falar, e ele cora toda vez que alguém olha em sua direção). Serena, por outro lado, não é tão discreta assim.

— Bom, eu aprendi a *pilotar* aviões, é óbvio, mas nunca pensei que me veria *projetando* um — diz ela, encostando o ombro no braço de Atlas ao se esticar para pegar o pão. — Aviões de combate, ainda por cima. A aviação me parece ser a mais útil das três categorias. — Ela olha diretamente para mim.

— Aviões de combate? — pergunto para Marquis, ignorando o olhar de Serena.

— Aham — responde ele, a boca cheia de batatas. — O Knott projetou asas baseadas no voo dos dragões. Sugeri que a gente incorporasse uma moela mecânica no avião para que ele possa cuspir fogo.

— Uma goela mesmo? Mecânica? Quê? — emenda Sophie, sentando-se ao meu lado.

Olho para ela com surpresa (será que isso significa que concorda em trabalharmos juntas?).

— É como os dragões produzem as chamas — explica Marquis. — Eles têm vários estômagos, como as vacas, e uma moela, como as galinhas. Quando a comida que ingerem fermenta, ela produz gás metano.

Atlas arqueia a sobrancelha.

— As moelas dos dragões são revestidas de escamas parecidas com lascas de pedras — continua meu primo. — E os dragões comem pedras pequenas para ajudar com a digestão. Então, quando essas pedras raspam nas escamas na presença de gás metano, eles produzem chamas. É tão inteligente que chega a ser ridículo.

— E você acha que vão funcionar? — pergunta Atlas. — Esse negócio de os aviões cuspirem fogo?

Ralph entra no salão com o capacete embaixo do braço, e todos se calam. Fico chocada com o quanto é jovem. Não deve passar muito dos vinte e cinco. A pele pálida reluz em contraste com o cabelo escuro e os cílios grossos de seus olhos. A beleza se equipara à sua crueldade. Comemos em silêncio enquanto Ralph pega um prato de comida, nos observando com suspeita, e depois vai embora.

— E o que vocês estão fazendo na zoologia? — pergunta Katherine a Dodie.

Dodie e Atlas trocam um olhar.

— Estudando o crescimento e o desenvolvimento de répteis — fala Dodie.

— E a eugenia de dragões — acrescenta Atlas, com frieza. — O Lumens pediu que a gente pesquisasse o tema na biblioteca, mas estou pensando em recusar.

— Então tem mesmo uma biblioteca aqui? — confirmo.

— Acho que vi uma no terceiro andar — fala Dodie, lançando um olhar preocupado para Atlas. — Posso te mostrar, se você qui...

— Eu te levo, Featherswallow — interrompe Atlas. — Estou indo para lá agora mesmo.

— Ah — digo.

Um garoto disposto a desobedecer às ordens diretas do líder de sua categoria quando seu futuro inteiro está em jogo é um péssimo sinal. Quero ficar o mais longe possível de Atlas King.

— Na verdade, eu prometi ao Marquis que iria mostrar a quadra de tên...

— O Karim sabe onde fica — acrescenta meu primo, depressa. — Ele pode me mostrar.

Olho de Marquis para Karim, que está ficando roxo como uma beterraba. Atlas sorri, satisfeito.

Então vou ficar sozinha com o transgressor de regras.

— Soph, quer vir junto?

— Só porque nós estamos na mesma categoria, não significa que voltamos a ser amigas — responde Sophie, seca.

— Então tá — respondo, puxando o cabelo para baixo para esconder as bochechas vermelhas.

Olho para Atlas, que se põe de pé.

— Depois de você.

Subimos as escadarias em silêncio. Quando chegamos ao patamar, Atlas me guia por um corredor.

— Você tem sorte de ter vindo para cá com dois conhecidos — comenta ele.

O corredor tem janelas amplas com vista para a floresta. Nós o atravessamos e subimos mais um lance de escada escondido atrás de uma porta.

— Eu não vim para cá com a Sophie — corrijo. — Eu só já a conhecia.

— Vocês se desentenderam?

— Algo assim.

Paramos em frente a portas duplas.

— Featherswallow. É um nome descendente de dragões, não? Quando ouvi, achei que você fosse da Primeira Classe.

Dou de ombros.

— Minha família deve ter sido, em alguma geração. Devem ter feito algo para serem rebaixados. Algo covarde, talvez.

— Por que covarde?

Arqueio a sobrancelha.

— Você conhece a lenda. Os dragões covardes da Britânia, os que traíram os membros da própria espécie, perderam as escamas como punição e foram transformados em andorinhas. Meu tio Thomas disse que, séculos atrás, homens que iam contra o rei tinham a palavra "*swallow*", andorinha, acrescentada ao sobrenome para diferenciá-los.

— O que eu li foi outra coisa — fala Atlas, suave. — A princípio, as andorinhas eram dragões que sabiam falar todas as línguas do mundo. Isso, no entanto, se tornou um fardo, pois conseguiam sentir empatia pelas histórias de muitos, então pediram a Deus para atenuar o ônus e fazê-los serem leves, sem preocupações. Ele os transformou em pássaros, e lhes deu caudas bifurcadas como a língua dos dragões para lembrá-los do que foram um dia.

Sinto arrepios se espalharem pelos meus braços. As andorinhas eram *linguistas?* Eu nunca tinha ouvido essa versão da lenda. Atlas sorri, segurando a porta aberta para mim, e, quando passo por ele para entrar na biblioteca, sinto aquele cheiro novamente: hortelã e tabaco.

A biblioteca é pequena, escura e abarrotada. Só tem uma janela, e ninguém se deu ao trabalho de tirar a cortina de vedação. Acendemos as lamparinas a gás e, quando me viro, vejo livros empilhados no chão, sendo cuspidos das prateleiras e enfiados em alcovas nas paredes. Há uma seção no andar superior, acessível por uma escada móvel, e avisto uma mesinha redonda e algumas cadeiras lá em cima. O ar cheira a papel úmido.

— O que está procurando? — pergunta Atlas.

— Um livro sobre ilhas escocesas — falo, dando uma olhada mais de perto nas lombadas dos livros.

— Ilhas escocesas? Mas por quê?

Há um papel preso à parede. Dou uma olhada até achar o que preciso:

GEOGRAFIA — ANDAR SUPERIOR

Subo na escada.

— Só acho que vai ser um bom ponto de partida.

Atlas vem logo atrás e chega ao segundo andar pouco depois de mim.

— Você sempre faz mais trabalho do que lhe pedem, é? — Ele sorri para mim, os lábios se curvando.

— Sim — respondo, sem sorrir de volta. — Gosto de estar em vantagem.

— Mas pensei que você ia traduzir — contrapõe ele. — Por que precisa de um livro sobre as ilhas escocesas para isso?

Eu o ignoro e olho para a parede (coberta de mapas antigos, emoldurados e organizados em fileiras). Com os olhos, sigo as linhas que representam as ilhas, as marcas de lápis fracas que indicam montanhas e rios, até encontrar uma expansão de terra onde consta apenas três palavras no centro.

— Aqui há dragões — leio em voz alta.

— Dizem que alguns exploradores tinham medo demais de cartografar determinados territórios. — Atlas aparece atrás de mim. — Sempre que chegavam a uma área não explorada, simplesmente marcavam um alerta nos mapas que estavam desenhando. Significa que não sabem o que existe nesses lugares, mas que muito provavelmente há dragões lá.

— Como você sabe disso? — questiono.

Ele dá um sorriso convencido.

— Como é que você não sabia?

Eu me viro e passo a mão pelos livros nas estantes de geografia. Fico surpresa ao ver que foram organizados por país. Depois da instauração da Proibição de Viagens, muitas bibliotecas removeram os livros cujos focos eram países estrangeiros e os substituíram com textos sobre a Britânia. Agora, no entanto, estou vendo lombadas com títulos como *As capitais ao redor do mundo* e *A diáspora dos dragões em Paris e suas proximidades*. Esta deve ser a coleção particular de alguém. Fico me perguntando quem deve ter morado na Propriedade Bletchley antes de o governo tomá-la. Encontro a seção sobre a Britânia e me ajoelho para ver os livros mais baixos.

Britânia, um reino à beira-mar
Territórios britânicos: Um conto de duas espécies
O livro dos estuários galeses
Uma breve história do princípio da Escócia
As Ilhas Vikings
As Hébridas: explorando as ilhas da Escócia

Paro a mão sobre o último tomo, o qual pego e levo até a mesa. Enquanto o folheio, observo Atlas de soslaio. Está entretido com a seção de política, movendo os lábios em silêncio ao ler. Seu colarinho branco ainda esgueira de dentro do uniforme. Por que ele insiste em continuar com as próprias roupas?

Algo chama minha atenção na página 265.

As Hébridas compõem mais de quarenta ilhas que se estendem em um arco ao longo da costa atlântica oeste da Escócia. No entanto, a maior parte dessas ilhas são desabitadas. As Ilhas Menores, que incluem Canna, Sanday, Rùm, Eigg e Muck, costumavam ser lar tanto de humanos quanto de dragões. Rùm tem sido usada pelos dragões britânicos como local para chocarem seus ovos desde o século XII, mas, com a assinatura do Tratado de Paz, em 1866, se tornou um território exclusivamente dracônico. Os dragões alegam que a atividade humana atrapalha a temporada de chocagem e, portanto, as rotas de aviões já não passam mais sobre essas ilhas. Quando o Tratado de Paz foi assinado, o governo requisitou as ilhas vizinhas de Eigg e Canna por motivos oficiais. No total, trezentos e sessenta habitantes foram transferidos para o continente.

Se Eigg e Canna são propriedades do governo, então seja lá o que a dra. Seymour tem a ver com esses lugares deve ter sido sancionado por Ravensloe. Mas como esses lugares podem ser relacionados à ecolocalização dos dragões?

Rùm tem sido usada pelos dragões britânicos como local para chocarem seus ovos desde o século XII.

Imagino uma ilha toda gramada e coberta por ninhos de dragões, ovos do tamanho de bolas de boliche acobertadas por asas coriáceas.

— Encontrou alguma coisa interessante?

Atlas se inclina sobre meu ombro e eu tenho um sobressalto.

— Não exatamente — digo, fechando o livro com força. — Mas obrigada por ter me trazido aqui.

— Não há de quê.

Eu me viro para olhá-lo. Atlas sorri, e a curva em um canto de seus lábios forma uma covinha na bochecha dele. Desta vez, é inevitável sorrir de volta.

Quem é este garoto?

— Mas, e aí, por que te colocaram na zoologia? — pergunto. — Quer dizer, o que você fazia antes?

— Eu criava cavalos — responde Atlas.

Arqueio a sobrancelha.

— Cavalos são bem diferentes de dragões.

Atlas dá mais um sorrisinho convencido.

— São mesmo. E não estava nos meus planos que isso se tornasse minha carreira. Minha mãe me arrumou um trabalho nos estábulos de um lorde, aí ele decidiu que eu levava jeito para identificar bons cavalos de raça.

O pai de Hugo Montecue cria cavalos de corrida para famílias de Primeira Classe de Sandringham. É um trabalho complicado que requer muito estudo de genética e ciência veterinária. Dizer que é uma carreira atípica para um garoto da Terceira Classe seria um baita de um eufemismo.

— Então você não se importa com a seleção genética de características desejáveis em cavalos, mas se opõe quando dragões estão em jogo? — indago.

Não sei por que quero provocá-lo, mas funciona.

Ele franze os lábios.

— Como você mesma disse, cavalos são bem diferentes de dragões.

De repente, não consigo manter o contato visual. Estou sendo grosseira, apesar do fato de ele ter se oferecido para me trazer à biblioteca.

— Foi o padre David que me deu livros sobre a fisiologia equina — fala ele, suave.

E agora Atlas está sendo legal a ponto de continuar a conversa.

— Padre David?

— O lorde Lovat tinha um padre que morava próximo à capela de sua propriedade. Ele se tornou meu mentor, de certa forma.

Assinto. Eu de fato quero saber como um criador de cavalos da Terceira Classe mentoreado por um padre veio parar em Bletchley, mas não posso dizer isso por receio de que ele devolva uma pergunta semelhante.

Fiz um acordo com uma dragoa criminosa para salvar meus pais rebeldes e, de quebra, ainda violei o Tratado de Paz, me imagino dizendo.

É melhor não.

— Então você vai voltar pra propriedade, se sua categoria vencer?

Atlas balança a cabeça em negativa.

— Acho que não. Passei o ultimo ano sendo seminarista.

— Um semi-o-quê?

— Um seminarista. Estava em treinamento para me tornar padre.

Tento mascarar a surpresa com um pigarro, mas acabo inalando um pouco de poeira do livro e tusso tanto que meus olhos lacrimejam.

— Nossa — digo, sem fôlego, enquanto Atlas curva os lábios mais uma vez. — Então o padre David realmente te fisgou.

Atlas solta uma gargalhada.

— Por que você parece tão horrorizada assim?

— Não estou! — defendo-me, tentando parecer natural. — Só não esperava que você fosse padre.

— Padre em treinamento — corrige ele, depois aponta para o colarinho. — Isto aqui não entregou o jogo?

Mas sem sombra de dúvida!

— Eu só achei que fosse apego emocional às roupas antigas — respondo, baixinho.

Atlas ri novamente, e eu espano o resto da poeira da capa do livro. Padres não são homens idosos cheios de rugas e julgamentos? Atlas tem um viço na pele, braços musculosos e um sorriso para o qual é difícil não olhar. Ele devolve meu livro à prateleira, e eu observo a barba nascendo em sua bochecha e a curva escura de sua nuca.

— Pensei que padres seguissem regras estritas — comento, sentindo o arrependimento bater de imediato.

— Está sugerindo que não sigo? — Ele inclina a cabeça, desafiador de um jeito descontraído.

Será que Atlas está flertando comigo? *Um padre* está flertando comigo?

Correção: Um padre *em treinamento.*

— *O que* padres fazem, afinal de contas?

— Ah, muitas coisas. Mas no geral eles buscam Deus — responde Atlas. — Não é o que todos nós fazemos?

— Eu não acredito em…

— Recruta Featherswallow!

Eu dou meia-volta. Ralph está parado à porta da biblioteca com a arma pendurada no ombro. Quando vê Atlas ao meu lado, semicerra os olhos.

— Solicitaram seus serviços lá embaixo, mas me parece que você tem coisas melhores a fazer.

— Meus serviços?

— Preciso mesmo lembrar vocês de que foram trazidos para cá *para trabalhar*? — Ele nos fuzila com os olhos. — O que estão fazendo aqui em cima?

— Pesquisas — responde Atlas, depressa. — A recruta Featherswallow precisava de material de leitura.

— *Featherswallow* devia estar lá embaixo, disponível a quaisquer superiores que possam precisar de sua… assistência.

Ele faz cara de pouco-caso para mim, e acabo me levantando e descendo a escada sem nem um pingo de pressa.

— Eu tinha entendido que os Guardiões de Bletchley estavam aqui em prol da nossa proteção — fala Atlas do piso superior. — Então não deveria ser *você* assistindo Featherswallow, Guardião 707?

Meus pés tocam o chão e meu rosto queima perante a ousadia de Atlas. Eu me viro para Ralph.

— Quem me chamou? Foi a dra. Seymour?

— O que vocês estavam fazendo juntos? — retruca ele em vez de me responder. — Os dois são de categorias diferentes.

— Atlas veio me mostrar onde fica a biblioteca.

— Vocês não têm permissão para ficar zanzando por…

— Mas não estamos! — afirmo. — Ele só estava me ajudando a…

— Estou inclinado a aplicar uma punição em você! — Ralph cospe as palavras. — Por interromper um Guardião e, *ainda por cima*, desobedecer aos protocolos da Propriedade Bletchley.

Atlas pula da escada, o rosto contorcido de raiva.

— Ela não estava desobedecendo a nada...

— E você vai para o isolamento: uma vez por ter mentido e mais uma por ser da corja da Terceira Classe!

— Você não tem esse direi... — grito, mas minhas palavras são interrompidas pela dor da mão de Ralph na minha nuca.

Eu me contorço, mas ele me aperta ainda mais forte com a mão. O Guardião 707 é mais forte do que eu teria imaginado.

— Não me dê motivo para bater em você uma segunda vez — sussurra ele no meu ouvido.

Arranho as costas de sua mão, minha visão turva com a ira.

— Me larga, seu filho da...

O aperto ao redor do meu pescoço de repente perde a força. Quando levanto a cabeça, Atlas está dando uma chave de braço em Ralph contra a parede. Então a porta da biblioteca é aberta e o professor Lumens aparece.

— O *que é* que está acontecendo aqui?

Atlas solta Ralph, que avança em direção a ele com a arma em riste.

— Recrutas desobedecendo às regras, Lumens — rosna ele. — Este aqui — Ralph aponta para Atlas com a cabeça — acabou de me atacar.

— Mentiroso! — digo, entre os dentes.

O prof. Lumens levanta a mão no ar. O líder de zoologia tem barba branca e está carregando uma maleta debaixo do braço. Ele olha de mim para Atlas, cujas mãos estão cerradas em punhos. Duas manchas vermelhas surgiram em suas bochechas.

— Você, por acaso, atacou este Guardião, rapaz? — grunhe ele.

— Ele colocou as mãos nela e... — começa Atlas.

— Então assume que o atacou?

— Ele estava me defendendo! — argumento, mas Lumens me ignora.

— Peça desculpas — ordena o professor a Atlas.

— Como é?! — rebate Atlas. — Este Guardião acabou de agredir uma mulher e deveria ser demitido por...

— Peça desculpas, recruta — repete Lumens, com frieza —, a Ralph Wyvernmire.

Fico paralisada.

Wyvernmire?

O Guardião 707 é parente da primeira-ministra?

Atlas encara Lumens por um momento, depois se vira para Ralph.

— Desculpa — pede ele, a contragosto.

Lumens concorda, satisfeito.

— Existe algum motivo em particular para você estar nesta biblioteca, Guardião 707?

Ralph endireita a postura para ficar mais alto.

— Os serviços tradutórios da recruta Featherswallow foram requisitados nas dependências, mas, quando alguém foi mandado para buscá-la, não conseguiram encontrá-la.

— Muito bem, então. Acho melhor ir, não concorda, srta. Featherswallow?

O prof. Lumens dá uma piscadela para mim, e eu faço que sim com a cabeça.

— Pode deixar que eu mesmo me certifico de que ela vai chegar ao lugar certo — fala Ralph, colocando a mão em meu ombro, e eu a afasto com um chacoalhão.

— Na verdade, Guardião 707, se não estou enganado, eu o ouvi ameaçando estes recrutas de punição — comenta Lumens. — Talvez nós dois possamos decidir o castigo do sr. King juntos, o que me diz?

Eu me esgueiro porta afora e corro escada abaixo antes que Ralph possa me alcançar. Meu corpo todo treme. Será que é mesmo parente de Wyvernmire? Não é de se admirar que ande por aí como se tivesse o rei na barriga. Me lembro da força de Atlas pressionando Ralph contra a parede. O Guardião não vai se esquecer disso, e Atlas... ele poderia se encrencar muito pelo que fez. E se for rebaixado? Um calafrio de medo desce pela minha espinha enquanto tento imaginar para onde os recrutas rebaixados são mandados. Só estou aqui há um dia, e já coloquei um alvo nas minhas próprias costas. Eu sabia que devia ter ficado longe daquele garoto.

Mas ele te defendeu.

Para com isso, digo a mim mesma.

Meu único objetivo é decifrar o código dos dragões e voltar para casa, para Ursa, e eu nunca mais vou conseguir fazer isso se ficar me distraindo. Ou se o Guardião parente de Wyvernmire decidir fazer da minha vida um inferno na Terra. Chego ao hall e vou para a porta da frente. Ralph disse que precisavam de mim nas dependências. Há um motocarro de Guardiões à espera ao pé dos degraus. O Guardião atrás do volante baixa a janela.

— Vivien Featherswallow?

Assinto.

— Temos uma visita inesperada. Entre.

Entro no banco de trás e olho para as janelas do terceiro andar da casa. De onde estou, não consigo ver a biblioteca, mas espero que Atlas não esteja muito encrencado. E que o prof. Lumens seja tão diplomático quanto aparenta.

O carro atravessa a Propriedade Bletchley, passa pelo lago e depois pega uma estrada de terra que atravessa uma extensão de campos gramados. Quem é a visita inesperada e por que está tão longe do solar? À medida que o carro cruza a grama, três formas enormes surgem à vista pelo para-brisa. Meu coração dispara.

Dragões.

Vários Guardiões já estão estacionados no campo, e os dragões (dois menores e um maior) sangram pelo flanco. Os dois menores são azuis e roxos, e o terceiro é preto com chifres saltando da face. É enorme, ainda maior que Chumana. Sinto um arrepio de nervosismo ao ver o sangue grosso escorrer pelas escamas dos três. Alguma coisa deu errado. O carro para, e o Guardião se vira para mim com o rosto todo pálido.

— Pode sair, então.

Pode sair? Olho pela janela. Os demais Guardiões também estão esperando dentro de motocarros. Abro a porta devagar e desço. A grama é tão alta que quase alcança meus joelhos. Um grunhido baixo vibra sob meus pés. Todo mundo, incluindo os dragões, está me encarando. Por fim, a frota sai de seus veículos, as armas em riste com firmeza. Sinto uma onda de alívio ao ver um rosto familiar atrás de um capacete aberto. É Owen, o Guardião que foi buscar a mim e Marquis na estação.

— Olá — ele me cumprimenta sem jeito.

Assinto em resposta, mas estou com a visão cravada nos dragões. O preto me observa com seus olhos em fendas, a boca levemente aberta, revelando caninos do tamanho dos meus dedos e uma língua vermelha bifurcada. Suas patas são cobertas por penas, como as de Chumana.

— Este dragão sobrevoou o Canal horas atrás e deu a volta sobre Bletchley — conta Owen. — Nossos dragões de patrulha, Muirgen e Rhydderch, o enfrentaram até que perceberam que o visitante tinha vindo... em paz.

Olho para os dragões de patrulha, menores.

— Este bolgorith parece ter vindo da Bulgária — explica-me a dragoa azul, Muirgen, em inglês.

Fico paralisada. Um dragão da Bulgária? Mas eles não têm nenhuma relação com humanos. Não desde que destruíram todo o país de minha mãe em três dias. Troco um olhar aterrorizado com Owen.

— Não conseguimos nos comunicar com ele — revela Rhydderch.

— Não entendo — falo, devagar. — Vocês são dragões. Falam diversas línguas... como podem não ter nenhuma em comum com ele?

— Dragões búlgaros não...

— Eu sei — interrompo Owen. — Desde o Massacre da Bulgária os dragões búlgaros não ensinam às novas gerações as línguas humanas. — Levanto a cabeça e olho para o bolgorith. — Mas você nasceu antes disso — completo em búlgaro. — Você deve falar búlgaro, no mínimo.

O dragão abre um sorriso.

— A questão é — responde ele —: por que *você* fala búlgaro?

— Minha mãe é de lá — digo, com frieza. — A família dela foi assassinada no Massacre.

— Que infortúnio — emenda ele. — Meu nome é Borislav.

— Como posso ajudá-lo aqui, Borislav?

Troco para slavidraneishá, a língua materna de Chumana, e agora língua oficial da Bulgária. Borislav baixa a cabeça até estar nivelada com meu rosto, sem conseguir disfarçar a surpresa ao me ver falando uma língua dracônica também. Seu pescoço é da mesma extensão de um motocarro, com espinhos no topo e na base.

— Que incomum uma humana falar várias línguas — sibila ele. — Onde foi que as aprendeu?

— Na escola — respondo. — Com livros.

— Não sei nem por que perguntei — rosna Borislav. — Vocês humanos insistem em registrar suas línguas em rabiscos de tinta.

— No intuito de passá-las adiante.

— Eu havia me esquecido de como vocês fazem um péssimo trabalho ensinando seus menores a falar — comenta Borislav, balançando a cabeça de um lado para outro, o que assusta vários Guardiões e os faz dar um pulo para trás. — Os filhotes de dragões aprendem ao menos três línguas já no primeiro ano de vida.

— E, no entanto, aqui está você, sem conseguir se comunicar com sua própria espécie sem uma tradutora humana — retruco, com frieza.

Borislav ruge, afastando-se para trás e emitindo um guinchado. Sua cauda bate em uma árvore. Os Guardiões levantam as armas, e uma chuva de lascas de madeira recai sobre os carros.

— O que você disse pra ele? — grita Owen enquanto Muirgen e Rhydderch rosnam.

— O inglês é uma língua preguiçosa, uma que me recuso a falar. E seus dragões de patrulha não passam de juvenis. Ainda não aprenderam as línguas do leste. — Borislav cospe as palavras. — É uma fraqueza semelhante à da suposta paz que estabeleceram com os humanos.

Meu coração martela bem alto no peito. Por um momento, achei que o dragão búlgaro estava prestes a me matar.

— O que quer que eu traduza? — ofereço.

Borislav mostra os dentes e não para de balançar a cauda de um lado para outro.

— Diga à Wyvernmire que os dragões da Bulgária estão de acordo.

Repasso as palavras a Owen.

— De acordo com o quê? — rosna Rhydderch em inglês.

Viro para perguntar a Borislav, mas Owen fala primeiro:

— Isso é tudo de que precisamos, Vivien.

Rhydderch semicerra os olhos. Eu o observo, depois me volto para Borislav. Que acordo é esse a que os dragões da Bulgária e Wyvernmire chegaram? E por que Rhydderch (que serve à rainha Ignacia) parece não saber do que se trata?

— Diga ao dragão que Wyvernmire lhe agradece por ter viajado até aqui — pede Owen. — E faça o lembrete de que, até cruzar as fronteiras britânicas, a caça deve ser restringida a animais selvagens.

Traduzo, e Borislav solta uma risada.

— Diga ao seu superior que me alimentei de dois de seus colegas enquanto sobrevoava Londres hoje pela manhã. — Ele vira os olhos para mim. — Não obedecemos às regras humanas. Sua primeira-ministra sabe muito bem disso.

Borislav abre as asas de repente, estendendo-as sobre o campo, e derruba o retrovisor de um dos motocarros. Após alguns passos retumbantes, o dragão se lança ao ar. Assistimos em silêncio a ele ganhando altura e circulando o campo algumas vezes antes de desaparecer nas nuvens acima da floresta.

— Alguém busque Ravensloe — manda Owen. — Agora!

Muirgen e Rhydderch se aproximaram e estão conversando baixinho. Não parecem entender esse encontro nem um pouco mais do que eu. Mas por quê? A dúvida circula na minha mente. Owen abre a porta do carro para mim, e o Guardião me leva de volta ao Solar de Bletchley. Se todos os dragões se valem da ecolocalização, por que os de patrulha não conseguiram se comunicar com Borislav quando o viram no céu? Decido levar a pergunta à dra. Seymour, porque uma indagação ainda maior já surge na minha cabeça.

Por que Wyvernmire está em contato com os dragões búlgaros, os mais cruéis da Europa? E se a rainha Ignacia é aliada de Wyvernmire, por que seus dragões pareceram tão surpresos?

Dez

Tiro os fones de ouvido e solto um palavrão. Passei uma semana inteira escutando sem parar a mesma sequência de chamados de ecolocalização, e toda vez que sinto que estou começando a entender o que querem dizer eu os escuto sendo usados em um contexto diferente que me faz voltar à estaca zero.

— O Trinado-tipo4 parece significar "vamos caçar", não? — pergunto a Gideon.

Ele para de analisar os cartões de indexação e levanta a cabeça para assentir para mim.

— Então por que *aqui* está sendo usado como um comando a ser seguido?

Entrego os fones a Gideon, clico em *rebobinar* e depois *tocar*. Ele ouve por um momento, depois me olha com uma expressão de surpresa.

— Viu só?! — falo, jogando as mãos no ar. — Não faz o menor sentido.

Olho para trás. A dra. Seymour está trabalhando na máquina de *reperisonus*, tentando consertar um dos fios, e me pergunto como ele pode ter sido danificado se fica guardado junto a uma das paredes dos fundos. Sophie está na outra *loquisonus*, tentando anotar a constância de um padrão sonoro com a ajuda de Katherine.

Os rabiscos no meu caderno ficam turvos diante dos meus olhos. Eu estava tentando relacionar os chamados de ecolocalização às línguas dracônicas que conheço, buscando similaridades no léxico ou no ritmo. No entanto, os chamados que escuto com a máquina de *loquisonus* são sons mais semelhantes às canções de pássaros ou ao soar de uma corneta do que a palavras orais.

As línguas (até mesmo as dos dragões) podem ser transcritas no papel usando letras ou símbolos que destrincham cada som ou significado, mas a ecolocalização não funciona assim. A terminologia que estamos usando, como Trinado-tipo13, não se parece *audivelmente* aos barulhos que escuto nos fones. Não da mesma forma como a letra *s* transmite o sibilo da palavra *hahriss*, que significa *juntos* em slavidraneishá. O búlgaro é mais fácil de compreender quando se entende que a letra cirílica maiúscula *Ve* se parece com um *B* romanizado maiúsculo. A ecolocalização, por outro lado, não segue nenhuma dessas regras, nenhuma dessas características que no futuro poderiam levar a uma tradução completa dos sons.

Por que Wyvernmire se deu ao trabalho de contratar linguistas quando a ecolocalização mais se parece com o código Morse de Sophie do que com qualquer outra língua que já conheci?

— Passa pra cá — pede Gideon, balançando a cabeça na direção da máquina de *loquisonus*.

— Não tem prob... — começo, mas ele já a está puxando para si.

Sinto as bochechas corarem de irritação, mas forço uma risada.

— O que te faz pensar que você pode se sair melhor do que eu?

— É só que eu sou... mais qualificado — responde ele.

— Eu não fazia ideia de que garotos eram mais qualificados do que garotas para escutar chamados ultrassônicos de dragões — fala Sophie antes que eu possa rebater com minha própria resposta.

— Não é porque sou garoto, embora a decifração de códigos *de fato* seja tradicionalmente um domínio dos homens. — Gideon dá um sorrisinho convencido. — Mas é que já estive perto de muito dragões.

Engulo minha resposta seguinte porque a curiosidade fala mais alto.

— É mesmo?

— O que acham de uma pesquisa de campo? — interrompe a dra. Seymour.

Colocamos as duas máquinas de *loquisonus* e outras ferramentas em um carrinho de puxar e seguimos floresta adentro. Inalo o ar fresco e levanto o rosto para o sol. Desde que encontrei Muirgen e Rhydderch no campo quando fui traduzir para Borislav, comecei a ver dragões por todas as partes: voando na direção da minha janela durante as manhãs, patrulhando a floresta ou aterrissando no pátio para conversar com os Guardiões. Nunca consigo deixar de olhar para eles. Não vejo tantos dragões assim no mesmo local desde a guerra e, embora não deem a mínima para mim, é inevitável confabular com Marquis a respeito de quais espécies eles podem ser ou quais línguas devem falar.

— Certo — diz a dra. Seymour quando paramos em uma pequena clareira.

De onde estamos, dá para ver o verde da quadra de tênis por trás das árvores.

— Coloquem os fones e encontrem a frequência certa.

Vou em direção a Sophie, torcendo para dividirmos uma *loquisonus*, mas ela me olha feio e vai fazer dupla com Katherine. Sendo assim, me ajoelho para trabalhar na outra máquina com Gideon, as meias-calças absorvendo a umidade do chão da floresta, e viro os diais da *loquisonus* até que o crepitar suma e eu encontre a frequência ultrassônica na qual a ecolocalização se dá.

— Lembrem-se de que aqui não há bloqueios — alerta-nos a dra. Seymour em voz baixa, olhando para o alto das árvores. — Então, em hipótese alguma vocês devem reproduzir qualquer chamado de ecolocalização que gravarem. Do contrário, os dragões vão conseguir ouvir.

Assinto, e Gideon olha nervoso para os alto-falantes dourados das máquinas, parecidos com trompetes, como se de repente eles pudessem criar vida. Um estalo preenche meus ouvidos. Paro. Será um Trinado--tipo13 ou um Gorjeio-tipo62? Pego os cartões indexadores na bolsa, mas do nada uma sombra enorme sobrevoa a gente. Olho para cima conforme a luz do sol volta a nos inundar e vejo um dragão voando em direção à quadra de tênis. Os estalos crepitam em meus ouvidos, e eu aperto os fones nos ouvidos.

— Alguém consegue identificar aquele dragão? — pergunta a dra. Seymour, baixinho, que continua o observando através de um par de binóculos.

Gideon folheia o livro de fotogramas.

— Pode ser o Soresten — diz ele. — Cento e dez anos, macho, dragão da areia britânico.

Há uma longa sequência de chamados sociais, começando pelo Trinado-tipo2. Sei o que isso significa. O dragão avistou alguma coisa que lhe chamou a atenção.

Mas com quem ele está falando?

Forço a vista contra o sol, para além da beira da floresta e da quadra de tênis, até os campos que levam ao lago. Há uma cabana lá, e parece abandonada desde a Grande Guerra. Empoleirada em cima da construção, assumindo um formato azul turvo e reluzente, está outra dragoa.

— Aquela ali é a Muirgen — falo, com certeza. — Ela é a única drake ocidental da região.

Soresten a sobrevoa e um Trinado-tipo10 ressoa em meus ouvidos. De repente, Muirgen voa para baixo, aterrissando sem dificuldade nos gramados, fora do meu campo de visão. Soresten ainda está no ar, formando um brilho dourado no céu. Em seguida, vem mais uma sequência de chamados sociais, os quais são diferentes do primeiro, mas ainda parecidos. Começa com o que me parece um Trinado-tipo10, mas é mais prolongado, com uma flexão no final, como a entonação que os humanos adotam ao fim de uma frase para indicar uma pergunta. Analiso rapidamente os cartões de indexação, à procura de algum que descreva o que acabei de ouvir, mas não encontro nada.

— Me deixa ouvir — murmura Gideon, estendendo a mão para que eu lhe passe os fones.

Eu o ignoro, pois outro dragão aparece além da cabana, circulando uma vez no ar antes de aterrissar junto a Muirgen no campo.

A dra. Seymour está agachada ao lado de Katherine, compartilhando o fone.

— Viram o que aconteceu ali? — pergunta ela.

Balanço a cabeça em negativa, desejando que tivesse a resposta certa.

— Ambos os dragões fizeram a mesma coisa: aterrissaram no campo. Soresten é um dragão chefe de patrulha, então é provável que o tenham feito por ordens dele.

— Mas ele disse algo diferente para os demais — contesto. — Os chamados usados eram diferentes.

— Talvez o Soresten não fosse o único falando — sugere Katherine.

— Vai ver a primeira sequência foram as ordens do Soresten e a segunda, a resposta de outro dragão.

— Ótima teoria, Katherine — elogia a dra. Seymour. — Isso é bastante possível, mas a singela diferença entre o primeiro Trinado-tipo10 e o segundo, mais longo, sugere que a mesma coisa esteja sendo dita, porém de outra maneira.

— Então há formas distintas de dizer as coisas na ecolocalização? — pergunto. — Como sinônimos?

Não é à toa que as gravações de hoje de manhã me deixaram tão confusa.

A dra. Seymour sorri.

— Talvez. Mas lembrem-se de que tudo isso é conjectura. Assim como vocês, eu também estou aprendendo.

— Mas pra que se dar ao trabalho? — emendo. — Por que o Soresten perderia tempo dizendo a mesma coisa de dois jeitos diferentes?

A dra. Seymour dá de ombros para mim, sem responder.

— Dra. Seymour — falo, de repente. — Sabe o dragão búlgaro para quem traduzi na semana passada? Por que precisavam de mim? Ainda que ele não falasse a mesma língua que a Muirgen e o Rhydderch, eles não poderiam ter se comunicado através da ecolocalização?

Ela fica de pé.

— Fiquei me perguntando a mesma coisa — diz ela. — Talvez tenham, sim, se comunicado via ecolocalização antes de aterrissar, mas esconderam isso para que você, e, por consequência, a primeira-ministra Wyvernmire, não soubesse. Eles querem manter a habilidade em segredo, lembra?

Assinto, mas ainda não estou convencida. Se os dragões podiam mesmo se comunicar por meio da ecolocalização, não seria preciso se darem a todo o trabalho de chamar uma tradutora humana só para esconder o fato de que já tinham interagido antes da minha chegada. Então é possível que haja tipos diferentes de ecolocalização, como os sinônimos aos quais me referi agora há pouco? E, se sim, por que a dra. Seymour (que inventou a máquina de *loquisonus*) parece não estar interessada?

*

Passo o dia todo na estufa, debruçada sobre os cartões de indexação no canto enquanto a dra. Seymour cumpre o turno da tarde. Sophie se ofereceu para fazer anotações para ela e, embora a princípio eu tenha achado bem estranha essa tentativa descarada de ganhar certa vantagem, eu me lembro de que somos uma equipe (quer Sophie goste disso ou não).

A ideia de que a ecolocalização tem diferentes maneiras de dizer a mesma coisa me fascina tanto quanto aconteceu com a língua dracônica harpentesa da primeira vez que ouvi minha mãe a falando em uma expedição que fizemos a Norfolk, quando eu tinha quatro anos. Pego um cartão novo e descrevo o segundo chamado que Soresten emitiu.

Similar ao Trinado-tipo10, mas com uma entonação no final. Ambos os chamados parecem indicar uma ordem de pouso.

Em seguida, decido dar um nome ao novo chamado.

Trinado-tipo14.

No fim do dia, Sophie fica na estufa, e eu a vejo colocar um caderno de registros embaixo da jaqueta.

— A dra. Seymour disse que não devemos levar nada da estufa — falo. — Por motivos de segurança…

— Eu ouvi — rebate Sophie. — Mas um turno de sete horas não é suficiente para compreender tudo isso aqui.

Ela leva a mão à boca e rói as unhas. Está preocupada. É óbvio que está. Todo o futuro de Sophie depende de nós decifrarmos ou não esse suposto código.

— Vem — falo, segurando a porta para ela. — Aposto que a dra. Seymour não vai perceber que ele sumiu.

Ela passa por mim sem nem agradecer.

— Tudo parece perda de tempo — comenta ela enquanto caminhamos pela floresta de volta ao solar. — Comecei a comparar a ecolocalização ao código Morse, mas eles não são nada semelhantes.

Assinto, chutando uma pilha de folhas úmidas e macias.

— Também não tem nada a ver com línguas dracônicas.

— Mas a gente precisa dar um jeito de decifrar isso — diz Sophie. — Do contrário, nós nunca vamos voltar pra casa.

— A gente vai, sim — respondo, com firmeza.

Puxo a gola para me esconder do frio e enfio as mãos nos bolsos. Andamos em silêncio, voltando a cabeça para o céu cada vez que um dragão sobrevoa a floresta. Às vezes, quando estou deitada na cama, imagino como seria se os dragões rebeldes descobrissem nossa localização e descessem em Bletchley. Será que cuspiriam fogo em todos nós como aquele dragão fez com os Guardiões na estação? Sem dúvida é só uma questão de tempo até nos descobrirem aqui. Sophie tem razão. Nosso progresso não está sendo tão rápido quanto precisa ser. Se ao menos eu pudesse questionar alguns dos dragões de patrulha a respeito da ecolocalização...

Ouço passos atrás de nós e descarto a imagem de dragões furiosos. Atlas aparece ao lado de Sophie. Suas mãos estão cheias de farpinhas de madeira e, quando Sophie e eu trocamos um olhar, ele as levanta para nos mostrar, sorrindo.

— Estava só procurando materiais — explica Atlas. — Gosto de fazer esculturas de carpintaria no tempo livre. Sabem como é, por diversão.

Um criador de cavalos que virou padre em treinamento e entalha madeira por diversão.

— Não sabia que vocês duas trabalhavam à tarde.

— Não trabalhamos — diz Sophie. — Eu estava ajudando a dra. Seymour, e a Viv estava fazendo... algumas pesquisas extras.

Sorrio de leve para ele.

— Gosto de fazer mais trabalho do que me pedem, lembra?

Ele ri e olha para os pés, depois levanta a cabeça de novo.

— Falando em pesquisa… sabe aquelas leituras que você fez na biblioteca? Deveria dar mais uma olhadinha nos livros, só para garantir que não deixou nada passar.

Eu o encaro, me lembrando do livro sobre as ilhas escocesas. Atlas nem ao menos sabia o que eu andei procurando naquele livro, pois eu não lhe contara.

— Do que está falando?

Ele me olha com inocência.

— Eu estava organizando as prateleiras depois de o Ralph ter dado uma passada para dizer oi…

— Organizando? — falo.

Sophie arqueia a sobrancelha.

— Isso — responde Atlas, um sorriso ameaçando surgir em seus lábios. — Algum problema nisso?

— Nenhum — falo. — Parece que você é um homem de muitos talentos, Atlas King.

— Você não faz ideia, Featherswallow.

Sophie dá um pigarro alto, e Atlas quase derruba a madeira.

— Vejo vocês no jantar — diz ele, animado. — Tchau, Sophie.

Nós duas observamos em silêncio enquanto Atlas caminha pelo jardim rumo ao casarão. Ao vê-lo se afastar, uma sensação estranha se instala no meu peito.

Sophie se vira para mim.

— O. Que. Foi. Isso?

— Não faço ideia — respondo. — O que ele quis dizer sobre a pesquisa…

— Você estava flertando com ele! — acusa Sophie.

— Mas nem sonhando — rebato. — Não acredito que você sugeriria algo assim.

— Por que não? — contrapõe ela. — Você já cortejou garotos da Terceira Classe antes.

— Não tem nada a ver com a classe dele, e sim com o fato de que estou aqui para nos ajudar a ganhar a guerra e ir para casa. Nada mais.

— Ah. Então tá bom.

Depois disso, Sophie fica em silêncio até chegarmos ao jardim, e então para de andar.

— Não posso voltar pra lá — fala ela, baixinho.

— Pra onde?

— Para a Terceira Classe. O alojamento.

Engulo em seco.

— Foi tão ruim assim?

— Conheci algumas pessoas boas — diz Sophie, devagar. — Meu amigo, Nicolas. Ele morou no alojamento comigo.

— Ele... reprovou no Exame?

Não acredito que estou dizendo essas palavras para ela, dançando na ponta da faca da verdade do que fiz. Sophie assente. Observo uma aranha subindo no tronco de uma árvore.

— O que tinha de tão ruim? — indago, com cautela. — Achei que era para ser um lugar que te ajuda a se adaptar à nova classe... — Paro de falar quando Sophie balança a cabeça em negativa.

— Tinha uma assistente social, alguém do governo, mas ela mal dava as caras. E, quando aparecia, não se importava com o que tínhamos a dizer. — Sophie volta a andar, e eu a acompanho. — Ela sabia que o alojamento de Camden estava sendo usado como sede de um mercado clandestino, mas nunca denunciou.

— Mercado clandestino?

— Havia um grupo de adultos morando no último andar e eles vendiam registros de classe nos quartos. Tinha muita bebedeira e várias brigas, e... — Sophie respira fundo. — O líder era um cara chamado Finley, mas ele envolveu outras pessoas no esquema. Homens e mulheres, todos de diferentes classes.

Paramos no pátio. Sophie se apoia em uma das paredes do solar.

— Nicolas e eu estávamos no mesmo turno de trabalho na Estalagem do Corvo, e nós... bem, você sabe... — Ela me lança um olhar arregalado, e eu faço que sim, tentando não parecer surpresa com o fato de Sophie ter tido um namorado.

Ela sempre insistia que garotos eram uma distração à qual não se daria o luxo até depois do Exame.

— Ele levou as coisas dele para o meu quarto e nós meio que estabelecemos um acampamento lá, mantendo distância do terceiro andar e só usando a cozinha quando todo mundo já tinha ido dormir. Uma noite, acordei e vi fumaça entrando por baixo da porta. O andar inferior estava pegando fogo, e a escada também. Jogamos nossos cobertores pela janela para conseguirmos pular, mas Finley e os homens dele entraram no nosso quarto com caixas de coisas, registros de classe e osso de dragão, pra tirar tudo de dentro da casa em segurança pela janela. Só podia valer muito, porque eles não deixavam a gente nem chegar perto da janela, não nos deixaram sair até salvarem a mercadoria. A essa altura, as chamas já tinham se espalhado até nossa porta, então o Nicolas empurrou o Finley do caminho e... — Sophie solta um soluço e meu sangue gela. — Eles estavam brigando, e o Nicolas gritou pra eu pular.

A respiração de Sophie vacila em meio ao choro, e eu seguro a mão dela.

— Achei que ele vinha logo atrás de mim. Só que, assim que atingi o chão, tudo explodiu. — Os olhos dela miram além de mim, para a floresta. — Quando tiraram o Nicolas de lá, todo o corpo dele estava coberto de queimaduras. Eu o levei ao hospital, mas eles não tinham nem o equipamento nem os medicamentos certos. Nenhum dos hospitais da Terceira Classe tem. Os ferimentos dele eram tão graves que...

Fecho os olhos.

— Ele morreu.

— Soph — sussurro. — Eu sinto muito mesmo.

— Tentei voltar para casa depois disso. — Ela limpa o nariz na manga. — Mas o governo queria realocar os sobreviventes para outro alojamento. Me encontravam toda vez. Minha mãe tentou me esconder, mas isso só trouxe problemas para ela e meu pai. E aí decidi que não queria mais fazer parte disso.

As palavras saem da boca de Sophie como se ela não pudesse impedi-las, e tudo que consigo fazer é ouvir horrorizada.

— Não é justo que o Nicolas tenha morrido — fala ela, a voz rouca — quando outros hospitais, os da Segunda Classe, tinham tudo que poderia tê-lo salvado.

Imagino Sophie em um hospital em Camden, chorando sobre o corpo do namorado que morreu para protegê-la.

Para protegê-la do lugar para o qual *eu* a mandei.

— Fui para Marylebone, para a quitanda, a biblioteca, o parque. Do jeitinho que fazia antes — conta Sophie. — Esperei três horas até um Guardião pedir meu registro de classe e depois me prender. Eu disse que não ia pra um alojamento e rasguei meu registro na frente dele. Foi uma sensação boa, sabe? — Ela me olha como se eu fosse capaz de entender como deve ter sido. — Foi boa a sensação de mostrar a ele, a outra pessoa, o que acho do Sistema de Classes idiota da Wyvernmire. — Ela cospe as últimas palavras. — No fim, me mandaram para a Prisão Granger. Viv, tá tudo bem?

Meus olhos estão cheios de lágrimas. Assinto sem dizer nada e as deixo cair. Não consigo olhar para ela. Não consigo nem ao menos respirar. Sophie foi rebaixada por minha causa. Ficou presa naquele incêndio por culpa minha. Podia ter morrido e se, para começo de conversa, nem sequer tivesse estado lá, então talvez Nicolas também não tivesse...

— Viv?

A desonra faz com que eu queira me encolher até sumir e deixar de existir.

Fiz tantas coisas horríveis, imperdoáveis. O rosto de Sophie fica mais tranquilo. Ela levanta a mão e seca minhas lágrimas.

Para! Quero gritar. *Para de ser legal comigo.*

— Vem — diz ela, com delicadeza, e pega minha mão.

Deixo-a me levar para o salão comunal onde o restante dos recrutas estão em círculo ao redor do rádio, discutindo acerca de para qual lado virar o dial. Atlas está sentado à janela, esculpindo um pedaço de madeira com uma faquinha. Evito contato visual e me jogo em uma poltrona.

— O que foi, Featherswallow? — pergunta Katherine. — Com essa cara, parece até que alguém morreu.

Foi justamente o que aconteceu, quero responder. Vejo Sophie estremecendo. *Então, cala a boca e me deixa em paz.*

O salão comunal é mobiliado com itens antigos e gastos, além de cortinas verdes feias com estampa de flores cor-de-rosa. No canto, encontra-se uma estante que contém alguns livros infantis há muito esquecidos, de antes da guerra, e as paredes estão vazias exceto por alguns dos desenhos de dragões de Marquis, que Katherine e Dodie insistiram que lhes desse para *animar o clima.* Isso explica por que tem um diagrama intitulado *A anatomia abdominal dos dragões* colado acima da lareira.

Os recrutas são os únicos que vêm aqui. Trabalhamos, comemos e dormimos juntos, e mal vemos outro ser humano exceto pelos líderes de nossas categorias e os Guardiões em seus respectivos turnos.

— Você viu o Marquis? — pergunto a Katherine.

Ela dobra a folha de papel que está segurando, mas não antes de eu ver a lista de chamados de ecolocalização anotados ali.

— Ele tá com o Karim. — Ela dá um sorrisinho malicioso. — De novo.

Não me surpreende nada que meu primo tenha arranjado um namorado no meio de uma guerra civil. Afinal, ele é uma das pessoas mais namoradeiras que conheço.

— Cala a boca todo mundo! — grita Serena quando encontra a estação certa e o rádio para de crepitar.

Ela aumenta o volume e música toma conta do cômodo. Fecho os olhos, revendo sem parar o horror da história de Sophie na minha cabeça. Se não decifrarmos esse código e ganharmos a guerra, ela vai viver para sempre na Prisão Granger e passar o restante da vida como uma evasora de classe. Não posso deixar que isso aconteça, não posso permitir que o que fiz com Sophie lhe traga mais dor do que já...

— Dança comigo?

Marquis entra pela porta, sorrindo, e estende a mão para mim. Balanço a cabeça em negativa, mas ele insiste e me puxa da poltrona, me girando até o centro da sala enquanto Dodie aplaude. É jazz que está tocando, o tipo de música que costumávamos ouvir em casa, e Serena gira Katherine em nossa direção. Gideon e Karim riem e, quando Atlas e Sophie dançam pelo carpete com a luz do pôr do sol em seus cabelos, eu me esqueço de quem somos, me esqueço dos segredos obscuros que dilaceraram cada uma das vidas aqui presente.

E por um momento, só por um instante, reluzimos feito ouro.

— *Ao vivo de Londres. Vocês vão ouvir agora um pronunciamento da primeira-ministra.*

Levanto a cabeça quando a voz de Wyvernmire substitui a música.

— *Falo com vocês direto do gabinete do número 10 da rua Downing. Após uma semana de guerra e batalhas corajosas por parte do nosso exército e compatriotas voluntários, a Coalizão entre Humanos e Dragões lançou, nesta tarde, um ataque brutal a cidadãos inocentes na Londres central.*

Eu volto a me sentar na poltrona. Todos dispersam. Atlas fecha as cortinas de vedação.

— *Como nação, nós estamos de consciência limpa. Fizemos tudo que qualquer país faria para estabelecer a paz entre humanos e dragões. E, no entanto, os rebeldes insistem em trair o Tratado de Paz, em trair o Parlamento e trair a democracia. Relatórios confirmaram que este ataque tirou a vida de mais de dois mil cidadãos da Primeira, Segunda e Terceira Classe desde o meio-dia nos distritos de Soho, Camden, Mayfair, Fitzrovia, Bloomsbury e Marylebone.*

Fico em pé.

— *Somos um país cuja alma é bem familiarizada com a força da adversidade e da derrota. Mas isto acaba aqui! A garantia de apoio que recebemos da rainha Ignacia, bem como da comunidade independente de wyverns de Mendip Hills, foi reiterada...*

Um terror profundo me embrulha o estômago. Olho para os rostos em choque das pessoas ao meu redor até chegar a Sophie.

— *Vocês, nosso povo britânico, devem se apresentar para servir à nação de acordo com as instruções que receberem...*

Marylebone.

Wyvernmire falou Marylebone, o único lugar onde achei que Ursa estaria segura. Agarro o braço da poltrona e sinto as pernas bambas.

— ... *juntos, colocaremos um fim a esta perseguição injusta a nossos compatriotas humanos e dragões...*

Trôpega, atravesso a sala e agarro o corrimão para descer a escadaria aos trancos e barrancos. Duas mil pessoas morreram. Solto um grunhido. Por que a abandonei? *Como* pude abandoná-la? As portas de entrada do solar estão trancadas. Arrisco as portas das passagens que levam para fora do hall. Uma delas dá para um corredor que segue até a cozinha. Cambaleio no escuro, embaixo de fileiras de panelas e frigideiras suspensas do teto, sem conseguir deixar de imaginar o rostinho de Ursa aos prantos diante dos meus olhos. Viro a chave da porta dos fundos da cozinha e sigo pela penumbra do jardim, respirando lufadas de ar frio.

Se Ursa estiver morta, então não há mais motivo para viver.

Caio de joelhos.

Por favor, ela não. Qualquer um, menos ela.

Eu me curvo para a frente, sentindo o peito doer.

— Recruta? Precisa de um médico?

Um Guardião vêm esmagando o cascalho com as botas, vindo na minha direção, e alguém me puxa para ficar de pé. Ralph vê meu rosto cheio de lágrimas.

— Featherswallow. Ouviu as notícias, então.

Eu o encaro.

— Fitzrovia, era onde você morava, não? — Ele me solta e acende um cigarro. — Perdeu alguém?

— Eu não devia estar aqui — falo. — Vou voltar lá pra dentro.

— Não, não vai. — Ele bate a bituca do cigarro e olha para mim. — Mas eu deveria te denunciar por estar do lado de fora depois do horário permitido. — Ele indica a porta da cozinha com a cabeça. — Poderia ter deixado luz escapar pela porta.

Não respondo. Imagino Abel e Alice tentando proteger Ursa enquanto o teto da casa deles caía ao redor dos três.

— O Ravensloe ficaria interessado em saber como você comprometeu nossa localização por livre e espontânea vontade, não acha?

Assinto e me viro para a porta. Ralph me agarra pelo braço.

— Eu *falei* que você não vai entrar — diz o Guardião, com um rosnado. Ele joga o cigarro pela metade no chão. — Por acaso sabe onde a dra. Seymour deixa a chave da estufa?

— Como assim? — *Do que ele está falando?* — Não faço ideia.

— Tem certeza disso?

A mão dele ainda está firme ao redor do meu braço. A lã do meu casaco é grossa, mas sinto a pele debaixo ficando machucada.

— Tenho — afirmo. — Nunca vi chave nenhuma.

Ralph umedece os lábios.

— Não acredito em você.

Eu o encaro, o sal das minhas lágrimas secando em meu rosto.

Ele ri baixinho e balança a cabeça.

— Acha que está na pior?

Por que ele está falando comigo? Tento soltar o braço, mas ele faz mais força.

— Só estou aqui porque minha tia me impediu de voltar para a Alemanha quando esta guerra começou.

Tia.

— Eu estava treinando combate de dragões com a Freikorps, e era um dos melhores. Tive licença para voltar para casa e comecei a trabalhar temporariamente como Guardião, mas, quando o Tratado de Paz foi comprometido, não pude mais voltar. Não pegaria bem o sobrinho da primeira-ministra não defender o próprio país. — Ralph desdenha e chega mais perto de mim. — Perdi amigos, contatos, oportunidades. Tudo isso para ficar a postos aqui, sendo babá de um bando de criminosos em potencial. Eu perdi a chance da minha vida, caralho!

Não desvio o olhar do jardim escuro à frente.

— Guardião 707, você está me machucando.

— E tudo isso por culpa *sua*!

Viro a cabeça para ele.

— Seus novos amiguinhos podem até não saber por que você está aqui — fala Ralph —, mas *eu sei*.

Uma sensação ruim martela em meu peito. Ralph apenas sorri.

— Vivien Featherswallow, a garota que colaborou com uma dragoa criminosa — anuncia ele em voz alta. — A garota que deu início à guerra. A garota que deixou a irmã para trás para salvar um grupo de rebeldes.

— Para! — sussurro, a voz rouca, e cubro as orelhas. — Por favor, para.

— Por que é que garotas de aparência perfeitamente dócil acham que podem vir aqui e fazer o trabalho de homens? — emenda Ralph. — Acha que sabe mais sobre dragões do que eu?

Ele torce meu braço e eu arquejo, um soluço subindo pela garganta, até que a dor faz minha respiração vacilar.

— Eu deveria quebrar seu braço. Você merece, não acha? — Ele cola a boca na minha bochecha. — Fala para mim que não merece e eu paro.

Tento usar o outro braço para empurrá-lo, mas meu corpo está preso contra o dele.

Não digo nada. Ursa morreu. Duas mil pessoas morreram. E Sophie perdeu tudo por minha causa. Tudo por culpa das minhas escolhas egoístas. A dor embaça minha visão.

É óbvio que mereço.

Ofego quando Ralph invade a gola da minha camisa com a mão e roça os dedos no topo do meu esterno.

Procurando uma chave.

— Nada aí? — pergunta ele em um tom de surpresa vexatório, sem tirar a mão da minha pele. — Talvez você não seja tão perspicaz quanto a sua mãe...

Dou uma cotovelada na barriga dele.

Ele respira com dificuldade.

— Sua vaca do caralho.

Ralph avança e me prende entre seu corpo e a parede. Grito quando a dor dilacerante explode em meu pulso.

Um estalo.

O som de algo duro se partindo.

Ralph quebra meu braço.

Onze

Acordo em uma escuridão quase total, não fosse pela vela acesa. Estou deitada em uma cama com um cobertor puxado até o queixo. Minha cabeça está pesada quando a mexo, e percebo que meu braço esquerdo está preso ao peito. Ouço um arranhar e me sento. Preciso usar toda a força que tenho para alcançar a vela na cabeceira e levantá-la. Meu braço está em uma tipoia. Há camas vazias de ambos os lados e uma estante cheia de garrafas de líquidos e comprimidos. Sentada a uma mesa no canto, uma enfermeira rabisca algo no papel com uma caneta.

— Recruta Featherswallow — diz ela, severa —, volte a dormir agora mesmo.

— Onde estou?

— No sanatório — explica a enfermeira, que se levanta e ergue a própria vela acesa.

— O que é isso?

— A ala hospitalar. — Ela aponta para o meu braço com a cabeça. — É isso que acontece quando se tenta abandonar o posto.

Uma dor aguda percorre meu braço, seguida por um latejar forte.

— Eu não abandonei o posto — rebato. — Eu estava...

Estava tentando fugir de Ralph. Mas o que aconteceu depois?

— O Guardião 707 disse que você armou uma ceninha e tanto. — Ela pega uma garrafa da estante e dosa um líquido vermelho em uma colher. — Ele acidentalmente quebrou seu braço tentando te impedir de se machucar.

Acidentalmente?

— Eu não estava me machucan...

— Tem dragões por toda a parte, menina! E rebeldes, ainda por cima. — A enfermeira estala a língua em reprovação. — Vocês, jovens, cresceram achando que dragões são coisa de contos de fadas. Na minha época, a gente tinha sorte se conseguisse andar pela rua sem ver um.

Ela enfia o remédio na minha boca e eu me engasgo. É denso como xarope e tem um gosto defumado e metálico. Eu me forço a engolir, e no mesmo instante meus olhos ficam mais pesados.

— O que é isso? — pergunto.

— Sumo de fogo — responde ela, com os lábios franzidos, como se estivesse me desafiando a dizer mais.

Acabei de engolir um medicamento ilegal feito de sangue de dragão, o qual somente se encontra disponível no mercado clandestino. Ouvi rumores de que a Primeira Classe tinha acesso à substância, e agora sei que é mesmo verdade.

— Vai esquentar suas veias e dar um jeito nos seus ossos em um piscar de olhos. Você desmaiou com a dor da fratura, óbvio, e que bom que foi assim. — Ela tampa a garrafa de remédio e me lança um olhar de pena. — Todos nós temos nossos papéis a desempenhar na guerra, querida. Seja forte, faça seu trabalho e tudo ficará bem.

À medida que minha visão começar a anuviar, eu me afundo mais uma vez nos travesseiros.

*

Quando volto a despertar, o sanatório é preenchido pela claridade. A enfermeira está de costas para mim, no lavatório, limpando alguns panos. Uma brisa entra pela janela aberta próxima à minha cama. Olho através dela e vejo a copa das árvores da floresta e dois dragões as sobrevoando.

Alguém bate à porta.

— Sim? — responde a enfermeira.

Marquis entra, seguido por Sophie.

— Apenas dez minutos, por favor — estipula a enfermeira.

Marquis se ajoelha ao meu lado na cama, pega minha mão e, pelos olhos dele, fica nítido que está preocupado.

— Aquele filho da mãe! — Ele cospe as palavras.

— Cuidado com o palavreado, recruta, do contrário te boto pra correr daqui! — rebate a enfermeira.

Marquis pega uma cadeira e Sophie fica de pé atrás dele. Faço o melhor que posso para sorrir.

— O que foi que aconteceu? — pergunto. — Não me lembro de quebrar o braço, ou do desmaio, ou de...

— O Ralph falou para o Ravensloe que foi um acidente, que você estava fugindo, mas...

— Nós *vimos* ele quebrar seu braço — interrompe Sophie. — E ele pareceu gostar.

Me lembro de Ralph falando algo da Alemanha, sua mão me revistando em busca de uma chave, uma dor dilacerante... Sinto uma onda repentina de horror. O relatório na rádio. Duas mil pessoas. Ursa.

— Vocês ouviram alguma coisa a respeito de casa...

Marquis já está fazendo que não com a cabeça, e uma lágrima escorre por seu nariz. O desespero me toma de novo, contorcendo meu peito como um nó doloroso. Solto um fôlego trêmulo.

Eu preferiria que meu braço fosse quebrado mil vezes a isto.

Sophie coloca a mão no ombro de Marquis, mas seu rosto não trai emoção alguma ao fato de que os pais dela podem estar mortos. Talvez já tenha sofrido tanta dor que nada mais lhe surte efeito.

— Mas precisamos levar em conta que *há* sobreviventes — fala ela. — Os hospitais estão cheios, e os dragões estão levantando os escombros.

Concordo com a cabeça.

— Quem me encontrou?

— O Atlas, o Marquis e eu te seguimos lá para baixo. Vimos o Ralph quebrar seu braço contra aquela parede...

— Eu te carreguei pra dentro — conta Marquis —, mas você estava inconsciente...

— E o Atlas? — pergunto.

Por que ele não veio me visitar?

Marquis e Sophie trocam um olhar.

— O Atlas... bateu no Ralph — diz Sophie. — Mais de uma vez.

— Muito mais do que uma vez, na verdade — emenda Marquis, baixinho.

— Por sorte, o Gideon e a Serena apareceram e o impediram de causar danos sérios.

Espero enquanto um silêncio constrangedor se espalha pelo quarto hospitalar.

— Ele está em isolamento desde ontem à noite — conta Marquis, e eu fecho os olhos.

— A dra. Seymour disse que deveríamos nos preparar para o rebaixamento dele — conta Sophie.

As palavras ficam suspensas no ar enquanto todos nós nos perguntamos a que exatamente Atlas, *um marginal* da Terceira Classe, poderia ser rebaixado.

— Mas parece que o Lumens tá negociando com o Ravensloe — acrescenta Marquis. — Disse que ele e a Dodie não conseguem dar andamento no departamento de zoologia sem o Atlas.

— Só mais cinco minutos — anuncia a enfermeira.

Marquis olha de relance para ela, depois pega minha mão.

— Não se preocupe com a Ursa. A Wyvernmire sabe que, sem sua irmã, ela não tem nada com que possa te chantagear. Aposto que ela a protegeu.

— E não vamos deixar o Ralph chegar perto de você de novo — promete Sophie. — Vamos ficar juntos. Vamos...

Balanço a cabeça de um lado para o outro, meus olhos se enchendo de lágrimas com a tentativa deles de me consolar. Nenhum dos dois sabe o que eu sei.

Que deixei Ralph quebrar meu braço porque mereço.

Que mudei nossa amizade ao fazer uma escolha egoísta.

Que arruinei a vida de Sophie.

— Acabou o tempo — anuncia a enfermeira, me olhando. — Amanhã você vai ter alta. O vice-primeiro-ministro a quer de volta ao trabalho.

Agarro a mão de Marquis com mais força quando ele se levanta. Penso na última vez que falei com Atlas, caminhando de volta pela floresta com Sophie.

— Pode me trazer alguns livros da biblioteca? — peço, baixinho. Rabisco alguns títulos em um pedaço de papel e o entrego ao meu primo. — E você pode pedir à dra. Seymour para vir me ver?

— Chega de visitas... — interrompe a enfermeira.

— Por favor — peço. — São questões de trabalho.

Ela estala a língua de novo, e Marquis assente.

— A gente se vê amanhã.

Aceno para Sophie, que me dá um sorrisinho cabisbaixo, depois me reclino de volta na cama e espero.

*

A dra. Seymour aparece uma hora mais tarde. Sua boca forma uma linha firme e ela estremece ao ver meu braço.

— Isso não foi acidente coisa nenhuma — conclui ela.

— Não.

— O que ele queria?

— Se sentir poderoso, acho. E a chave da estufa.

A dra. Seymour aquiesce, sem um pingo de surpresa.

— Acredito que o Ralph tenha pedido para trabalhar na decifração de códigos quando chegou à Propriedade Bletchley — conclui ela. — Acha que o tempo que passou na Alemanha o qualificou para tal, e deve ter sido uma ofensa e tanto quando a primeira-ministra Wyvernmire insistiu que ele continuasse como Guardião.

— Por que ele está interessado em decifrar códigos? — questiono.

— Não é essa parte que o anima — responde a dra. Seymour. — São os dragões.

— Dra. Seymour, preciso pedir um favor.

— Com certeza. Do que precisa?

Espero até que a enfermeira tenha saído do quarto com uma pilha de roupas sujas.

— Preciso que me empreste seu dracovol.

A dra. Seymour fica imóvel. O terror surge em seu rosto, e em seguida vem a confusão.

— Tá tudo bem — sussurro. — Sei que está usando por objetivos governamentais secretos. Mas me escute: eu preciso descobrir se minha irmã está viva. Preciso saber se ela sobreviveu a…

A dra. Seymour está balançando a cabeça em recusa.

— Isso é tudo em que consigo pensar — imploro. — Não vou conseguir fazer nada até descobrir. Dra. Seymour, por favor…

— Não sei do que está falando — retruca ela, ficando de pé.

— Eu vi uma correspondência trazida por um dracovol no seu armário. Foi sem querer, eu…

— Então a senhorita andou bisbilhotando meus pertences?

O rosto dela está vermelho de raiva.

— Eu estava procurando um lápis quando…

— Com quem você comentou isso?

— Com ninguém! Eu só queria mandar uma mensagem. Não vou nem assinar. Só vou…

— Não, Vivien! — Ela olha por sobre o ombro e fala mais baixo: — Se for pega, vai ser rebaixada, e eu vou…

Ela fecha a boca e depois a abre de novo, como se o restante de sua resposta fosse terrível demais para dizer em voz alta.

— Minha irmã só tem cinco anos. Nossos pais estão na cadeia. Ela não tem ninguém no mundo além de mim.

— Eu sinto muito, mas…

— Se ela estiver morta, eu nunca vou conseguir decifrar aquele código — argumento, os olhos se enchendo de lágrimas. — Não se não houver nada que me motive a lutar.

— Há um país inteiro pelo qual lutar — protesta a dra. Seymour.

— Por favor. Eu preciso saber.

Ela olha para a porta, depois de volta para mim. E se senta.

— Preciso de algo de que ele possa sentir o cheiro — fala ela, fazendo pausas. — Meu dracovol é treinado para voar apenas para alguns locais específicos. Além do mais, se sua irmã estiver na Londres central, receio que não haja garantia de que o endereço dela ainda exista.

— Meu casaco — respondo, sem força. — No armário do meu dormitório.

Ele está impregnado de fumaça de dragão, mas talvez ainda contenha o cheiro de casa.

O cheiro de Ursa.

A dra. Seymour assente.

— Você não pode contar a respeito disso para ninguém. — Ela fita bem no fundo dos meus olhos, e enfim a enfermeira volta. — *Muito menos* ao Ravensloe — acrescenta em um sussurro.

Concordo com a cabeça.

— Obrigada.

Meus livros da biblioteca são entregues naquela tarde, e entre eles está *As Hébridas: explorando as ilhas da Escócia*. Vou até a página 265, e um pedaço de papel cai sobre a roupa de cama. Confiro se a enfermeira não está olhando antes de abri-lo, meu coração retumbando no peito.

Olá, Featherswallow. As interrupções enervantes do Ralph Wyvernmire não vão nos incomodar aqui. Quero conhecê-la melhor. Posso?

Sorrio, e por um milésimo de segundo o aperto no meu peito afrouxa. Falar com esse garoto é uma péssima ideia, e tudo que diz respeito a ele é tão enigmático que me deixa furiosa. A questão é que ainda não encontrei um enigma que eu não fosse capaz de solucionar. Ele é uma pedra no meu sapato... mas é uma tão convincente. Escrevo uma resposta.

Olá, Atlas King. Desde que me deixou sua mensagem, você atacou o sobrinho da primeira-ministra e foi mandado para o isolamento. Não foi uma reação à altura de um padre em treinamento, mas agradeço a intenção, então... considere iniciada a empreitada de me conhecer melhor. Talvez você possa me dar a honra de responder à seguinte questão: pelo amor aos dragões, qual é a graça de entalhar madeira? Deixe sua resposta no romance de C. Amsterton, **Em busca de andorinhas.**

A enfermeira me dá alta na tarde de domingo, meu braço envolto por uma nova tipoia. Paro na biblioteca e devolvo o livro ao devido lugar com minha resposta guardada em segurança em seu interior. Em seguida, vou direto ao salão comunal, onde sou recebida por uma comemoração fraca que mingua quase no mesmo instante. Tem música tocando e, perto da lareira, Karim está bordando um pedaço de pano. A atmosfera me parece forçada, como se todos estivéssemos pisando em ovos, com medo de tocar no assunto do que aconteceu. Eu me sento, notando a ausência de Atlas, e vejo uma cesta de piquenique de palha sobre a mesa.

— O Gideon teve alguns avanços na estufa ontem — cantarola Katherine.

Eu me viro para Gideon, que está com metade do corpo escondida atrás da tampa aberta da cesta.

— Que tipo de avanço?

— Alguns chamados de ecolocalização têm significados diferentes dependendo do dragão que os emite — compartilha ele, fechando a tampa. — A ecolocalização é ainda mais complexa do que a gente pensava.

Formas distintas de dizer as coisas... como sinônimos.

— Mas nós descobrimos isso há dias — contraponho. — Quando ouvimos o Soresten dizer a mesma coisa de dois jeitos diferentes.

— Só que agora a dra. Seymour e eu *confirmamos* a teoria com mais observações dos dragões de patrulha — diz Gideon, com um sorrisinho convencido. — Ainda não sabemos como os diversos significados se distinguem, pode ser uma questão de entonação ou de registro, mas logo vamos descobrir.

Olho para a janela para que Gideon não veja a fúria estampada no meu rosto. Não fui eu que sugeri a teoria à dra. Seymour? Agora Gideon está recebendo todo o crédito, enquanto eu sou acusada de tentar abandonar o posto.

— O Atlas já saiu? — pergunto a Marquis, que está empoleirado no braço do sofá em que Karim está sentado.

Ele faz que não com a cabeça e responde:

— Mas eu vi o Ralph. — Ele lentamente abre um sorriso. — Parece que vai passar um tempinho sem tirar o capacete.

Atlas fez mesmo aquilo? Achei que padres devessem ser calmos, tranquilos, pacíficos.

A chuva começa a gotejar nas janelas, aos poucos se intensificando até ficar difícil ouvirmos uns aos outros. Espero que esteja chovendo em Londres e que isso apague o que restou do fogo dos dragões. Sophie observa a névoa. Deve estar preocupada com os pais, e não consigo pensar em nada para dizer a ela. Sinto uma onda de raiva pelos meus próprios pais e pelo tio Thomas. Era isso o que queriam quando decidiram se juntar aos rebeldes? Que Londres queimasse? Que seus filhos vivessem mais uma guerra?

Gideon coloca mais lenha na lareira, e Katherine pega sanduíches e um bolo de chocolate na cesta.

— Dizem que piqueniques são bons para se recuperar mais rápido — diz ela para mim, com uma piscadinha.

Quero mandá-la enfiar o piquenique no traseiro de um dragão, porque não consigo dar a mínima para isso sabendo que minha irmã pode estar morta, mas então ela sorri para mim de maneira tão genuína que fico calada. Eu me sento no tapete e me recosto na lateral do sofá, tirando os sapatos. Dodie me dá um copo de licor de limão, e Serena indica meu braço enfaixado com a cabeça, as sobrancelhas arqueadas.

— Você é ainda mais teimosa do que eu pensava — diz ela. — Não dava só pra fazer o que mandaram? Se tivesse seguido as ordens, o Atlas não estaria em isolamento.

Lanço um olhar fulminante para ela e tento decidir qual parte dessa sugestão absurda devo rebater primeiro.

— Ela não é teimosa — retruca Dodie, com o cenho franzido. — Ela tem um coração de dragão.

Coração de dragão.

Coragem.

O elogio faz uma sensação calorosa percorrer meu corpo, e dou um sorriso surpreso a Dodie.

— Quanto tempo vai levar para você voltar a mexer o braço? — questiona ela.

— Alguns dias — respondo. — A enfermeira me deu sumo de fogo.

A conversa cai no silêncio enquanto todos se viram para me olhar.

— Sumo de fogo? — repete Gideon. — Mas esse tipo de medicamento foi proibido na Britânia.

Dou de ombros e mordo um pedaço do sanduíche de frango salgado que está na minha frente.

— Não para a Primeira Classe — contesta Sophie. — Eles compram aos galões no mercado clandestino. Testemunhei isso com meus próprios olhos.

— Que ideia mais ridícula — retruca Gideon, semicerrando os olhos. — Minha família jamais…

— Talvez sua família entenda a maldade em coletar sangue de jovens dragões mantidos em cativeiro — responde Sophie, seca. — Mas não é o caso com a maioria das pessoas da sua classe.

Olho de relance para Serena, que não parece tão na defensiva quanto Gideon.

— Ouvi dizer que o sangue só era coletado de dragões que tinham morrido de causas naturais — contrapõe ela.

— Isso é impossível — fala Marquis. — As proteínas precisariam ser extraídas de um doador vivo.

Serena engole em seco.

— Seja como for, sumo de fogo já salvou muitas vidas e…

— Não as de todo mundo — retorque Sophie. — A Terceira Classe nunca viu nem sequer a sombra de um frasco, nem desse nem de nenhum outro medicamento, mesmo em situações em que a substância poderia ter…

Ela para, a voz trêmula, e eu sei que está pensando em Nicolas.

Comemos em um silêncio constrangedor, e minha mente é tomada por imagens de dragões vivos tendo todo o sangue extraído de seus corpos. Coloco o sanduíche de lado.

— Sophie — fala Dodie, com cautela —, o que mais a Terceira Classe não tem?

Olho para Sophie com expectativa. Ela só passou seis meses na Terceira Classe, mas dá para ver que tem tanta coisas a enumerar que não sabe nem por onde começar.

— Carne — responde ela, dando outra mordida no frango. — Os açougues ficam todos nos distritos da Segunda Classe.

— Tinha um açougueiro que passava de porta em porta vendendo restos de presunto e ossos de boi — fala Katherine. — Mas tudo sempre tinha uma aparência acinzentada horrenda.

Olho para Marquis (a comida na Segunda Classe nunca era acinzentada), mas ele não parece nem um pouco surpreso.

— As prateleiras na quitanda mais próxima estavam sempre vazias — relata Sophie. — Nada além de verduras murchas e uma vez ou outra um saco de batatas.

— Vai ver vocês tinham um fornecedor ruim — palpito. — Minha mãe diz que...

Paro de falar quando todos me encaram.

— Não é um problema de fornecimento — explica Karim, com um tom amigável. — As lojas da Terceira Classe só são estocadas com aquilo que a Segunda e a Primeira Classe não compram.

Minhas bochechas queimam. Por que eu não sabia disso? Por que presumi que todas as lojas recebiam o mesmo estoque? Aflita, Sophie balança a cabeça para mim, e de repente me sinto uma criança ingênua.

— Nossas apostilas escolares tinham páginas faltando e o nome de outras pessoas — fala Katherine. — E as roupas ou estavam manchadas ou rasgadas.

— Água quente — diz Sophie. — Não importava o quanto fôssemos cautelosos, os banhos eram sempre frios.

— Não dava pra esquentar no fogo? — pergunta Serena.

— Até dava — responde Sophie, olhando para Serena com frieza. — Só que nunca tinha carvão.

— Porque vocês não tinham dinheiro?

— Porque as classes mais altas gostam de ter lareiras aquecendo cada um dos cômodos de suas casas.

Serena dá um gole do licor e não abre mais a boca.

— Mas o Sistema de Classes existe para dar a todos uma chance justa — comento.

Olho para Marquis em busca de apoio. Nós dois aprendemos as mesmas coisas, tanto na escola quanto no rádio de casa. O resultado da queda dessa estrutura significaria um caos social.

— Por conta dele não há mais ninguém nas ruas, todas as crianças vão à escola. Foi por isso que a Wyvernmire foi reeleita... porque fez com que tudo continuasse no devido lugar. O povo *quer* o Sistema de Classes.

— Ter um teto sobre a cabeça não significa que as pessoas estejam aquecidas e alimentadas — rebate Sophie. — Ir à escola não significa aprender. E quem é você para falar do que *o povo* quer?

Endireito as costas, tentando não murchar diante do olhar gélido de Sophie.

— Nós tínhamos um dragão para manter a casa aquecida — conta Karim. — Não havia carvão, ele só cuspia fogo direto nas paredes, lá do lado de fora. A casa era toda feita de pedra, e nossa loja também. Meio que surtia o mesmo efeito.

— Um dragão? — indago.

Karim assente.

— Existem muitos mais deles na Escócia do que aqui. Meus pais o pagavam em rendas, que é o que minha mãe costura.

— Rendas? — pergunta Dodie. — Pra que um dragão precisaria de rendas?

— Ei, renda custa caro! Até mesmo os retalhos que não têm serventia para os meus pais.

— Eu achava que dragões só trabalhavam para humanos se fossem forçados — digo, pensando em Chumana. — Como um castigo.

— Alguns não têm escolha — diz Karim. — Os que têm reservas não precisam trabalhar, mas os que não têm, bom...

Reservas. Tipo pilhas de ouro ou dinheiro. Por que dragões precisariam de dinheiro? Não é como se comprassem comida ou tivessem que pagar contas. Só então cai minha ficha de que, em todos os anos que passei aprendendo línguas dracônicas, nunca questionei como os dragões se encaixam na nossa sociedade humana.

Assim como nunca questionei como a Terceira Classe tinha acesso a comida.

— Vamos fazer uma brincadeira — propõe Katherine em uma tentativa óbvia de aliviar o clima. — Todo mundo aqui conhece Duas Verdades e Uma Mentira?

— É uma das minhas brincadeiras favoritas — responde Marquis, com um sorrisinho. — Você primeiro, Kath.

Katherine se senta sobre os calcanhares e sorri.

— Um: sou da Terceira Classe, mas minha tia é da Segunda. Dois: jogo xadrez desde que tinha seis anos. Três: matei um Guardião da Paz.

Eu me recosto no sofá. É bastante plausível que Katherine seja da Terceira Classe, mas sua tia, da Segunda. E, se é uma campeã de xadrez não descoberta, faria sentido que jogasse desde os seis anos de idade.

— O três é mentira — palpita Gideon, dando uma garfada em um pedaço de bolo de chocolate.

Katherine dá um sorrisinho para ele e faz que não. O pedaço de bolo cai da boca de Gideon e suja o carpete.

— Foi com sete anos que eu comecei a jogar xadrez.

Busco algum traço de humor no rosto dela, mas só encontro cansaço resignado. Katherine é a menor de nós. Como pode ter matado um Guardião da Paz?

Bem que ela falou que tinha sido recrutada na cadeia.

— É a vez do Gideon! — anuncia Katherine.

Gideon franze o cenho, o rosto corado. Eu me inclino para a frente, curiosa para descobrir de onde ele é e por que se acha algum tipo de especialista em dragões.

— Um: meu pai foi um importante oficial do governo. Dois: queria que ele não fosse meu pai. Três: conheço uma pessoa que é apaixonada por um dragão.

Marquis gargalha, e Gideon fica ainda mais vermelho.

— É impossível alguém se apaixonar por um drag... — começo.

— Na verdade, o rei do Egito atualmente é *casado* com uma dragoa — conta Dodie. — Não sabia?

— Eu... não?

Marquis sussurra algo no ouvido de Karim, e os dois explodem em risada.

— O três é mentira — fala Serena.

Gideon fecha a cara.

— Foi fácil demais.

Fico me perguntando quem o pai dele é e se foi seu trabalho que colocou Gideon em contato com dragões. O que me fez pensar que eu conhecia meus colegas recrutas?

— É a vez da Viv — diz Gideon.

Fico paralisada, sentindo o pânico tomar conta de mim. Todas as *minhas* verdades são insuportáveis demais para colocar para fora.

Abandonei minha irmã. Ajudei uma dragoa criminosa a quebrar o Tratado de Paz. Apunhalei minha melhor amiga pelas costas.

A porta do salão comunal é aberta, e a dra. Seymour aparece.

— Se importariam se eu me juntasse a vocês? — pergunta ela, tímida. — A estufa está sendo inspecionada.

— Inspecionada? — dizemos Sophie e eu em uníssono.

— É um protocolo de rotina — explica a dra. Seymour, com um sorriso que não parece de todo sincero. — Para garantir que está tudo funcionando e que o Ato Oficial de Sigilo está sendo respeitado.

— Estamos brincando de Duas Verdades e Uma Mentira — fala Marquis, entediado.

Agora ele está esparramado ao meu lado no carpete, bolando um cigarro. Fico me perguntando qual Guardião deve estar comprando tabaco para meu primo.

— Talvez seja melhor a gente parar — murmura Gideon.

A menção ao Ato Oficial de Sigilo e o fato de que Ravensloe mandou Guardiões checarem se ele está sendo respeitado de repente deixaram a sala fria. Como se o ataque em Londres e a conversa acerca das diferenças de classe não bastassem.

A dra. Seymour vem e se senta ao meu lado, alisando a saia sobre o joelho. Enquanto Karim passa uma travessa de biscoitos, ela tira um pedaço de papel do bolso e o coloca na minha mão. Eu o desdobro no colo. As palavras foram escritas às pressas, com uma mancha borrada de tinta no topo.

VIVA.

Quase não consigo respirar. Ursa e os pais de Sophie estão vivos! A alegria explode dentro de mim.

AMANHÃ, ELA SE TORNARÁ TUTELADA DO ESTADO.

Sinto um aperto no peito.

Tutelada do estado? Abel e Alice estão abrindo mão de Ursa? Ou Wyvernmire mandou Guardiões para tirarem minha irmã da casa deles? Ela não disse que deixaria Ursa com os cuidadores até eu ter concluído meu trabalho em Bletchley? A dra. Seymour me lança uma pergunta com o olhar, e eu me forço a sorrir.

É uma boa notícia, digo a mim mesma.

Vinte e quatro horas antes, eu teria dado qualquer coisa para ler essas palavras, mas agora só consigo pensar em Ursa sendo tirada dos braços de Alice, assim como foi arrancada do colo de nossa mãe.

Nós não retomamos o jogo, e, durante o restante da noite, fico sentada próximo à lareira, segurando firme o recado do dracovol.

— Agora você tem motivo pelo qual lutar — sussurra a dra. Seymour para mim quando todos nós vamos para a cama.

Espero até que todas tenham dormido antes de me permitir chorar. Queria poder voltar no tempo e continuar confinada em casa, com Ursa. Assim, nunca teríamos sido separadas.

Mas o Marquis ainda estaria preso, ou pior. Minha mãe e meu pai estariam mortos.

Enfio o rosto no travesseiro e soluço. Alguém se deita ao meu lado na cama, e eu tenho um sobressalto.

— Sou eu — sussurra Sophie. — Tá tudo bem?

Eu me viro para ficar de frente para ela no escuro. Sophie deita a cabeça ao lado da minha. É como dormíamos quando éramos crianças. Não invertidas, como a mamãe fazia o Marquis e eu dormirmos, mas de mãos dadas e rostos unidos para podermos sussurrar uma para a outra durante a noite.

Pego o bilhete embaixo do travesseiro e o entrego a ela. Devia ter mostrado antes, mas não conseguia parar de pensar na minha irmã. Sophie o levanta até o feixe de luz que entra por baixo da porta.

— É a letra do meu pai — fala ela, quase sem fôlego. — Como foi que você...

— Isso não vem ao caso — digo, tentando dispersar as lágrimas. — Para onde você acha que vão levar ela?

— Para um orfanato, provavelmente — pondera Sophie. — Mas não se preocupe, Viv, ninguém vai deixar nada acontecer com ela. Não enquanto eles precisarem de você.

— Queria poder ir para casa — confesso. — Nós duas, na verdade. Voltarmos a Fitzrovia e Marylebone. Queria que a gente pudesse voltar para antes de tudo isso.

Sophie assente e segura minhas mãos.

— Ainda podemos — fala ela. — Mas para isso você precisa de foco, Viv. Ursa está viva, mas você só vai vê-la de novo se conseguirmos entender a ecolocalização.

Fecho os olhos, mas as lágrimas escapam.

Como é que vamos decifrar um código que na verdade é uma língua, uma desconcertantemente complexa, por sinal?

Ainda não sabemos como os diversos significados se distinguem, pode ser uma questão de tom ou registro.

Gideon e a dra. Seymour não fazem ideia do que estão fazendo. E eu também não.

— Lembra quando éramos crianças e você inventava aquelas línguas bobas para nós duas? — sussurra Sophie. — A gente fingia para todo mundo na escola que entendíamos o que a outra estava falando.

Sorrio.

— Até chegamos a convencer meu pai. Ele achou que estavam ensinando uma língua dracônica nova pra gente na escola.

Sophie ri com o rosto escondido no meu cabelo.

— Ele não ficou superbravo quando descobriu a verdade?

Faço que sim.

— Falou que era perda de tempo inventar línguas quando eu já tinha tantas para aprender. Depois disso, me fez ficar acordada durante boa parte da noite para provar que eu sabia todos os verbos do francês.

— Acha que eles foram rígidos demais com a gente? — pergunta Sophie, baixinho. — Nossos pais?

Ela leva a mão à parte de baixo do braço, e sei que está tateando as cicatrizes em sua pele, idênticas às minhas. O uso da vara de bétula é uma prática comum entre as famílias da Segunda Classe, e talvez a única dor que soframos que a Terceira Classe desconhece.

— Acho que pais não podem se dar ao luxo de não terem pulso firme quando os filhos estão a uma classe de serem condenados a uma vida de pobreza — falo.

Ficamos em silêncio por um momento, sentindo as lembranças voltarem. Antigamente, minha família apoiava o Sistema de Classes. O que os fez mudar de ideia?

— Quando você foi rebaixada — sussurro, surpresa com as palavras que saem da minha boca —, eu achei que nunca mais ia conseguir ser feliz.

Sophie não diz nada, e por um minuto só escuto sua respiração calma.

Quero me desculpar. Quero implorar seu perdão por tudo que fiz (as partes de que ela já sabe e as de que não faz ideia). Mas sei que é tarde demais para isso. Ela dá um apertinho em minha mão, e ficamos deitadas em silêncio, envoltas no calor uma da outra. Tudo nela me é familiar: a pinta nas costas da mão; o cheiro de sua pele; o chiado em seu respirar devido a uma doença na infância. Depois de um tempo, Sophie cai no sono.

— Nunca mais vou te machucar — murmuro para o escuro. — Vou fazer tudo que estiver ao meu alcance para que você volte para casa, Soph. Prometo.

Bem devagar, saio da cama. Calço as botas e visto o casaco por cima da camisola, colocando-o sobre os ombros, por conta da tipoia. Ralph disse a Ravensloe que tentei abandonar meu posto e, por isso, Wyvernmire pegou Ursa. Para se certificar de que possui algo que eu quero. Não posso deixar que ela pense que não estou tratando isso com seriedade. Se quero honrar minha promessa a Sophie, se quero reencontrar Ursa e salvar nossa família da execução, preciso dar à primeira--ministra o código dos dragões.

Desço as escadarias e cruzo o corredor. Conheço o caminho até a cozinha, e só leva alguns segundos até eu passar pela porta dos fundos de novo. Não tem nenhum Guardião de patrulha por perto, mas isso só significa que Ravensloe colocou mais dragões para proteger o perímetro da Propriedade Bletchley. Não desgrudo os olhos do céu enquanto perambulo pelo jardim iluminado pelo luar. Depois, pego a trilha de terra até os campos. Não preciso de um carro para chegar ao ponto onde traduzi para Borislav.

Eu me lembro do desgosto que ele demonstrou por Muirgen e Rhydderch quando percebeu que não falavam sua língua. Eles também não tinham conseguido se comunicar por ecolocalização, o que levou os dragões de patrulha a acharem que estavam sendo atacados. E ninguém, nem mesmo a dra. Seymour, sabe me dizer por que isso aconteceu.

Avanço pela relva alta com a cabeça cheia de perguntas para as quais *eu sei* que existem respostas. Vasculho o céu estrelado em busca da única maneira de conseguir essas explicações, independentemente do quanto seja proibida. Paro de repente quando, logo à frente no campo, vejo o que vim procurar.

As silhuetas escuras de dois dragões.

DOZE

LADO A LADO, OS DRAGÕES ME observam enquanto sigo em sua direção. Meu corpo já está rígido por conta do frio, portanto, enfio a mão livre no bolso. No escuro, é difícil enxergar as escamas azuis e roxas das peles deles e, se não fosse o tamanho, os dois se camuflariam sem muita dificuldade nas sombras da noite.

— Não me lembro de chamar uma tradutora — rosna Rhydderch quando me aproximo.

Paro a alguns metros e pondero por onde começar.

— Acho que você não devia ter saído a esta hora — fala Muirgen, umedecendo os lábios. — Não era para estar na estufa? Eu já a vi entrando e saindo de lá com tanta frequência durante minhas patrulhas com o Soresten e a Addax que começamos a acreditar que Ravensloe a colocou para trabalhar em algo que de fato vai nos ajudar a *vencer* a guerra.

Ambos os dragões riem (um som baixo e gutural), e eu finjo um sorriso. Então o dragão que vi com Soresten e Muirgen no campo no outro dia era Addax.

— Vim fazer uma pergunta. — Minha voz sai mais baixa do que eu queria.

Os dragões me encaram com seus imensos olhos amarelos, e eu vejo o movimento de uma cauda no escuro.

— Prossiga — diz Rhydderch.

— O dragão búlgaro que aterrissou aqui — começo. — Borislav.

— Sim?

— Por que vocês precisaram de uma tradutora para entendê-lo?

— Dessa parte você já sabe — responde Muirgen, com certo desdém. — Nós não falamos as línguas dracônicas do leste…

— Mas os dragões não têm outras maneiras de se comunicarem? — interrompo.

Muirgen inclina a cabeça e me fita sem piscar.

É de extrema importância *que nenhum dos dragões guardando a Propriedade Bletchley descubra a decifração de códigos que acontece dentro desta estufa.*

A dra. Seymour me mataria se soubesse que estive aqui. Por outro lado, se queremos decifrar o código em três meses, ela deve saber que não podemos continuar nesse joguinho de adivinhação. Preciso fazer as perguntas que vim até aqui para fazer.

— Vocês conseguem se comunicar usando um… sexto sentido? Alguma habilidade que os humanos não têm?

Um camundongo passa correndo por cima dos meus sapatos e, antes que eu possa recuar, Muirgen o captura na ponta de uma garra preta comprida. Ela o leva à face e o observa se remexer várias vezes e, depois, morrer. Ela o engole por inteiro.

— A que exatamente está se referindo?

— Tem uma coisa que um dragão me disse muitos anos atrás — minto. — Ele falou que os dragões podem falar uns com os outros usando… algum tipo de código. — Tento passar um ar de inocência. — Isso confere?

Um grunhido baixo escapa do peito de Rhydderch. Fumaça preta começa a sair das narinas de Muirgen e, quando ela dá um passo em minha direção, o luar ilumina os espinhos em suas costas.

— Um código? — ronrona ela. — É *isso* o que você pensa ser?

— Acalme-se, Muirgen — rebate Rhydderch, que expõe os dentes para mim. — Que ideias sua primeira-ministra tem plantado na sua cabecinha?

— Nenhuma — respondo, depressa. — Eu disse, foi um dragão. Ele estava dizendo a verdade? Os dragões podem ler a mente uns dos outros?

— Quanta audácia sua vir aqui buscando conhecimento que não lhe cabe adquirir — rosna Muirgen.

— Sou tradutora — digo, transparecendo calma embora meu corpo esteja queimando de medo. — É evidente que tenho interesse em descobrir todas as formas por meio das quais os dragões podem se comuni...

— O koinamens pertence apenas aos dragões! — ruge Muirgen.

Ela recua e bate as duas patas dianteiras no chão. O impacto me faz voar para trás. Meu rosto se contorce de dor quando caio em cima do braço quebrado a quase dois metros de distância. Luto para ficar de pé, ignorando a dor dilacerante no meu pulso.

— Por favor — peço, olhando para o solar. — Assim vocês vão acordar todo mundo. Só quero saber por que vocês e o Borislav não falavam o mesmo... koinamens.

— O dragão que lhe passou essa informação traiu a própria espécie — fala Rhydderch, cuspindo as palavras. — Trata-se de um mistério que deve permanecer entre os dragões.

Ele balança a cauda na direção de Muirgen, que dá um passo para trás. Percebo, então, que os dois estão se comunicando.

Estão usando ecolocalização.

— Mas por quê? — indago. — Por que isso deve ser um mistério?

— É sagrado — sibila Muirgen. — A única coisa que nós, dragões, temos que vocês, humanos, não podem tomar.

Sagrado? Até onde sei, os dragões não têm uma religião. O que pode ser sagrado em uma língua?

— Existem diversos tipos de koinamens? — questiono. — Algum tipo de... sequência diferente?

— Juro que vou esfolar esta humana, Rhydderch...

Muirgen avança com sua cabeça enorme na minha direção, mas Rhydderch a repreende, batendo em sua face com a boca aberta e fazendo-a rugir de dor. Eu cambaleio para trás. Rhydderch aproxima a cabeça da minha, tão perto que consigo ver uma linha de pelo felpudo em seu focinho.

— Você está tornando o que restou do Tratado de Paz muito difícil de honrar — rosna ele. — Sugiro que vá embora, antes que eu permita que minha irmã a mate.

Eu assinto. Eles não têm a menor intenção de me contar nada. Dou alguns passos para trás, lentamente indo embora, depois paro. Rhydderch se vira para Muirgen e aproxima o focinho do dela. Sangue escorre de uma ferida causada por seus dentes, logo abaixo do olho esquerdo da irmã. Os dois dragões permanecem imóveis, e aos poucos o machucado começa a diminuir. Forço a vista sob o luar. É isso mesmo o que estou vendo? As extremidades da ferida começam a se unir, como se fosse uma linha costurando duas pontas de um tecido, e de repente há somente uma mancha de sangue no lugar em que esteve o ferimento.

— Como fez isso? — pergunto a Muirgen.

Repasso na cabeça tudo que Marquis já me contou sobre a anatomia dos dragões, mas não consigo me lembrar de nada a respeito de feridas que saram por conta própria.

— O koinamens é sagrado — repete Muirgen. — Nunca toque nesse assunto de novo.

Eu me retraio na escuridão e corro pelo campo com o coração disparado. Será que Rhydderch curou Muirgen usando ecolocalização?

Fico com uma sensação horrível no peito.

Não consegui descobrir nada sobre a ecolocalização, exceto que os dragões a chamam de koinamens e a consideram sagrada. Só que nenhuma dessas duas informações me deixa mais perto de decifrá-la. Chego ao jardim e olho para o Solar de Bletchley. Ainda continua imóvel, silencioso e quase invisível na escuridão.

Penso nas coisas que os humanos consideram sagradas. Conhecimento, textos religiosos, tradições. Tudo isso definitivamente já foi usado como arma por humanos fracos e com sede de poder, mas a maioria dos dragões não é nenhuma dessas coisas. Talvez encarem o koinamens da mesma forma como os humanos enxergam a natureza, as crianças ou o amor. Coisas sagradas, não pelo que podem *fazer*, mas pelo que *são*, com um significado muito mais profundo e intrínseco do que podemos esperar um dia compreender. O tipo de sacralidade que nunca deve ser corrompido, do qual jamais se deve abusar. Talvez seja algo instintivo, parte da identidade comum dos dragões.

Ouço um galho se quebrar atrás de mim.

Por um instante, fico paralisada, mas logo viro a cabeça rumo à floresta. Alguém a atravessa, esmigalhando as folhas e a geada com os passos. A figura de um homem emerge do meio das árvores e cruza o gramado na minha direção.

Minha respiração vacila. E se for Ralph? O homem hesita ao me ver, e depois acelera os passos. Agora é tarde demais para me esconder. Eu me encolho, apertando o braço quebrado contra as costelas, e espero.

— Featherswallow?

— Atlas?

— O que está fazendo aqui?

Dou um suspiro de alívio.

— O que *você* está fazendo aqui? Pensei que estivesse em isolamento.

Atlas pega minha mão e me puxa para a sombra do solar. Ele guarda no bolso um cordão de contas de oração que tem uma cruz na ponta.

— Me soltaram algumas horas atrás.

— Então… por que estava na floresta?

Ali fora não tem nada além de árvores e a estufa.

Ele sorri à luz do luar.

— Por que estava nos campos?

Merda.

Ele baixa o tom de voz e propõe:

— Que tal concordarmos em não discutir o que o outro estava fazendo fora da mansão em plena madrugada?

Faço que sim, depois estremeço com um calafrio. O ar congelante invade meu casaco aberto, que continua sobre meus ombros e a tipoia. Atlas percebe, e por um segundo seus olhos reparam no tecido fino da camisola contra minhas coxas. Em seguida, puxa o casaco ao meu redor e o abotoa.

Encaro suas mãos, cobertas de cortes vermelhos, e a sombra de um hematoma em seu malar.

— Obrigada. Pelo que fez.

Atlas balança a cabeça de um lado para outro.

— Não é motivo de me orgulhar.

— Você só estava tentando impedi-lo de...

— Eu quebrei o nariz do homem — fala Atlas.

— Então você fez um favor a ele.

Atlas sorri, e nós dois explodimos em risadas.

— Shh! — ordena ele, me empurrando para os arbustos. — Acho que a janela do Ravensloe fica por aqui.

De repente, me torno bastante consciente da sensação das mãos dele na minha cintura.

— O que fizeram com você no isolamento? — sussurro.

Estamos entre dois arbustos, de costas para a parede externa da casa. A lua desapareceu atrás de uma nuvem, e está tão escuro que não consigo ver o rosto de Atlas.

— Me questionaram, me prenderam e me deixaram lá por um tempo — conta ele, baixinho. — Pelo visto, o Lumens negociou que me liberassem.

Assinto.

— A partir de agora, você vai precisar andar na linha. Chega disso de me salvar do Ralph.

Ele encontra minha mão no escuro.

— É melhor entrarmos — sugiro, embora seja a última coisa que queira fazer. — Você precisa dormir um pouco.

Atlas mexe no bolso interno do casaco.

— Só preciso de gelo, uísque e um bom confessor.

— Confessor?

Uma chama ganha vida entre nós dois, e o rosto de Atlas se ilumina com um palito de fósforo crepitante.

— Para os meus pecados — explica ele, com um sorrisinho.

— Não dá para só confessar seus pecados a si mesmo, ou algo do tipo?

Um galo canta em algum lugar ao longe. Deve estar perto da hora do amanhecer.

— Temo não ser assim que funciona — fala ele. — E eu ainda não sou padre, esqueceu?

— Foi mal. Padre em treinamento — corrijo.

Sorrimos de novo.

— Falando em pecados — começa ele, com um ar casual —, por que você se odeia tanto pelo seu?

— Como assim?

Atlas encolhe os ombros.

— Você prefere deixar o Ralph quebrar seus ossos a dar a ele a satisfação de forçar palavras a saírem da sua boca, e eu te admiro por isso. Mas ele falou que era merecido, e você pareceu concordar. Ficou imóvel antes de ele quebrar seu braço. Na verdade, deixou que fizesse aquilo. E também deixa a Sophie falar com você como se...

— Ela só está brava comigo — explico.

E com razão.

— Bem, seja qual for o motivo da briga, me pareceu que você ainda se castiga por isso.

— E daí? Quando você faz algo errado, não é normal se punir pelo que fez?

— Passar a vida toda se hostilizando por algo que nunca mais vai conseguir desfazer? — Atlas balança a cabeça. — De jeito nenhum.

— O que faz você pensar que vou passar a vida toda assim?

— O Marquis me contou que faz seis meses que você e a Sophie brigaram.

Marquis tem falado de mim pelas costas? Com Atlas?

— Ele não tinha o direito de...

— Eu que perguntei — emenda Atlas rapidamente, tendo a decência de parecer arrependido. — Eu estava curioso, mas ele não me deu detalhes.

Não consigo decidir se deveria ficar lisonjeada ou irritada.

— Vocês não podem simplesmente perdoar uma à outra? E a si mesmas?

Ele sorri. Acho a situação toda (isso de receber conselhos não solicitados de um garoto que acabou de arriscar ser rebaixado ao atacar um Guardião) estranhamente hilária.

— Bem, até pode ser possível para você — digo, observando o colarinho do qual ele nunca abre mão. — Mas algumas coisas são imperdoáveis.

— Isso não é verdade — responde Atlas. Não há mais nenhum vestígio de sorriso em seu rosto. — Nada é imperdoável. Não se você estiver arrependida de verdade.

— Está me dizendo, então, que as pessoas podem sair por aí cometendo crimes horríveis que seriam esquecidos assim que elas se desculpassem?

— É basicamente isso mesmo.

Dou uma risada sarcástica.

— Nesse caso, eu poderia te matar agora e sair ilesa, contanto que em seguida eu me sentasse num cubículo e pedisse perdão?

— Mas você *estaria* arrependida? — retruca ele, voltando a sorrir. — Parece que quer mesmo me matar agora.

Eu o encaro.

— *Você* é a porcaria de um santinho quando não está dando uma surra nas pessoas. O que eu fiz para vir parar aqui, o que fiz para a Sophie, é muito pior.

Por que estou contando isso para ele?

— Ela jamais me perdoaria se soubesse a história toda. Ficaria tão magoada que me odiaria para sempre… e eu não poderia culpá-la por isso.

As lágrimas começam a invadir meus olhos, e de repente quero gritar. Nada disso é da conta de Atlas, e ainda assim, aqui estou, revelando os detalhes mais obscuros do meu passado.

Ele só dá de ombros.

— É o direito dela. A Sophie não tem a obrigação de te desculpar, e não dá para forçar o perdão dela. Só que *você* também não pode *se* odiar para sempre. Do contrário, como vai conseguir aprender com os próprios erros?

— Aprender?

— Minha mãe diz que nunca é tarde para mudar.

— A minha diz que nós temos que viver com as consequências das nossas ações.

Atlas aquiesce devagar.

— Parece que temos visões muito diferentes do que *arrependimento* significa.

É óbvio que sim. Somos como água e óleo. Um garoto da Terceira Classe e uma garota da Segunda. Um padre e uma criminosa.

O fósforo se apaga, e eu falo para a escuridão:

— Às vezes, Atlas, se arrepender não basta.

TREZE

NA ESTUFA, OS ESTALOS E CHAMADOS vindo da máquina de *loquiso-nus* ameaçam me fazer cair no sono. Reprimo um bocejo e, quando a dra. Seymour pergunta se dormi mal, coloco a culpa no braço machuca-do (o que, de certa forma, é verdade). Quem diria que usar sumo de fogo para corrigir ossos quebrados seria tão excruciante. Guardo os aconteci-mentos da noite anterior para mim. Revelar que o nome verdadeiro da ecolocalização é koinamens seria admitir ter discutido o assunto com Muirgen e Rhydderch... e correr o risco do rebaixamento imediato.

A dra. Seymour acrescentou aos nossos turnos uma aula de uma hora de duração, na qual ensina com as máquinas de *loquisonus* no volume máximo para o caso de captarmos alguma atividade ao vivo. Nelas, estudamos a teoria de ondas sonares e a biologia dracônica, e ela nos bombardeia com perguntas retóricas: os chifres dos dragões são necessários para a transmissão da ecolocalização? Por que a língua do bolgorith é bifurcada? Existem espécies de dragões mais adequadas a determinadas línguas?

Nós analisamos as mudanças de semântica em relação aos padrões de migração, e descubro que existem vinte línguas dracônicas indíge-nas da região Ártica que têm quase trezentos termos diferentes para *frio*, entre sinônimos, metáforas e metonímias. Ela nos pergunta se isso também se aplica à ecolocalização. É só depois desses intensivos que nos permite assumir nossas seções com as máquinas de *loquisonus*.

Hoje, leio o caderno de registros com muita atenção, até meus olhos doerem, determinada a me atualizar a respeito de todas as informações que perdi enquanto estive afastada. São dois dias de anotações que contêm diversos chamados que soam diferentes, mas têm o mesmo significado. As anotações em que as palavras "barulho não identificado" são categorizadas como Gorjeio-tipo54 são sempre conversas entre Muirgen e Rhydderch. Só que elas também aparecem como Gorjeio-tipo64, em uma comunicação entre dois dragões da areia: Soresten e Addax.

E se Muirgen e Rhydderch falarem uma versão de ecolocalização e Soresten e Addax, outra? Ambas as versões podem ser semelhantes, com variações sutis. Talvez isso explique o que observamos no campo: como Soresten usou um chamado de ecolocalização específico para dar uma ordem a Muirgen e outro, um pouco diferente, ao se dirigir a Addax. Meu coração dispara enquanto anoto minhas ideias nas páginas do caderno de registros.

Faço três listas: chamados exclusivos entre Muirgen e Rhydderch, chamados exclusivos entre Soresten e Addax, e chamados compartilhados entre todos eles. Há mais itens nas duas primeiras listas do que na terceira. E os chamados usados pelos quatro dragões se comunicando *todos juntos* têm significados mais simples: *venha, vá, espere, pare...*

Coço os olhos e me forço a pensar. Sinto uma ideia se formando, reluzindo no canto da minha visão. Ela ruge feito uma bolha se enchendo de ar, depois explode.

A ecolocalização não é simplesmente uma língua.

Trata-se de uma linguagem com muitas línguas entremeando-a.

Minha mãe passou anos tentando convencer a academia da existência de dialetos nas línguas dracônicas *orais*, e ninguém deu crédito à hipótese. E se ela estivesse certa e a ecolocalização também se tratar de uma língua com dialetos, só que inaudíveis ao ouvido humano? Minhas mãos tremem enquanto pressiono a caneta, sem conseguir acompanhar meus próprios pensamentos. Do outro lado da mesa, Gideon está bastante concentrado, a ponto de não prestar atenção em mim.

E se a linguagem universal da ecolocalização (o koinamens), usada por toda a espécie dos dragões, for simples? Com um vocabulário limitado e menos desenvolvido do que os dialetos que existem nela? É por isso que Muirgen e Rhydderch não conseguiram falar em muitos detalhes com Borislav e acabaram enfrentando-o. Se falassem o mesmo dialeto, Borislav poderia tê-los informado de que não era um invasor, mas sim um mensageiro.

Mas, antes de qualquer outra coisa, como é que esses dialetos se desenvolveram? Por que todos os dragões não usam apenas uma única forma de ecolocalização que comunique tanto significados simples quanto complexos? Eu devia ter prestado mais atenção no que minha mãe contou à dra. Hollingsworth a respeito dos dialetos, em vez de ter ficado ensimesmada com meu portfólio e a potencial vaga como aprendiz.

Dra. Featherswallow, se os dragões se valessem de dialetos regionais, certamente já os teríamos escutado.

Foi o que Hollingsworth disse. Bem, ela estava errada e minha mãe, certa. Olho para as anotações que fiz.

Meu coração parece parar e depois reiniciar. Será que os dialetos da ecolocalização também são regionais? Na noite anterior, Rhydderch disse que Muirgen é sua irmã, o que significa que os dois foram chocados e provavelmente criados no mesmo lugar. Quem sabe, talvez, os dialetos não variem de acordo com o local onde o filhote de dragão aprendeu a ecolocalização. E se tanto Soresten quanto Addax são dragões da areia, pode ser que venham da mesma região…

— Vivien!

A dra. Seymour me encara com um sorriso entretido no rosto.

— Tem certeza de que está bem? Chamei seu nome três vezes.

— Me desculpe — falo, fechando o caderno de registros abruptamente. — Eu estava… concentrada.

— Fez algum progresso? — pergunta a dra. Seymour, ajustando os óculos.

Balanço a cabeça em negativa. Da última vez que tive algum avanço, Gideon deu um jeito de pegar os créditos para si. Desta vez, se esta teoria puder ser comprovada, quero que Wyvernmire saiba que fui eu que a desenvolvi.

— Venha — fala a dra. Seymour. — Vamos a mais uma pesquisa de campo.

Com o carrinho cheio de máquinas de *loquisonus*, nós passamos por Yndrir (que está fazendo a patrulha da manhã) e adentramos na floresta. Me lembro de como Atlas saiu dela na noite anterior, como uma luz no escuro, e sinto uma repentina curiosidade febril acerca da resposta que, torço eu, está me esperando na biblioteca.

— Acredito que os dragões têm diversos tipos de código para impedir que os humanos decifrem a ecolocalização — sugere Gideon enquanto caminhamos.

— Por que eles se dariam a tanto trabalho? — rebato. — A guerra é entre o governo e os rebeldes, não entre humanos e dragões.

— Bem, eles devem ter criado o código *antes* do Tratado de Paz, não acha? — responde ele, me fuzilando com os olhos. — E, de todo modo, nem todos os dragões desejam a paz.

Eles não criaram o código coisa alguma, seu idiota, é o que quero dizer.

— Até mesmo os dragões rebeldes estão colaborando com os humanos — digo, em vez disso. — Não acho que dragões de diversas partes do mundo simplesmente acordaram um dia e disseram: "Vamos criar um código com as habilidades de leitura de mentes que, por coincidência, possuímos, só para o caso de as coisas darem errado com os humanos."

Dou risada, satisfeita comigo mesma, e Gideon me encara.

— Vai ver eles estavam se preparando para o dia em que não conseguiriam mais se comunicar sem que humanos como *você* entendessem cada palavra que dizem.

— Olha só quem fala, o outro poliglota de Bletchley — retruco, com frieza.

— Eu me atenho às línguas da minha própria espécie, caso não tenha notado — murmura Gideon. Ele olha para a dra. Seymour. — Aposto que esses dragões rebeldes vão usar os humanos rebeldes enquanto precisarem deles, aí vão se voltar contra nós todos depois de vencerem a guerra, assim como os dragões búlgaros na...

— *Shhh!* — sussurra Katherine. — Olhem.

Ela está olhando para as árvores mais adiante. Sigo seu olhar. Há um movimento no grande carvalho à nossa frente. Um dracovol vem voando por entre os galhos com um rato morto na boca, então empoleira-se e depois plana de novo.

— Um dragão mensageiro — sussurra Gideon.

Olho para a dra. Seymour, cujo rosto está pálido.

— Eles não são permitidos em Bletchley — fala Gideon, correndo em direção às árvores. — Pode estar trazendo uma mensagem dos rebeldes.

— Gideon, espera! — grito enquanto o sigo pela floresta.

Paramos ao pé de uma árvore e levantamos a cabeça para ver a criatura. Ela nos observa de volta com os olhos pretos, sem piscar. O focinho é curto e arredondado, e dois de seus dentes inferiores sobem até as narinas. Há gavinhas longas e cobertas por escamas em sua cabeça, como bigodes felinos. Na verdade, a criatura tem o tamanho de um gato. Embora dracovols não tenham o nível de inteligência dos dragões ou dos humanos, dizem que sua esperteza se assemelha à dos golfinhos. O dracovol engole o rato, depois avança pelo tronco da árvore até entrar em um grande buraco.

— Deixe a criatura em paz, Gideon — ordena a dra. Seymour, ríspida, quando Gideon tenta dar uma bisbilhotada. — Os dracovols são conhecidos por viver na natureza também, então não há nada que nos sugira que este esteja trazendo uma mensagem…

— Ela está chocando ovos — diz Gideon.

— Deixa eu ver — falo, empurrando-o da minha frente.

O buraco fica na altura dos meus olhos, e vejo que tem uma fileira de pedras e rochas pequeninas. Elas emanam calor, o que esquenta meu rosto, e, quando a dracovol cospe uma chama sobre a superfície, elas ficam vermelhas, depois brancas. Aninhados entre as pedras quentes estão três ovinhos pretos. A dracovol enrola a cauda neles e solta um sibilo baixo de alerta. Atrás de mim, Gideon pegou uma das máquinas de *loquisonus* do carrinho e a está posicionando no chão.

— Talvez ela não esteja trazendo uma mensagem escrita, e sim uma de ecolocalização — arrisca ele, animado, ao colocar os fones.

— Ela não está trazendo mensagem alguma, Gideon — repreende Sophie, revirando os olhos. — Só está cuidando da ninhada.

No entanto, Gideon já está virando os diais da máquina de *loquisonus* à procura da frequência certa. A dra. Seymour o observa sem saber o que fazer, e um pensamento horrível destrói meu bom humor. Será que esta dracovol *pertence* à dra. Seymour? Sinto uma onda de horror quando ela se senta no chão da floresta com o rosto enfiado nas mãos.

Esta, sem dúvida, não é uma dracovol selvagem.

— Estou certo — comemora Gideon, sorrindo. — Ela está ecolocalizando.

Os dracovols conseguem ecolocalizar como dragões? A dra. Seymour nunca mencionou isso.

Só que ela também nunca mencionou sua mensageira secreta.

— Com quem ela está falando? — pergunto, sentindo o pavor embrulhar meu estômago.

Será que tem muitos dracovols nesta área? E, se sim, a quem pertencem os demais? Será que alguém em Bletchley sabe que a dra. Seymour mandou esta ir procurar Ursa?

Dou mais uma olhada no buraco na árvore. A dracovol cutuca um dos ovos com o focinho, sem tirar os olhos de mim.

— Não soa nada como a ecolocalização de dragões — acrescenta Gideon, concentrando-se na transmissão ao vivo.

Estendo a mão.

— Posso escutar?

Ele hesita, mas me passa os fones, os quais pressiono contra as orelhas. Ouço dois sons simultâneos: um zunido baixo e um barulhinho de movimento, um arranhar. Este chamado de ecolocalização é contínuo. Não há pausa, nenhuma oportunidade de resposta. Passo os fones para a dra. Seymour, que os pega com certa relutância, e mais uma vez observo o buraco no tronco. Os olhos da dracovol agora estão fechados, sua cabeça ainda recostada nos ovos. De repente, um deles tremelica.

— Ai, meu Deus! — exclamo, baixinho. — Acho... acho que ela está conversando com *eles*.

— Com quem? — pergunta Sophie, esgueirando-se do meu lado.

— Com os ovos.

— Isso é impossível — protesta Gideon.

Eu me viro para olhar para a dra. Seymour.

— É *mesmo* impossível? Ou ela pode estar se comunicando com os filhotes dentro dos ovos?

A dra. Seymour volta à vida, ficando de pé e olhando dentro da árvore. Quando a dracovol a vê, solta um pio agudo e rouco.

— Talvez não seja uma fêmea — fala a dra. Seymour. — Às vezes, a dracovol fêmea abandona os ovos e quem os choca são os machos.

Gideon, percebo então, está anotando tudo no caderninho que tirou do bolso.

— Mas é possível? — repito.

Ela suspira.

— Sim, imagino que sim.

— Então os dragões provavelmente fazem a mesma coisa, certo?

A dra. Seymour assente.

— Bem, então isto aqui é prova — falo, arqueando a sobrancelha para Gideon. — Se os dragões e os dracovols usam a ecolocalização com seus filhotes ainda dentro dos ovos, então o código não surgiu para ser usado como arma.

— Viv tem razão — concorda Katherine. — A ecolocalização deve ser natural para eles, como um... como é a palavra mesmo?

— Um instinto — conclui Sophie.

— Mas isso não significa que não possam *usar* a ecolocalização como arma — rebate Gideon.

— Foco, pessoal — alerta a dra. Seymour. — Sendo ou não uma arma, nosso dever é simplesmente decifrar o código.

— Talvez, para chocar, os ovos de dragão *dependam* do uso da ecolocalização! — sugiro. — Pode ser que, sem ela, os filhotes não consigam crescer. Isso explicaria por que a ecolocalização dos dragões é muito mais complexa do que a das baleias ou a dos morcegos. Porque a espécie depende dela para a própria sobrevivência.

— É uma hipótese plausível, Vivien — fala a dra. Seymour. — Vamos explorá-la mais a fundo, é óbvio, mas não se esqueçam de que por ora não passa disso: uma teoria.

Eu a encaro. O que propus faz tanto sentido. É um *progresso*. Por que ela não está comemorando?

— Gideon, guarde as coisas, por favor.

Ele coloca a máquina de *loquisonus* de volta no carrinho. Eu olho mais uma vez para o buraco.

— Vamos embora, Vivien — ordena a dra. Seymour, e eu recuo.

Ela nunca falou comigo desse jeito. Está inquieta, mudando o peso de um pé para outro sem parar, roendo as unhas. O que está acontecendo? Será que está preocupada que Ravensloe vai descobrir que ela me deixou usar o dracovol?

No caminho de volta, a dra. Seymour segue à nossa frente. Corro para alcançá-la e me certifico de que os demais ainda estão alguns metros atrás antes de perguntar em voz baixa:

— Foi a mensagem que mandei? É isso o que está te incomodando?

— Falei para nunca mais tocar nesse assunto — retorque ela.

Quando chegamos à estufa, pego o caderno de registros novamente. Sei bem o que vi. Aquele dracovol estava usando ecolocalização com os ovos. Entendo agora por que o koinamens é sagrado. Ele tem um significado e um propósito que vão muito além de vencer uma guerra.

Largo a caneta. O que Wyvernmire faria com um segredo assim? Com uma informação a respeito de uma espécie que vai muito além do que qualquer cientista ou zoologista já adquiriu? Ela vai vencer a guerra, com certeza. Mas será que usaria o que sabe sobre ecolocalização para outras coisas também? Penso nas cabeças de wyverns que supostamente ficavam expostas na parede dela. E se ela usar a ecolocalização como uma arma *contra* os dragões?

A ideia faz um arrepio percorrer minha pele. De repente, entendo por que Muirgen ficou tão furiosa comigo por perguntar a respeito da ecolocalização. Se os dragões a usam para chocar ovos e curar uns aos outros, o que mais essa linguagem é capaz de fazer?

Isso não é problema seu, digo a mim mesma. *Você só tem que se preocupar em salvar sua família, em salvar Ursa. E agora as ferramentas necessárias para conseguir isso estão nas suas mãos.*

Agora que sei que a ecolocalização é uma linguagem que muito provavelmente abrange dialetos, o segredo para vencer a guerra é aprender a me comunicar usando-a. Já aprendi nove línguas ao longo da vida, o que são algumas mais?

*

A dra. Seymour não fala comigo durante o restante do turno, e Gideon me fulmina com os olhos todas as vezes que tiro a cabeça do caderno de registros.

— Você sabe que era para estarmos trabalhando *juntos*, né? — diz ele. — Eu poderia checar suas anotações, se você quiser...

— Não, obrigada. — Sorrio tanto que minhas bochechas doem. — Afinal de contas, a arte das línguas *é* tradicionalmente um domínio das mulheres.

Assim que as sirenes tocam, vou para a biblioteca. Só levo alguns segundos para encontrar *Em busca de andorinhas* na seção de ficção, e sinto um certo nervosismo ao abrir a capa e ver um pedaço de papel solto.

Atlas respondeu.

Não me permito ler logo de cara. O que faço é descer com o recado para o dormitório, onde tiro as botas e me sento na cama com as pernas cruzadas. Olhando de relance para a porta, volto a pegar o papel.

> Featherswallow, queria poder expressar em poucas palavras a alegria da carpintaria, mas esta é uma tarefa impossível. Em vez disso, direi o seguinte: há uma sensação eufórica em criar algo que até então nunca existiu.

Sorrio, sentindo o calor subir para as bochechas. Por que me sinto tão energizada? Será pela novidade desta conversa secreta, da clandestinidade de trocar bilhetes? Ou é o fato de que estou falando com um garoto que tem algo inteligente a dizer, cujas escolhas de palavras são mais poéticas do que Hugo Montecue pode esperar que um dia seu vocabulário seja? Pego um lápis, querendo pensar bem antes de redigir a resposta, mas ela vem com naturalidade.

Atlas, esse é o jeitinho das línguas. Nós podemos dizer a mesma coisa de centenas de maneiras diferentes e, uma vez ou outra, uma dessas formas é tão exclusiva de quem traduz que se torna impossível de reproduzir. Nenhum outro tradutor jamais será capaz de usar as mesmas palavras, a mesma cadência, as mesmas expressões. Traduzir também é criar.

Coloco o recado debaixo da capa do livro e o escondo entre os demais volumes empilhados sobre minha mesa de cabeceira. Vou devolvê-lo à biblioteca antes do jantar.

Passo a mão pelas lombadas das minhas leituras atuais, as pontas das páginas estão dobradas, o que é fruto das minhas pesquisas de madrugada. Cada seção da biblioteca é repleta de uma gama de livros relacionados a dragões, então agora estou lendo a respeito de uma quantidade absurda de tópicos, desde covas de dragões até o processo de chocagem. E, ainda que eu saiba que nenhum desses tomos vai mencionar dialetos, alguns podem me fornecer informações a respeito das línguas dracônicas em conexão a diferentes regiões e locais.

Deito-me de bruços e folheio *Sussurrando com wyrms: as línguas dracônicas do mundo moderno* na vaga esperança de dar algum sentido a tudo que aprendi hoje. Dou uma olhada na lista de espécies de drágões no fim do volume, que vai desde o baikia-frisado ao drake prateado, depois volto para a página 189.

> *Os dragões da areia* (Draco arenicolus) *da Britânia são de cor marrom, verde ou bege. Durante a época de acasalamento, a barriga das fêmeas férteis assume um tom amarelado. Os ninhos contêm um ou dois ovos e são feitos de areia quente. E a primeira língua aprendida pelos filhotes costuma ser o wyrmeriano.*

> *A espécie é nativa das charnecas arenosas de Dorset e Kent, no sul da Inglaterra.*

Então Soresten e Addax, ambos dragões da areia, muito possivelmente são dessa mesma região da Inglaterra. Isso só fortalece minha teoria de que os dialetos da ecolocalização podem ser regionais. A animação cresce dentro do meu peito. As peças estão começando a se encaixar e...

Solto o livro. Tem uma caixa no chão, na ponta da minha cama, com um envelope preso ao topo. Como não reparei nela antes? Pego o envelope e o reviro. O papel é grosso, parece ser caro e está selado com cera vermelha. Meu nome está escrito na frente, em tinta roxa. Logo em seguida, vejo que há uma caixa diante de cada uma das camas. Rasgo o envelope.

> *Sua presença é requisitada no Baile de Natal da primeira-ministra Wyvernmire, na noite de sexta-feira, às dezenove horas. Trajes formais são imprescindíveis para o evento.*
>
> *Tenha em mente que deixar a propriedade após o dia escurecer é estritamente proibido.*
>
> *Obs.: O comparecimento é obrigatório para todos os recrutas.*

Desprendo o laço ao redor da caixa e levanto o tampo. Roço os dedos contra o papel de seda, o qual arranco da caixa e, embaixo, encontro algo que parece cetim. Então tiro de lá um vestido cor-de-rosa feito de seda pura. O tecido reluz ao deslizar entre meus dedos. O modelo é sem mangas e bordado com miçangas, a peça de roupa mais bela que já vi na vida. De supetão, a porta do dormitório se abre.

— Você viu isto aqui? — fala Marquis, incrédulo.

Ele está segurando um terno verde e um par de sapatos de couro. Atlas aparece atrás do meu primo com um blazer vermelho e uma gravata preta em mãos.

— Que bom ver você durante o dia, Featherswallow — diz ele, dando uma piscadinha. — Alguma ideia do que está acontecendo?

Embaixo do vestido, encontro um par de saltos prateados alojados no fundo da caixa. Olho para os garotos, já sem nenhum resquício de pensamento acerca dos dragões da areia.

— Me parece que vamos a um baile — digo.

*

Dos arquivos pessoais da dra. Dolores Seymour

<u>Excursão a Rùm</u> — junho de 1919

6 de junho — Dia 1

Até que enfim estou aqui. Só recebi os alvarás necessários tarde da noite de ontem, então cheguei a Rùm nas primeiras horas desta manhã. A ilha de Rùm, uma das Ilhas Menores das Hébridas Interiores, possui uma paisagem rochosa e montanhosa que não tem nem meio hectare de terreno plano. Sendo a menor ilha escocesa a contar com um cume de pouco mais de 750 metros, Rùm é, para os dragões britânicos, o local ideal de chocagem. Da costa, é possível ver as ilhas de Eigg e Canna, ambas propriedade do governo. Embora invadir Eigg fosse resultar em um mandado de prisão de até dez anos, os dragões receberam permissão para caçar em Canna, o que, a tirar pelos sons de gritos, pode ser habitada por javalis. Viajar a Rùm usando qualquer meio de transporte avançado que possa perturbar o espaço dos ninhos é ilegal, como estipulado pelo Tratado de Paz. Portanto, saindo do continente, cheguei à ilha com o mais primitivo dos barcos a remo. Meu acampamento para os próximos dias consiste em uma tenda e uma caverna que (segundo garantiram meus colegas) continua inabitada.

7 de junho — Dia 2

Com o fim da época de acasalamento primaveril, os dragões agora constroem ninhos e botam os ovos. As criaturas não habitam Rùm durante o ano todo, nem usam a ilha como local de acasalamento. Um tanto extraordinário, Rùm é usada unicamente como solo de chocagem e, mais incrível ainda, por <u>todas</u> as espécies de dragões. Nenhuma delas é discriminada aqui. Desde minha chegada no dia anterior, vi diversas espécies, incluindo o drake ocidental (Draco occidentalis), o wyvern mancha-verde (Draco bipes viridi) e o wyrm (Hydrus volatilis), uma das espécies mais raras, que não cospem fogo e que botam os ovos nos baixios.

8 de junho – Dia 3

Ah, a euforia que meu trabalho me causa! Hoje tive a oportunidade de observar, a uma distância segura, uma drake ocidental com seu ovo, que era roxo e com uma casca coberta de aglutinações de cálcio que formavam bordas irregulares, não muito diferente dos espinhos ao longo da crista do focinho da mãe. Ela escolheu um local precário para fazer o ninho, à beira de um penhasco (tão precário, na verdade, que a maior parte da minha observação foi feita de uma árvore). Embora a cada dia que passe mais dragões aterrissem em Rùm à procura de um ponto para fazer o ninho, a ilha está longe de uma superlotação. A decisão arriscada da fêmea, então, é um mistério para mim.

9 de junho – Dia 4

A drake ocidental deixou o ninho por tempo suficiente para que eu pudesse vê-lo mais de perto. Está cercado de pedras, as quais ela mantém pelando, e samambaias secas que vez ou outra acabam pegando fogo. Ela botou apenas um ovo, o que, acredito, não é atípico para uma jovem mãe de primeira viagem. O motivo de sua ausência se deu para conversar com outra drake ocidental, no processo de construir o ninho desta em um penhasco vizinho. Embora eu não conseguisse ouvir muita coisa do diálogo, fui capaz de determinar que estavam falando wyrmeriano (a única língua dracônica cuja gramática básica conheço). Queria tentar me comunicar com elas, mas não ouso fazê-lo. Não tenho dúvidas de que minha presença aqui não será tolerada por muito tempo.

10 de junho – Dia 5

O quebrar de ondas nas rochas, o grasnar das gaivotas e a cacofonia das vozes de centenas de dragões, são esses os sons que embalam meu sono. Receio que o barulho da temporada de chocagem (praticamente um evento social) sugira que a especulação do Observatório Real acerca da habilidade dos dragões de se comunicarem via ondas sonoras ultrassônicas esteja incorreta. Se isso fosse mesmo possível, por que os dragões se dignariam a usar as próprias vozes? Há machos e fêmeas em Rùm (alguns dividem as tarefas de cuidados ao ninho, enquanto outros pais solo apenas são visitados pelos parceiros errantes). Tenho observado duas dragoas da areia britânicas cuidando de seus ninhos em uma das praias perto do meu acampamento. Vi as duas virarem os ovos com as garras antes de voltarem a enterrá-los. Não há nem sinal de um parceiro macho nas proximidades.

11 de junho – Dia 6

O ovo da drake ocidental está se mexendo. Observado com cautela, é possível vê-lo tremelicar por um único segundo antes de voltar a ficar imóvel. Este fenômeno só ocorre quando a mãe se aproxima do ninho. É quase como se a criaturinha lá dentro pudesse sentir a presença dela. No entanto, a mãe mal o toca, exceto nos momentos em que o vira ou o banha em chamas.

12 de junho – Dia 7

Hoje observei alguns comportamentos peculiares. A drake ocidental aproximou a cabeça do topo de seu ovo, como se o estivesse cheirando. Novamente vi o ovo se mexer, desta vez de maneira mais perceptível. Ele se sacudiu de um jeito quase violento, depois tombou para o lado. A mãe levantou a cabeça, satisfeita, e partiu para caçar. É quase como se ela tivesse instruído a criatura dentro do ovo a se mexer. Tive um palpite especulativo e absurdo: e se os dragões possuírem um meio de comunicação que não seja oral? Trata-se de uma teoria que chegamos a levar em consideração durante a guerra e que, posteriormente, no ano passado, nós exploramos ao observarmos um clã pequeno e isolado de dragões na ilha Guernsey (um grupo bastante atípico, porque seus membros falavam uma única língua). Será possível que esses dragões decidiram que não havia razão para falar diversas línguas, sendo que podiam ler a mente uns dos outros?

13 de junho – Dia 8

Aconteceu uma coisa terrível. A drake ocidental morreu! Ontem à noite, ela voltou para o ninho com a boca cheia de espuma e, apesar das minhas tentativas de prestar auxílio, ela faleceu. Depois dessa catástrofe, fiz algo imprudente. Peguei o ovo dela, assim como todo o conteúdo do ninho, e o levei para minha caverna. Aqui, construí uma fogueira baixa e coloquei o ovo sobre ela para tentar mantê-lo quente.

14 de junho – Dia 9

Durante a noite, levanto a cada duas horas para mexer no fogo. Minha caverna está tomada pela fumaça. Sei muito pouco a respeito do quanto o ovo dever ficar quente, ou se o calor que recebe deve ser constante ou esporádico. Os dragões que vieram comer o corpo da mãe morta o deixaram intacto. Meu medo é o de que isso signifique que ela foi envenenada. Parto de volta para o continente em dois dias.

15 de junho – Dia 10

Nada de o ovo se mexer. A casca começou a rachar. Hoje caminhei cerca de cinco quilômetros para observar o ninho da outra drake ocidental. As pedras sob seus dois ovos parecem estar constantemente escaldantes. Portanto, ouso torcer que eu esteja fazendo tudo direitinho. Criei coragem para me aproximar dela e perguntar (em inglês) se poderia adotar o ovo. "Não", respondeu ela, indicando seus dois ovos. "Não tenho chama o bastante para três".

16 de junho – Dia 11

O ovo está morto. A casca começou a se desintegrar e a exalar um mau cheiro. Parto para o continente pela manhã. Do que um ovo de dragão precisa para sobreviver e chocar, além do calor? De que maneira a presença da mãe fazia o ovo se mexer em resposta? Estou determinada a fazer deste o tópico o meu próximo projeto de pesquisa.

Catorze

Na noite do baile, o crepúsculo cai mais cedo do que de costume desde que chegamos a Bletchley. Está frio lá fora (frio demais para nevar) e, no chão dos arredores da mansão, pegadas congeladas de dragões estão marcadas bem fundo na terra. O fogo queima na lareira do dormitório feminino enquanto nos vestimos à luz laranja bruxuleante.

— Quem foi que pegou minha escova de cabelo? — grita Serena do banheiro.

No reflexo do espelho, vejo Katherine fingir não ouvir enquanto passa a escova de osso de dragão pelo cabelo desgrenhado. Ouço o barulho do cascalho lá fora (carros têm chegado ao Solar durante a tarde toda). Meu vestido me serve como uma luva, e a seda cor-de-rosa confere um tom mais quente à minha pele. O sumo de fogo terminou de curar meu braço, e agora estou livre da tipoia. Atrás de mim, Dodie enrola meu cabelo em um grampo longo.

— Você está linda — elogia ela, que está usando um chiffon azul da cor de seus olhos.

Serena sai do banheiro, o cabelo não mais preso em tranças, e sim formando ondas escuras e espessas sobre a cabeça. Ela enrola um pedaço de seda na testa e o efeito lhe dá uma aparência régia que só ela conseguiria alcançar.

— Minha roupa da festa do ano passado foi quase tão linda quanto esta — diz ela, admirando-se no espelho.

— Festa de quê? — pergunta Katherine.

— De debutante — fala Dodie, desembaraçando a escova presa no cabelo de Katherine.

Ao lado delas, Sophie está coberta em uma seda verde-escura. Eu me lembro do vestido que ela comprou para a Cerimônia da Premiação do Exame (que nunca teve a chance de usar).

— Aqui — fala Dodie, com um sorrisinho tímido no rosto, e me entrega um pedaço de tecido dobrado. — É um presente de Natal antecipado. Fiz um para cada uma de nós.

É um lenço de algodão, as beiradas bordadas com linguinhas vermelhas de dragão.

— Dodie, que coisa mais linda!

Eu a abraço, e sou tomada por um doce aroma de amêndoas. Quando a solto, percebo que seus dedos estão cobertos de machucados de alfinetes ainda sangrando.

— Precisei da ajuda do Karim — confessa ela, corando.

Assinto, embasbacada com o esforço que fez só para ser gentil. As demais garotas a rodeiam, agradecendo-a aos montes com gritinhos, e eu me sento na cama para calçar os sapatos. O rádio toca alto do salão no fim do corredor.

— *O movimento rebelde volta a atacar, desta vez o alvo foi o West End, em Londres, e matou vários Guardiões da Paz* — anuncia a voz anasalada da repórter. — *Em uma estimativa, aproximadamente cem rebeldes invadiram uma conferência na Academia de Linguística Dracônica durante a tarde de hoje, em um ato que resultou no roubo de centenas de documentos relacionados à linguagem. Nenhum civil foi morto durante o ataque, e diversos rebeldes foram presos. Entretanto, a maioria dos criminosos foram vistos escapando montados em dragões...*

A voz é interrompida, e o que se segue é um som crepitante. Já estou na metade do corredor quando o rádio volta à vida. Só que, desta vez, é uma voz diferente, mais grave e limpa.

— *Esta é uma mensagem da Coalizão entre Humanos e Dragões aos cidadãos da Britânia.*

Ao ouvirem isso, Marquis e Gideon, ambos vestidos em ternos e sentados em poltronas, levantam a cabeça, chocados.

— *Nós nos infiltramos nesta transmissão de rádio em uma tentativa de elucidar o que de fato está acontecendo. Acabou de ser reportado que a Coalizão ordenou um ataque à Academia de Linguística Dracônica, em Londres, na tarde de hoje. Isso é mentira.*

Coloco as duas mãos na moldura da lareira e encaro o rádio, boquiaberta.

— *Nesta tarde, os membros da Coalizão conduziram uma série de protestos do lado de fora da Academia, em resposta às novas diretrizes do governo a respeito dos estudos de línguas dracônicas. A partir de amanhã, somente os cidadãos da Primeira Classe que tiverem passado por um processo grosseiro de investigações poderão estudar dragonês. De agora em diante, a população está banida de falar tais línguas em espaços públicos. Este é um ato de segregação de espécies que não acontece na Britânia desde a assinatura do Tratado de Paz e a instauração do Sistema de Classes, o qual dividiu nossa sociedade em oposições cruéis e anormais: humanos contra dragões, nativos contra imigrantes, ricos contra pobres.*

"*Em retaliação, a Coalizão se apossou de um conjunto de documentos linguísticos para garantir que o acesso às línguas dracônicas não possa mais ser exclusividade da classe dominante. A Coalizão vai seguir lutando até que a Britânia seja liberta da tirania de uma líder que governa em nome da paz, mas comete injustiça seguida de injustiça, tanto contra humanos quanto contra dragões. Gostaríamos de lembrar nossos compatriotas de que nunca foi a intenção do nosso partido usurpar o sistema. Após a Grande Guerra, pedimos por uma eleição geral, para que a reforma viesse de dentro do próprio governo. Não queríamos um golpe, e sim reivindicar a democracia! No entanto, nossa representante já não mais conhece tal palavra. O partido de Wyvernmire insiste em culpar a Coalizão pelas mortes causadas nesta guerra, mas não se responsabiliza pelo papel que ele próprio desempenha. Povo da Britânia, sua primeira-ministra está mentindo para vocês. Dragões da Britânia, sua rainha está mentindo para vocês. Abaixo o Tratado de Paz! Abaixo o Sistema de Classes! Vida longa à Coalizão!*"

A voz é substituída por mais chiados, depois some.

— Segregação de espécies? — pergunto, devagar.

Eu nunca tinha ouvido essa expressão até então. Imagino os rebeldes invadindo Londres montados em dragões e roubando documentos da Academia. O governo tem mesmo tanto medo assim da rebelião que limitaria o estudo das línguas dracônicas dessa forma? O temor comprime meu peito. O que vai acontecer quando eu voltar para casa? A universidade vai recusar minha rematrícula porque não pertenço à Primeira Classe?

— Ela agiu na maciota, não foi? — comenta Marquis, com um ar sombrio.

Ele está se referindo a Wyvernmire, e não está errado. O processo de investigação ao qual minha família e eu fomos submetidos depois de ter me inscrito para estudar línguas dracônicas foi mantido em segredo, e agora Wyvernmire implementou ainda mais restrições no país sem nenhum aviso prévio. Banir o dragonês da Britânia? Porque a mulher que pareceu tão impressionada com meu conhecimento de línguas dracônicas imporia uma lei assim?

— Um dos passos mais importantes em um golpe é assumir o controle da mídia — fala Gideon, inclinando-se para a frente na poltrona.

— Esses rebeldes só estão querendo fazer as pessoas acreditarem que eles não cometeram nenhum crime.

— Então você acha que a Wyvernmire *não* está restringindo o acesso às línguas dracônicas? — pergunto, esperançosa.

Ele dá de ombros.

— Quanto mais os humanos e os dragões rebeldes conseguirem se comunicar, maiores são as chances de vencerem a guerra. Então talvez ela esteja, sim. — Ele se vira para me olhar. — Como eu disse, aposto que por ora os dragões rebeldes não se importam com os humanos aprenderem suas línguas, já que vão nos dizimar quando...

— Falando abobrinha de novo, é, Gideon?

Atlas está apoiado contra a moldura da porta, usando o terno vermelho e a gravata preta. A barba curta em seu maxilar está mais escura, e é a primeira vez que o vejo sem o colarinho branco. Ele dá uma piscadela para mim e pousa os olhos no meu vestido, no qual se demora. Antes que eu me dê por mim, levanto as mãos para ajeitar o cabelo.

— Não é abobrinha! — rebate Gideon, cheio de raiva. — Por que acha que a Wyvernmire está se esforçando tanto para combater aquelas criaturas? Ela está nos protegendo da natureza bestial dos dragões, do que aconteceu na Bulgária...

— O que aconteceu na Bulgária foi a vingança de centenas de dragões furiosos em resposta à colonização da comunidade wyverniana, às rinhas de luta de dragões e ao sequestro em massa de seus ovos e filhotes.

— Então você está dizendo que os humanos búlgaros mereceram ser assassinados? — retorque Gideon, semicerrando os olhos.

Viro o rosto para Atlas.

— O que estou dizendo — fala ele, afiado — é que, quando se oprime uma sociedade durante séculos, não dá para se surpreender quando ela se rebela contra você.

— Mas *nós* não estamos oprimindo os dragões — falo. — Eles *concordaram* com o Tratado de Paz. A própria rainha dos dragões o assinou. Ela...

— Sim, a rainha dos dragões o assinou — concorda Atlas, que então completa: —, mas os milhares de dragões da Britânia, não. É o mesmo que dizer que os posicionamentos da Wyvernmire representam todos os indivíduos deste país. — Ele me encara. — Não sei você, mas eu não me lembro de dar meu consentimento a esse suposto Tratado de *Paz*.

Marquis me lança um olhar desconfortável, e me dou conta de que estão todos esperando pela minha resposta. Penso no que Wyvernmire disse quando a conheci na Prisão Highfall, a respeito de confiar o estudo de línguas dracônicas somente a cidadãos que o governo sabe serem leais. Sinto um aperto no peito. É óbvio que o relato rebelde deve ser verdade. A própria Wyvernmire disse que teme que as línguas vão abrir caminho para que os dragões e humanos rebeldes trabalhem ainda mais juntos. Provavelmente foi por causa delas que meus pais se envolveram nisso tudo, para começo de conversa.

— Deve ser parte da estratégia dela — falo rapidamente. — E, assim que vencermos a guerra, tudo vai voltar ao normal, e as pessoas vão voltar a poder estudar e falar línguas dracônicas.

Atlas me olha de um jeito que se assemelha a pena.

Quando os demais se juntam a nós, Owen nos leva pelos corredores escuros até uma ala onde nunca estive antes. Vozes risonhas ressoam pelo corredor, e nós as seguimos até a porta em que a iluminação vaza por baixo, pela fresta. Owen a abre, e o barulho irrompe.

O salão de festas se estende à nossa frente em um mar de corpos brilhantes reunidos sob lustres de cristal. O teto com padrões moldados cobre as lareiras de mármore, e um espelho enorme reflete uma cena com mais pessoas do que vi em meses. Mulheres com vestidos adornados com contas arfam quando o mordomo empoleirado em uma escadinha despeja champanhe sobre uma pirâmide de taças e, à medida que cada uma delas é preenchida, emitem um gritinho de admiração. Tem uma árvore de Natal gigante enfeitada com velas e esferas, além de uma pequena orquestra e uma cantora com uma harpa, cuja voz banha cada canto do recinto, lânguida e entorpecente. Rostos se viram quando avançamos pelo salão, e sinto Marquis se aproximar de mim.

A dra. Seymour vem em nossa direção com um longo vestido vermelho. Está estonteante. Os demais líderes das categorias se unem a ela e nos levam para o centro do espaço. Lumens puxa Atlas e Dodie para apresentá-los a um homem alto que parece ser importante.

— Não há necessidade de timidez — fala a dra. Seymour para mim e Marquis. — Todas estas pessoas estão desesperadas para conhecer vocês.

Olho para meu primo e vejo minha confusão refletida em seu rosto. Desesperadas para conhecer *a gente*? Sigo a dra. Seymour, muitíssimo consciente de cada movimento que faço, e, quando me oferecem uma taça de champanhe, eu quase a arranco à força da bandeja, só para ter algo a fazer.

— Quem são todas estas pessoas? — pergunto à dra. Seymour, dando um gole em minha bebida.

Observo Sophie e Serena serem chamadas por um grupo de rapazes sorridentes, e Karim é arrastado até a luz reluzente da árvore de Natal por uma idosa que o leva como um troféu até seu grupo de amigas.

— São apoiadores dos esforços de guerra — anuncia a dra. Seymour depois de um certo titubear. — Aquele homem de bigode, o que está conversando com Knott, é o Secretário de Defesa alemão. Ao lado dele, a mulher vestida de seda prateada, é nossa Ministra da Educação. — A dra. Seymour faz uma pausa. — E aquela outra ali é a reitora da Academia de Linguística Dracônica.

Reprimo um arfar e olho para onde a dra. Seymour aponta. Ao lado do piano de cauda, com o cabelo grisalho estilizado em um penteado curto perfeito e anéis em cada dedo, está a dra. Hollingsworth. Agarro o braço de Marquis, cujo rosto fica vermelho.

— Não — alerto, porque já sei em que ele está pensando.

Aquela é a mulher que mandou prender nossos pais. A mulher que fingiu ser amiga deles antes de sentenciá-los à morte. A dra. Seymour olha confusa para nós dois.

— Vocês a conhecem?

— Já a conhecemos — respondo, com pesar. — Dra. Seymour, a senhora ouviu a…

— A interferência na rádio? — Ela baixa o tom de voz enquanto assente. — Se o que a Coalizão disse for verdade, então aquela mulher deve ter sido a mente por trás da ordem de proibição das línguas dracônicas.

Parte de mim quer ir até ela e exigir saber por que está indo contra tudo que tanto trabalhou para construir. O aprendizado de línguas (e a tradução, em especial) consiste em dar voz a pessoas, espécies e países que ainda não foram ouvidos pelo mundo. Não aprender nada além de línguas humanas significaria nos fecharmos do mundo, seria como apagar os dragões e a história deles.

Ravensloe passa por nós, acompanhado de um jovem de rosto pálido.

— Em Oxford, ninguém tem tanto tempo assim para se atualizar nas notícias, muito menos com os módulos já sendo no semestre que vem — reclama o homem. — Mas aquela maldita Coalizão deu o que falar.

— Acredito que esteja familiarizado com a imagem do ouroboros, certo? — responde Ravensloe. — O antigo símbolo grego que representa um dragão comendo a própria cauda? Se ao menos aqueles dragões rebeldes fizessem a mesma coisa… Se, em vez de lutarem contra a cauda do vizinho, se virassem e mordessem a deles próprios, até que enfim teríamos paz.

Os dois desatam a gargalhar.

— Marquis Featherswallow?

Meu primo e eu nos viramos. Um homem de longos cachos escuros e uma bengala preta sorri para nós.

— Está trabalhando na aviação, correto?

O homem tem um sotaque idêntico ao da minha mãe.

— Receio que não possa comentar a respeito do meu trabalho... — começa Marquis, mas o homem apenas ri e faz um gesto para que se aproxime.

— Eu também faço parte dos segredos da primeira-ministra — diz ele, com uma piscadela. — Estou muito interessado em saber mais sobre o seu trabalho...

Marquis me pede socorro com o olhar quando o homem coloca o braço sobre seus ombros e o direciona para o bar. Fico sozinha com a dra. Seymour, e de repente me lembro de cada momento da nossa última conversa. Minha insistência em discutir o dracovol parece rude agora, mais humilhante sem a empolgação inebriante do progresso que veio em seguida.

— Dra. Seymour — começo —, me desculpe por...

— Ah, Dolores — chama uma voz. — Que prazer em vê-la aqui.

Um homem se aproxima de nós com uma mulher em cada braço.

— Não nos vemos desde a época da universidade. Deixe-me apresentá-la à minha esposa, Iris, e à minha irmã, Penelope.

Ambas as mulheres têm o nariz arrebitado e a pele clara. Não consigo deduzir quem é quem.

— Como vão? — fala a dra. Seymour. — Vivien, este é o lorde Rushby, o conde de Fife. Rushby, esta é uma das minhas recrutas mais talentosas, Vivien Featherswallow.

Com educação, assinto para todos, e vejo Gideon nos observando de um grupo próximo. À medida que a dra. Seymour continua a contar meus louros, as orelhas dele vão ficando vermelhas. Dou outro gole no champanhe. Minha taça está quase vazia.

O lorde Rushby me fita com curiosidade.

— Todos estão tão *interessados* no trabalho que vocês desempenham aqui, em Bletchley, mas parece-me que só podem discuti-lo com um grupo seleto de pessoas?

Ele é jovem, bonito e sutil.

— Uma precaução necessária para proteger os esforços de guerra — recito, com um sorriso.

Ele vira o rosto para a mulher à sua direita.

— Dolores e eu estudamos no Departamento de Dragões na universidade, querida. Ela estava sempre alguns pontos à minha frente, a favorita de todos os professores.

Todos riem, e vejo um lampejo de algo que acredito ser diversão nos olhos da dra. Seymour quando o lorde Rushby menospreza sua inteligência como mera predileção.

— Bem, é um bela festa que vocês organizaram aqui — diz ele, nitidamente entediado. — Tanta gente importante cruzando o país para estar aqui pelo espírito do... Natal.

Os olhos dele reluzem ao me observar de esguelha, como se esperasse que eu compreendesse o real significado escondido em suas palavras. Por que me parece que cada convidado aqui sabe *exatamente* o que acontece na Propriedade Bletchley?

— Para ser sincera — falo, porque sei que deveria dizer alguma coisa —, eu nem sequer me lembrava do Natal.

— Não tenho a menor dúvida — responde Rushby, amigável, pegando outra taça de champanhe de uma bandeja e entregando-a para mim. — Você tem estado tão *ocupada*. É preciso manter o bom humor, mesmo no meio de uma guerra. A presença do Secretário de Defesa alemão e daquele refugiado búlgaro...

— O último membro sobrevivente da realeza búlgara! — exclama Penelope.

— ... não passa de mera coincidência, óbvio.

— Ouvi dizer que o Tratado de Paz da Alemanha está com os dias contados — sussurra Iris.

Olho para a dra. Seymour, mas ela está com uma expressão de absoluta indiferença. Violinos cantam do outro lado do salão, e dou mais um gole no champanhe. Estou começando a sentir uma leveza e um calor deliciosos. Observo as bolhas douradas subindo à superfície da bebida no interior da taça.

— Que coisa mais chata — fala Iris à dra. Seymour — ter que ouvir todas estas pessoas falando desta guerra tediosa e como ela afeta suas vidas tediosas, não acha?

— Seu marido vai nos entreter, aposto — fala Penelope, puxando o braço de Rushby feito uma criança. — Conte para nós uma de suas histórias fascinantes.

Reprimo um suspiro enfadonho e percebo que a atenção da dra. Seymour também está se esvaindo. Ela olha ao redor, talvez à procura de alguém (qualquer pessoa) mais interessante com quem engatar uma conversa. Espero que encontre logo.

— Aqui vai uma, então — começa Rushby. — Os rebeldes oficialmente tomaram Eigg.

A dra. Seymour volta a olhar para o grupo.

— Tem certeza? Não ouvi nada a respeito disso.

— Não é algo que o governo quer que seja anunciado aos quatro ventos, Dolores, querida — rebate o conde em um tom monótono. — Mas eles conseguiram assumir o controle com o poder dos dragões lutando a seu lado, e parece que o próximo alvo deles é Canna.

Eigg. Canna. As ilhas mencionadas na correspondência do dracovol da dra. Seymour. Se esses lugares são propriedade do governo, então eles têm relação com a pesquisa de ecolocalização que Ravensloe atribuiu à dra. Seymour. Sendo assim, por que ela já não sabia disso?

— O que querem com Canna? — pergunta Iris. — É um lugarzinho abominável.

— Abominável? — indago quando a dra. Seymour permanece calada. — Por quê?

— Talvez para nós, mas não para os dragões. — O lorde Rushby gargalha e tira do bolso um charuto grande.

— Ah, meu irmão — diz Penelope, enrolando um cacho do cabelo no dedo. — Acho que a Vivien não entendeu o que você quis dizer.

— Não mesmo? — pergunta Rushby, entretido. Ele olha para a dra. Seymour. — Pensei que fosse de conhecimento geral em círculos como estes.

A dra. Seymour balança a cabeça em negativa, e o sorriso do lorde Rushby se alarga.

— Para os dragões da Britânia, Canna é uma bela travessa de carne humana.

Eu o fito enquanto minha mente absorve suas palavras e tenta transformá-las em algo que faça sentido.

— Cuidado, querido, vai assustar a menina — ressalta Iris.

O conde a ignora e acende o charuto.

— É por isso que não consigo entender por que há dragões entre os rebeldes. Aquelas criaturas têm tudo de que podem precisar, e ainda assim se queixam.

Penelope estala a língua e balança a cabeça. Eu me sinto uma tola, mas não me importo. Tenho que perguntar.

— Lorde Rushby, o que o senhor quer dizer com carne humana?

— Canna é para onde mandam jovens criminosos — explica ele, e depois traga o charuto. — Como a lei veta a execução de menores de idade, e com a superpopulação devido ao influxo de imigrantes da Bulgária após o Massacre, o governo precisa colocá-los em *algum* lugar.

O barulho ao meu redor mingua por eu me concentrar na voz de Rushby.

— Então, em vez de lotar as prisões até o teto, nosso antigo primeiro-ministro encontrou uma maneira mais eficiente de lidar com o crime.

— Infratores com menos de dezoito anos são mandados a Canna como *alimento* para os dragões — elucida Penelope, soltando um arfar de ultraje. — Não é *grotesco*?

— Funcionou, por um tempo — fala Rushby, indiferente ao meu silêncio espantado. — Mas agora os delinquentes estão arrumando formas de sobreviver. — Ele ri pelo nariz com desdém. — Imagine só: crianças de sete anos levando vantagem sobre dragões.

— Predadores ludibriados por suas presas — fala Iris, com um suspiro.

— Mas… como isso é permitido? — indago.

— Está no Tratado de Paz, querida! — diz Penelope. — Uma cláusula acrescentada como negociação com as criaturas por serem forçadas a dividir o céu com nossos aviões.

Coloco a taça sobre a mesa, sentindo minha visão ficar embaçada. O protesto em Fitzrovia invade minha mente em lampejos, o sangue no meu portfólio, o rosto da garota morta. Meu estômago se revira. Quase consigo ouvir os brados dos manifestantes acima da música dos violinos.

O Tratado de Paz é corrupto!

— Vejam só, vocês assustaram a menina — comenta Iris.

A dra. Seymour estende a mão para mim, mas dou um passo para trás e acabo esbarrando em alguém. Sinto lábios serem encostados em minha orelha.

— Vamos tomar um pouco de ar fresco, que tal? — propõe Atlas.

Ele me leva para o outro lado do salão, e nós saímos, fechando a porta e deixando o barulho para trás. Minha voz explode no silêncio do corredor:

— Uma ilha cheia de crianças! Enviadas para servirem de comida para os dragões! O conde de Fife acabou de me contar. E, ainda por cima, estava rindo!

Owen, que está guardando a porta, dá as costas para nós, como se não pudesse nos escutar.

— O Tratado de Paz existe justamente para impedir que humanos e dragões matem uns aos outros — falo, andando de um lado para outro.

Minhas bochechas queimam, e sinto que posso passar mal se não estiver me movimentando.

— Mas, se existe uma cláusula, significa que a Wyvernmire sabe dela. Que a endossa! E a dra. Seymour… — Eu me viro e olho para a porta fechada do salão de festas. — *Ela* também deve saber.

Atlas está me observando, as mãos enfiadas nos bolsos.

Eu me engasgo com as palavras que digo em seguida:

— *Você* sabia?

— Sabia — responde ele, baixinho. — Mas só porque ouvi os boatos. A cláusula não consta na versão do Tratado de Paz disponibilizada para o público, apenas nas cópias que pertencem ao governo.

— E elas dizem isso mesmo, sem nenhum pudor? — pergunto, furiosa. — Que os dragões têm permissão de comer crianças humanas em troca do compartilhamento do céu?

Atlas faz que não.

— Acho que é algo na linha de: *A critério do governo, o direito extraordinário a caças será conferido aos dragões da Britânia somente no território da ilha de Canna.*

— Direito extraordinário a caças — debocho. — Isso, sim, é um código.

Atlas tenta conter um sorriso.

— Não tem graça! — rebato. — Atlas, isso significa que os rebeldes têm razão em uma coisa... — Minha cabeça gira. — O Tratado de Paz *é mesmo* corrupto. Pensei que os dragões fossem bons e que...

— Não são todos os dragões — pontua Atlas. — A Coalizão quer a *verdadeira* paz entre as espécies, não esse acordo falso e egoísta criado pela elite.

É então que percebo que ele foi afetado pelos radicais. Sua mente está cheia com as mentiras que os rebeldes contam.

— Não é a paz que os rebeldes querem — retruco. — É uma nação sem leis.

— Vem, Featherswallow — chama Atlas, olhando de relance para Owen. — Vamos para um lugar com mais privacidade.

Assinto e o sigo corredor abaixo. Minha cabeça dói, e o champanhe deixou um gosto seco na minha boca. O que teria acontecido comigo depois de libertar Chumana se Wyvernmire não tivesse me oferecido um trabalho em Bletchley? Eu teria sido mandada para Canna feito um porco para o abate? Juntos, perambulamos pela ala inexplorada, cujas paredes são repletas de retratos e tapeçarias.

— O Sistema de Classes, por exemplo — falo, determinada a provar que ele está errado. — Pode até *parecer* rígido, mas as oportunidades de promoção permitem o autoaperfeiçoamento da população britânica. Só que os rebeldes não estão interessados nisso. Eles declararam guerra e agora estão matando pessoas inocentes.

Atlas suspira.

— A Coalizão não teve escolha. Já faz anos que a Wyvernmire vem espalhando propaganda falsa a respeito deles, e olha só quem está do lado dela: o Secretário de Defesa alemão, que é um nacionalista de direita; o último príncipe da Bulgária, que é abertamente a favor de rinhas de dragões; e alguns lordes ingleses que preferem matar crianças que cometeram crimes a reescrever o Tratado de Paz.

— Mas é justamente por isso que os rebeldes deveriam se render! — protesto. — Tudo que *eles* têm são insurgentes iludidos, uma voz misteriosa na rádio e alguns dragões que, por algum motivo, acham que são vítimas de injustiça… — Levanto a mão quando Atlas abre a boca para discutir. — Não venha me falar de rinhas de dragões — corto-o, ríspida. — Elas são banidas na Britânia *graças* ao Tratado de Paz.

— Só que os dragões ainda estão sofrendo — rebate Atlas. — A industrialização os está expulsando da terra *e* do céu, suas reservas estão sendo taxadas e saqueadas, e eles nem mais são considerados membros da sociedade. As pessoas ou odeiam os dragões ou os temem. Mas, antes do Tratado de Paz, eles *conviviam* em meio à população. Atuavam no meio acadêmico, na política, possuíam terras… Agora, os dragões só fazem trabalhos manuais ou são empregados como punição por seus crimes.

Desacelero o passo abaixo de uma tapeçaria que mostra um wyvern sendo puxado do céu por homens com cordas.

— A Britânia, e com isso me refiro à Wyvernmire, é o único lugar na Europa que continuamente manteve uma aliança com os dragões — defendo. — Sempre demos voz a eles, propusemos acordos… Antes de qualquer outra coisa, é por isso que nosso Tratado de Paz é tão famoso. É óbvio que a primeira-ministra quer manter isso, porque ela quer o melhor para nós…

— Tanto a Irlanda do Norte quanto o Estado Livre Irlandês têm seus próprios Tratados de Paz — corrige Atlas. — Tem um motivo para eles não quererem aderir ao nosso.

Eu o encaro sem dizer nada, e Atlas suspira novamente.

— Quando era criança, meus primos moravam em um dos alojamentos da Anglia Oriental que produz aço — comenta ele.

Eu me apoio na parede, e ele para ao meu lado, tomando cuidado para não pisar na barra do meu vestido.

— Todos eles aprenderam a falar harpentesa antes mesmo do inglês, só de viverem perto de todos os dragões que trabalhavam nas casas de fundição. A primeira língua deles foi uma dracônica, mas agora eles têm que recorrer ao inglês para conversar com os dragões.

Nunca conheci ninguém da Terceira Classe que soubesse falar dragonês.

Algumas semanas antes, eu não teria ligado de as línguas dracônicas serem banidas para a Terceira Classe, porque, de todo modo, não é como se essas pessoas pudessem estudá-las na universidade. No entanto, os primos da Terceira Classe de Atlas aprenderam a falar harpentesa antes mesmo de saberem o que a língua significava. E foi só agora, quando o estudo de línguas dracônicas está sendo proibido para a Segunda Classe, para pessoas como eu, que passei a me importar.

— Uma vez viajei com o lorde para quem eu trabalhava — conta ele. — Nós recebemos uma permissão especial após a Proibição. Fomos a um espetáculo de equinos nos arredores de Paris. Nosso guia era um dragão. Ele me ensinou um pouco de drageoir, me mostrou como fazer fogueira com uma pedra e uma fagulha. Quando fomos tomar café da manhã, ele se sentou no telhado de uma *boulangerie* e pediu uma tigela de conhaque. E ninguém viu nada de mais nisso. Fala para mim que esse não seria um mundo melhor. Um mundo onde humanos e dragões vivem juntos e...

Mais adiante no corredor, uma porta é aberta e um Guardião sai. Meu coração para.

É Ralph.

Está segurando o capacete embaixo do braço, e vejo um corte na ponte de seu nariz. Ele se vira para o lado oposto ao nosso e segue na direção do salão de festas. Atlas e eu observamos seus passos ecoarem pelo corredor, e Ralph faz uma curva. Chego mais perto da porta mais próxima e testo a maçaneta, abrindo-a. Seguro Atlas pela parte de trás do terno e o puxo para dentro.

— Ele deve estar furioso por não ter sido convidado para o baile — pondera Atlas, com um sorrisinho maldoso, enquanto fecho a porta, evitando a qualquer custo fazer barulho.

Estamos ao pé de uma escadaria estreita. Subo com Atlas, e nós viramos em outro corredor, com janelas altas tampadas com cortinas de vedação. De ambos os lados, há fileiras de estátuas brancas sobre blocos de pedra, com miniaturas de cabeças de dragão feitas de mármore viradas para o lado de fora nos parapeitos. Ainda estou pensando no dragão que bebe conhaque.

— O que me diz, Featherswallow? — pergunta ele.

Observo uma estátua de dois dragões apaixonados com os corpos entrelaçados.

— Hmm?

— Recebi seu último bilhete… e deixei minha resposta.

Reparo em seus cílios e em como Atlas me olha por entre eles. Sinto meu corpo esquentar.

— Não posso deixar de ler, então.

— Até lá, posso te dar outra coisinha?

A expressão solene em seu rosto me faz sorrir.

— Que tipo de coisinha? — pergunto, provocando-o.

Ele abre a mão. Uma andorinha pequenina de madeira está sobre sua palma, presa a um cordão trançado com fechos de metal em cada extremidade. De repente, me lembro dele esculpindo um pedaço de madeira no salão comunal.

— Eu… Você fez isso?

Atlas assente.

— Posso?

Eu me viro e levanto o cabelo. Atlas prende o colar no meu pescoço. A andorinha fica na mesma altura em que meu registro de classe costumava ficar, só que é tão pequena que se aloja entre meus seios e fica escondida ali.

— Para te lembrar de *quem* você é — sussurra Atlas no meu ouvido.

A princípio, as andorinhas eram dragões que sabiam falar todas as línguas do mundo. Isso, no entanto, se tornou um fardo, pois conseguiam sentir empatia pelas histórias de muitos.

Não sei o que dizer. O gesto é adorável de uma maneira tão desconcertante que sinto o rosto ficando vermelho e (para meu pesadelo) meus olhos se enchendo de lágrimas.

Inspiro com força.

— Atlas, eu...

— Vamos apostar uma corrida até aquele ovo gigante ali.

Forço a vista pela penumbra do corredor mal iluminado, grata pela interrupção. Do outro lado está um ovo de prata alto.

— Você já veio aqui antes, né?

Atlas dá de ombros.

— A sala da Wyvernmire fica aqui perto, e eu gosto de dar uma olhadinha no que ela faz.

Em seguida, sem nenhum aviso, ele sai em disparada. A risada escala dentro do meu peito ao vê-lo correndo. Quero segui-lo, mas meus sapatos prateados são perigosamente altos.

Quer saber, danem-se os sapatos.

Corro atrás dele o mais rápido que posso. Quando Atlas estende o braço para tocar o ovo, agarro-o pelo terno e ele cambaleia para trás, tropeçando no meu pé. Perco o equilíbrio e nós dois caímos no chão, ofegantes, encostando o nariz na parte prateada de baixo do ovo.

— Você trapaceou! — fala ele, tomando fôlego e esfregando o joelho.

Eu me sento, vejo a diversão nos olhos dele e dou risada enquanto caio para trás. O teto gira acima de mim, e de repente estou gargalhando tanto que perco o ar.

— Você saiu na frente! — digo, me engasgando.

O grampo em meu cabelo se solta e eu o tiro de vez, permitindo que ele caia sobre meus ombros. Atlas se vira para olhar para mim, segurando a cabeça com o cotovelo apoiado no chão.

— Sabe o que eu acho? — fala ele, abrindo um sorriso.

— O quê?

— Acho que esta foi a primeira vez que te vi rir.

— Já eu acho que foi a primeira vez que te vi perder — rebato, com um sorrisinho convencido.

Ele emite um som de deboche.

— Eu não perdi. Teria chegado primeiro se você não tivesse jogado baixo com sabotagem.

— Sou mais rápida que você. Você sabia desse ovo de dragão antes mesmo de passarmos pela porta, então o único trapaceiro aqui é você.

Um fiapo da lã do terno ficou preso na barba rala dele. Eu o tiro, e Atlas se demora olhando para meus dedos, depois para o cordão ao redor do meu pescoço.

— Por que você sempre quis ser tradutora dracônica?

A indagação é repentina, mas dá para ver que fazia tempo que ele queria me perguntar isso.

— Minha mãe conversa comigo em búlgaro. E acho que, quando se aprende duas línguas, você quer aprender todas. — Encaro o teto de novo, tentando ignorar que o rosto dele está a meros centímetros do meu. — As línguas dracônicas, assim como os próprios dragões, sempre me fascinaram. Comecei a me preparar para a universidade quando tinha doze anos.

— Ouvi dizer que elas têm se tornado mais seletivas na admissão de ingressantes. Você deve ter se esforçado bastante.

Faço que sim de novo.

— Nós estudávamos o tempo todo.

— Nós?

— A Sophie e eu.

— Ela me contou que reprovou no Exame — comenta ele. — Eu também reprovei.

Disso eu já sei. Se tivesse passado, ele teria sido promovido à Segunda Classe.

— *Nós*, por outro lado, não tivemos tempo de estudar — conta ele. — Simplesmente chegamos na escola um dia e eles colocaram o Exame na nossa frente.

— O quê? Por quê?

Atlas dá de ombros.

— Nunca tivemos um grupo de professores muito extenso, e eles precisavam aplicar o Exame em um dia em que houvesse supervisores o suficiente; aí, por causa disso, não tiveram tempo para nos avisar. — Ele franze o cenho e deita a cabeça ao lado da minha. — Ao menos, foi o que disseram.

— Bem, então não é à toa que você não passou — respondo, com raiva.

Penso nos meses todos em que passei estudando, em como minha escrivaninha tinha uma pilha enorme de livros. Na época, eu reclamava, mas ao menos tive a chance de me preparar.

— Ah, não sei, não — fala ele. — Eu provavelmente teria reprovado de qualquer jeito. Não sou como você, Featherswallow.

— Como assim?

— Você sabe... não tenho uma veia acadêmica.

Reviro os olhos e dou risada.

— Ah, se eu me visse da forma como você me vê: "Empática, acadêmica..."

— Inacreditavelmente linda? — pergunta Atlas, com ar de inocência.

Mantenho os olhos no teto ao sentir o rosto corar. Quanto champanhe será que ele tomou? Quero olhar para ele, mas de repente me sinto um pouco assustada.

Atlas dá um pigarro.

— Desculpa — diz ele. — Isso foi...

— Não! — interrompo-o, um pouco alto demais, e me viro de lado para olhar para ele. — Tudo... bem.

Estamos tão próximos que consigo contar as pintinhas embaixo do olho dele. A respiração de Atlas faz cócegas na minha bochecha, e ele abre a boca como se estivesse prestes a sussurrar algo. Com as mãos, encontra meu quadril enquanto se inclina sobre mim. Sinto o calor de seu corpo atravessando o vestido. Nossos rostos se aproximam, e sua boca está pairando sobre a minha...

Atlas se senta.

— Desculpa — pede ele. — Não posso.

Meu coração dispara, e luto contra a vontade de puxá-lo de volta para mim. Uma expressão sombria passa por seu rosto. Ele parece confuso, irritado até.

— O que foi? — sussurro.

Eu me sento. Por que ele não me beijou?

— Não é que eu não queira — explica ele.

Tento sorrir, mas só consigo abrir um terrível sorriso machucado.

— Mas tem a questão da minha... vocação — fala ele, envergonhado.

A o quê?

— Ao sacerdócio.

Ah.

— Padres não... eles não devem...

— Tudo bem — respondo, ainda ruborizada. — Eu entendo.

Como pude ser tão idiota? Padres são celibatos (todo mundo sabe disso).

— Sempre me esqueço de que você é padre — emendo.

— Em treinamento — acrescenta ele.

Desta vez, a correção não me arranca um sorriso.

— Então você não pode nem sequer... beijar?

Não acredito que estou mesmo perguntando isso. Como devo soar desesperada. Queria engolir as palavras de volta.

— Não se este for meu verdadeiro chamado.

Encaro o ovo de dragão atrás dele. Podíamos estar nos beijando embaixo do ornamento, mas, em vez disso, o que ele está testemunhando é o momento mais vergonhoso de toda a minha existência.

— E você acredita mesmo que Deus está te dizendo para ser padre e nunca se apaixonar? — questiono, sem pensar.

— É óbvio que ele quer que eu me apaixone — diz Atlas. — Só não dessa forma. Eu até diria que todo mundo se apaixona de diferentes formas. Para algumas pessoas, pode ser outro alguém. Ou o ensino, a cura, a arte... — Ele assente para mim. — Ou as línguas. Para mim, é o sacerdócio.

Amo línguas, mas nunca pensei nelas como *uma forma* de amar. São práticas, quantificáveis, traduzíveis. Tudo que o amor não é.

— E como você pode ter certeza? — indago. — Que esse é mesmo seu chamado?

Ele passa a mão pelo cabelo e titubeia.

— Eu... eu não sei — responde ele, baixinho.

Fico de pé, desejando nunca ter perguntado.

— É melhor a gente voltar. Antes que deem pela nossa falta.

Atlas assente e me lança um longo olhar de tristeza. De repente quero me afastar dele o máximo possível. Então, quando ouço um estrondo alto vindo de trás de mim, tenho um sobressalto. Uma das cortinas de vedação pesadas caiu da janela.

— A gente deveria pendurar de volta — sugiro. O corredor está escuro, mas as luzes das lamparinas a gás ainda podem ser vistas do céu. — Vem cá me ajudar.

Subo no parapeito, e Atlas me passa a cortina. Encontro o gancho que a segurava e a penduro de novo. E se isso acontecesse em algum outro canto do solar? E se os rebeldes sobrevoassem a propriedade e vissem...

Paro. No pátio lá embaixo, vejo uma luz laranja. Tem alguém fumando lá fora.

— Deu certo? — pergunta Atlas.

Encosto o rosto na janela. Estamos só no segundo piso, e o luar ilumina a noite. Consigo distinguir a silhueta de uma mulher com um casaco de pele, e algo prateado brilha em seus dedos enquanto fuma.

É a dra. Hollingsworth.

Vê-la me enche de raiva. Fumar foi a desculpa que ela usou para ir xeretar o escritório dos meus pais até encontrar evidências para incriminá-los.

Provas que tratei de mandar queimar.

Aposto que você não estava esperando isso, não é mesmo, sua bruaca?

— O que você está fazendo? — pergunta Atlas detrás de mim.

Minha mente volta àquela noite horrível quando estávamos à mesa, comendo pierogi, sem fazer a menor ideia de que a vida que conhecíamos estava prestes a acabar.

Dra. Featherswallow, se os dragões se valessem de dialetos regionais, certamente já os teríamos escutado.

E o que foi mesmo que minha mãe respondera?

É que os dialetos talvez não sejam regionais. Eles podem ser...

Hollingsworth não a deixou terminar a frase. Observo a fumaça subindo acima da cabeça dela. Minha mãe estava tão desesperada para explicar sua teoria acerca dos dialetos dracônicos. Tão desesperada que havia submetido a pesquisa à Academia diversas vezes, sem receber nenhuma resposta. A própria Hollingsworth deve ter lido a pesquisa. Ela sabia exatamente o que minha mãe queria provar, mas o governo já suspeitava de seu envolvimento entre os rebeldes. E, se a Academia e Wyvernmire estavam planejando restringir a aprendizagem de línguas dracônicas, é evidente que não teriam intenção alguma de publicar o trabalho da minha mãe.

Só que, se Hollingsworth tiver uma cópia da pesquisa, eu poderia pedir a ela para me deixar lê-la. O estudo que minha mãe fez dos dialetos dos dragões pode acabar me ajudando com minha própria teoria de que a ecolocalização também tem seus dialetos.

Minha mãe poderia me ajudar a decifrar o código.

Prendo o último gancho da cortina e dou um passo para trás. O salto do meu sapato encontra apenas ar, e eu cambaleio, caindo do parapeito bem em cima de Atlas. Ele me segura pelo quadril, e eu quase acerto minha cabeça em seu nariz. Quando ele me coloca de volta no chão, ficamos parados por um instante, os braços dele ainda me envolvendo, minhas costas ainda contra seu peito.

— Esses sapatos são mais perigosos que fogo de dragão — sussurra ele no meu cabelo.

Eu me desvencilho de Atlas e, em silêncio, voltamos ao salão do baile. Quando ele tenta pegar minha mão, finjo não perceber. E, assim que passo pela porta, Marquis me olha do outro lado do recinto. No momento em que vê meu cabelo solto e Atlas aparecendo atrás de mim, abre um sorrisinho. Ignoro meu primo e dou uma olhada pelo salão. Hollingsworth voltou e está conversando com um homem baixinho perto da mesa de bebidas. Vou direto até ela, e o sorriso de Marquis some do seu rosto.

— Peço desculpas por interromper — falo em voz alta.

O homem me olha com surpresa, e Hollingsworth se vira.

— Vivien — diz ela, sorrindo. — Que prazer em vê-la novamente.

Eu a fulmino com o olhar.

— Pode nos dar licença, Henry? — pede ela ao amigo.

O homem faz uma reverência com a cabeça e, lançando um olhar curioso para mim, se afasta depressa. Hollingsworth me fita, parecendo ansiosa.

— Conte para mim — pede ela. — Está gostando da vida em Bletchley?

— Quer dizer se estou gostando da minha vida desde que você mandou prender meus pais e arruinou meu futuro?

Hollingsworth estala a língua e dá um gole no champanhe, deixando uma marca de batom vermelho na borda da taça.

— Já discutimos isso, Vivien. A culpa de os seus pais terem sido presos recai somente sobre eles mesmos. E, se não me engano, você arruinou o próprio futuro quando fugiu da prisão domiciliar para libertar uma dragoa criminosa. Estou errada, por acaso?

Sinto o rosto ficando quente. Ela não está errada. Eu poderia ter ficado em casa com Ursa. Se tivesse feito isso, simplesmente seria uma desafortunada, filha de criminosos, mas *eu mesma* não seria uma.

— Nunca existiu interesse de sua parte pelo trabalho da minha mãe. Quando minha inscrição na universidade apontou meus pais como ameaças em potencial, a Wyvernmire mandou *você*, em segredo, para descobrir se eles eram rebeldes.

— Sim, admito que isso é verdade — concede Hollingsworth. — *Porém*, eu também tinha minhas intenções. Sua mãe é interessante, não me restam dúvidas, mas foi você quem me intrigou. As universidades enviam à Academia as inscrições que recebem para estudar dragonês, e a sua me deixou impressionada. Nunca conheci outra pessoa dessa idade que falasse tantas línguas dracônicas.

Tento manter a expressão hostil, mas o choque leva a melhor.

— Eu tinha plena intenção de convidá-la para participar do meu programa de aprendizes — revela Hollingsworth. — No entanto, nossa primeira-ministra tinha outras ideias. Decidiu que *ela mesma* ia ficar com você. Fui mandada para recrutá-la, Vivien, não para mim, mas para o DDCD.

Olho ao redor, nervosa. Então Hollingsworth também deve ter assinado o Ato Oficial de Sigilo.

— Quer dizer que a Wyvernmire ia me oferecer um trabalho de qualquer jeito? — pergunto, pensando no dia em que a conheci com algemas nos pulsos. Falo mais baixo: — Mesmo se eu não tivesse libertado aquela dragoa?

Hollingsworth assente.

— O DDCD tinha um programa de recrutamento sem fronteiras de países ou impedimento de classes, mas o processo de inscrição da universidade lhes deu uma bela seleção por meio da qual escolher. Eles ficaram de olho em você, assim como eu. Obviamente, se você não tivesse violado a prisão domiciliar, não seria uma criminosa como a maioria dos recrutas daqui, mas a Wyvernmire estava cheia de cartas na manga para lhe fazer ofertas tentadoras.

— Ela me colocou para trabalhar com... línguas — falo, hesitante. Não tenho como saber ao certo o que Hollingsworth sabe.

— Mas com certeza — responde ela. — A linguagem é tão crucial na guerra quanto quaisquer outras armas.

— Então como a senhora pode permitir que ela as proíba? — pergunto, de repente. — Você é a *reitora* da Academia de Linguística Dracônica. Seu trabalho é preservar e disseminar a linguagem dos dragões!

Ela se aproxima de mim, ainda segurando a taça, agora vazia.

— Academia esta que é financiada *pelo governo*, Vivien. — Ela dá uma olhada a nossa volta. — E controlada por ele também.

Eu a fito enquanto assimilo o que está dizendo. Há quanto tempo o governo vem controlando a aprendizagem de línguas dracônicas?

— Ao longo dos anos, nosso financiamento minguou cada vez mais, e nosso acesso a novas línguas se tornou mais restringido — explica Hollingsworth, baixinho. — Cortaram dois terços do nosso departamento.

— Mas por quê? Com ou sem guerra, nós ainda precisamos conseguir nos comunicar com os dragões. As línguas dracônicas fazem parte da nossa sociedade, parte da herança do nosso país e...

— Vivien, você sabia que a Academia foi a primeira instituição a registrar em escrita as línguas dracônicas da Bulgária? — indaga Hollingsworth. — Nós desenvolvemos o método a partir do alfabeto latino, em vez do cirílico tradicional da Bulgária. Sabe por quê? — Ela me analisa de perto, e sua voz assume um tom mais urgente ao acrescentar: — Poucas pessoas do governo da Britânia sabem ler o alfabeto cirílico, e é preciso entender uma língua para manipulá-la.

Por que o governo britânico teria interesse em manipular as línguas dracônicas da Bulgária?

— Controlar línguas, controlar palavras, significa controlar o que as pessoas sabem.

Hollingsworth então solta uma risada tão falsa que quase me retraio. Só que entendo o que isso quer dizer. Tem alguém nos observando. Forço um sorriso, tentando agir com naturalidade.

— Preciso ler o projeto de pesquisa da minha mãe — falo rapidamente. — A respeito dos dialetos dos dragões. Pode ser que nos ajude a colocar um fim à guerra.

Hollingsworth franze o cenho e, por um instante, me olha com curiosidade. Dá para ver que está se coçando para fazer mais perguntas, mas nós duas estamos presas ao Ato Oficial de Sigilo.

— Você me disse que tenho um futuro brilhante e que devo agarrá-lo — digo. — Bem, é o que estou fazendo. Me mande a pesquisa da minha mãe. Por favor.

— Com licença.

Eu me viro. Marquis está parado atrás de mim, encarando Hollingsworth com sangue nos olhos. Ela assente de maneira cortês para meu primo, mas depois se volta para mim mais uma vez, e sei que há uma centena de questionamentos em seus lábios.

— Fomos chamados para uma reunião — anuncia Marquis. — Somente para recrutas.

Será que está mentindo? Olho ao redor para todos os convidados, que estão sendo direcionados a seus assentos às mesas.

— Agora? — pergunto.

— Agora — responde meu primo.

Aceno uma despedida com a cabeça para Hollingsworth e acompanho Marquis.

— Por que é que você está falando com aquela mulher? — indaga ele.

Sigo-o para fora do salão e vejo os demais recrutas enfileirados em frente a uma porta à direita do corredor.

— O que estamos fazendo aqui? — pergunto, ignorando a repreensão dele.

— A Wyvernmire quer conversar com a gente antes de sua grandiosa aparição na festa — diz Atlas na fila, revirando os olhos.

Ao lado dele, Dodie está inquieta.

— Acham que estamos encrencados?

— Nem esquenta a cabeça com isso, é óbvio que não — responde Atlas, dando um sorriso reconfortante. — Ela provavelmente só quer que a atualizemos quanto ao nosso progresso, que contemos algum motivo pelo qual se gabar.

Entramos no que parece ser um cômodo não utilizado. Há lençóis brancos cobrindo os móveis, e no teto um lustre empoeirado tremelica uma fraca luz amarela. A primeira-ministra Wyvernmire está sentada em uma poltrona de veludo vermelho descoberta. Ralph e Owen estão de pé atrás dela. Quero perguntar onde Ursa está, e por que a levou embora quando prometeu que não o faria. Contudo, não posso fazer isso sem admitir o recurso do dracovol.

— Boa noite — fala ela. — Espero que estejam gostando das comemorações.

Todos nós assentimos e murmuramos uma afirmativa, tentando adivinhar o que pode estar prestes a acontecer. Mais dois Guardiões entram pela porta às nossas costas.

— Eu queria cumprimentar a todos pessoalmente antes de aparecer no Baile de Natal desta noite — conta. — Temos muitos convidados respeitáveis, mas nenhum deles é mais importante do que vocês aqui reunidos.

Atlas solta um tossido alto.

— Vocês já tiveram quase um mês para se adaptarem aos respectivos papéis na Propriedade Bletchley — continua Wyvernmire. — E, nesse ínterim, a ousadia dos rebeldes cresceu. Tenho certeza de que todos vocês ficaram tão perturbados quanto eu quando descobriram sobre os ataques recentes aos civis na capital do país.

Penso nas duas reportagens, bastante distintas entre si, a respeito do conflito na Academia. Como foi que ela reagiu à infiltração dos rebeldes na transmissão da rádio?

— Temo que hoje eu traga notícias ainda piores. Parece que os escoceses se sentem mais solidários aos grupos rebeldes do que pensávamos até então. Embora o Exército Britânico tenha resistido e reagido bem, muitos cidadãos escoceses viraram a casaca, por assim dizer. Nesta noite, os rebeldes já ocupam a maior parte do território da Escócia.

Sussurros altos tomam conta da sala. Olho para Marquis, que está próximo de Karim. Um país inteiro sob o controle insurgente? Como é que os rebeldes estão fazendo tanto progresso quando *nós* parecemos não avançar nem um pouco? Mal ouvi alguma coisa acerca de vitórias do governo, como isso pode ser possível com um exército inteiro a seu dispor? Pensei que o movimento rebelde fosse pequeno.

— Meus pais — fala Karim, a voz rouca. — Eles moram em Aberdeenshire, e são leais ao governo, eu juro...

— Não se preocupe, Karim — corta-o Wyvernmire. — Extraímos seus pais da Escócia na semana passada.

Olho para ela, surpresa.

— Por quê? — pergunta Karim.

— Vocês todos viram em que consiste o trabalho em suas respectivas categorias. A essa altura, entendem como suas habilidades particulares se aplicam à tarefa que lhes foi incumbida, e sabem o que exigimos para que meu governo vença a guerra. — Wyvernmire alisa a saia. — No entanto, parece que muitos aqui não estão atingindo nossas expectativas.

Atlas pega minha mão, e eu não a afasto.

— Não houve um único avanço, nenhuma mísera informação descoberta por vocês que nos permita progredir na luta contra os dragões rebeldes. Criaturas estas que, pelo visto, são a força dos rebeldes.

Está enganada, quero dizer. *Estou prestes a fazer uma descoberta.* Só que ainda não posso divulgar o que já entendi a respeito dos dialetos da ecolocalização, não até que tenha certeza de que são regionais. Passar a Wyvernmire informações equivocadas poderia acarretar consequências muito piores do que não lhe dar nada.

— Portanto, como líder da nação, eu me vejo obrigada a acelerar o processo.

Ralph segura a arma com mais força. Ele me fita e abre um sorrisinho maldoso. De repente, o som da música que vem do salão do baile ficou mais alto.

— A partir da noite de hoje, todos vocês fazem parte de uma corrida — comunica a primeira-ministra, a voz aveludada. — Em cada uma das categorias, ou seja, aviação, zoologia e decifração de códigos, somente a primeira pessoa a conseguir o que lhes está sendo pedido receberá o perdão. O restante, assim como quaisquer familiares presos ou extraídos, será punido de acordo com a gravidade dos crimes que vocês cometeram.

Sinto meu cenho franzir-se. O chão sob meus pés parece se mexer. Os saxofones soam alto feito sirenes frenéticas, fazendo com que suas vibrações de latão retumbem em minha cabeça. Atlas solta minha mão e avança em direção a Wyvernmire, mas é detido pelo cano da arma de Owen. Os dois se encaram, cada um desafiando o outro a se mover, enquanto soluços estrangulados preenchem o ambiente. Ao meu lado, Dodie está hiperventilando.

— A partir de agora, vocês não trabalharão mais em equipes — anuncia Wyvernmire, mais alto que o barulho. — Vão continuar comparecendo aos mesmos turnos, sob a orientação dos líderes de suas categorias, mas trabalharão individualmente.

Marquis dá dois passos à frente, e Ralph levanta a arma. Atrás de nós, mais Guardiões entram no cômodo.

— Você não pode fazer isso — rosna meu primo. — Disse que, se viéssemos para cá e desempenhássemos o trabalho pedido, nós seríamos libertos, assim como nossas famílias.

— Eu disse que vocês seriam soltos se fizessem o trabalho necessário para me ajudar a *vencer* a guerra. — Wyvernmire lança a Marquis um olhar matador, suas narinas dilatadas. — Mas. Eu. Estou. Perdendo.

— Então só aquele de nós que decifrar o código dos dragões vai ser livre? — Gideon olha de mim para Katherine e então Sophie.

— Fico feliz que tenha entendido, Gideon — responde Wyvernmire. *Não.*

Isto não pode estar acontecendo. A primeira-ministra promove a justiça, a paz e a prosperidade. Não faria uma coisa dessas com a gente.

Era a chance que eu tinha de salvar a mim *e* Sophie. Com lágrimas nos olhos, vejo-a me encarando com um semblante firme. Só uma de nós vai voltar para Londres.

Só uma de nós vai ter a vida de volta.

Karim cai no chão aos soluços. Que crime ele cometeu? O que vai acontecer a ele e aos pais dele se não ganhar em sua categoria? Se ele não competir com Serena, com *Marquis*? Olho para meus amigos em volta de mim e me dou conta de que não sei o que *punidos de acordo com a gravidade dos crimes que vocês cometeram* significa para eles. Faço contato visual com Marquis, que me olha desesperado ao tentar manter Karim em pé. Sei exatamente o que a ameaça vai significar para meu primo se ele perder. Para mim, se eu acabar sendo mandada para a ilha Canna. Para nossos pais.

Morte.

O DECRETO DE BABEL

POR ORDEM DA PRIMEIRA-MINISTRA WYVERNMIRE

Artigo 1. *O inglês deve ser o único método de instrução em instituições públicas, privadas e denominacionais. As línguas dracônicas não serão mais ensinadas.*

Artigo 2. *Conversas em lugares e transportes públicos, e em ligações telefônicas, devem ser feitas em língua inglesa.*

Artigo 3. *É recomendado e obrigatório que todos os pronunciamentos públicos sejam feitos em língua inglesa.*

Artigo 4. *Formações acadêmicas em línguas dracônicas só podem ser desempenhadas pela Primeira Classe e com permissão especial fornecida pelo governo.*

Artigo 5. *O inglês é a única língua permitida na comunicação com dragões.*

No momento, com dragões envolvidos em uma rebelião direta contra o governo, a Academia de Linguística Dracônica recomendou que o uso de tais línguas seja restringido, visando trazer paz ao nosso povo e fortalecer a nação na batalha. A educação bilíngue deve ser abolida de modo a coibir rapidamente as influências antipatriotas.

O dragonês é a linguagem da Coalizão entre Humanos e Dragões e, portanto, é a linguagem da traição. Por virtude da minha autoridade como líder do governo, eu, Adrienne P. Wyvernmire, encorajo que doravante as regras aqui descritas sejam aderidas por todos e que, unidos como um só povo com um único propósito e uma só língua, lutemos lado a lado pelo bem da humanidade.

Londres, 20 de dezembro de 1923

ASSINATURA

QUINZE

NINGUÉM VOLTA AO BAILE. O QUE fazemos é ir para o salão comunal, Marquis conduzindo um Karim sem palavras pela mão e Gideon segurando uma garrafa aberta de champanhe. Nós nos sentamos em frente à lareira, e Marquis começa a bolar diversos cigarros. O silêncio só é interrompido pelos sons de Katherine vomitando no banheiro. Sinto um vazio profundo de ansiedade no estômago. Nada disso parece real, mas aqui estamos, todos nós, sentados em uma roda como se estivéssemos apenas jogando conversa fora antes de ir dormir.

Estou desnuda de sensações, como se em algum momento ao longo da noite um véu tivesse caído entre mim e o restante do mundo. Ainda assim, sei com a mais absoluta certeza que, em questão de algumas semanas, eu e as pessoas que amo podemos estar mortas. De repente, sinto saudade da minha mãe.

Sophie está sentada na poltrona à janela, com Dodie destrançando seu cabelo. Ela não olha para mim. *Que bom.* Não quero ver a esperança em seus olhos. Esperança de que, ainda assim, nós duas talvez consigamos sair juntas. Esperança de que eu tenha um plano. Porque não tenho nenhum. Não existe esperança quando se sabe que será preciso trair a melhor amiga pela segunda vez.

Estendo a mão para Gideon, que me passa a garrafa de champanhe sem dizer nada. Dou três goladas e tusso quando o gás borbulha por minha garganta e nariz. Me sentir um pouco mais desconexa da realidade do que já me sinto não vai fazer mal. Minha mente, no entanto, já está girando, calculando, tentando encaixar em um padrão que faça sentido os chamados de ecolocalização que descobri. Aquele código *precisa* ser decifrado, e *eu* tenho que ser a pessoa que vai conseguir fazer isso.

Não vou deixar minha família morrer.

— Esta noite não passou de algum tipo de apresentação maldosa — fala Serena, os sapatos dourados na mão. — Nos deram roupas chiques, ostentaram nossa inteligência diante dos convidados... e para quê? — As lágrimas de repente invadem os olhos dela. — Para nos dar um último gostinho de liberdade?

— Para passar a impressão de que o DDCD está fazendo progressos — responde Marquis. — Para nos lembrar do que temos a perder.

Um riso de desdém vem do outro lado da sala. Atlas, que já descartou o blazer e colocou a gravata sobre o ombro, encara o fogo.

— E o que seria? — retruca. O reflexo das chamas dançam em seus olhos quando ele se vira para encarar Marquis. — Encher a barriga de tortinhas de frutas secas com homens brancos da Primeira Classe?

— Redenção — responde Sophie, com frieza, antes que Marquis possa falar. — Esta é nossa chance de sermos alguém diferente.

A sala fica gélida, o lembrete do discurso de boas-vindas de Ravensloe pairando desconfortável no ar. Quem deve ser o recruta mais fraco da aviação? Com certeza não é Marquis, graças a Deus. Então é Serena ou Karim?

— Não preciso ser alguém diferente — responde Atlas, baixinho. — E vocês também não.

Quero acreditar nas palavras dele, mas Sophie tem razão. Não existe futuro algum para a Viv criminosa, a garota que traiu a amiga, que quebrou o Tratado de Paz. Mas para a Viv que decifrou o código dos dragões, acabou com a guerra e salvou a família? Talvez ainda haja algum caminho adiante para ela.

— Eu menti — revela Serena, de repente, sentando-se em uma pilha de almofadas no chão. — Não reprovei no Exame de propósito. Só sou burra mesmo.

— Para, você não é burra, Serena — protesta Karim.

— Sou, sim. Porque agora, se não me sair bem na aviação, vou ser forçada a me casar com o conde de Pembroke. Ele é amigo dos meus pais, dono dos gabinetes de Londres usados pelo Departamento de Promoção e Rebaixamento. — Ela faz uma careta de nojo. — Faz anos que ele me quer. E foi bem enfático ao dizer que, se eu escolher a Segunda Classe em vez de a ele, vai fazer com que eu seja rebaixada à Terceira.

— Que virada de jogo, hein? — comenta Sophie, curta e grossa.

— Cala a boca, Sophie — rebate Marquis.

Sophie lança um olhar ofendido para meu primo, depois se levanta abruptamente e vai para a cama. O restante de nós continua sentado no salão comunal, passando de mão em mão a garrafa de champanhe e os cigarros enquanto ouvimos a música ecoando do salão em que acontece o baile. Atlas continua cabisbaixo, próximo à lareira, e não abre mais a boca. De repente, ele me parece um estranho. Karim dorme com a cabeça no colo de Marquis. Pouco a pouco, assim que o champanhe acaba, as pessoas perambulam rumo aos dormitórios.

Eu me encolho em uma poltrona com um xale ao meu redor e tiro os sapatos. Minhas bochechas estão quentes, e minha cabeça tomba enquanto reprimo um bocejo.

— Boa noite, então — murmura Atlas, se dirigindo a todo mundo, mas olhando na minha direção.

— Boa noite — respondo.

Ele não sorri, nem faz nenhum gesto ao passar por mim, nada que reconheça que algumas horas mais cedo nós dois quase nos beijamos. De repente, Gideon também volta à vida e anda aos trancos e barrancos até o dormitório dos garotos. Só sobramos eu, Marquis e um Karim adormecido.

— Qual é o problema dele? — pergunta Marquis, assentindo na direção em que Atlas estava.

Dou de ombros.

— O mesmo de todo mundo.

— Mas por que ele está agindo como se fosse culpa sua?

Será mesmo que está fazendo isso?

— Eu defendi ela mais cedo. Vai ver foi isso.

— A Wyvernmire?

Faço que sim.

— Falei que ela queria o melhor pra nós, pra Britânia, mas agora…

Conto ao meu primo sobre Canna e o modo como Hollingsworth praticamente admitiu que o governo assumiu o controle da Academia.

Marquis faz um esgar em reprovação.

— É quase como se a Wyvernmire esperasse que os dragões da Britânia se voltassem contra ela e quisesse derrotá-los no próprio jogo deles.

— Mas por quê? Ela tem o apoio da rainha Ignacia e, por consequência, o da maioria dos dragões da Britânia também.

— Acha que ela pode estar blefando? — questiona Marquis. — Tentando nos assustar para que a gente trabalhe mais rápido?

Penso em Wyvernmire como sempre a vi nos jornais, a mulher que eu pensava ser pulso firme sem nunca perder o senso de justiça. Hoje, ela foi alguém totalmente diferente. E se o verniz que a envolve não passar de uma farsa, como o meu? E se ela também for podre por dentro?

— Eu não…

Karim se mexe enquanto sonha, e nós ficamos em silêncio. Marquis faz cafuné em seu cabelo raspado bem curto. À luz da lareira, vejo os lábios do meu primo cedendo a um sorriso.

— Você gosta mesmo dele — concluo.

Marquis revira os olhos.

— Só conheço ele há um mês.

— Você nunca olhou para nenhum dos outros desse jeito.

— Bem, não é como se houvesse tido muitos antes de…

— Mentiroso.

Marquis solta uma risada que faz Karim acordar assustado. Cubro o sorriso com as mãos, e ele se senta com os olhos zonzos.

— Que foi? — balbucia ele.

— Nada — responde Marquis, ainda rindo com os olhos. — Vamos pra cama. Vem.

Ele me dá um abraço de boa-noite, e eu observo o fogo, relutante em deixar o calor do salão comunal. Fecho os olhos e então tento imaginar um cenário no qual todos nós conseguimos deixar a Propriedade Bletchley juntos.

Quando acordo, as cinzas na lareira já esfriaram. O salão comunal está escuro, e minhas pernas, encolhidas sob meu corpo, ficaram dormentes. Eu me ajeito na poltrona. Atrás de mim, a tábua de assoalho range.

— Quem tá aí? — sussurro.

Mãos agarram meu pescoço. Arquejo quando elas tentam me puxar contra o estofamento da poltrona, me sufocando. Tento agarrar os braços de cada lado da minha cabeça e finco as unhas neles, batendo os pés descalços no carpete e tentando me virar para ver quem quer me matar.

É Ralph que voltou para terminar o que começou? Levanto o punho no ar e tento socar a cara da pessoa com força. Os nós dos meus dedos batem em dentes, e as mãos em meu pescoço ficam ainda mais firmes, esmagando o cordão do colar que Atlas me deu. Reparo no reflexo no lado metálico do rádio em cima da lareira, no qual vejo meu próprio rosto roxo e, acima dele, dois braços fortes cobertos de cabelo loiro e o rosto de...

— *Gideon* — imploro, sufocada, sentindo minha consciência se esvaindo. — *Por favor...*

Embaixo do xale, tateio até encontrar uma coisa dura.

Esses sapatos são mais perigosos que fogo de dragão.

Pego um deles e bato o salto na bochecha de Gideon, que grita e me solta. Eu caio no carpete, arfando.

Socorro!, peço, mas da minha boca não sai som algum.

Gideon vem cambaleando na minha direção, um buraco fundo e sangrento embaixo do olho esquerdo. Avanço para o atiçador próximo à lareira.

— Alguém me ajuda! — consigo gritar.

Solto um arquejo quando ele chega até mim, o rosto contorcido, e pressiona a barriga contra o atiçador. Ele agarra a haste de metal das minhas mãos e a taca na parede. Para meu horror, me dou conta de que todos os Guardiões estão de patrulha na ala norte, onde ficam o salão de festas e as suítes dos convidados. Eu me arrasto para trás, queimando os cotovelos no carpete, mas ele me segura pelo pescoço e me puxa para que eu fique de pé... e, bem então, o salão comunal é tomado por luz.

— Seu desgraçado! — Marquis avança para cima de Gideon e mira um soco em sua cabeça que faz o garoto ir ao chão.

Eu volto a cair, a cabeça girando, e em seguida Karim está atrás de mim, me segurando por baixo dos braços e me puxando para me levantar.

Marquis e Gideon rolam pelo chão e, quando a cabeça do segundo bate na quina da lareira, sua mão encontra um pedaço de lenha. Gideon a levanta no ar para golpear a cabeça de Marquis, o que provoca uma chuva de madeira e cinzas, mas eu a chuto de sua mão, e ele solta um grito.

— O que tá acontecendo? — Sophie aparece correndo na sala, seguida por Dodie e Katherine.

Marquis sufoca Gideon, a cabeça deste enfiada nas cinzas frias.

— Se o fogo estivesse acesso, eu seria capaz de queimar seu rosto — rosna Marquis.

— Solta ele, Marquis — ordena Sophie, ríspida.

— Ele acabou de tentar matar a Viv! — grita meu primo, fazendo ainda mais força contra o pescoço de Gideon.

— Bem, agora ele está em desvantagem. — Serena está empoleirada no braço de uma poltrona, o cabelo envolto por uma touca de seda e uma expressão vagamente entretida no rosto.

Atrás dela, Katherine assiste horrorizada à cena, e vejo algo prateado reluzindo em sua mão.

Esfrego o pescoço e olho ao redor. Todos estão ali, exceto Atlas. Karim vai para o lado de Marquis e sussurra algo em seu ouvido. Com relutância, meu primo solta Gideon.

— Você tá bem? — pergunta Marquis, vindo na minha direção.

Ele está usando apenas a parte de baixo do pijama listrado, e tem um longo arranhão sujo de sangue no rosto.

— Tô.

Ele tira as mãos que coloquei em meu pescoço para ver o estrago. Serena revira os olhos.

— Não foi nada de mais, aposto que amanhã ela já...

— Ninguém te perguntou nada — rebate Marquis.

Ele volta até Gideon, que ainda está deitado com a cabeça na grelha da lareira.

— Levanta — manda ele.

Com dificuldade, Gideon fica de pé. Seu pescoço está com as mesmas marcas vermelhas do meu, e seu nariz sangra. O olho esquerdo está inchado e fechado.

— Vai, se explica.

O salão fica em silêncio quando todos nos viramos para fitar Gideon. O maxilar dele treme e, quando fala, sua voz mal sai em um sussurro:

— Não posso voltar.

— Pra onde?

— Pra minha vida de antes. — Gideon balança a cabeça de um lado para outro. — Preciso ganhar na minha categoria, e ela é...

Ele me lança um olhar de nojo.

— Sua maior competição aqui — conclui Sophie, com amargor.

É óbvio que ela entendeu a motivação de Gideon antes de nós. Sophie, a matemática, sempre calculando potenciais possibilidades antes que aconteçam. Será que ela chegou a dormir? Ou só ficou acordada na cama, esperando alguém dar início a uma matança?

— Você tentou *matar* a Viv porque tem medo de que ela decifre o código antes de você? — pergunta Marquis em descrença.

Por que não pensei nisso antes? Por que imaginei que fôssemos todos acordar de manhã e continuar como se nada tivesse mudado, sendo que Wyvernmire acabou de nos dizer que devemos ser rivais, pois, do contrário, esta será nossa ruína?

— Katherine — falo, devagar —, o que é isso na sua mão?

Ela hesita, mas abre o punho cerrado, que está tremendo, e revela um canivete.

— Você também estava planejando me matar? — pergunto, incrédula.

— Não — responde Katherine, e em seguida olha para Gideon. — Mas eu sabia que poderia precisar de algo para me defender.

Pelo amor de Deus, eu sou mesmo muito ingênua.

A porta é aberta lentamente, e Atlas aparece, ainda com a roupa do baile. Ele não foi para a cama.

— Porra, e onde foi que *você* se meteu? — pergunta Marquis.

Seu olhar acusatório é como gelo. Atlas bate o olho no canivete na mão de Katherine e nas marcas ao redor do meu pescoço e avança até ela, agarrando seu pulso e torcendo-o para que derrube a arma.

O salão irrompe em gritos. Serena se coloca na frente de Katherine, e Marquis puxa Atlas para trás.

— Sai de cima dela, seu idiota! — grita Serena. — Não foi ela que tentou matar sua namorada... foi *ele*.

Fico tensa ao ouvir a palavra *namorada* e vejo Sophie arquear a sobrancelha. Com Serena apontando para Gideon, Atlas aos poucos se afasta, estendendo os braços à frente de si.

— Chegou tarde demais para bancar o herói salvador da pátria — resmunga Marquis, empurrando Atlas na minha direção.

— Ele tentou te matar? — pergunta Atlas, a respiração pesada.

— Ele tá bêbado — digo. — Não tá pensando direito.

Não sei por que estou defendendo Gideon, exceto pelo fato de que reconheço o desespero quando o vejo. Eu também já tomei medidas desesperadas.

— Mais alguém tem planos de tentar cometer assassinato hoje? — Serena suspira, pegando um cigarro do bolso do peito de Gideon.

A sala permanece em silêncio, exceto pelos soluços dele.

— Neste caso, sugiro que voltemos todos pra cama.

Ninguém se move.

— Andem! — grita ela.

Dodie e Sophie correm para o dormitório, e eu me pergunto se Serena está bêbada ou apenas perturbada com tudo que aconteceu hoje. Ela me olha com indolência ao acender o cigarro, depois vai atrás.

— Você dorme aqui — rosna Marquis para Gideon, apontando para o carpete.

Atlas chega mais perto de mim.

— Tranca a porta — sussurra ele no meu ouvido enquanto vamos para o corredor. — E fica com isso. — Ele coloca o canivete de Katherine na minha mão.

— As meninas não vão me machucar — protesto, mas ele segura meu cotovelo com urgência.

— Ah, não? — pergunta Atlas, observando Katherine pela passagem da porta aberta enquanto ela se deita. — Então por que ela foi dormir com uma arma? Aposto que tem outras escondidas em algum lugar.

— Como ela mesma disse — retomo, virando para olhá-lo —: para se defender. Pelo menos ela teve o bom senso de entender que pode estar em perigo.

Atlas me fita.

— Talvez a ideia só tenha passado pela cabeça dela porque ela mesma planeja cometer o mesmo crime do qual quer se proteger.

— E onde é que você estava, que mal lhe pergunte? — sussurro, minha mão na maçaneta.

— Visitando a capela — responde ele, depressa.

Tem uma capela em Bletchley?

Fico na ponta do pé, como se estivesse prestes a beijá-lo, e ele não se afasta.

Toco a orelha dele com os lábios.

— Mentir é pecado, *padre*.

Tranco a porta bem na cara embasbacada dele e durmo com o canivete embaixo do travesseiro.

Dezesseis

Nos meus sonhos, Guardiões da Paz arrancam Ursa dos braços de minha mãe enquanto esta implora a um dragão que bebe conhaque para que leia seu projeto de pesquisa. Atlas me pressiona contra um ovo gigante, os lábios encostados aos meus.

— A Hollingsworth disse que vou passar no Exame se te beijar — sussurra ele.

Então alguém desliza as mãos até o meu pescoço e, quando olho para cima, o rosto pairando sobre o meu é o de Sophie.

Acordo sobressaltada. A sirene está ressoando bem alto, e Katherine solta um grunhido descontente. Eu me sento e tateio em busca do canivete embaixo do travesseiro. Ainda está ali, e ainda estamos todos vivos.

Pequenas vitórias.

Não demoro a me vestir e perambulo sozinha pelo chão congelado da floresta até a estufa, olhando para trás a cada minuto. O vento está ficando mais forte, balançando a copa das árvores e soprando meu cabelo ao redor do rosto.

— Bom dia, Soresten — digo ao dragão da areia fazendo vigia do lado de fora da estufa.

Ele faz uma reverência com a cabeça em resposta.

— Bom dia, recruta.

Sua pele é de um tom fulvo caloroso. Ele tem um focinho longo e bigodes finos e frisados. Seus olhos são tão distantes que não sei ao certo para onde estão mirando. Penso no livro que estava lendo antes de encontrar o convite para o baile, e avalio os arredores. Não há ninguém por perto.

— Soresten, se importa se eu perguntar de onde você vem?

O dragão pestaneja.

— Lyme Regis — responde ele. — Fui chocado nas rochas de Blue Lias, em 1813.

Lyme Regis fica na costa jurássica, em Dorset, onde centenas de fósseis de dragão são encontrados todos os anos.

— E a Addax? — pergunto, um tanto hesitante. — Ela também é uma dragoa da areia, não é? Vocês têm a mesma origem?

— Certamente — responde ele. Sua voz é gentil, quase suave. — Nossa mãe a chocou vários anos depois, mas na vez dela foi em Rùm, já que lá tem menos interferência humana.

Soresten e Addax são irmãos, assim como Rhydderch e Muirgen. Então eles de fato são da mesma região.

— Minha máxima reflete um encontro que tivemos na época — continua ele —, com um grupo de humanos locais que pensavam conseguir capturar e domar um de nós, filhotes.

— Como ela é? — indago educadamente.

O peito de Soresten parece inflar.

— *Nullam dominum nisi arenam et mare.* Não há mestre senão a areia e o mar.

— Que coisa mais linda. E o encontro com os humanos? Como acabou?

— Minha mãe os devorou — responde Soresten. — Veja, era possível resolver problemas de maneira bastante rápida antes do Tratado de Paz.

Concordo, sem palavras, e abro a porta da estufa. Soresten continua seu monólogo acerca da relação entre dragões e humanos quando entro no espaço quente e tiro as luvas para alongar meus dedos frios. Atrás de uma parede de folhagem formada pela coleção de plantas da dra. Seymour, que nunca param de crescer, ela está falando com alguém.

— Tenho experiência nesse assunto, como bem sabe. A Freikorps me alocou no regime de comportamento dos dragões em batalha durante o tempo em que estive na Alemanha.

Sinto um frio na barriga. É Ralph. O que ele está fazendo ali?

— Eu tenho formação em comportamento e biologia dos dragões, Guardião 707 — responde a dra. Seymour. — Além de outra formação em teoria da reação de lutar ou fugir entre drakes do fogo. E, caso já não soubesse, a versão mais recente da máquina de *loquisonus* foi invenção *minha.*

Olho por entre as folhas. A dra. Seymour está próxima à copa improvisada, lavando as canecas de café sujas do dia anterior. Ralph está sentado no sofá com a arma largada sobre os joelhos.

— Ah, sim, como eu poderia me esquecer da brilhante carreira de Dolores Seymour? — ironiza ele. — Com quantos homens você precisou dormir para chegar aqui?

Ouço o tilintar de louça se espatifando na pia. Os ombros da dra. Seymour ficam tensos e ela se vira devagar, a boca curvada com nojo.

— Me diga, 707, por que está aqui ao amanhecer, implorando pelo meu trabalho, quando nós dois sabemos que você é um risco grande demais para a primeira-ministra, e que ela jamais confiaria *qualquer uma* de suas estratégias de combate a você, que dirá esta?

Ralph se levanta em um pulo, a arma em mãos. Eu abro a porta da estufa e a bato com força.

— Bom dia, dra. Seymour — falo em voz alta, tentando parecer distraída. — Tem café pronto?

— Vivien? — pergunta ela, e dá para ouvir o alívio em sua voz. — O Guardião 707 veio nos dar um pouco de... assistência extra.

Atravesso a folhagem.

— Ouvi dizer que você quase foi assassinada ontem — zomba Ralph, depois fita meu braço, que já se curou. — Você anda se machucando muito, hein?

— Não tanto quanto você — resmungo, baixinho, olhando para o corte em seu nariz.

Como foi que a notícia do ataque de Gideon se espalhou com tanta rapidez?

— Aquele idiota procurou o Ravensloe em plena madrugada para contar o que tinha feito — comenta Ralph. — Disse que você tem *inclinações rebeldes* e deveria ser removida do programa. — Ele dá um passo na minha direção. — Isso é verdade?

Eu o encaro, tentando ignorar o medo palpitando no meu coração. A lembrança do meu braço sendo quebrado ainda me faz perder o fôlego.

— O Gideon não passa de um moleque que se sente ameaçado pela inteligência das mulheres ao redor dele. — Viro de Ralph para a dra. Seymour. — Não que caras desse tipo sejam lá muita novidade, não acha?

Os cantos da boca da dra. Seymour ameaçam um sorriso. A porta volta a ser aberta, e Gideon entra, seguido por Sophie e Katherine. Ele lança um olhar para nós e faz um rápido cumprimento com a cabeça antes de ir se sentar em frente a uma máquina de *loquisonus*. Há uma atadura presa ao redor da cabeça dele, que segura uma gaze por cima do ferimento em seu olho. É *ele* quem deveria ser removido do programa por tentar matar outra recruta. Se continua aqui é porque Ravensloe deve estar mesmo desesperado.

Eu me sento de frente para ele e finjo estar absorta no meu caderno de registros. Minha garganta dói. Os hematomas no meu pescoço estão piores agora de manhã, então virei a gola do casaco para cima, evitando que ficassem à mostra. Escondo o rosto atrás do cabelo e observo Gideon, as bochechas vermelhas e o nariz coberto de sardas. Fisicamente, ele é mais forte do que eu teria imaginado, mas sei que, no quesito mental, está à beira de um colapso. O que aconteceu na noite anterior foi apenas sua tentativa idiota de sobreviver. Será que planejava matar Katherine e Sophie depois de se livrar de mim?

Sophie.

Ela está conversando em voz baixa com Katherine, as duas arriscando olhadelas nervosas a Gideon. Se eu decifrar o código dracônico, vou deixá-la para trás. Sophie nem faz ideia de que é por minha culpa que está aqui. Será que esta é a forma do mundo de me dizer que já é tarde demais para compensar o que fiz no verão? Será que o Deus de Atlas está lá em cima, rindo de mim por pensar que de alguma forma eu conseguiria evitar as consequências da minha única escolha imprudente?

Fecho o caderno, mas Gideon nem sequer levanta o olhar. Se eu decifrar a ecolocalização, Sophie vai passar o restante da vida na Prisão Granger. Gideon e Katherine vão voltar para qualquer que seja o inferno de que Wyvernmire os tirou. Se eu não conseguir, minha família e eu vamos morrer, e Ursa vai ficar órfã. Independentemente do que está por vir, vou perder algo que jamais poderei recuperar.

— Preciso fazer uma pausa — falo em voz alta, para ser ouvida do outro canto da sala.

Não espero por uma resposta. Pego o casaco e o visto por sobre os ombros enquanto volto até o solar. Encontro um banheiro, jogo uma água gelada no rosto e abaixo a gola do casaco. Meu pescoço está roxo--azulado, com marcas de unhas formando meias-luas na pele. Será que Gideon vai tentar me matar de novo?

Vago pelos corredores, andando em círculos enquanto repasso os acontecimentos da noite anterior na mente. E se eu interpretar o código e ganhar na minha categoria, mas Marquis perder na dele? A ideia me enche de pavor. Será que não existe um jeito de convencer Wyvernmire a deixar que todos nós voltemos para casa, contanto que trabalhemos para lhe dar o que quer?

— Featherswallow!

Eu me viro e vejo a cabeça de Atlas surgir pela passagem de uma porta sob a escadaria.

— Por que não está no seu turno? — sibila ele do outro lado do hall.

— Eu saí. O clima na estufa está meio... tenso.

— Por que será, né? — responde ele, com um ar sombrio.

Ele faz um gesto para mim, e eu olho ao redor, à procura de Guardiões antes de cruzar o hall e atravessar a porta ao lado dele. Estamos no topo de uma escadaria estreita que leva a um porão mal iluminado lá embaixo.

— A Dodie e o dr. Lumens foram fazer pesquisa de campo — revela Atlas. — Agora ele só pode nos levar um por vez.

O ar está tão quente ali que me sinto sufocada, e o suor escorre pela testa de Atlas.

— Olha — começa ele —, desculpa por não ter estado presente ontem à noite quando o Gideon... quando você...

— Não teria feito a menor diferença se você estivesse lá. — Sorrio. — Mas, e aí, vai me contar o que estava fazendo de verdade?

Sem responder, ele pega minha mão e me guia degraus abaixo. O porão é imenso, ainda maior do que o salão de festas, e compartimentado em diferentes áreas com as mesmas telas usadas para cubículos em escritórios. Um cheiro metálico atinge meu nariz, tão forte que quase consigo sentir o gosto.

— O Gideon disse ao Ravensloe que tenho inclinações rebeldes — falo, olhando ao redor para a bagunça de livros antigos e papelada espalhada.

— Você? Inclinações rebeldes? — debocha Atlas. — Você é a pessoa mais apegada a regras que eu conheço.

— Falou o garoto que nem mesmo se permite beijar uma garota por causa de alguma *regra*.

Ele fica em silêncio, e me arrependo do que disse. Por que eu precisava tocar nesse assunto humilhante de novo?

— O que você faz aqui embaixo? — pergunto. — E por que está tão quente assim?

As diferentes seções seguem até o outro lado do cômodo. Ando pelo corredor entre elas, observando cada compartimento. Alguns cubículos estão ocupados com escrivaninhas e livros; outros, com caixas de vidro com artefatos (um fóssil, um canino amarelo grande e algo que suspeitamente se parece com fezes de dragão). Um deles tem um armário com fileiras e mais fileiras de gavetinhas de madeira, cada uma com rótulos estranhos como UNGUENTO DE CALÊNDULA — USAR PARA QUEIMADURAS. Ao lado há uma caixa com dragõezinhos de madeira saindo pelo topo. Reconheço o trabalho artístico no mesmo instante e levanto a mão para tocar a andorinha debaixo da minha camisa.

— Onde você aprendeu carpintaria? — pergunto a Atlas, que vem me seguindo pelo corredor.

— Meu pai me ensinou antes de morrer.

— Sinto muito.

Pego um dragão e finjo examiná-lo de perto, caso Atlas precise de um tempinho para se recompor. No entanto, quando me viro de volta, ele me observa, parecendo ter algo em mente.

— Você está segurando esse pedaço de madeira na mão quase que com o mesmo carinho com que segura todos aqueles livros que lê.

— Estou admirando uma obra de arte em miniatura! — rebato.

Atlas sorri.

— Eu também.

De repente, o ar fica tão quente que sinto dificuldade em respirar. Devolvo o dragão à caixa.

— Não fala essas coisas — digo, com rispidez. — Não se você não vai fazer nada para agir de acordo com o que sai da sua boca.

Ele baixa os olhos para o chão.

— Tem razão. Desculpa.

Continuo andando. Ao me aproximar do outro lado da sala, o cheiro metálico fica mais forte.

— Sério, *o que* é isso? — pergunto, cobrindo a boca e o nariz.

Atlas parou no interior de outro cubículo e está jogando carvão dentro de um dos muitos queimadores de carvão pequeninos. Ele arregaçou as mangas da camisa, e os pelos escuros em seus antebraços reluzem com a umidade. Meu pescoço pinica de calor, então tiro o casaco e prendo o cabelo para cima. Continuo andando até chegar ao último cubículo, que se estende por toda a largura do cômodo. Uma plataforma foi montada ali, coberta de grama, rochas e areia. Parece que alguém pegou os conteúdos de uma praia e os jogou ali. Espalhados pela areia estão vários montes de samambaia seca, diversas penas e alguns pedaços dispersos de carvão cinza carbonizado.

— Atlas — chamo por sobre o ombro. — O que é...

Algo se mexe dentro de um dos montículos. Dou um passo para trás. Será que é um rato? A samambaia balança com vigor, fazendo penas saírem voando pelo ar. É grande demais para ser um roedor. O movimento para, e uma longa cauda preta sai do monte. Eu me viro para olhar para Atlas, e o vejo chegando por trás.

— Espero que não seja o que acho que é.

Ele não faz uma piada nem dá nenhuma resposta bancando o espertinho. Seu rosto está sério, sem nenhum traço de sorriso. A cauda desaparece, e um pequeno focinho toma seu lugar. O filhote de dragão se aproxima de mim com a barriga virada para o chão. Espinhos percorrem a extensão de suas costas e, quando ele levanta a cabeça para sentir o cheiro do ar, vejo dois chifres protuberantes em seu queixo. Eu o observo, mal ousando respirar. Este drake ocidental só tem alguns dias de vida.

— Isso não devia estar aqui — falo, a voz trêmula.

Atlas levanta o tampo de um barril e enfia a mão lá dentro. O cheiro preenche minhas narinas, pungente. O barril está cheio de carne crua e ele joga um pedaço na plataforma. O filhote dá um grasnadinho e vai correndo até ele, as asas o levantando no ar por um instante. Mais dois aparecem do nada e pulam no primeiro, soltando guinchados ao brigarem pelo pedaço de carne.

— Por que não? — pergunta Atlas.

Ele está mesmo me perguntando isso? Eu o observo enquanto atira mais carne, cortada em pequenos pedaços, e depois algumas pedrinhas que os filhotes de dragão lambem do chão. Atlas abre um dos queimadores e joga uma pá cheia de carvão quente na plataforma. O primeiro dragão dá uma cheirada e em seguida cai no calor das pedras e se aninha ali, colocando o focinho embaixo da asa.

Eu me agacho para olhar mais de perto. Nunca tinha visto um tão pequeno assim. Suas escamas são pequeninas como unhas, reluzindo em diferentes nuances de verde, azul e marrom, como se ainda não tivessem decidido de qual cor serão. Os chifres embaixo do queixo indicam que é macho. De onde foi que ele veio, e onde estão os pais? Os outros dois continuam se atracando, as línguas vermelhas bifurcadas sujas de sangue.

— São órfãos? — indago.

Atlas dá de ombros.

— Duvido.

Sinto o rosto arder de raiva.

— Se não são órfãos, então eles foram roubados?

— A Wyvernmire mandou alguém trazê-los pra cá, alguém que veio para o baile de ontem à noite — conta Atlas. Os olhos dele ficam mais sóbrios enquanto observa o carvão queimar até ficar branco sob o corpo adormecido do filhote de dragão. — Eu estava aqui cuidando dos três quando o Gideon te atacou.

— Quem foi que trouxe eles?

Será que pode ter sido o Secretário de Defesa alemão, o lorde Rushby ou aquele príncipe búlgaro?

Atlas dá de ombros mais uma vez.

— Você parece estar tão... despreocupado.

— Não importa o que eu penso — responde ele, com grosseria. — Se esses filhotes vão ajudar a Wyvernmire a vencer a guerra, então quem liga pra de onde vêm?

Respiro entre os dentes.

— Mas a quem eles pertencem? — pergunto. — A dragões rebeldes?

Atlas assente uma vez.

— Foram tirados de alguns ninhos na Escócia antes de os rebeldes expulsarem o exército.

— Vão vir atrás deles. Os pais.

— Pode ser que sim. — A indiferença dele me tira do sério.

— O que você vai fazer com eles?

— Ganhar a confiança — diz Atlas. — Estudá-los e anotar a velocidade do crescimento.

— Mas eles não vão crescer! — explodo. — Não como deveriam. Pra começo de conversa, este não é o hábitat natural deles, e filhotes de dragões precisam dos pais para aprender a voar, a cuspir fogo, a falar! Você não concordou com isso, concordou?

Quando ele se vira para mim, seu olhar é gélido.

— Acha que tenho escolha? A gente precisa ganhar a guerra, não é? Não foi com isso que *você* concordou? — Ele balança a cabeça e fecha com força a porta do queimador. — Você vai decifrar o código e entregá-lo para a Wyvernmire. E pra quê? Para ela voar feito um dragão, caçar feito um dragão, falar feito um dragão? Por que acha que ela quer tudo isso? É para conseguir controlá-los, para conseguir *nos* controlar!

Então ele não está de acordo com nada disso. Só está tentando me provocar, me fazer admitir que Wyvernmire não é quem eu pensava.

— Você não devia ter me mostrado isso — digo, com amargor na boca.

Atlas endireita a postura.

— Por que não? Te deixou irritada, como achei que faria.

— Ah, então eu também sou um dos seus experimentos, é? — pergunto, brava. — Me conta, Atlas, minha reação foi satisfatória? Minha raiva está à altura das suas expectativas?

— Featherswallow, você sabia o que estávamos fazendo aqui embaixo, não sabia? Pelo amor de Deus, o nome da minha categoria é zoologia!

— Eu não esperava que a Wyvernmire fosse colocar vocês para fazer coisas que vão contra o Tratado de Paz — vocifero.

— De novo você com isso de Tratado de Paz — fala ele, cruzando os braços sobre o peito. — Descobrir que a Wyvernmire alimenta dragões com crianças não bastou pra você? É muita audácia da sua parte me culpar porque não consegue lidar com a ideia de ter se enganado a respeito *dela*. Que sua vida toda foi construída em cima de um sistema de crenças falso.

Solto uma risada oca.

— Um sistema de crenças falso? Que hilário, vindo de uma pessoa cuja fé é tão pré-histórica quanto os dragões que estuda. Olha só pra você, agindo como se fosse todo devoto, mas sai por aí quebrando o nariz de Guardiões e... e...

— E o que mais?

Eu me desafio a falar:

— Vi como você olhou para mim quando eu estava com aquele vestido. Você não passa de um hipócrita esquentadinho e impulsivo!

O silêncio queima entre nós.

Ele me olha de esguelha.

— Se eu fosse tão impulsivo quanto você diz, Featherswallow, a essa altura já teria te beijado umas dez vezes.

Fico imóvel, engolindo minha resposta afiada. Estou tão furiosa que seria capaz de cuspir fogo, mas, para meu extremo contragosto, algo dentro de mim começa a ceder.

— E agora que você tocou no assunto — fala ele —, eu sempre relacionei minha fé a dragões. Obrigado por me lembrar disso.

— Você... eu... você não está falando nada com nada — balbucio.

Ele meneia a cabeça e seca a testa com a manga da camisa.

— Tem razão. Eu *sou mesmo* esquentadinho, irritado. Furioso, na verdade. E que bom que você também é. Pra dizer bem a verdade, às vezes sinto que nada te atinge. Você é sempre tão... impossível de ler.

Respiro fundo.

— Impossível de ler?

Eu praticamente te implorei para me beijar ontem. Não tem como ser mais explícita que isso.

— Ontem à noite alguém tentou te matar e você mal abriu a boca pra falar disso.

Dou uma risada nervosa.

— E acho que nem te vi chorar quando o Ralph quebrou seu braço.

Estremeço ao me lembrar do som do osso quebrando.

— Eu devia ter adivinhado que seria preciso algo como dragões para você reagir.

Nisso ele tem razão. Tomar os filhotes dos pais vai contra tudo que o Tratado de Paz deveria defender. Contra todo o motivo pelo qual nós, para início de conversa, compramos a briga desta guerra.

— O que você quer dizer com sua fé ser como dragões? — pergunto, baixinho.

Com desconforto, Atlas dá um pigarro.

— Eu também a sinto como se fosse... pré-histórica, às vezes. A fé é resiliente, como os dragões, e as pessoas muitas vezes têm medo dela. — Ele enfia a mão no bolso, e sei que está procurando pelo terço. — Mas, de alguma forma, ela sempre existiu, mesmo quando tentei deixá-la de lado. E aí tem minha igreja lá em Bristol. Ela tem pináculos como se fossem chifres. E pedras, como escamas. Do lado de dentro, um coração sagrado queima...

Passo o dedo pela cabeça cheia de escamas do dragãozinho adormecido. As bochechas de Atlas coram.

— É tudo parte de alguma criação mais antiga, que muitas pessoas já superaram. Eu *sei* disso... Não perdi a noção da realidade. Mas ainda assim, aqui estou eu, estudando a igreja *e* os dragões. Ambos são dinossauros que ainda estão vivinhos da silva.

O filhote solta uma pequena chama.

— Ai! — protesto.

A chama queima meu dedo, que no mesmo instante começa a formar uma bolha. Os outros, ainda brincando, param. O primeiro inclina a cabeça. Os dois restantes se viram para nos observar com seus olhos pretos brilhantes, e depois voltam a fitar um ao outro. Um deles dá uma tremelique que faz suas asas vibrarem.

— Acho que estão se comunicando — sussurro, e volto a me agachar.

— O quê? Quer dizer... por telepatia?

— Tipo isso.

O terceiro dragão abre os olhos, vê os demais, depois se vira e volta a dormir.

— Os primeiros são mais próximos — comenta Atlas, abaixando-se ao meu lado. — Tirados do mesmo ninho. O outro fica mais na dele.

Os parceiros de ninho olham para o filhote adormecido e chegam tão perto que quase tocam a pele dele com os focinhos, mas a criaturinha não volta a se mexer. Fico me perguntando se estão tentando conversar com ele. Mas, se fosse o caso, ele reagiria, não? Não seria impossível dormir se alguém estivesse falando dentro da sua cabeça?

— Acha que os ninhos deles eram próximos? — questiono. — Da mesma área?

— Com certeza — confirma Atlas. — Eles vêm do mesmo solo de chocagem em Inverness. Pode até ser que fossem vizinhos.

Então, se os filhotes vêm da mesma região e aprenderam qualquer que tenha sido o dialeto de ecolocalização que os pais deles usavam para se comunicar com eles antes de terem sido chocados, os três deveriam entender uns aos outros, certo? A menos que minha teoria esteja errada e os dialetos não sejam regionais...

Observo os dois parceiros de ninhos — irmãos — e o rosto da minha mãe me vem à cabeça.

É que os dialetos talvez não sejam regionais. Eles podem ser...

Aos poucos, a compreensão se ilumina na minha cabeça, como o sol nascendo.

— Preciso ir — falo, ficando de pé.

— Ah... está bem.

Atlas me segue, marchando de volta para a escada com minha mente ligando os pontos em uma velocidade tão absurda que mal consigo acompanhar meu próprio raciocínio. Passo por um dos queimadores abertos e paro. Ali dentro, no meio do carvão em brasas, está um ovo de dragão.

Atlas perde a compostura.

— Chegou junto com os filhotes ontem. Não acho que vai chocar.

— É óbvio que não — digo, pegando o corrimão. — Precisa de uma coisa que só um dragão pode fornecer.

Atlas franze o cenho, intrigado.

— E o que é?

Eu me viro no topo das escadas para olhar para ele abaixo de mim. Seus ombros estão caídos e sua feição, rígida, como se o mero fato de estar ali lhe pesasse os ossos.

— Ecolocalização — falo. — Um filhote de dragão não vai sair do ovo a menos que ouça os chamados dos pais.

E a verdade, a última peça do quebra-cabeça, de repente surge diante dos meus olhos. Sei o que minha mãe estava tentando contar a Hollingsworth antes de a reitora a interromper. Ela queria provar que cada *família* de dragões fala o próprio dialeto. E isso também serve para ecolocalização. O koinamens não é uma arma de guerra, muito menos um código criado por dragões. É uma linguagem que abrange diversas línguas, e cada uma delas é sagrada e específica a uma família de dragões. O motivo pelo qual Soresten e Addax, assim como Muirgen e Rhydderch, falam os próprios dialetos não é porque vêm da mesma região. É porque são parentes.

Os dialetos da ecolocalização não são baseados em regiões.

Eles são relacionados a famílias.

CORREIO DIÁRIO

FILHAS OU FILHOTES?
A ASCENSÃO DO HARPENTESA ENTRE MENINAS DA TERCEIRA CLASSE

LONDRES. SEXTA-FEIRA, 20 DE DEZEMBRO DE 1923

Escrito por W. H. Harris

Um estudo recente feito pela Academia de Linguística Dracônica revela a velocidade alarmante com que membros da Terceira Classe, sobretudo meninas, estão aprendendo harpentesa. Esta língua dracônica, cuja origem alicerça-se nos dialetos anglo-frísios das línguas germânicas ocidentais, desenvolveu-se junto ao inglês que falamos hoje em dia. O berço de tal língua é a Ânglia Oriental e suas cidades siderúrgicas, uma vez que homens e dragões trabalham em conjunto na região, derretendo e fundindo metal, desde o século XVIII.

O harpentesa é a segunda língua mais falada na Ânglia Oriental, mais propagada até mesmo do que seus dialetos humanos e as línguas dos Fens. No entanto, o inesperado nesta situação é a aquisição da língua entre as filhas de trabalhadores de fundição, que, diferentemente da maioria das crianças civilizadas, diariamente têm contato com os dragões metalúrgicos que habitam suas cidades e vilarejos.

Preocupado, o sr. Moseley, dono da Fundição Moseley de Ferro e Aço, perguntou-me se achava apropriado que jovens garotas fossem capazes de conversar com criaturas tão grandes. A mente impressionável e os sentidos delicados das meninas, indagou ele, resistem à corrupção de uma natureza tão bestial?

De fato, hoje em dia muitos educadores têm questionado se as crianças, até mesmo aquelas nascidas em classes superiores, deveriam aprender dragonês. O melhor é que aprendam as línguas dracônicas somente após o Exame, caso seja necessário para a profissão, quando a mente delas já estiver totalmente formada e protegida contra os instintos rudimentares dos membros mais carnais da sociedade.

É certo que os dragões ocupam um lugar natural no nosso mundo, como criaturas a quem Deus atribuiu uma inteligência semelhante à dos homens. No entanto, cabe perguntar: esses pais nunca ouviram falar do dragão knucker de Lyminster, que atraía jovens garotas a suas águas? Outras pessoas questionam as intenções da Terceira Classe como um todo: será que essa tentativa de integração entre humanos e dragões é um mero reflexo da decadência da nossa sociedade? Ou suas motivações são intencionalmente de mau gosto e talvez até rebeldes?

É preciso ponderar: que bem podem trazer filhas que conversam com dragões?

Dezessete

De volta à estufa, Ralph está à minha espera.

— Por que demorou tanto? — rosna ele.

— Me queimei com água quente no banheiro e precisei ir ao sanatório — falo, mostrando a ele o dedo vermelho, e solto um suspiro.

Eu me sento e puxo a máquina de *loquisonus* para perto. Esse tempo todo falei da ecolocalização como se ela fosse só uma única língua que varia ligeiramente de acordo com a região. Como é que eu, uma tradutora, pude ter pensado tão pequeno? Os humanos têm línguas, dialetos e até maneiras particulares de falar entre as famílias: sotaques, palavras, piadas internas. Por que não cogitei que isso também poderia acontecer com dragões, que só foram desenvolver a linguagem oral por causa dos humanos?

Minha mãe queria provar que, assim como as línguas humanas, as dracônicas também incluem dialetos. E agora cabe a mim provar isso com a ecolocalização, o koinamens. Esta é uma linguagem cheia de dialetos de famílias que não só é usada para comunicação e caça, como também tem o poder de curar, fazer filhotes crescerem dentro de seus ovos…

Os dragões podem ter aprendido a se comunicar oralmente apenas devido à presença dos humanos, mas desde o início dos tempos a linguagem está atrelada à essência da espécie.

— Vivien, um Guardião da Paz acabou de entregar isto para você — fala a dra. Seymour. — Ele disse ter vindo de Londres para trazer.

Vejo Sophie estremecer ao ouvir a menção da nossa antiga casa. A dra. Seymour olha para Ralph com nervosismo e me entrega o embrulho. Bisbilhoto as palavras carimbadas na parte de trás e quase recuo de tamanho espanto:

ACADEMIA DE LINGUÍSTICA DRACÔNICA

Será que Hollingsworth atendeu ao meu pedido?

— Os recrutas são proibidos de usar o sistema postal, como bem sabe! — repreende Ralph.

— Mas isto foi trazido de carro...

Ele arranca o pacote de mim e o rasga com todo mundo olhando.

— Dolores, vou precisar reportar a senhora por permitir a desobediência de seus recrutas.

O rosto da dra. Seymour perde a cor. Embaixo do embrulho do pacote tem uma pilha grossa de papel encadernado.

— Quem me enviou isto foi a dra. Hollingsworth, reitora da Academia de Linguística Dracônica, pra ajudar com minha pesquisa — respondo, com calma. — Também recebi o alvará extraordinário da primeira-ministra Wyvernmire, que precisava do nosso trabalho aqui na estufa pronto para ontem. Você pode conferir direto com ela, óbvio, mas eu não acho que ia gostar de saber que você anda xeretando nos assuntos do governo.

Se Ralph percebe que estou blefando, não demonstra. Ele folheia o projeto de pesquisa da minha mãe antes de o entregar de volta para mim, nitidamente irritado por não haver nada que force minha exclusão imediata do DDCD. A dra. Seymour me encara, perplexa. Mais tarde vou explicar tudo para ela, quando Ralph não estiver por perto.

Gideon enfiou o rosto nas mãos. O que vai acontecer com ele se eu decifrar a ecolocalização primeiro? Não quero pensar nisso, nem posso me dar a esse luxo, mas parte de mim ainda torce para que, se conseguir dar a Wyvernmire o suposto *código* que tanto quer, eu arrume um jeito de negociar a soltura de todo mundo.

Olho para os papéis de pesquisa nas minhas mãos.

"A evolução das línguas dracônicas: uma defesa da existência de dialetos familiares."

Fico de coração acelerado enquanto devoro o resumo, ouvindo a voz da minha mãe nas palavras que escreveu. Cada ideia é apresentada com cuidado e meticulosamente validada com uma referência ou citação, e por um segundo sinto como se ela estivesse comigo. Ficaria evidente para qualquer um que lesse a pesquisa que é genuína a preocupação da autora com o bem-estar dos dragões e seu lugar de direito na nossa sociedade. Minha ficha cai com um estrondo: seja qual for o motivo pelo qual minha mãe se juntou aos rebeldes, deve ter sido um muito bom.

Quando Gideon faz uma pausa e sai para fumar, ouço algumas das gravações do dia anterior. Esse tempo todo, estivemos acrescentando chamados ao sistema de indexação como se tudo pertencesse a uma única língua, quando, na verdade, eles podem pertencer a qualquer um dos dialetos de famílias que existem. Soresten usou chamados de ecolocalização mais simples e universais para conversar com Muirgen, mas um dialeto de parentesco para se referir à irmã, Addax. Mas por que ele se daria ao trabalho de se valer de um dialeto com Addax se ela também entende a linguagem universal da ecolocalização que o dragão usou com Muirgen?

Já sei a resposta para essa pergunta. É a mesma razão pela qual converso com minha mãe em búlgaro, em vez de em inglês. Porque é a língua através da qual eu a conheço de verdade, a língua com a qual nós duas aprendemos a nos amar. Falar com ela em inglês seria estranho, errado. Eu me recosto na cadeira. Se conseguir provar a teoria de que Muirgen e Rhydderch falam uma versão da ecolocalização diferente da que Soresten e Addax falam, então vou conseguir apresentar minha descoberta a Wyvernmire.

A dra. Seymour sai da estufa com Ralph. Ouço-a ameaçando-o de fazer uma reclamação formal se o Guardião não a deixar desenvolver o próprio trabalho. Katherine está tamborilando os dedos na mesa, ansiosa, e me observa com seus olhos vermelhos exaustos. Faço o melhor que consigo para dar a ela um sorriso tranquilizante. Sophie então aparece ao meu lado.

— Você tem falado com a reitora da Academia, é? — chia ela.

— Encontrei ela no baile.

— Viu? — fala Katherine para Sophie, mal-humorada. — Eu te disse.

Sophie franze o cenho.

— Disse o quê? — pergunto.

— Que você tá trapaceando. — O veneno na voz de Katherine, em geral tão animada, me pega desprevenida. — Você tá usando seu status de Segunda Classe para conseguir ajuda.

Arqueio as sobrancelhas e coloco os fones.

— Que coisa mais ridícula — resmungo, estalos preenchendo meus ouvidos.

Dou uma olhada na máquina de *loquisonus*, surpresa. Não selecionei nenhuma gravação ainda, mas os chamados sem dúvida já estão tocando. Isso significa que estão acontecendo neste exato momento. Levanto a cabeça para o teto, mas não há sinal de dragões no céu que enxergo por entre os galhos das árvores. Vai ver é Soresten se comunicando com o dragão que vai assumir o turno. À medida que escuto os chamados, anoto no caderno de registros aqueles que consigo identificar. Parece ser só um dragão, falando sozinho e não recebendo resposta. Alguns dos chamados eu não reconheço e preciso recorrer aos cartões de indexação para ver se já foram descritos. Faço anotações o mais rápido que posso conforme os chamados se tornam mais rápidos e erráticos, escrevendo possíveis traduções que me ocorrem.

Agudo-tipo3 (garota)
Agudo-tipo4 (femea)
Trinado-tipo15 (humano)
CHAMADO DESCONHECIDO
Trinado-tipo15 (humano)
Agudo-tipo3 (garota)

Trinado-tipo15 (humano)
Agudo-tipo4 (femea)

CHAMADO DESCONHECIDO
Trinado-tipo15 (humano)
CHAMADO DESCONHECIDO
Agudo-tipo3 (garota)
CHAMADO DESCONHECIDO

Eu nunca tinha visto a ecolocalização sendo usada desta maneira. O dragão parece recitar uma sequência de palavras que não têm conexão entre si. E está constantemente se repetindo. O último chamado, o que não reconheço, lembra o Eco-576, que no sistema de indexação significa *quebrar* ou *trair*. Só que é diferente, mais curto e mais alto que o Eco-576. E, percebo, é seguido por um assovio baixo, tão rápido que quase não dá para ouvir. Na semana anterior, Sophie sugeriu o que aquilo poderia significar: um assovio baixo no fim de um chamado poderia denotar um substantivo, o nome de alguém ou algo. Decidi seguir com a tradução mais próxima que tenho.

— Alguém que quebra ou trai — balbucio para mim mesma.

Então vou até o armário para pegar um dicionário, e folheio as páginas até encontrar a palavra que busco.

traição *substantivo* FARSA, corrupção, infração, embosca-da, quebra, delinquência, crime.

Sublinho a palavra que me parece resumir as demais: *crime*. Posso estar errada, mas qualquer coisa volto depois e escolho outra definição.

Mais uma vez, sons preenchem meus ouvidos. Os chamados agora mudaram. Tem dois novos, que se repetem um após o outro em constante alternância. O primeiro é um trinado amigável que reconheço e que, no sistema de indexação, tem vários significados diferentes. O Trinado-tipo93 foi traduzido muitas vezes como um verbo: *deslizar* ou *rastejar*. Só que também o ouvi sendo usado por dragões de patrulha para dizer *cobra*. Procuro por uma tradução para o segundo chamado, um Sibilo-tipo3. Ele foi registrado em um cartão de indexação como algo novo, como um humano ou outro integrante da patrulha.

Então pode ser que eu tenha mais duas palavras em potencial: *cobra* e *novo*.

Isso não faz nenhum sentido, mas o padrão de *cobra novo* continua, persistente na mesma medida em que é confuso. Coço os olhos, encarando a palavra *cobra* no dicionário enquanto minha mente divaga. Eu provavelmente deveria deixar esse chamado para lá e começar a testar minha teoria dos dialetos. Mas e se essa for uma comunicação rebelde? Não posso apenas fingir que não a ouvi. Mais por tédio do que por qualquer outra coisa, folheio mais algumas páginas do dicionário até encontrar a definição da palavra *novo*. Sei que, em wyrmeriano, a tradução (*fersc*) só é usada para se referir a descendentes. Um filhote recém-rachado, ou um bebê humano, pode ser *fersc*, por exemplo, mas uma construção nova, uma planta recém-brotada ou um novato em um grupo, não.

Suspiro. E se *novo* estiver longe de ser a palavra certa? E se o cartão de indexação estiver errado e os chamados todos significarem outras coisas? Releio o caderno de registros à procura de uma ocorrência do uso do Sibilo-tipo3, mas não há nada nele.

Gideon ainda está fumando lá fora, agora envolvido em uma conversa com a dra. Seymour. Ouço a voz baixa do garoto e o tom de consolo dela em resposta. Rapidamente, pego o outro caderno de registro, o que Gideon vem usando. E encontro: uma menção do Sibilo-tipo3 gravada quatro meses antes, em uma caligrafia que não reconheço. Mas, diferentemente das anotações anteriores, o chamado não foi traduzido como *novo*, mas sim como *primeiro*. Então pode ser um erro de tradução? Encaro a palavra: *primeiro*.

Ela foi usada entre três dragões discutindo um primeiro voo, em um registro datado de primeiro de setembro.

Junto as palavras com as demais que consegui traduzir e descarto *fêmea*, que me parece ser um sinônimo, e uno sua carga de gênero a "humano".

Humana.
Garota.

Crime.
Cobra.
Primeiro.

Uma garota humana que cometeu um crime? Um arrepio percorre minha espinha. Isso pode ser relacionado à maioria das recrutas, mas... De repente, me lembro das palavras ditas por uma voz que me deixou de cabelo em pé.

Por acaso tem uma lâmina, garota humana? Nós duas sabemos que não podemos contar com seus dentes.

Pego o dicionário e encontro a palavra *primeiro*.

> **primeiro número ordinal** Temporalmente, vem antes de todos os outros
> OU
> ordem; precedente; inicial; original; básico
> OU
> Antes de fazer alguma outra coisa; primeiramente; em primeiro lugar; agora
> OU
> A primeira ocorrência de algo notável; novidade; nova jornada; alguém jovem, pioneiro ou noviço

O reconhecimento me atinge com força. Pego um lápis e circulo a última palavra do último sinônimo. Depois, mal conseguindo respirar, conserto a lista ao adaptar a sintaxe.

Garota.
Humana.
Crime.
Cobra.
Noviça.

Já ouvi essas palavras juntas antes.

Cobra Noviça? É o que significa em inglês, não é?

Chumana.

Chumana está na Propriedade Bletchley, chamando pela garota humana que cometeu um crime.

Ela está chamando por mim.

Dezoito

Espero pela calmaria do horário do almoço para roubar uma máquina de *loquisonus*. No fim do turno, Sophie parece querer me dizer algo, mas volta atrás e segue a dra. Seymour e os demais para comer. Sobra apenas Soresten guardando a estufa, e ele mal olha para mim quando passo do lugar onde está tomando um banho de sol.

— Vou levar isso pra manutenção — digo, mudando a mochila de um ombro para outro.

Soresten levanta a cabeça como se para sentir o cheiro dela, e meu coração dispara. É improvável que adivinhe para o que serve, mas o alto-falante em formato de trompete escapando pela abertura da bolsa indica que é usado para ouvir alguma coisa. Ainda assim, é um risco que estou disposta a correr.

Entro aos tropeços na floresta densa. E se eu tiver demorado demais e Chumana tiver ido embora? Há quanto tempo ela está me chamando? E se um dos dragões de patrulha escutou os chamados dela e decidir ir investigar?

Tiro a máquina da mochila e a ligo, ouvindo enquanto me embrenho entre as árvores. Não ouço nada exceto por um ou outro chamado de patrulha. Se estou fora da área de isolamento que a dra. Seymour criou com os bloqueadores sonares de borracha, quer dizer que posso emitir chamados pela máquina de *loquisonus*. E se eu reproduzir os chamados de Chumana para ela? Será que vai saber que sou eu e seguir o som até me encontrar? É perigoso, óbvio. Um dos dragões de patrulha pode acabar ouvindo, e depois me ver na floresta usando a comunicação do koinamens por meio de uma máquina.

Você tem alguma ideia melhor?

Eu me ajoelho ao pé de uma árvore e coloco a *loquisonus* no chão duro. Arranco as luvas, tiro os fones da máquina e mudo o botão de *receber* para *reproduzir*. Nunca fiz isso antes. Acho que a dra. Seymour também não. O propósito da máquina não é reproduzir por inteiro chamados gravados, apenas excertos: os diferentes chamados podem ser cortados e juntados para conseguirmos dizer o que queremos. Só que não há tempo para isso.

Reproduzo as gravações de Chumana.

Não consigo ouvir os chamados enquanto a máquina de *loquisonus* os converte de volta às frequências originais, mas graças a uma luzinha verde que pisca sei que estão sendo reproduzidos. O que eu fiz? Nervosa, olho para o céu. A qualquer minuto, Muirgen, Yndrir ou Soresten vão voar até mim e exigir saber como e por que estou usando sua língua ultrassônica secreta, e depois vão me denunciar à rainha deles, que vai abandonar Wyvernmire e vamos perder a guerra e...

— Como ousa tocar tamanha abominação para mim, garota humana?

Eu me viro. Uma dragoa cor-de-rosa imensa se aproxima. Como ela consegue andar nesse silêncio com patas do tamanho de rochas? Chumana me observa com aqueles olhos âmbares rodeados de círculos brancos e assente na minha direção em cumprimento.

— Chumana — falo, soltando o ar. — Você veio.

O ombro esquerdo dela está coberto de sangue que escorre de uma ferida. O corte é tão profundo que consigo ver o branco de um osso.

— *Você* veio — diz ela em slavidraneishá.

— Você me chamou, não foi? — pergunto, e olho para a máquina de *loquisonus*.

— Sim. Como eu não sabia quais chamados você reconheceria, tive que usar todos os meios possíveis. — Ela rosna de novo.

— Como sabia que eu estava ouvindo a ecolocalização?

— Sei muito do que se passa dentro da estufa — responde ela.

O quê? Mas como?

— O que estamos fazendo aqui? — pergunto. — Você deveria estar se escondendo em algum lugar bem longe, onde a rainha Ignacia não possa te encontrar.

Chumana solta uma risada.

— Sou a menor das preocupações de Ignacia. — A cauda dela tremelica. — Não podemos ficar aqui. Os dragões de patrulha estão vindo. Posso ouvir os chamados deles.

O pânico cresce dentro de mim. Emitir os chamados de Chumana de volta foi uma ideia idiota. Não posso deixar que me encontrem aqui.

— Ora, venha! — fala Chumana, indicando as costas. — Como da última vez.

Hesito.

— Sem ofensa, mas não acho que nenhuma de nós duas goste muito da ideia de eu montar em você.

Chumana emite um som de desdém.

— Montaria é para cavalos. Eu estou permitindo que se refugie nas minhas costas. Não se demore, senão eu mudo de ideia.

Enfio a máquina de *loquisonus* de volta na mochila e, em seguida, vou até a lateral do corpo dela, assim como fiz da outra vez, na biblioteca. Coloco a mão na base de sua coluna. Chumana está com um cheiro diferente, percebo ao subir. Desta vez, é ar fresco, pinheiros e sangue acalorado.

— O que aconteceu com seu ombro? — indago.

— É apenas um ferimento de batalha — responde ela.

Não pergunto em qual batalha Chumana estava lutando. Chego ao ponto entre suas asas em que o detonador ficava. A cicatriz está curada e lisa.

— Segure-se — murmura ela.

E assim, antes que possa me preparar, estamos voando. A força do vento me faz engolir um arquejo de choque, e as bases das asas de Chumana se movem com tamanho vigor embaixo das minhas coxas que eu caio para a frente, agarrando a primeira escama que consigo encontrar. Pressiono o rosto na pele dela, me segurando porque minha vida depende disso, sem ousar me mover ao nos sentir ganhando altura, o ar ficando mais frio ao nosso redor. Não ouço nadinha. Nada além de lufadas de vento e o bater de asas. A máquina de *loquisonus* está suspensa de maneira precária no meu ombro, e meus olhos estão espremidos. Eu os abro e observo por cima da asa de Chumana.

A floresta está abaixo de mim, a copa dos pinheiros formando um mar de verde e marrom. Não há nenhum sinal da estufa, muito bem escondida daqui, mas além da floresta está o solar de Bletchley, a estética da mansão tão caótica quanto é lá de baixo, cercada de motocarros pretos e Guardiões pequeninos vestidos de branco. E dragões. Eu os vejo por toda a parte: patrulhando perto do lago, empoleirados sobre o solar e em formas distantes no céu. Chumana também os vê, e eu grito quando ela vira de lado, nos deixando inclinadas em um ângulo que quase solta meus pés de onde os estou prendendo entre os espinhos e as escamas. Mergulhamos para baixo, rápidas como um míssil em direção ao chão, e o vento zune entre nossos corpos e quase me levanta das costas dela, a velocidade do voo me fazendo perder o fôlego.

Chumana aterrissa com as patas gigantes na grama quase com suavidade, mas o impacto ainda reverbera por seu corpo com um solavanco que me faz voar para o chão. Arfo quando o ar é arrancado dos meus pulmões e, em meio à grama, levanto a cabeça para olhar para ela, que está com um sorriso aberto, os dentes amarelos e pontiagudos à mostra.

— Espero que sua máquina não tenha quebrado.

Eu me sento e puxo a *loquisonus* para perto de mim. Ela parece ter sobrevivido ao pouso brusco, ainda bem.

— Onde estamos?

Nós aterrissamos em uma depressão no chão, como uma vala profunda. As laterais são tão íngremes que não consigo ver o que há no topo.

— Além da floresta — explica Chumana, tocando a ferida com o focinho. — Em um campo que não é utilizado.

É a primeira vez que saí de Bletchley desde que desci do trem. A ideia me ocorre de imediato, é óbvio.

Você poderia ir para casa.

Mas voltar para o quê? Ursa foi levada pelo governo, e meus pais ainda estão em Highfall. Se eu for embora de Bletchley, acabo com a única chance que tenho de salvá-los. Além do mais, não posso partir sem Marquis.

Olho em volta pela vala. A terra está chamuscada, e há uma pilha de ossos em um canto, assim como um crânio que parece ter pertencido a uma vaca azarada. Tem uma marca no chão ao lado esquerdo, no formato de um corpo pesado. E uma pele gigante de dragão que parece papel, morta e seca.

— Há quanto tempo você tem dormido aqui? — pergunto a Chumana.

— Muitos dias.

— Mas por quê? Pensei que tinha escapado depois de atear fogo ao gabinete da Wyvernmire. Achei que você iria para o mais longe possível…

— Ah, eu fui. Mas tive que voltar.

— E precisou voltar especificamente para a Propriedade Bletchley? — pergunto, revirando os olhos.

O que ela quer?

— Preciso falar com você.

A cabeça imensa dela paira sobre mim, o ar de suas narinas é quente ao tocar meu rosto. Fito os olhos dela e vejo meu rosto refletido ali. Ela solta um pouco de fumaça e lança um olhar de repulsa para a máquina de *loquisonus*.

— Você faz ideia do que está fazendo ao se intrometer em questões que não lhe dizem respeito?

— Como sabe o que a máquina é? — pergunto. — Como sabia que podia entrar em contato comigo usando ecolocalização…

— O nome não é esse! — ruge Chumana.

Cambaleio para trás quando ela bate as patas, causando um tremor no chão.

— Eu sei — falo, levantando as mãos no ar. — Me desculpa. É o *koinamens*, certo?

A curiosidade queima em seus olhos.

— Como sabe o nome verdadeiro? — rosna.

— É complicado.

Ela me encara, e eu devolvo o olhar.

— Mais cedo, você disse que precisou usar todos os modos de chamados para estabelecer contato comigo. Então... cada dragão tem seus próprios chamados reconhecíveis? Você me chamou usando os universais em vez de...

Paro de falar quando Chumana me lança um olhar demorado e calculado.

— Se acha que vou prestar ajuda à dizimação de toda a minha espécie — diz ela —, está redondamente enganada.

— A dizimação da sua espécie? Do que você está falando?

— Vim até aqui para dizer que coloque um ponto-final no que estão fazendo na estufa — alerta Chumana. — Os rebeldes estão cientes, e é só uma questão de tempo até que a rainha Ignacia também descubra.

Então Chumana nunca se escondeu. Ela está com a Coalizão. E, se sabe o que estamos fazendo com as máquinas de *loquisonus*, então alguém na estufa deve estar espionando para os rebeldes. A verdade me atinge com a mesma rapidez que o mar varre a areia.

A dra. Seymour.

A correspondência do dracovol não tinha nada a ver com Ravensloe ou sua pesquisa. Ela está se comunicando com a Coalizão entre Humanos e Dragões.

— Veio me dizer? — falo, sem conseguir esconder a indignação na voz. — Estou trabalhando para a primeira-ministra Wyvernmire, que tem o exército britânico inteiro a seu dispor. Você não pode me dizer nada.

— Ah, sim, a mulher que está ameaçando matar toda a sua família — desdenha Chumana. — Eu não sabia que você era tão covarde, garota humana.

— E não sou — protesto. — Só que eu não tenho escolha. Estou fazendo na estufa o necessário para salvá-los.

— Você faz *ideia* do mal que está causando? — indaga Chumana.

— Só estou cumprindo ordens. Por que seria tão ruim se os humanos falassem o koinamens? Nós já falamos dragonês.

— Porque o koinamens não faz parte da natureza humana — sibila Chumana. — É por isso que vocês precisam recorrer àquela língua anormal criada pelos humanos, distorcendo os sons dos meus chamados e os divorciando de sua verdadeira essência.

Ela pousa os olhos na máquina de *loquisonus* novamente.

— Sei que não — respondo, baixinho. — Sei que ele pode fazer coisas que as outras línguas não podem. O koinamens é capaz de curar e fazer filhotes crescerem dentro dos...

— Que dragão lhe deu tal conhecimento? — pergunta Chumana.

— Nenhum. Eu descobri sozinha. Sei que o koinamens não é um código, nem uma arma. Vocês nascem com ele. É parte de quem são. E dragões diferentes falam versões diferentes, como... dialetos — digo lentamente.

Chumana solta um rosnado profundo.

— Estou certa, não é? — rebato. E minha mãe também estava.

— Vocês estão mexendo com algo muito além da sua compreensão — repreende Chumana. — Atribuem nomes aos nossos chamados, assim como tentam categorizar as diferenças nas nossas aparências externas, mas não entendem como cada detalhe faz parte de um todo.

— Mas eu *quero* entender, descobrir as maneiras que os dragões têm de se comunicar e...

— O propósito do koinamens *não* é a comunicação. Afinal, é para isso que temos línguas. E você continua a esmiuçá-lo na vã esperança de que possa aplicar alguma regra gramatical, porque assim poderá manipulá-lo como bem quiser! O que você não entende é que, embora o koinamens diga menos do que outras línguas, ele *significa* mais. É mais profundo que o intelecto, mais rápido que a luz. É o sussurro de uma mãe dentro da mente de um filhote para tranquilizá-lo enquanto a espera voltar para o ninho. Diga-me, garota humana: o significado de um aperto de mãos pode ser traduzido? O riso de uma criança? Um último suspiro?

Encaro um lote de grama amassada. Como pode uma língua ser mais rápida que a luz?

— Sabe por que a Coalizão se opõe ao Tratado de Paz? — questiona Chumana.

— Eles acham que o acordo é corrupto. Que marginaliza os dragões e oprime a Terceira Classe.

— E você acredita nisso?

Penso nas crianças na ilha de Canna, na proibição de línguas dracônicas, na garota da Terceira Classe morta.

— Acho que o Tratado de Paz foi criado para o bem — digo, sem muita firmeza.

— Muitas nações existem sem ter um Tratado de Paz, garota humana — diz Chumana. — Mas a nossa? Ela reduziu dragões a subcidadãos meramente tolerados e implementou um sistema de classes que suprime alguns dos mais dignos de sua espécie devido apenas à situação econômica. Tudo não passa de um estratagema que permite à primeira-ministra Wyvernmire fazer favores aos amigos e conter o poder dentro de seu próprio círculo.

— E a rainha Ignacia? — retruco. — Ela mesma não endossou o Tratado de Paz?

— É tão corrupta quanto *sua* líder — sibila Chumana.

— Mas o que os rebeldes sugerem, então? Sem o Tratado de Paz, dragões e humanos lutariam por terras, por recursos, e aí haverá mais uma guerra...

— Um Tratado de Paz diferente — propõe Chumana. — Escrito pelo povo, sem cláusulas ocultas ou sistemas de classes internas.

Balanço a cabeça de um lado para outro, inconformada.

— Não tenho o menor interesse em debates políticos...

— Só porque você é privilegiada o bastante para não precisar se preocupar com eles.

— O único motivo pelo qual estou aqui é para salvar meus pais e...

— Seus pais têm mais bravura que você...

— Meus pais estão praticamente mortos! — grito para a dragoa. — A menos que eu diga à Wyvernmire que o código dos dragões não é um código, mas uma língua com dialetos, dialetos específicos a famílias...

Chumana solta um rugido ensurdecedor.

— Vocês brincam com segredos que os dragões escondem dos humanos desde o início dos tempos! O que acha que sua primeira-ministra vai fazer quando tiver a capacidade de imitar o koinamens dos dragões? Vai usá-lo para atrair e capturar nossas famílias? Vai sequestrar ovos e criar o próprio exército de dragões escravizados? Ou vai matar uma geração de filhotes antes mesmo da chocagem usando os chamados que somente uma mãe desesperada seria capaz de emitir ao próprio ovo?

Gaguejo, e Chumana solta uma risada baixa e perigosa.

— É óbvio que você não sabia que o koinamens pode matar, assim como pode curar e fazer crescer. Vocês não sabem nada a respeito de suas complexidades, de seu poder ancestral, do perigo que ele representa nas mãos erradas.

— Sinto muito, Chumana — digo, em seguida vou até a máquina de *loquisonus* e a levanto. — Mas, se eu não der à Wyvernmire o que ela quer, minha família vai morrer.

— Dê a ela, e Wyvernmire vai vencer a guerra — rosna Chumana. — Acha mesmo que a primeira-ministra vai libertar seus pais rebeldes depois disso? Acha que vai permitir que eles vivam? Você está do lado errado da história, garota humana.

— Minha irmã é inocente. E, se meus pais morrerem, ela vai precisar de mim ainda mais. É o único caminho.

— Você escolheria sua irmã sabendo que isso coloca em risco toda a raça dos dragões, além de outros humanos que são tratados como animais só por terem nascido na Terceira Classe?

— Escolheria. Isso talvez faça de mim uma pessoa horrível, mas acredite quando digo que não é nenhuma novidade para mim.

Há uma longa pausa, silenciosa exceto pelo chilrear irritante de um pássaro. Por fim, Chumana volta a falar:

— Dragões trocam de pele. Sabe por que isso importa?

Olho para a pele morta no chão e faço que não com a cabeça.

— Cada vez que passamos por uma troca de peles, deixamos quem éramos para trás. Cada vez que fazemos isso, é uma chance de sermos um outro alguém. A chance de mudarmos de ideia.

— Que conveniente para vocês — respondo, com rispidez.

A ferida dela volta a sangrar, o líquido que escorre pela pata dianteira formando um rio vermelho.

— Eu poderia te curar, sabia? — sugiro. — Nenhum dos dragões por aqui faria isso por você, uma rebelde, mas eu poderia gravar alguns chamados de cura. Conseguiria...

— Eu preferiria morrer — rosna Chumana.

Assinto e começo a escalar a lateral da vala.

— Eu poderia matá-la, garota humana — sussurra Chumana quando chego ao topo. — Poderia fazê-la virar cinzas bem aí, onde está. Melhor ainda, poderia comer sua carne e esconder seus ossos junto dos demais.

Meu sangue gela, mas eu a encaro bem fundo nos olhos.

— E por que não faz isso? Me mate, então. Destrua a máquina de *loquisonus* e todo mundo vai pensar que fugi com ela. Meus pais vão ser executados, é óbvio, então você praticamente estaria assinando o contrato de morte de pessoas que estão do seu lado, mas o que são mais duas mortes de humanos se já está disposta a causar uma? E eu aqui pensando que os rebeldes achavam que os humanos e os dragões eram uma grande família feliz.

Devagar, Chumana curva os lábios para cima e revela caninos longos.

— Pediram-me para conter meus dentes. Do contrário, garota humana, você talvez já estivesse apodrecendo diante de mim.

Dezenove

Quando enfim volto à Propriedade Bletchley, minhas mãos estão dormentes por causa do frio. Só quero me aninhar em frente à lareira e cair no sono, mas em vez disso levo a máquina de *loquisonus* de volta à estufa. A dra. Seymour está lá dentro, a cabeça enfiada em um livro. Ela o fecha de repente quando entro.

— Aonde você foi? O Soresten disse que você tinha levado a máquina de *loquisonus* para manutenção. — Ela solta uma risada de ultraje.

— Faz ideia do risco que fez o programa correr hoje? Já me arrisquei por você uma vez, Vivien, mas não o farei novamente…

— Na verdade, neste momento sou eu que estou me arriscando por você.

A dra. Seymour dá um passo para trás.

— Como é que é?

— Sei que você é uma espiã — digo. — Foi onde estive hoje. Com um dos seus *camaradas*.

Cuspo a última palavra, e a dra. Seymour fica pálida.

— Chumana?

Faço que sim.

Ela fecha os olhos.

— É verdade. A Coalizão deve ter mandado Chumana após terem recebido minha última mensagem...

— E qual foi? — pergunto, fria. — A localização exata da Propriedade Bletchley?

— Não seja tola. Essa informação eles já têm — responde a dra. Seymour, e olha para as árvores acima de nós. — Eu disse que você estava fazendo progresso demais, apesar do fato de que está tentando escondê-lo de mim, e que mais cedo ou mais tarde você mesma vai conseguir falar ecolocalização.

Pega de surpresa, vacilo.

— Então você disse a eles para mandar Chumana numa tentativa de me convencer a parar? — pergunto, me esforçando para esconder o choque. — Como é que você a conhece?

— Seu encontro com a dragoa criminosa na Universidade de Londres não passou despercebido pelo DDCD, *nem* pelos rebeldes — conta a dra. Seymour. — E, quando você a libertou, ela se juntou à Coalizão.

— Mas... se você concorda com a Chumana que os humanos não deveriam saber falar ecolocalização, por que inventou a máquina de *loquisonus*?

— Eu a inventei antes de saber o estrago que poderia causar. E me arrependo amargamente disso.

— E ainda assim todos os dias você continua nos ensinando ecolocalização.

— Preciso de um disfarce crível — responde a dra. Seymour.

— Um disfarce para nos espionar — retruco. — Não é de se admirar que é raro nós recebermos chamados rebeldes. Eles sabem que não devem sobrevoar esta região! E, agora que conhecem nossa localização, podem atacar a qualquer minuto...

— Eles sabem isso há meses, Vivien — fala a dra. Seymour. — Não vão atacar. Ainda não.

— *Ainda* não? — pergunto, me engasgando. — Se os rebeldes sabem onde estamos, por que não tentaram atacar a Wyvernmire quando esteve aqui na noite do baile?

— Ao contrário das mentiras que você ouviu, o objetivo da Coalizão não é a guerra, Vivien. É a mudança. — A dra. Seymour me olha com tristeza. — Vai me denunciar?

Será que devo denunciá-la? Se eu entregar a dra. Seymour a Ravensloe, ela vai ser presa. Os rebeldes podem entender isso como um sinal para atacar, e aí, sim, a Propriedade Bletchley vai arder em chamas. Entre todos aqui, eu fiz o maior progresso com a ecolocalização, e tudo que resta agora é explicar a Wyvernmire que não se trata de um código, mas de uma língua com dialetos, dialetos estes que precisarão ser aprendidos. Pode não ser a notícia que ela esperava, mas é o progresso que pediu para ver. E, então, darei o fora daqui, vou voltar para Ursa e meus pais (e talvez, em uma singela possibilidade, todo mundo também seja solto).

Observo o armário em que encontrei a correspondência do dracovol. A dra. Seymour usou a criatura para se comunicar com os rebeldes, mas também a emprestou para mim para que eu descobrisse o paradeiro da minha irmã. Quem é essa mulher, afinal de contas?

— Sei o que acontece em Canna, graças ao lorde Rushby — falo. — Mas e quanto a Eigg?

— Isso não posso te contar — responde a dra. Seymour.

É algo importante, então.

— Se os dragões rebeldes sabem que a Propriedade Bletchley está tentando decifrar a ecolocalização, por que simplesmente não contam à rainha Ignacia para que ela se vire contra a Wyvernmire?

— Porque não queremos uma guerra ainda maior do que a que já estamos enfrentando. — A dra. Seymour faz uma pausa. — Por que você precisava da pesquisa da sua mãe?

— A ecolocalização não é uma única língua. Mas você já sabia disso, não é?

— Mas sua mãe, ela…

— Ela é uma antropóloga de dragões — completo. — E descobriu que as línguas dracônicas têm dialetos que não são específicos de regiões, mas sim de famílias.

A dra. Seymour chega mais perto.

— De famílias?

— Cada família ou grupo de dragões fala o próprio dialeto. Acho que isso também se aplica à ecolocalização. — Paro. — Você ainda não sabia disso, dra. Seymour? Certamente os dragões da Coalizão teriam te contado.

— Eles não discutem a ecolocalização com humanos, nem com colegas rebeldes. E têm razão em não o fazer. A natureza humana é inconstante. Nós trocamos de lado como trocamos de roupa. O que você disse a respeito de dialetos de famílias... me lembrou de baleias. Cada baleal tem seus chamados distintos; é assim que diferenciam seus próprios membros daqueles de outros baleais.

Como pode a dra. Seymour ser tão inteligente e ainda assim...

— Você está colocando tudo em risco — digo. — Sua carreira, sua pesquisa, sua vida. Ouvi o Ralph no outro dia. Quer mesmo dar a ele o gostinho de satisfação de ver você ser demitida e presa?

— Estou arriscando tudo pelas pessoas que amo — rebate a dra. Seymour, com ferocidade. — Pela Terceira Classe, pelos dragões com os quais estamos perdendo contato. Pelo meu bebê. — Ela pousa as mãos sobre a barriga, e eu arregalo os olhos. — Quero que a criança cresça em um mundo igualitário. Quero corrigir o dano que causei. Eu estava trabalhando com relações dracônicas internacionais no Gabinete Estrangeiro quando o Ravensloe convidou a mim e minhas máquinas para Bletchley. Eu aceitei porque sabia que conseguiria desfazer alguns dos meus erros internamente. As máquinas de *loquisonus*...

— São incríveis — falo, baixinho.

— São perigosas — corrige a dra. Seymour, a voz ficando mais firme. — Existe um motivo pelo qual não temos as mesmas habilidades dos dragões, Vivien. Nós somos cruéis demais para merecê-las.

— Mas pense no progresso... uma nova linguagem inteirinha esperando para ser decifrada. É a descoberta do século.

— Pense no que isso custaria. Chumana não te contou? Você não entende por que é tão importante para os dragões...

— Eu entendo, sim. E, se meus pais não estivessem em Highfall, então talvez... — Balanço a cabeça. — Até conseguir dominá-la, a

Wyvernmire vai levar anos para aprender ecolocalização. Quem sabe, a essa altura, outra pessoa já não esteja no governo. Pode ser que até lá os rebeldes já tenham ganhado a guerra.

Não ligo mais, contanto que eu possa voltar para casa.

A dra. Seymour meneia a cabeça com amargor, sua mão ainda sobre o ventre.

— A Wyvernmire está a um segredo de tornar os dragões subservientes aos humanos. O que você acha que aconteceu na Bulgária? Que os dragões massacraram uma população inteira sem motivo algum?

Sinto um aperto no peito.

— O governo búlgaro descobriu a ecolocalização?

A dra. Seymour faz que sim e olha para a *loquisonus* que ainda está sobre meu ombro.

— O que pensamos ter descoberto durante a guerra já era conhecido pelo dr. Todorov, graças a uma máquina que se aproveitava do efeito piezoelétrico dos cristais de quartzo. Era um aparelho primitivo, muito menos desenvolvido que seu sucessor: minha própria máquina de *loquisonus*. Mas aquele já era um começo. Ele chamava o feito de ler a mente dos dragões. Os humanos búlgaros forçavam os dragões a rinhas, sequestravam filhotes e usavam a ecolocalização para fazer experimentos com eles. Fizeram coisas terríveis.

— Então... esse tempo todo você fingiu saber menos a respeito da ecolocalização dos dragões do que de fato sabe? Você sabia desde o começo o que era?

— Sim — concede a dra. Seymour. — Sempre soube que se trata de uma língua, uma à qual os dragões evidentemente dão muito valor.

Encaro a máquina de *loquisonus*. Esse tempo todo pensei que ela era a chave para salvar minha família e encontrar Ursa, mas fui feita de boba.

— Então só estamos perdendo tempo aqui — digo, com repulsa —, aprendendo uma língua que você já sabe...

— Não, Vivien — rebate a dra. Seymour. — Você está se esquecendo de que não sou tradutora. A decifração da ecolocalização, o significado de cada chamado, a existência de dialetos... tudo isso foi você.

— E a equipe anterior? Você os recrutou só para sabotar seus esforços? Onde eles estão agora, dra. Seymour?

Ela tem a decência de baixar a cabeça, tomada pela vergonha.

— Os fios da *reperisonus* não quebraram por acidente — concluo. — Você os cortou. Esse tempo todo a senhora esteve tentando nos impedir de aprender exatamente o que andou ensinando pra gente.

— Sim — admite ela. — Quando você sugeriu que o dracovol estava conversando com os ovos através da ecolocalização, eu fiquei apavorada. Com medo de que não pudesse mais te impedir de decifrá-la, quando você começou a deduzir coisas que eu mesma levei anos para entender. Com medo de que desse a informação a Dodie ou Atlas, que, por sua vez, poderiam dar ao prof. Lumens a chave para chocar os ovos de dragão. Você foi rápida demais para que eu pudesse acompanhar, Vivien. É quase impossível sabotar o trabalho de uma tradutora habilidosa quando mal se fala a língua da qual ela traduz.

— Mas, então, os recrutas anteriores... O que aconteceu com eles?

— Simplesmente foram mandados aos lugares de onde os recrutei.

— Tem certeza disso? — instigo, baixinho.

Os olhos da dra. Seymour se enchem de lágrimas.

— Eu precisava manter minha posição como informante aqui. A alternativa era...

Balanço a cabeça. Não quero ouvir mais nada. Só quero ir para casa.

— Você devia entender por que tenho que entregar a ecolocalização traduzida à Wyvernmire — digo. — Você também corre o risco de perder algo precioso, e...

— A família toda da sua mãe foi morta na Bulgária, não?

Faço que sim.

— Se a Wyvernmire aprender a falar usando ecolocalização, sem dúvida vai haver um *levante* entre os dragões da Britânia — alerta a dra. Seymour. — E assim a história vai se repetir. — Ela me lança um olhar frio e firme. — E *nós duas* vamos perder o que amamos.

*

No jantar, Marquis me recebe com um olhar inquisitivo.

— Por onde andou a tarde inteira? — pergunta ele, com urgência. — A dra. Seymour disse que você foi reparar uma das máquinas? Só que não te vimos na oficina, então…

— Pensei que você tinha passado a tarde tentando decifrar o código, foi isso? — pergunta Katherine, que se senta à minha frente com o rosto endurecido pelo semblante de malícia. — Você não estava arrumando a *loquisonus*, só tomando a máquina para si por algumas horas, e a dra. Seymour encobriu tudo. Sabemos que ela quer que você ganhe na categoria. Ela…

— Pedi para o Knott consertar um dos diais — minto. — E depois…

É melhor lidar com as consequências de algo que não fiz do que contar a todos que saí da Propriedade Bletchley com uma dragoa rebelde.

— Depois a usei para escutar alguns dragões de patrulha.

— Então a Katherine tem razão — rebate Sophie, com frieza. — Você queria a máquina só pra si, apesar de ter tido a manhã toda para usá-la.

Karim passa um prato de torta para ela, que nem se mexe.

— Tão típico da Viv — comenta ela lentamente. — Sempre determinada a vencer, custe o que custar para as outras pessoas.

Meu rosto queima. Não posso negar. O que faço, então, é pegar o garfo e começar a comer.

Katherine solta uma risada forçada.

— Até onde sei, não foi a primeira vez que você traiu os seus.

O que isso quer dizer?

Ela me encara.

— Talvez o Gideon tivesse razão em…

— Já chega! — rebate Marquis.

Sinto Atlas me encarando, mas não olho de volta para ele, que agora acha que roubei a máquina de *loquisonus* para passar na frente de todo mundo, quando hoje de manhã mesmo nós dois estávamos conversando sobre o que Wyvernmire vai fazer assim que conseguir o código. O silêncio recai sobre a sala, exceto pelo som dos talheres tilintando contra os pratos de porcelana. Owen está a postos à porta, como sempre, e eu o vejo nos observando com o cenho franzido. Está contando a gente. Sobre a moldura da lareira, o rádio entrega as notícias.

— *O Exército Britânico sofreu ainda mais perdas esta manhã em uma emboscada para a qual um batalhão rebelde parecia estranhamente preparado. Passando agora para John Seymour, nosso correspondente de guerra. John, como é possível que os rebeldes pareçam saber cada passo planejado pelo governo?*

Tomo um gole de água e me pergunto quantos espiões como a dra. Seymour devem existir dentro do exército.

— Para onde você foi mais cedo? — sussurra Atlas.

Ambas as mãos dele estão enfaixadas e têm um cheiro suspeito de unguento de calêndula.

— Queria só que todo mundo parasse de me perguntar aonde fui — rebato.

— Alguém viu a Dodie? — pergunta Karim.

Atlas desvia o olhar de mim.

— A última vez que a vi foi cerca de uma hora atrás. Falou que ia dar uma caminhada.

— Que estranho, ela nunca se atrasa — comenta Karim. — Será que não é melhor a gente procurar...

Uma sirene de perfurar os tímpanos preenche o ar. Levo as mãos às orelhas quando começa a piscar uma luz muito forte cujo brilho atravessa as cortinas de vedação. Atlas e eu corremos para a janela e puxamos a cortina.

— Ei, vocês não podem fazer isso! — repreende Owen.

Do lado de fora, os Guardiões correm pelo pátio em direção aos portões da entrada, gritando uns com os outros. Um dragão circula no ar acima, mas o céu está escuro demais para distinguir quem é. E então vejo a coisa que está provocando todo o caos: algo escalando a cerca alta. Os Guardiões correm até ela, e a silhueta está quase no topo quando...

POW.

O desertor vacila por um momento, ainda agarrado à cerca, depois cai para trás na escuridão.

— Puta merda — fala Marquis, ficando de pé. — Isso foi um tiro?

Serena empurra Owen para fora do caminho, e nós corremos para o hall, mas as portas da frente estão barradas por mais Guardiões. De repente, elas são abertas. Um Guardião entra com alguém nos braços. Cabelo ruivo longo, uniforme e um par de óculos amassados torto no nariz...

O Guardião coloca o corpo quebrantado no piso, e Sophie solta um grito, caindo ao chão.

— Atlas? — pergunto, minha voz falhando na garganta.

Ele pega minha mão, empurra os demais até que chegamos à frente. O terror começa a tomar conta de mim.

Deitada imóvel no meio do corredor, com sangue saindo do peito, está Dodie.

Vinte

O MUNDO PARECE DESACELERAR, DEPOIS VOLTA a se movimentar a todo vapor.

— Vocês mataram ela! — grita Atlas.

Ele avança para o Guardião que estava carregando Dodie, e Marquis o segue, mas em poucos segundos os dois são detidos.

— Soltem eles! — grito para os Guardiões que os prendem contra o chão. — Já não fizeram o suficiente?

Atrás de nós, Sophie está chorando de soluçar em cima do corpo de Dodie, desvencilhando-se da tentativa de Serena de acalmá-la. Como pode alguém que momentos antes estava se mexendo, escalando uma cerca, de repente estar tão imóvel? Encaro o corpo de Dodie, e parte de mim espera que a garota se levante e sorria. Resisto à tentação de me ajoelhar e desabotoar o casaco dela para ver se o sangue que forma uma poça no piso de fato vem de seu corpo. Um Guardião levanta Atlas com força, colocando-o de pé, e, quando vejo seu rosto, está úmido com lágrimas. Gideon e Karim estão congelados, imóveis de pânico, e, quando mais Guardiões invadem o hall e erguem as armas, os rapazes botam as mãos para o alto.

— Vocês mataram nossa amiga — gagueja Atlas, o rosto totalmente incrédulo.

Vou até ele, ignorando o Guardião que está segurando as mãos dele às costas, e o envolvo com os braços.

— Amiga? — diz uma voz alta.

Eu me viro. Ravensloe está descendo por uma das escadarias. Os olhos endurecendo ao assimilar a cena que encontra e, de relance, ele os passa pelo corpo sem vida de Dodie.

— Essa menina não era amiga de vocês. Olhem só como estão. — Ele chega ao último degrau e gesticula ao redor. — Olhem para onde estão. Isto aqui não é algum tipo de internato privilegiado. Vocês não estão aqui para fazer *amigos*. São criminosos, e estão aqui para pagar pelos crimes que cometeram.

Vejo o lábio de Marquis se contorcer enquanto ele se debate contra o Guardião que o mantém contido.

— Nesta noite, Dodie decidiu abandonar suas incumbências — fala Ravensloe, calmo. — Ela teve uma segunda chance, e a recusou. Agora, pagou pela ingratidão com a própria vida.

— Você não deu escolha alguma para ela! — grita Marquis em protesto. — O que fez foi atribuir à Dodie uma tarefa impossível e disse que, ainda que ela fosse bem-sucedida, Atlas seria prejudicado.

Atlas solta um soluço engasgado e eu me agarro a ele, olhando feio para o Guardião atrás de mim até que desvie o rosto.

— Isso não vai ficar assim — fala Serena para Ravensloe, a voz trêmula. — A Primeira Classe não vai... Eu não vou...

— Você, Serena Serpentine, deveria se considerar sortuda por simplesmente estar aqui — rebate Ravensloe, com um sorriso maldoso.

Ele assente para um Guardião, que avança e levanta Sophie de cima do corpo de Dodie.

— Me solta, seu canalha! — grita ela.

Katherine se coloca em movimento para defendê-la, mas um Guardião bloqueia seu caminho, levantando a viseira. É Ralph. Uma onda de ódio percorre meu corpo.

— Vocês devem esquecer essa ideia de jerico de amizade — ordena Ravensloe. — Estão aqui por um único intuito. Um propósito que, até agora, vocês falharam em cumprir. Que Dodie sirva de exemplo para aqueles de vocês que têm a ideia de faltar ao dever ou se submeter à covardice.

— O único covarde aqui é você — cuspo as palavras, que saem da minha boca antes que eu consiga me controlar.

Ralph sorri de satisfação. Ravensloe semicerra os olhos e os pousa em mim.

— Agora me parece um momento propício para lembrá-los de que, se me desafiarem, vocês serão *inquestionavelmente* rebaixados e substituídos no programa — rosna ele.

Como se você fosse ter tempo de ensinar ecolocalização a outra pessoa, quero dizer. Será que Ravensloe realmente arriscaria colocar tudo a perder a esta altura? Ou esse papo de rebaixamento não passa de uma ameaça da boca para fora para que sintamos medo e sejamos submissos?

— Alguns de vocês estão mais próximos do rebaixamento do que outros — emenda Ravensloe, olhando para Atlas.

— Pode me rebaixar, então — retorque Atlas. — Ou, melhor ainda, me mata de uma vez, como fez com a Dodie. Só que agora você não pode fazer isso, não é? Se matar ambos os seus recrutas da zoologia, quem é que vai criar seu exército de dragões?

Ravensloe fica roxo e olha em volta, para os dez Guardiões que acabaram de ouvir uma informação que, de acordo com o Ato Oficial de Sigilo, devia ser mantida em segredo. Meu coração martela no peito, e um suor frio escorre pelas minhas costas. Olho para o rosto de Atlas, que me lança um sorrio calmo.

— Coloquem-no em isolamento — ordena Ravensloe. — O restante de vocês, direto para os dormitórios.

— Isolamento, de novo? — pergunto. O Guardião puxa Atlas em direção à porta de entrada e alguém me afasta com brusquidão. — Atlas! Para onde estão te levando? — grito, mas ele já está sendo arrastado pelo pátio.

— Tranca a porta, Featherswallow! — ouço-o gritar de volta.

Os demais recrutas já estão subindo a escada, com Sophie apoiada em Serena. Marquis espera por mim e lágrimas escorrem por seu rosto.

Juntos, seguimos os outros, e sinto o olhar de Ravensloe queimando em nossas costas.

Dodie está *morta*. A fatalidade da palavra parece fazer minha mente rodopiar em uma espiral. Só consigo pensar que terei o mesmo destino se não entregar o código a Wyvernmire. E Marquis também, se não descobrir como terminar de construir o avião de Knott. Sinto uma onda de enjoo, e a sensação só piora quando o choro de Katherine se espalha pelo patamar da escadaria. Por sobre meu ombro, Marquis olha para o dormitório das garotas.

— Escuta, Viv — diz ele, alerta —, você não pode confiar em mais ninguém.

— Sei disso — respondo, a voz rouca.

— Ver alguém morrer pode fazer coisas absurdas com a cabeça de uma pessoa. O que acabou de acontecer... é um choque de realidade pra todo mundo. E a Sophie e a Katherine não podem se dar ao luxo de você decifrar o código.

Eu o encaro. Sophie não tentaria me matar. *Certo?*

— Toma cuidado você também — sussurro. — O Karim...

— Não é uma ameaça — afirma Marquis.

— Você mal o conhece! — protesto. — E a Wyvernmire está com os pais dele. Foi o que ela disse.

— Ele não vai me machucar — repete meu primo.

— Mas e se ele tentar? E se o Karim sentir que tá em um beco sem saída?

— Então eu...

Ele para de falar, e nós dois desviamos o olhar. O que meu primo ia dizer? Que mataria o namorado se as coisas chegassem a esse ponto?

Solto um suspiro trêmulo.

— Eu nem sei mais quem a gente é, Marquis — desabafo.

Ele balança a cabeça.

— Pois eu te digo: somos dois adolescentes com uma família para salvar. Você ainda tem o canivete que o Atlas te deu?

Faço que sim.

— Debaixo do travesseiro.

— Que bom. Manda um sinal se precisar de mim.

— Cuidado — sussurro.

No dormitório, trocamos de roupa em silêncio. Olho para Sophie, mas ela só faz que não com a cabeça para mim, os olhos inchados de tanto chorar. Vou para a cama e afofo os travesseiros para ter uma visão melhor do quarto. Quando pego o canivete debaixo do travesseiro, encontro junto a ele o lenço que Dodie fez para mim. Seguro os dois objetos com força. Sempre vi Dodie como uma pessoa tímida. Meiga. Delicada. Na verdade, ela era corajosa. Ela se recusou a continuar na Propriedade Bletchley, se recusou a competir com Atlas, se recusou a trabalhar com sequestradores de filhotes de dragão.

É, e olha só aonde essa coragem toda a levou.

O quarto não é preenchido pelo som de suspiros adormecidos como de costume. Fico deitada acordada por horas a fio, me perguntando quantas das garotas ao meu redor acreditam que posso tentar atacá-las na surdina durante a madrugada. Ouço a voz de Guardiões do lado de fora, ainda carregadas de urgência e adrenalina, suas botas fazendo barulho no cascalho. O que farão com o corpo de Dodie? Meus olhos estão pesados, e eu agarro o cabo do canivete para tentar continuar acordada, observando as formas imóveis das outras meninas em suas camas.

Ninguém vai tentar matar você, Viv.

Como posso afirmar isso?, discuto comigo mesma. *E se alguém aqui tiver um motivo para decifrar o código que seja ainda maior do que os meus? E se as outras garotas também estiverem correndo o risco de perderem uma família ou uma irmã?*

No comecinho da manhã, quando meus olhos cedem ao sono, ouço dois sons. O barulho de um helicóptero e os rugidos altos de diversos dragões. Não estão chamando, nem alertando, nem anunciando nada, decido à medida que minha mente se esvai. É uma homenagem. Os rugidos são para Dodie, a recruta entre todos nós cujo coração mais se parecia com o de um dragão: corajoso.

*

Trabalhamos no turno da manhã em silêncio, exceto pelas fungadas de nariz da dra. Seymour e o uivo dos ventos do lado de fora. Pergunto a ela onde está o corpo de Dodie e para onde mandaram Atlas, mas ela balança a cabeça em negativa e pressiona um dedo aos lábios. Estamos sendo ouvidos aqui? Tudo que ela diz é que Wyvernmire voltou, chegou de helicóptero durante a madrugada.

Passo horas encarando a máquina de *loquisonus*. No momento, Gideon está procurando similaridades entre a ecolocalização e o francês, enquanto Katherine trabalha na teoria de que os chamados dentro das estruturas da ecolocalização são implementados com base na espécie de dragão com a qual se está querendo comunicar. É tudo tão inútil que quase sinto pena deles. Agora que sei dos dialetos, sei que cada um deverá ser estudado e comparado com os demais para determinar quais chamados são exclusivos e quais são usados universalmente por todos os dragões. Não se trata mais de decifrar um só código, de aprender uma só língua.

Temos que aprender centenas.

Vai levar meses, talvez até anos, para que Wyvernmire tenha uma equipe fluente de tradução. Pode até ser que ela nunca tenha a oportunidade de usar o koinamens dos dragões contra eles. Sinto um certo alívio (talvez o que estou fazendo não seja tão terrível quanto Chumana e a dra. Seymour pensam).

Tomo uma golada de café. A sirene disparou esta manhã pouco depois de eu cair no sono, e meus olhos parecem estar cheios de areia. Penso em Dodie e no quanto deve ter se sentido desesperada a ponto de escalar aquela cerca. A lembrança de seu corpo caindo do alto me faz tremer.

Anoto o conhecimento básico que adquiri:

- *A ecolocalização é uma língua universal usada por todos os dragões.*
- *Diferentes grupos de dragões falam diferentes dialetos de ecolocalização específicos a famílias/grupos.*
- *Possíveis dialetos de famílias presentes para estudo na Propriedade Bletchley:*

- *dialeto A: Muirgen e Rhydderch;*
- *dialeto B: Soresten e Addax;*
- *A ecolocalização pode curar, gestar e matar. Sem ela, os ovos não podem ser chocados.*

Não.

Rabisco uma linha sobre o último item. Esse é um segredo que não darei a Wyvernmire. Não vou deixar que ela conduza experimentos em filhotes inocentes, independentemente das vantagens que isso possa trazer aos esforços de guerra.

Mas, se você não contar a Atlas, aqueles ovos nunca vão chocar e ele vai perder em sua respectiva categoria.

O pânico se aloja no meu peito, e sinto uma repentina saudade do toque dele. Como será que ele deve estar, trancado em isolamento sem nada para fazer exceto reviver os últimos momentos de Dodie? Penso na gentileza com a qual ele prendeu a andorinha de madeira no meu pescoço, as lágrimas em seu rosto enquanto eu o abraçava na noite anterior. Apesar de toda sua rebeldia, Atlas é meigo e bom. Será que a Propriedade Bletchley vai corroê-lo, assim como fez com Dodie?

Olho minha escrita, e um sentimento caloroso toma conta de mim. Os pelos da minha nuca ficam eriçados. Consegui, percebo. Aqui está o progresso que Wyvernmire pediu. Três meses nunca foram o suficiente, mas graças a mim sabemos que a chave para decifrar a ecolocalização é aprender seus dialetos.

E eu já coloquei isso em prática.

Quando o turno acaba, ando pelos corredores vazios. Bletchley parece mais quieta, e eu me pergunto onde foi que os Guardiões se meteram.

— Marquis?

Ele está sentado a uma das carteiras na sala de aula mal iluminada para a qual fomos trazidos quando chegamos aqui.

— O que está fazendo sozinho no escuro?

Ele me lança um olhar solene.

— O Ravensloe não gostou de vocês dois batendo de frente com ele. E o Knott não para de ameaçar o Karim com o rebaixamento por *falta de contribuição*. Ele está morrendo de medo de compartilhar as ideias que teve, ainda mais agora que sabe o que vai acontecer comigo se ele vencer.

— Você disse a ele que vai enfrentar a penalidade de morte?

— Queria não ter feito isso — lamenta Marquis.

— Aconteceu uma coisa hoje que…

E ao mesmo tempo meu primo diz:

— Preciso te contar uma coisa, Viv.

Marquis se vira para me olhar. Estou prestes a dizer a ele que consegui. Consegui o que queriam de mim quando me trouxeram para cá. Decifrei o código, ou ao menos descobri a chave para aprender ecolocalização. Ele para, analisando meu rosto, e eu me dou conta de que meu primo está assustado.

— O quê? — pergunto, baixinho. — Ai, meu Deus, o que foi que você fez?

— Não dá mais — fala ele, e sua voz mal sai em um sussurro.

— Não dá mais o quê? Para construir aviões?

— Não posso trabalhar pra Wyvernmire. Não posso estar do lado dela.

— Marquis, do que você tá falando? Você não está de lado nenhum. Está aqui para salvar nossos pais.

— Estou, sim, em um lado, e você também! A gente precisa parar de agir como se parte da responsabilidade do que tá acontecendo aqui não fosse nossa. Estou construindo aviões para a mulher que está ameaçando executar nossos pais. A mulher que preferiria ir à guerra a alterar o Tratado de Paz corrupto. A culpada pela morte da Dodie!

— O *Ravensloe* foi o culpado pela morte de Dodie! — protesto.

No entanto, de repente só consigo pensar no que Chumana me disse.

Você está do lado errado da história, garota humana.

— E se essa coisa toda for muito maior do que salvar apenas nossa família? — instiga Marquis. — E se conseguirmos salvá-los *e* ajudar os rebeldes a vencer?

Balanço a cabeça, descrente.

— Se não dermos à Wyvernmire o que ela quer, nunca mais vamos vê-los. Tem muita coisa em jogo aqui pra gente considerar ajudar mais alguém além de nós mesmos.

— E o que vem depois? — pergunta meu primo. — Voltamos ao Sistema de Classes, ao Exame, a tratar os dragões como se fossem cidadãos de uma quarta classe?

— Voltamos a ter paz...

— Que paz, Viv? — grita ele. — Estamos no meio de uma guerra!

Eu o encaro.

— A Wyvernmire vai colocar um fim à guerra. Mas os rebeldes vão prolongá-la por anos, tentando conseguir o que querem. E, se nós os ajudarmos, vamos perder tudo pelo que estamos lutando.

— Os rebeldes também estão lutando pelas pessoas que amam, Viv. — O olhar dele me dá vontade de chorar. — Por que salvar a Ursa só para fazer ela voltar a uma vida na qual poderia ser rebaixada por ir mal na escola, na qual poderíamos perdê-la de uma hora para outra... — A voz dele falha.

Me lembro dos cassetetes prateados e do que Sophie me contou a respeito de como Nicolas morreu, da falta de comida e medicamentos.

— Eu quero ajudar a Terceira Classe, Marquis. E queria que houvesse dragões em cada esquina, assim como quando nossos pais eram jovens. Só que não posso oferecer minha mãe, meu pai e o tio Thomas em sacrifício para conseguir isso. Eu os amo demais para que...

— E você acha que eu não? — rebate Marquis, ofendido. As lágrimas escorrem por seu rosto. — Mas como podemos escolher uma vida boa para nós mesmos, e não para o restante das pessoas?

Balanço a cabeça. Falando desse jeito, minha sugestão parece tão perversa, mas não tenho nenhuma outra resposta. Quando penso em Ursa e nos meus pais, sinto fogo nos ossos. Sou incapaz de *não* os escolher.

Devagar, Marquis sobe a manga da camisa para mostrar as cicatrizes nos braços.

— O que você tá fazendo?

— Não acha cruel que estas cicatrizes tenham sido dadas a uma criança simplesmente porque às vezes ela não cumpria um conjunto arbitrário de regras? — questiona ele. — E quantas *você* tem, Viv? Sete? Oito?

Seguro meu braço.

— Você está sendo cabeça-dura...

— Nossos pais tinham tanto medo de que nós acabássemos na Terceira Classe — comenta ele. — Gosto de pensar que agora eles se arrependem disso.

Eu me apoio em uma carteira. Para onde está indo esta conversa?

— E o Atlas? — pergunta Marquis, a voz mais firme agora. — Não fantasiava vocês dois vencendo em suas categorias e saindo correndo em direção ao pôr do sol?

— Para com isso — corto. — Não tenta usar ele contra mim.

Marquis não volta a baixar a manga.

— Digamos que os rebeldes vençam. Não temos mais Tratado de Paz, Sistema de Classes nem Exame. As pessoas podem viver, trabalhar e comprar onde e o que quiserem. Todos são iguais, certo?

Eu o encaro.

— Acredito que sim, mas...

— Errado. Você ainda tem a casa dos seus pais em Fitzrovia, que vai ficar para você e a Ursa quando eles morrerem. Mas e o seu namorado? Ele não tem propriedade nenhuma porque, até o presente momento, os pais e os avós dele eram todos da Terceira Classe. — Marquis desliza o dedo pelo braço, alisando as protuberâncias brancas em sua pele. — Ele não teve a mesma educação que você porque as escolas da Terceira Classe não tinham recursos alocados, então sempre que se candidatar a um emprego ele vai direto para o fim da lista de seleção. Atlas não tem nenhuma experiência profissional impressionante, porque os pais não tinham dinheiro para custear cursos de aprendiz durante todas as férias de verão.

— Para com isso — repito, o calor subindo para minhas bochechas. — Eu já entendi aonde você quer chegar.

— O Atlas não pode depender da família porque a mãe não tinha condições pra alimentar a ele *e* o bebê na barriga dela.

Com isso, meu estômago embrulha. Quando foi que Atlas contou essa parte a ele?

— E ainda por cima tem o fato de ele não ser branco.

— A Serena também não é branca...

— A Serena é da Primeira Classe, Viv! Ela tem um nome descendente de dragões que faz com que a cor da pele dela seja desconsiderada. A situação do Atlas é completamente diferente.

Olho janela afora.

— Você tem razão quando diz que o que os rebeldes estão tentando conseguir vai levar anos, porque a desigualdade está tão enraizada nas estruturas da nossa sociedade que vai ser preciso cavá-la bem lá do fundo, uma rocha de preconceito por vez.

Ele baixa a manga da camisa sobre as cicatrizes.

— Mesmo depois que o Sistema de Classes for abolido, você e o Atlas não vão ser tratados como iguais. É por isso que precisamos agir *agora*, e não quando estivermos em paz, dentro de casa. Quanto aos dragões? Desde o massacre na Bulgária, todo mundo tem pavor deles. Perderam suas posições na nossa sociedade, e só são tolerados por causa do poder que têm. Imagine uma Fitzrovia onde humanos e dragões caminhem lado a lado por Londres, onde você e a Sheba, do banco, possam ter uma conversa de verdade, onde a dragoa da biblioteca não seja uma prisioneira.

De súbito, sou tomada pelas lembranças da nossa infância durante a Grande Guerra, quando humanos e dragões lutavam juntos, e o dragão a postos do lado de fora do nosso bunker assoprava anéis de fumaça só para nos fazer rir.

— Paz não é paz se for concedida apenas a alguns — defende Marquis. — E eu sei que você sabe disso.

A audácia dele me paralisa, e por um segundo *quase* me sinto orgulhosa... mas me desvencilho do sentimento.

— Foi o Karim que botou essas coisas na sua cabeça? — pergunto, baixinho. — Ou você é rebelde há tanto tempo quanto nossos pais?

Marquis revira os olhos.

— Viv, você tá ouvindo o que está dizendo? Para de tentar culpar outras pessoas e por uma vez na vida só *escute*.

Só que não preciso ouvir. Já sei que o que meu primo está falando é verdade. Que o que Chumana me disse é verdade. Quantas vezes imaginei, sozinha na cama à noite, como seria conhecer Atlas fora de Bletchley? Sinto vontade de rir de mim mesma. Eu pensava que venceria a guerra e estaria livre para me relacionar com um garoto da Terceira Classe? Tudo na nossa sociedade foi planejado para nos manter segregados. Porém, independentemente da verdade, tudo gira em torno de uma coisinha:

— Eu me recuso a viver sem minha irmã — falo. — E, se eu não entregar o código, é justamente isso que vai acontecer... Isso se a Wyvernmire não decidir mandar me executar primeiro.

— Você quer a Ursa de volta, mas não quer que ela tenha mundo nenhum para o qual voltar — argumenta Marquis. — Então vai, Viv. Volta pra sua casa enorme em Fitzrovia, onde a Ursa vai ser castigada cada vez que seu desempenho escolar for menos que extraordinário. Antes algo assim do que ser rebaixada, né? — Ele me encara. — Mas, depois que tudo isso acabar, eu vou continuar com o Karim. Vou ajudar a Terceira Classe, os dragões, os...

— Os rebeldes — concluo por ele.

Meu primo assente.

— Você sabe que não vai poder sair daqui junto com o Karim, né? — digo, a voz suave. — Usa a cabeça. Não dá pra ganhar dela, tudo que nos resta é ajudar a Wyvernmire.

Fitamos um ao outro, e sinto um aperto forte no peito, ficando sem ar.

— Nossos pais fazem parte da Coalizão — diz ele. — Acha mesmo que é isso o que iam querer que a gente fizesse? Ajudar a destruir a causa pela qual estavam dispostos a dar a vida? Se eles estivessem aqui agora, o que você acha que diriam?

Saia de Londres, ordenou minha mãe. Ela sempre soube o quanto Wyvernmire era perigosa.

— Os rebeldes nunca vão ganhar, Marquis. A Wyvernmire tem um exército inteiro na palma da mão.

— E se eu te dissesse que eles podem, *sim*, ganhar? E se nos juntarmos à Coalizão for justamente *como* vamos conseguir salvar nossa família?

Dou um sorriso triste.

— Você sempre foi sonhador. Mas agora é hora de sermos realistas, primo.

Os ombros de Marquis cedem, cabisbaixo, como se a última faísca de esperança nele tivesse sido apagada pelas minhas palavras.

— Não vai existir um depois para você. — Minha voz vacila. Marquis se levanta e vai em direção à porta. — Nem pra você nem para o Karim. Não se não ajudar Wyvernmire a vencer. Uma hora ou outra ela vai derrotar os rebeldes. É só questão de tempo. Nós precisamos fazer com que nós dois... e a Ursa... sobrevivamos a isso.

Ele me lança um olhar triste de desgosto.

— Sabe qual é seu problema, Viv? Você é covarde demais pra colocar o seu na reta. Escolheria continuar no seu caminho destrutivo a mudar de rumo. Você é igualzinha a ela.

Meus olhos se enchem de lágrimas quentes, mas espero enquanto meu primo me observa, tentando descobrir o que aconteceu com nós dois. É só quando ele entra no dormitório e bate a porta que deixo as lágrimas caírem. Eu me jogo em uma cadeira e choro feito criança. Quero gritar para Marquis voltar, implorar para que não me deixe.

Marquis tem razão. Sou mesmo covarde. No entanto, a ideia de viver sem meus pais, sem Ursa, é uma possibilidade que não posso cogitar. Das duas uma: ou salvo nossa família ao entregar o código a Wyvernmire ou os perco para sempre. Eu me levanto e enxugo as lágrimas. Talvez eu tenha nascido má, ou vai ver a maldade só cria raízes uma vez que é plantada e nunca mais para de crescer. Desde o verão anterior, tenho tomado decisões egoístas para conseguir o que quero. E agora isso simplesmente faz parte de quem sou. Como se muda quem é?

E, depois de todas essas decisões egoístas, que mal faria mais uma?

PARLAMENTO DE BEATRICE

DEBATES
PARLAMENTARES DE HANSARD
***

PARLAMENTO DE TRINTA SEGUNDOS
DA
GRÃ BRITÂNIA
1922–1923
***

CASA DOS LORDES
21 de dezembro de 1923

DUQUE de PEMBROKE: Meus lordes, nas relações públicas, o assunto que naturalmente ocupa a primeira instância no dia de hoje é a questão dos direitos dos dragões, impossível de se esquecer devido às incansáveis campanhas da Coalizão entre Humanos e Dragões. O posicionamento radical do grupo, que permeia Londres e a sociedade em geral, é o que me leva à proposta que lhes apresento nesta manhã. Sr. presidente da câmara, enquanto a Coalizão entre Humanos e Dragões arrasta nosso Reino Unido por uma série de protestos violentos, debates, incêndios causados por dragões e agora guerra, nós, o Partido Humanista, estamos ávidos pelo renascimento de nossa nação.

Sob o Tratado de Paz de Sua Majestade, é ilegal matar dragões. Eles caçam a seu bel-prazer nos campos e nas florestas da Britânia, e, quando a produção do ano é escassa, fornecemos a eles nosso próprio gado para consumo. Existe uma ilha exclusiva para a chocagem de seus ovos, e eles possuem suas próprias rotas no céu. Voam em liberdade acima de nossas cidades e são empregados conforme a adequação, por exemplo em trabalhos manuais e na confecção de vidro. Compramos deles fogo e pedra, e em troca atribuímos imposto sobre sua riqueza em uma porcentagem ligeiramente maior do que os imputados aos homens da Britânia.

Entretanto, eles continuam reivindicando mais. Acusam-nos de expulsá-los de seus antigos locais de trabalho, e aqui cito diretamente os porta-vozes da Coalizão entre Humanos e Dragões: nas artes, nas universidades, na medicina e no direito. Reclamam por taxarmos suas reservas, que contêm ouro extraído por mineradores humanos e as quais não foram vistas desde a monarquia do rei Ricardo Coração de Leão! Alegam que não abrimos espaço para eles em nossas cidades, e nos atribuem a culpa (a nós, senhores!) pelo crescente desaparecimento de seus filhotes. Até mesmo apelam a ponto de sugerir que estão sendo explorados no mercado clandestino, que sabemos ser usado unicamente por membros imorais da Terceira Classe. Digam-me, meus lordes, os senhores veem dragões presentes aqui hoje? Não? E isso não se dá porque têm uma natureza diferente daquela de nós, homens, a qual os faz ansiar pelo lado exterior, pela grande expansão do mundo natural, e não pelos confinamentos das paredes do Parlamento? Será mesmo que fomos nós que excluímos os dragões? Ou foram eles que escolheram não partir?

A emergência da Coalizão entre Humanos e Dragões, meras décadas após o Massacre da Bulgária, apenas serviu para colocar em evidência o quanto os dragões são perigosos e insaciáveis. Certamente, é apenas perante nossos exércitos e aviões que eles moderam seu poder gigantesco. Os senhores se sentiriam confortáveis mandando seus filhos à escola para serem ensinados por um dragão que tem apetite por sangue humano? Quantos dos senhores se preocupam quando deixam suas filhinhas passearem pelo parque com nada mais do que as aias como proteção? Pensem em suas esposas, meus lordes! Todos nós ouvimos as histórias horrendas, mas verídicas, a respeito de dragões machos seduzindo mulheres. Eis minha proposta: a segregação perpétua entre humanos e dragões.

O que os dragões oferecem à sociedade que os homens são incapazes de proporcionar? Quem deve vir primeiro, meus lordes? A honrável população humana de senhoras e senhores da Britânia, colocados neste planeta pelas mãos de Deus? Ou tais feras selvagens? Como diz o livro sagrado: "Sejam férteis e multipliquem-se! Encham e subjuguem a terra! Dominem sobre os peixes do mar, sobre as aves do céu e sobre todos os animais que se movem pela terra."

Vinte e Um

Voltando ao corredor com a estátua de ovo gigante, encontro a sala de Wyvernmire. Parece que se passaram anos desde o dia em que apostei corrida com Atlas usando salto alto. Eu me esgueiro pela porta atrás do ovo e adentro em um corredor curto e estreito. Há mais uma porta no final. Será que é aqui para onde Atlas vem para espionar a primeira-ministra? Eu me recomponho, sentindo as lágrimas ficando secas no meu rosto. Falei a verdade para Marquis: é hora de sermos realistas. É hora de entregar o código a Wyvernmire.

Bato à porta.

— Sim?

A sala é enorme e bem iluminada. Fogo crepita na lareira, e a maleta de Wyvernmire está em uma poltrona diante das chamas. Sobre a mesa de centro está um tabuleiro de xadrez, cada peça uma espécie diferente de dragão esculpida em mármore. A mulher em pessoa está sentada atrás de uma mesa larga com uma expressão tranquila de surpresa no rosto.

— Vivien — fala ela, com suavidade. — Que prazer em vê-la aqui.

Pigarreio.

— Boa tarde, primeira-ministra. Como foi seu... voo?

— Muito turbulento por causa de toda essa ventania — diz ela, dando um sorriso pintado de batom.

Experimenta voar nas costas de um dragão nessas condições.

Wyvernmire volta a olhar para o papel que estava lendo e acrescenta uma anotação com a caneta.

— A que devo a honra, Vivien?

Dou um passo à frente.

Cuidado, alerta uma voz na minha cabeça.

Paro.

Não jogue todas as cartas na mesa de uma só vez.

A voz do meu pai.

— Vim informá-la acerca do meu progresso — digo. — Na estufa.

A primeira-ministra coloca a caneta sobre a mesa e me olha.

— Venha, sente-se — fala ela no mesmo instante, indicando a cadeira do outro lado da mesa. — O que descobriu?

Eu me sento na poltrona dura e passo o dedo pelos braços em forma de garras. Sinto o olhar dela sobre mim, ansioso.

— Por que a senhora fala em *código* dos dragões — pergunto —, quando bem sabe que é uma língua? Foi por isso que recrutou a mim, uma poliglota, não? Para aprender a língua?

Ela sorri.

— Mas que indagação perspicaz! A princípio, não sabíamos ao certo o que era. E a ecolocalização não se comporta nem um pouco como as demais línguas que conhecemos.

— Mas já faz um tempo que a senhora sabe que *é*, de fato, uma língua — insisto. — Porque a dra. Hollingsworth lhe contou. Foi por isso que mandou *ela* à minha casa para me recrutar, e não Dolores Seymour.

Wyvernmire arqueia a sobrancelha.

— Somente uma pessoa fluente em uma língua é qualificada para aferir a fluência de outra — falo. — Só porque alguém pode arriscar algumas frases convincentes em wyrmeriano, não significa que terá o sotaque correto nem a compreensão das nuances e implicações atreladas à cultura dessa língua. Dolores Seymour não teria como julgar minha maestria em línguas dracônicas quando ela mesma não fala nenhuma delas.

Será que Wyvernmire sabe que Hollingsworth me mandou a pesquisa da minha mãe?

— Os búlgaros se referiam à ecolocalização como um código, portanto foi assim que ficou conhecida — determina Wyvernmire.

— Os búlgaros? — indago, fingindo inocência.

Não vou entregar a ela que a dra. Seymour me contou a respeito do estudo sobre ecolocalização realizado por humanos búlgaros, o qual fez com que fossem todos mortos. Meu palpite é que ela não devia nunca ter revelado essa informação aos recrutas.

— Receio que tenha sido o desenvolvimento promissor na aprendizagem da ecolocalização que fez com que os compatriotas dragões deles os massacrassem — pontua Wyvernmire, que me observa de perto enquanto tento forçar incredulidade. — E é por isso que tomamos tanto cuidado mantendo o trabalho de vocês na estufa em segredo.

— Mas *você* sabe que a ecolocalização é uma linguagem tão natural para os dragões quanto respirar. Então por que insiste em chamá-la de código? É para fazer com que pareça ser mais perigosa do que é?

— Pode muito bem ser mesmo um código, levando em conta o quanto estamos longe de entendê-lo — responde Wyvernmire, fria, sua máscara pacífica de repente esquecida. — Agora me diga, está aqui para me contar que isso pode ter mudado?

— Estou começando a entender suas… variações. Mas vai levar mais tempo do que pensávamos. Não se trata de aprender uma única língua. É mais como ter que aprender várias delas.

— Está me dizendo que existem múltiplas línguas de ecolocalização? — questiona Wyvernmire.

— Acredito que sim, senhora.

— Quanto elas são diferentes umas das outras, para ser exata? — Ela se reclina na cadeira, agora com uma ruga na testa.

Eu paro. Se contar a ela, não vou ter como voltar atrás.

— E então? — pressiona a primeira-ministra. — Essas línguas são distintas como o francês e o holandês?

— Não — respondo, depressa. — São semelhantes. Todas partem de uma língua universal, como…

— Sim?

— Como dialetos.

Wyvernmire fica de pé e começa a andar de um lado para outro pela sala.

— Hollingsworth, Seymour, elas já deviam saber disso...

— Não! — falo. — Elas não sabiam. Eu só descobri porque minha mãe estava estudando dialetos dracônicos relacionados a línguas orais, e então me dei conta de que a ecolocalização poderia funcionar de maneira parecida.

— Não temos tempo para aprender diversos dialetos de ecolocalização.

— Primeira-ministra, a senhora tem toda a Academia de Linguística Dracônica à disposição. Se recrutar alguns dos linguistas, tenho certeza de que decifrariam os dialetos em pouquíssimo tempo.

Wyvernmire balança a cabeça. Duas manchas vermelhas vivas apareceram na pele fina de seu pescoço.

— Três meses nunca seriam o suficiente — argumento. — Mas um prazo de cinco anos poderia...

— Cinco anos? — Wyvernmire vira para me encarar, sua expressão sombria tomada pela fúria. — Mal temos cinco dias.

Cinco dias?

— A situação se tornou urgente, Vivien — conta ela. — Um número crescente de dragões da rainha Ignacia a estão abandonando para se juntar à rebelião. Já entrei em contato com o Borislav.

— Borislav? O dragão búlgaro para quem traduzi?

— Todos os bons líderes têm planos de contingência. Quando o último time não foi bem-sucedido em decifrar o código, ou em me fornecer qualquer progresso que fosse para fortalecer nossa defesa e ganhar a guerra que eu sabia estar por eclodir, decidi que era contraindicado depender totalmente do esforço humano.

Ouço o baixo tiquetaquear do relógio, tentando me lembrar de qualquer detalhe da conversa com o dragão.

Diga à Wyvernmire que os dragões da Bulgária estão de acordo.

Meu fôlego fica preso na garganta. Meneio a cabeça, sem conseguir crer no que estou ouvindo.

— Você se aliou à Bulgária — concluo, depois de um tempo. — A senhora vai trair a rainha Ignacia, não vai?

— Vou — responde Wyvernmire, sem titubear. — A menos que um de vocês, recrutas, consiga traduzir a ecolocalização, construir um esquadrão para mim apto a lutar contra os dragões ou encontrar um meio de criar aquelas bestas por conta própria, serei forçada a confirmar minha aliança com a Bulgária em até cinco dias. — Ela suspira. — Não era o plano de ação que eu teria escolhido, mas vocês não me deram escolha a não ser...

— Você vai acabar matando a todos nós! — grito, me levantando da poltrona. — A rainha Ignacia vai querer vingança... e vai atacar o país inteiro! Vai ser ainda pior do que esta guerra e a anterior.

— Não com os dragões búlgaros ao nosso lado — contrapõe Wyvernmire.

E então me lembro. Aquela linha de tinta turquesa no globo do meu pai, ligando a Britânia à Bulgária, marcada com a insígnia de Wyvernmire. Meus pais sabiam desde o começo.

Como foi que um dia consegui admirar esta mulher?

— Do seu lado? — repito, abismada. — Os dragões búlgaros não têm o menor respeito pelos humanos. Assim que a senhora der o que querem, eles vão erradicar o povo britânico, assim como fizeram na Bulgária.

— Você está enganada — responde Wyvernmire. — A Bulgária sempre foi uma ameaça, é óbvio, desde antes do Massacre. Simplesmente por causa do tamanho de seus bolgoriths. É por isso que a Britânia sempre quis estar em vantagem, ser bem versada nas línguas dracônicas da Bulgária, ter embaixadores de ambas as espécies em seu território. E, no final, fizemos com que esses dragões estivessem em dívida conosco.

— Quer dizer, então, que eles só estão dispostos a ajudar porque lhe devem um favor? — indago. — Você só estava esperando o Tratado de Paz ser quebrado, não é? O acordo com a rainha Ignacia era apenas temporário, para que você conseguisse combater os rebeldes até que os dragões maiores e melhores da Bulgária entrassem em cena.

Minha mente rodopia diante de todo esse descabimento.

— Você deve ter prometido algo a eles. Os dragões búlgaros não dão a mínima para dívidas. Que tipo de barganha você deve ter feito para induzi-los a formar uma aliança?

— Sou uma política com mais de vinte anos de experiência firmando acordos com dragões. Deixe esse lado do negócio para mim. Agora, por favor, se recomponha e depois me diga quantos desses dialetos já sabe falar. Do que precisa para ajudá-la a aprender mais rápido? Basta pedir, e será providenciado.

Solto uma risada.

— É óbvio que você está dependendo de uma adolescente criminosa, porque ninguém mais na Academia deve estar disposto a ajudar, não é? Aposto que todos lá, todos aqueles especialistas em línguas dracônicas, sabem da ecolocalização. E nenhum deles vai mexer nesse vespeiro, nem mesmo a própria Hollingsworth, porque eles sabem o que aconteceu com os humanos búlgaros quando tentaram. Então eu sou mesmo a única poliglota que lhe restou?

Vejo um relance de medo nos olhos da primeira-ministra.

— Minha mãe teve que correr para salvar a própria vida quando os dragões búlgaros atearam fogo no vilarejo dela — conto. — Ela assistiu à mãe, ao tio e aos primos serem devorados. Foi um milagre ter conseguido sair da Bulgária com vida. E eles vão fazer igualzinho com seu povo, tanto com os rebeldes quanto com os legalistas. Mas você não está nem aí para eles, não é? — Eu volto a me sentar na poltrona e a fuzilo com o olhar. — Você nem mesmo tocou no nome da Dodie.

— A história da Dodie foi trágica, nesse ponto nós duas concordamos, mas ela traiu a parte dela do acordo ao tentar fugir. Meus Guardiões fizeram o que foi necessário.

— Matar uma garota indefesa nunca é necessário.

— Ah, Vivien — fala Wyvernmire, com um suspiro. — Você está tentando ser honrável. Admiro isso, de verdade. Mas a verdade é que somos iguais. Você fará o que for melhor para *si*.

Balanço a cabeça em negativa.

— Só estou aqui para salvar minha família. Já não dou mais a mínima para o que vai acontecer comigo.

— É aí que mais uma vez você se engana — rebate Wyvernmire, com a voz contida. — É óbvio que *quer* salvar sua família. Mas você também *quer* ser a pessoa que vai decifrar o código dos dragões. — Ela solta uma risada rouca. — Fazer o necessário para alcançar suas ambições não lhe é um conceito desconhecido, é?

Meu rosto começa a queimar quando Wyvernmire dá um sorriso que não deixa dúvidas de que sabe mais sobre mim do que penso.

— Você já fez isso uma vez, com sua amiga Sophie.

Sinto um nó na garganta.

— Ah, sim, eu sei a respeito disso. — Ela fala devagar, os olhos presos aos meus. — Recebi informações daquela professora desesperada por uma vaga para a filha na Universidade de Londres. Diga, Vivien. Ainda consegue replicar a escrita de Sophie?

A sala toda gira ao meu redor, e sinto minha alma inteira queimando em vergonha.

— Se não tivesse feito aquilo, Sophie estaria estudando na Universidade de Londres com você, em vez de a filha daquela professora.

Pisco para afastar a ameaça de mais lágrimas. Sei melhor do que Wyvernmire como uma decisão precipitada pode mudar a vida de alguém para sempre. Como, de alguma forma, é sempre quem mais amamos que acabamos machucando.

— Está tudo bem — fala Wyvernmire, apaziguadora. — Você fez o que precisava. Para conseguir uma vaga na universidade. Para trabalhar com línguas dracônicas. Para garantir um trabalho de salário alto antes do censo do ano de sua formatura. — A voz da primeira-ministra soa dócil agora, quase maternal. — E olhe só para onde está agora. O que vai fazer quando decifrar o código dos dragões? Você pode assumir um emprego na Academia de Linguística Dracônica. Certamente a pessoa mais jovem a conseguir tal feito. Mas por que parar por aí? Por que não construir uma máquina de *loquisonus* maior e melhor do que a dra. Seymour jamais seria capaz de sonhar? Por que não passar o resto da vida lendo a mentes dos dragões?

Wyvernmire se inclina para a frente.

— Você é como eu, Vivien. Como a rainha dos dragões. Cruelmente ambiciosa.

Sinto como se tivesse levado um soco no estômago.

— Mas não quero ser — protesto, minha voz saindo rouca.

— Você não tem escolha. Faz parte de quem é — rebate Wyvernmire. — Só lhe resta assumir isso com orgulho.

A luz bate no broche em forma de garra no peito da primeira-ministra. Será mesmo que ela já ficou cara a cara com a rainha Ignacia? Se sim, deve saber que aquele adorno que usa no peito é uma péssima imitação das garras de um drake ocidental.

— É verdade que você serve crianças criminosas como alimento para dragões? — pergunto. — Foi isso o que prometeu aos dragões búlgaros? Pessoas para comer?

— Política sempre envolve fazer concessões — fala Wyvernmire, baixinho. — E os criminosos escolhem cometer crimes, não? Portanto, devem aceitar as consequências de suas ações.

As palavras familiares deixam meu cérebro em um estupor.

— Você é mesmo tudo que os rebeldes falam a seu respeito — acuso.

— Você só enxerga o que as pessoas podem ou não *fazer*, em vez de quem elas *são*.

— E você, Vivien Featherswallow? A queridinha dos professores, a aluna exemplar, sempre sorridente e desesperada para agradar aos outros. Sua vida toda foi construída com base no que você pode fazer. A ponto de não ter a mínima ideia de quem é.

Eu me retraio como se tivesse levado um tapa. Wyvernmire dá um sorriso de lábios fechados.

— Agora me conte sobre os dialetos.

Fico de pé e dou um passo para trás. O único dialeto que minimamente entendi o significado por enquanto é o de Rhydderch e Muirgen.

— Não entendi nenhum deles ainda — minto. — Preciso de mais tempo. Se a senhora puder nos dar um pouco mais de prazo…

— Cinco dias — corta Wyvernmire, que em seguida pega a caneta e volta a olhar para o papel, de repente entediada comigo. — É tudo que posso lhe dar. Nesse meio-tempo, preciso fazer uma viagem rápida a Londres. Só lhe peço um dialeto. Me dê apenas um e você terá ganhado em sua categoria.

— E quanto aos demais recrutas? Se eu te der um dialeto, você também vai perdoá-los?

— Não seja tola — rebate. — As regras se aplicam a todos. Além do mais, qualquer progresso que façam a esta altura será apenas um bônus. É da ecolocalização que preciso. Somente ela pode me fazer reconsiderar essa aliança. Não demore, Vivien. — Eu a observo começar a escrever com tinta roxa. — A Bulgária fica a um curto voo de distância.

*

Por meio de uma árvore torta, relutantemente instalada por um dos funcionários, a véspera de Natal invade o salão comunal. Eu me sento em uma poltrona, sentindo a cabeça latejar após mais um dia aprendendo o dialeto de Rhydderch e Muirgen. O solar está silencioso, e fico me perguntando quantos Guardiões receberam permissão para voltar para casa e passar o Natal com a família.

Música toca no rádio e o fogo queima alto na lareira com vários pedaços de lenha, emanando calor. Lá fora, a neve cai. Marquis está entretido em uma partida de xadrez com Katherine, o caderninho esgueirando-se de dentro de seu bolso. Todos estão observando o jogo, lendo ou falando baixo. Ninguém está em um clima muito festivo, e a falta de Dodie preenche a sala. Só consigo pensar em como restam apenas três dias até que os dragões búlgaros cheguem aqui, a menos que eu conte a Wyvernmire tudo que sei.

Atlas se senta no sofá ao meu lado. Os bilhetes dele ficaram mais frequentes desde que ele foi solto do isolamento na noite do meu encontro com Wyvernmire. Pedacinhos de papel começaram a surgir entre as páginas dos livros que peguei da biblioteca, no bolso do meu casaco e até mesmo embaixo do meu prato no jantar. Eu me pego os respondendo com um entusiasmo vergonhoso, hesitando durante horas em cada palavra.

— Como você costuma passar o Natal com sua família? — pergunta ele, esticando o braço para tirar uma agulha de pinheiro do meu cabelo.

Sinto uma pontada no peito. Ursa vai passar o Natal com estranhos. Será que vão se dar ao trabalho de comprar um presente para ela?

— Comemos, bebemos e fazemos brincadeiras — conto, forçando um tom de voz animado. — Ganso assado e o chucrute da minha mãe, xerez e charadas. Só nós seis. — Olho para Marquis, que acabou de entregar o rei a Katherine. — E você?

— Na véspera, vou à Missa da Meia-Noite com minha mãe — diz Atlas. — Tem pudim de ameixa, se conseguirmos ameixas. E cantigas. Eu e minha mãe cantamos para arrecadar dinheiro para o hospital infantil da Terceira Classe.

— Atlas King, você é extraordinário.

A surpresa reluz nos olhos dele, que solta uma risada baixa.

— É a primeira vez que ouço meu nome e uma palavra assim usados na mesma frase — fala ele, com um sorriso provocativo.

Chego mais perto para que nossos ombros se toquem. Ele brinca com um botão de latão na manga da camisa, seus dedos longos e cobertos de calos.

— Quais palavras já usaram pra te descrever?

Atlas encolhe os ombros.

— Pobre. Irritado. Um marginal.

Meu estômago parece se revirar. Ele se concentra no botão e de repente fica difícil resistir ao desejo de beijá-lo. Mas não tenho meio de reconfortá-lo. Não por isso, nem pelo que vai acontecer daqui a três dias se eu não der a Wyvernmire o que quer. Olho para os outros recrutas. Eles não fazem ideia do que está por vir.

A porta é aberta, e dois Guardiões entram, seguidos por Ravensloe.

Marquis e Katherine se levantam, e sinto Atlas ficando tenso ao meu lado. Ravensloe está carregando um decantador com um líquido laranja e sorri de orelha a orelha.

— Cadê ele? — fala, impaciente. — Ah, sim. Marquis Featherswallow.

Marquis vira uma peça de xadrez na mão e encara o vice-primeiro-ministro. Eu endireito a postura, sentindo o medo queimando no peito. O que esse homem quer com meu primo?

— Acabei de receber a notícia de que a contribuição do conhecimento do sr. Featherswallow acerca da invenção de uma moela mecânica nos permitiu esquematizar e construir o avião que, em toda a Britânia, mais se assemelha com os dragões. — Os olhos dele brilham ao nos observar. — O departamento de aviação está encerrado.

Faço contato visual com Marquis. Seu rosto está vermelho-escuro, e seu punho, agora fechado com força em volta da peça, está ficando branco.

— Meus parabéns, recruta — diz Ravensloe. — Você cumpriu sua missão. — Ele estende a mão e, quando Marquis não a pega, o homem oferece o decantador. — Um pouco de vinho de damasco como recompensa natalina. A primeira-ministra Wyvernmire ficará muito contente.

A música continua a tocar pela sala, quebrando o silêncio, e Ravensloe assente mais uma vez para meu primo antes de se retirar. Todos olham para Marquis.

— Eu... eu... Não foi minha intenção. Algumas semanas atrás expliquei ao Knott como as moelas funcionavam, só porque achei que fosse interessante. Eu não sabia que ele iria... — Ele olha de mim para Karim e seus olhos se enchem de lágrimas.

Em um instante, estou do lado dele.

— Não importa — falo em um tom tranquilizador. — Nós... nós vamos...

Atlas está me encarando de cenho franzido.

— Serena e Karim — diz ele. — Precisamos dar um jeito de tirar vocês daqui. Hoje.

O sangue se esvai do rosto de Serena.

— Você não viu o que aconteceu com a Dodie? Eu não posso...

— Ah, pelo amor de Deus, Serena! — vocifera Marquis. — O avião está concluído... Eu ganhei essa merda de competição! Quando a Wyvernmire descobrir, não vai simplesmente deixar você e o Karim irem embora.

Ele cai de joelhos e derruba o decantador de vinho de damasco. A tampa se solta e o líquido de cheiro doce impregna o carpete. O pânico me inunda. Marquis tem razão. Dodie foi morta por tentar escapar, e Wyvernmire fez um acordo com os dragões búlgaros. Ela é capaz de mais do que eu esperava.

— O que vai acontecer com vocês? — pergunta Gideon, que olha de Serena para Karim. — O que vocês fizeram para vir parar aqui?

É a pergunta que todos nós evitamos.

— Fraude — revela Karim. — Adulterei as declarações de imposto de renda dos meus pais para que o pagamento da taxa não deixasse a gente em um aperto. Só que, para a Terceira Classe, a punição para fraude é...

— Morte — conclui Gideon.

Karim começa a chorar.

— Vocês sabem da minha situação — fala Serena, baixinho. — Confiem em mim quando digo que preferiria morrer a ser forçada a me casar com um velhote.

Minha cabeça lateja. Deve haver uma saída da Propriedade Bletchley, não?

Ah.

— Conheço alguém que pode ajudar — falo.

Todos me encaram, e Marquis levanta a cabeça. Atlas fica de pé abruptamente, olhando para mim como se nunca tivesse me visto na vida.

— Viv? — indaga Marquis.

— Eu... não posso dizer mais do que isso — gaguejo. — Vocês vão ter que confiar em mim.

— Confiar em você? — debocha Sophie. — Como é que podemos fazer algo assim? Você pegou a máquina de *loquisonus* para usar sozinha, e eu te vi voltando da sala da Wyvernmire no outro dia. Como é que a gente vai saber que você não vai levar a Serena e o Karim direto pra ela?

— Como pode pensar uma coisa dessas, Soph? — Engulo em seco sentindo a tensão deixar o ar mais denso. — O que eu ganharia machucando os dois? Eles nem sequer estão na minha categoria...

— Mas então você não pensaria duas vezes antes de machucar *a gente*... é isso o que você tá dizendo? — questiona Gideon.

Katherine semicerra os olhos.

— Não foi isso o que eu disse. — Olho para as expressões hostis ao meu redor e tenho um sobressalto quando Atlas coloca a mão quente na minha.

— Está todo mundo ficando paranoico — constata ele. — Vamos todos nos sentar e bolar um plano racional.

Karim pega o decantador vazio. Nós nos sentamos de novo. Sophie desliga o rádio, e eu agarro o braço da poltrona. Preciso contar a eles. Preciso contar que, se não der a Wyvernmire pelo menos um dos dialetos da ecolocalização, os dragões búlgaros vão invadir a Britânia.

— Biscoito de gengibre? — oferece Katherine, empurrando um prato de doces com canela para nós. — Ralph mandou o pessoal da cozinha fazer para mim.

— "Ralph", tipo, o Ralph que quebrou o braço da Viv? — indaga Sophie, incrédula.

Katherine olha feio para ela.

— Aquilo foi um mal-entendido.

Ela me dá um biscoito no formato de estrela e, com o olhar, quase me desafia a recusá-lo. Engulo uma resposta irritada e o aceito, depois dou uma mordida. Ela sorri e começa a mordiscar o biscoito que pegou, também no formato de estrela.

— Viv — fala Serena, com um tremor atípico na voz —, quantas pessoas esse seu amigo ou amiga pode ajudar?

Amiga é um leve exagero, quero dizer. Mas a verdade é que, na teoria, Chumana poderia levar várias pessoas. E se também tentássemos levar Sophie, Gideon, Katherine e Atlas embora? Eu poderia entregar o código a Wyvernmire, deter os búlgaros e todos estariam…

Katherine solta um soluço sufocado. Fico de pé em um pulo quando ela cai para a frente no carpete, agarrando o pescoço, e uma espuma branca começa a sair de sua boca.

— Kath! — grita Sophie.

Eu me ajoelho ao lado dela, afastando suas mãos enquanto Atlas bate nas costas dela. Katherine solta mais um som de sufoco, me encarando com olhos vermelhos. Em seguida, seu corpo fica leve. Marquis a levanta, segurando-a de pé, enquanto Atlas continua batendo entre suas escápulas.

Serena cai no chão, as mãos cobrindo o rosto.

— Ela não tá engasgada — choraminga. — A Katherine foi envenenada.

VINTE E DOIS

DE OLHOS ARREGALADOS, MARQUIS COLOCA KATHERINE no chão. Observo seu rosto cinza. Ela está morta.

— Envenenada? — sussurra Sophie. Lentamente, ela se vira para Gideon.

— Eu não fiz nada, juro! — grita ele em defesa própria.

Marquis o agarra pela gola.

— Parem! — grita Serena. — Não foi ele.

— Então quem foi? — berra Atlas.

Encaro Serena, meu coração martelando no peito.

— O veneno era da própria Katherine — diz Serena. — Eu a vi chegando do sanatório com um frasco de alguma coisa. Disse que era para ajudar a dormir, mas depois ouvi ela e o Ralph conversando sobre a essência de cicuta…

— Acha que ela tomou demais e… — começo a perguntar.

— Não, Viv. — Serena me olha por entre os dedos. — Até mesmo uma única gota de cicuta é fatal. Eu acho… Acho que o biscoito que ela comeu era pra ter sido seu.

Derrubo o que sobrou do biscoito na minha mão.

— Por que você não disse nada? — pergunta Atlas.

Serena balança a cabeça.

— Eu não achei que ela fosse de fato usar...

Ela fica imóvel, e eu acompanho seu olhar. Gideon está com uma mão na maçaneta e outra em uma arma. Apontando-a para mim.

— Baixa isso, Gideon — manda Atlas.

Encaro Gideon, o rosto contorcido, colérico, e as mãos trêmulas. É um revólver pequeno, do tipo que Guardiões carregam no cinto. Não ouso me mexer, não ouso deixá-lo ainda mais em pânico do que já parece estar.

— Você pode sair daqui hoje, cara — fala Marquis, devagar. — Ninguém mais precisa morrer...

— A Sophie tem razão — fala Gideon, a voz aguda. Ele aponta a cabeça na minha direção. — Não podemos confiar nela. Vivien pode muito bem já ter decifrado o código e o entregado à Wyvernmire.

— Eu não o decifrei — falo, rápido demais. — Gideon, a ecolocalização é feita de dialetos, por isso que...

POW.

A bala bate na lateral da moldura da lareira e acerta a parede, me errando feio. Atlas avança na direção dele, mas Gideon volta a erguer a arma.

— Atlas, não! — grito.

Atlas para, e Owen entra na sala com a própria arma em riste. Gideon se vira, se embanana com a arma e atira. O segundo disparo atinge Owen bem no peito e o Guardião cai para trás com uma expressão de choque.

— Owen! — Arquejo, caindo ao lado dele enquanto Gideon foge.

— Levanta — fala Marquis, me puxando pelo braço. — Ele morreu.

Encaro o sangue escorrendo da boca de Owen.

— Temos que...

— Eu sei — falo, interrompendo Marquis. Olho para Sophie, que parece estar hiperventilando. — O Gideon vai vir atrás da gente de novo. Temos que nos esconder.

Serena avança, pega a arma de Owen e sai pelo corredor sem olhar para trás. Sinto uma onda de pavor.

— Vem. Antes que mais Guardiões apareçam — fala Atlas, me puxando para o corredor.

Subimos a escada às pressas até o piso superior, e eu olho ao redor à procura de um esconderijo propício.

— A biblioteca!

Nós cinco a invadimos e ouvimos os gritos dos Guardiões lá embaixo. Tranco a porta da biblioteca e Karim se recosta em uma estante, recuperando o fôlego. Sophie está xingando a torto e a direito. No escuro, ficamos ouvindo o som da respiração uns do outros. Sophie fuça uma das mesas, depois acende um palito de fósforo e o leva a uma lamparina. A luz toma conta do cômodo, e eu anseio para contar a eles tudo que sei. Atlas está com a orelha pressionada à porta, escutando.

Respiro fundo.

— Os dragões búlgaros vão invadir a Britânia daqui a menos de três dias.

Ele fixa o olhar no meu e se afasta da porta.

— Como é que é? — indaga Marquis.

Conto a eles a respeito da aliança que Wyvernmire fez com a Bulgária. Que ela planeja trair a rainha Ignacia. Que os dragões búlgaros vão aterrissar em Bletchley se eu não der a ela um jeito de entender a ecolocalização. Atlas se afunda em uma cadeira, e Sophie se vira para mim.

— O Gideon estava certo? Você decifrou o código?

Olho dela para Marquis, depois baixo a cabeça.

— Meu Deus — sussurra ela. — Você decifrou mesmo.

— Não é tão simples assim — começo.

— Você o entregou para ela? — pergunta Atlas, com rispidez. — À Wyvernmire?

Franzo o cenho.

— Não. E, Soph, o código dos dragões não é uma arma. É uma língua chamada koinamens, sagrada aos dragões porque eles a usam para curar e chocar os ovos.

Fito Atlas e vejo a compreensão nítida em seus olhos.

— E não para por aí — emendo. — Descobri que o koinamens contém dialetos, e que cada família de dragões tem a própria vertente. A Muirgen e o Rhydderch falam um dialeto, e o Soresten e a Addax, outro. Era o que estava tentando contar ao Gideon mais cedo…

— Há quanto tempo você sabe disso? — pergunta Sophie, feroz.

— Um tempinho. Mas eu queria ter certeza.

— Então naquele outro dia, quando você foi à sala da Wyvernmire...

— Eu disse que precisava de mais tempo. Aí, depois que ela revelou a aliança com os búlgaros, eu não fui capaz de entregar tudo de bandeja. Não agora que sei do que ela é capaz. Só que, se eu não der um dialeto, ela vai confirmar a aliança e colocar toda a Britânia em risco de sofrer um massacre como o que aconteceu na Bulgária.

Guardiões passam correndo em frente à biblioteca, e nós nos calamos. Ouço uma menção ao nome de Gideon.

— Logo, logo eles vão procurar pela *gente* — constata Marquis, baixinho. — A Wyvernmire vai querer conversar comigo sobre o avião, e aposto que na mesma hora vai desligar do programa o restante dos aviadores. A Serena obviamente acha que tem mais chance se escondendo sozinha.

Olho para Karim.

— Você não está seguro aqui. Vamos ter que te tirar...

— Você e a Sophie não podem ir a lugar algum — repreende Atlas. — Não com Gideon à solta. — Ele me encara com firmeza. — Quem é essa pessoa que você disse que pode nos ajudar?

— Marquis, você tem planos para seu avião? — digo, ignorando a pergunta.

Atlas tensiona o maxilar.

Marquis tira o caderninho do bolso.

— Se a Wyvernmire te achar, usa seus desenhos como distração. Mente... diz que tem mais ideias. Qualquer coisa para ganhar tempo para o Karim.

— Se nos acharem aqui, não vão nos perder de vista — lamenta Karim. — Muito menos você, Viv.

— Ele tem razão — concorda Atlas. — A Wyvernmire vai querer te proteger de mais assassinos em potencial. E acho que você tinha que deixá-la fazer isso mesmo.

— Mas e...

— O Marquis e eu vamos tirar o Karim daqui.

— Agora à noite, não — retruca Sophie. — Façam isso amanhã, depois do turno de vocês. Até lá, ele pode ficar escondido.

— Vai com ele — digo a ela. E em seguida olho para Atlas. — E você. Esta é sua chance de fugir.

— Você ainda não entendeu, né, Viv? — fala Sophie. — Mesmo se eu escapar daqui, nunca vou poder voltar pra casa. Nunca mais vou ter um registro de classe. O sistema vai me fichar como uma criminosa procurada.

— Ou podemos entregar o código à Wyvernmire, juntas — emendo, evitando o olhar de Atlas. — Dizemos a ela que trabalhamos em dupla, e que não teria como conseguirmos sem a ajuda uma da outra. Daí colocamos um fim nessa aliança absurda.

A esperança surge no rosto de Sophie.

— Você faria mesmo isso? — pergunta ela.

— É óbvio que faria. Não vou embora daqui sem você, sem nenhum de vocês...

Bem então, Atlas explode:

— Nada disso vai importar!

Eu me viro para encará-lo.

— Se der o código à Wyvernmire, não vai fazer diferença quem escapar ou não. Se ela vencer a guerra, tudo vai voltar a ser como era. — Ele me lança um olhar de angústia. — Óbvio, alguns de vocês vão ficar bem, mas e quanto ao restante de nós?

— A Viv acabou de dizer que os ovos precisam da ecolocalização para chocar — pontua Sophie. — Se contar isso à Wyvernmire, você também vai ganhar na sua categoria...

Atlas solta uma risada baixa, quase maníaca.

— Pessoas da laia de vocês são mesmo inacreditáveis. Nunca olham para além do próprio umbigo.

— Você não faz ideia de tudo pelo que passei — protesta Sophie.

— Sei, sim! — grita Atlas. — É justamente isso que estou dizendo. Você foi rebaixada, Sophie, o que significa que viu como são as condições de vida da Terceira Classe. E, se a Wyvernmire ganhar a guerra, essas pessoas vão continuar sofrendo em silêncio. Ela e a rainha Ignacia vão seguir acrescentando cláusulas ao Tratado de Paz que só servem a si mesmas, e *nós* vamos ser os responsáveis por dar ao governo os métodos perfeitos de explorar e controlar os dragões. — A voz dele está rouca de tanto gritar. — E, ainda assim, vocês só conseguem pensar em quem de nós vai colocar os demais na berlinda.

— Então o que você sugere, Atlas? — pergunto, tomada pela raiva. — Que a gente permita que ela nos execute? Porque é isso o que vai acontecer ao Karim, e talvez a mim também, se não fizermos o que ela quer.

Atlas franze o cenho e balança a cabeça como se não acreditasse em mim.

— Meus pais são rebeldes — continuo, a voz saindo trêmula. — Eu libertei uma dragoa criminosa para tentar destruir as evidências contra eles e, de alguma forma, a Coalizão tomou isso como sinal para dar início a uma guerra. Então se não ganharmos... vamos morrer.

— A Coalizão pode esconder você — fala ele, depressa. — Se escolher ficar do lado deles, vão te proteger. Eles estão vindo. Vão atacar Bletchley assim que a Wyvernmire voltar de viagem.

Olho para ele boquiaberta.

— Onde conseguiu essa informação?

Mas já sei a resposta. Bem lá no fundo, eu sempre soube.

— Porque eu faço parte dela — confessa ele, baixinho. — Sou um dos rebeldes.

Pestanejo. Primeiro a dra. Seymour, e agora ele.

— Então você passou esse tempo todo nos espionando? — pergunto, a voz vacilando. — Fingindo estar com *a gente* quando na verdade é um informante da resistência?

— Quem é *a gente*? Você e a Wyvernmire? Você e os búlgaros? Acho melhor se decidir, Featherswallow. Está com eles? — acusa Atlas. — Ou comigo?

Incrédula, balanço a cabeça. Que audácia. Ele mentiu para mim esse tempo todo, fingindo ser alguém que não era.

Não é bem assim, diz uma voz baixinha na minha cabeça. *Você viu desde o começo que ele quebrava regras. Talvez Atlas tenha sido honesto desde o princípio.*

Olho para os demais, todos encarando Atlas em um espanto silencioso. Em seguida, Marquis me lança uma súplica com o olhar. Balanço a cabeça em negativa. *Não podemos*, tento dizer com o contato visual. *Se nos juntarmos aos rebeldes, nossa família vai morrer.* Sei que estou certa nisso. O governo está com nossos pais e Ursa. Não tem a menor chance de os rebeldes os protegerem, independentemente de quantos dragões tenham ao lado.

Sophie coloca a mão trêmula no meu ombro.

— Se você diz que os búlgaros estão vindo, e se Atlas estiver certo a respeito do ataque dos rebeldes, então um confronto está prestes a irromper aqui.

Faço que sim.

— Então… como é que a gente sai de Bletchley? — pergunta Karim.

Coloco uma mão na escada que leva ao andar de cima da biblioteca, de repente desesperada para sair de perto deles.

— Montados em uma dragoa — digo ao subir.

*

Eu me deito para dormir entre duas estantes, afofando a blusa embaixo da cabeça. Ouço os demais discutindo quanto à organização para dormir enquanto encaro o teto, e então alguém apaga a lamparina. Momentos depois, a escada range.

— Posso acampar aqui? — pergunta Atlas, parado do lado oposto das fileiras de estantes.

— Contanto que não se importe de dormir com a inimiga — respondo.

Atlas coloca a própria blusa no chão, e em seguida ouço o farfalhar de páginas.

— O que está fazendo? — pergunto, a voz baixa.

— Lendo.

— Está escuro, Atlas.

Eu o ouço fechar o livro. Nós ficamos deitados em silêncio, ouvindo o som da respiração dos demais.

— Featherswallow? — sussurra ele.

— O que foi?

— Desculpa por não ter te contado que faço parte da Coalizão.

Não digo nada até que o ouço suspirar.

— Deixa isso pra lá — falo. — Parando pra pensar, estava bem na cara.

Como foi que não suspeitei dele desde o começo?

— Como veio parar aqui? — questiono. — Cometeu um crime de propósito só para ser mandado ao DDCD?

— Não — responde Atlas. — O padre David e eu estávamos levando rebeldes procurados a esconderijos em áreas rurais. Alguns Guardiões encontraram um deles escondido na nossa igreja, e eu fui preso.

— E o padre David?

— Os Guardiões o mataram.

Sinto um arrepio na nuca de tanto terror.

Atlas pigarreia.

— Consegui mandar uma mensagem à Coalizão antes de me levarem, e quando dei por mim a dra. Seymour estava na minha cela, na cadeia, me recrutando para o programa.

— Você sabia quem ela era?

— Não, mas ela me contou, bem discretamente, durante a entrevista. Ter dois rebeldes infiltrados em Bletchley era uma oportunidade única, então a Coalizão agarrou a chance com unhas e dentes.

Então esse tempo todo a dra. Seymour e Atlas sempre estiveram trabalhando juntos.

— E você? — sussurra Atlas. — Soltou mesmo... uma dragoa criminosa?

— Para salvar meus pais, sim.

— Sabia que eles estavam com a Coalizão?

Faço que não com a cabeça, depois me dou conta de que ele não pode me enxergar na escuridão.

— Não. Eles estavam na encolha, acho. Como você.

— E agora... você não quer ajudá-los?

— Eu *estou* ajudando — digo. — Se eu der o código à Wyvernmire, ela vai conceder o perdão.

— Você acredita mesmo nisso?

Não respondo. Alguns dias antes, eu teria dito que sim, mas, desde nosso encontro na sala dela, não tenho mais tanta certeza.

— Estou cansada de tomar decisões, Atlas — sussurro. — Cansada de fazer as escolhas erradas.

As lágrimas enchem meus olhos, e eu pisco para afugentá-las. Sei o que Atlas quer que eu diga. Que vou seguir os passos dos meus pais e me tornar uma rebelde, que nunca vou entregar o código a Wyvernmire. Sinto um nó na garganta por conter as lágrimas.

— Já machuquei pessoas que amo — falo, devagar. — Nunca mais quero fazer isso.

— Como assim? — pergunta Atlas, a voz ficando mais suave. — O que você fez?

Meu rosto queima, e dou graças a Deus por ele não poder ver. O chão range quando Atlas chega mais perto de mim, se ajeitando no espaço entre mim e as estantes.

— Sou seminarista, Featherswallow. Um dia vai ser meu trabalho ouvir as confissões das pessoas.

Ouço o sorrisinho na voz dele e me viro para encará-lo.

— Não tem nada que você possa me dizer que vai me chocar — incentiva ele no meu ouvido.

Então eu conto. Sussurro a verdade para que ninguém além dele ouça. Não acredito que essas palavras estão saindo da minha boca, as palavras que nunca disse para ninguém. Mas elas saem e ele ouve em silêncio enquanto sinto a vergonha me inundar.

— Entende agora por que não posso jogar tudo para o alto e me unir à Coalizão? — pergunto. — Meu egoísmo já custou tudo à Sophie. Mas se eu der o código à Wyvernmire e disser que a Sophie me ajudou a solucioná-lo, posso salvar minha família e fazer com que a Sophie tenha a vida de volta.

Espero ele dizer algo, mas Atlas fica calado. Está enojado demais para reagir. Escondo o rosto na blusa.

— Acha que posso ter nascido má? — indago, a voz abafada.

— Não — responde Atlas em um sussurro. — Não acho que ninguém nasce mau. Para mim, todos temos o bem e o mal dentro de nós. Você não acha?

Eu me viro para ele. Vejo o contorno de seu maxilar e os cachos de seu cabelo.

— É assim que enxergo as coisas — diz ele. — Se você fosse *pura* maldade, se não tivesse um pingo de bondade dentro de si, como é que conseguiria discernir o que é mau? Sem o bem, não há nada para mensurar o mal. A maldade não seria ruim... somente um estado normal de existência. Acho que é preciso ter o bem e o mal dentro de si para saber a diferença, Featherswallow. Saber qual lado você quer que fale mais alto. Então, se sente culpa pelo que fez, isso com certeza indica que também há bondade em você.

Eu me viro, mas ele me puxa de volta.

— O mundo em que a gente vive permite tudo, mas não perdoa nada. Acho que Sophie pode te perdoar, um dia. Você deveria contar a verdade para ela.

— Às vezes acordo no meio da noite e está bem ali, ao meu lado na cama, a culpa. Como um vácuo escuro esperando para me consumir.

Atlas pega minha mão.

— Então bota ele pra correr — sussurra ele, com firmeza, e depois encosta os lábios na minha orelha. — Acaba com ele, assim como um dragão acaba com o escuro.

Fico imóvel. Minha mão está no pulso de Atlas, e sinto os pelos macios de seu braço. Levanto o rosto para o dele, que chega mais perto de mim. Atlas coloca o braço em volta da minha cintura e me puxa para si. Sua boca encontra a minha. Alguma coisa explode dentro de mim. Sinto os lábios queimando ao se moverem, pinicando com pequenas faíscas. A boca dele é a mais macia que já beijei, e de repente ela está no meu pescoço, no meu rosto, nos meus olhos molhados de lágrimas. Nos mexemos quase que por instinto, nossos corpos derretendo juntos, e de repente estou em cima dele, uma de nossas mãos entrelaçadas, a outra em seu cabelo enquanto o beijo novamente e torço para que ele não pare.

Por que levamos tanto tempo?, penso quando ele leva os dedos para debaixo da minha blusa para dançar ao longo da minha coluna.

Ele se afasta, ofegante.

— Featherswallow, eu...

Eu o calo com mais um beijo, sentindo sua risada antes mesmo de ouvi-la. Ele vira a cabeça.

— Viv — sussurra no meu cabelo.

Meu nome em sua boca é como veludo.

— O quê, Atlas? — pergunto, quase que com impaciência.

— Acho que não quero mais ser padre.

Fico imóvel.

— Mas você foi religioso a vida toda. Acredita em Deus, e disse que Ele estava te chamando para o sacerdócio, então por que não...

— E se Ele estivesse me chamando para outra coisa? — pondera Atlas.

Meu coração acelera, mas tem menos a ver com os beijos do que com a esperança de que Atlas está prestes a dizer as palavras que, percebo neste momento, faz tempo que desejo ouvir. Do lado de fora, um veículo chega pelo caminho de cascalhos, e um feixe prateado de lanternas ilumina por entre as cortinas de vedação, apenas o bastante para que eu veja um lampejo do rosto de Atlas. Seus olhos estão arregalados e brilhantes.

— Viv — diz ele novamente. — E se Deus estiver me chamando para você?

Vinte e Três

— AQUI É SEU VICE-PRIMEIRO-MINISTRO! ABRAM a porta!

Acordo com o braço de Atlas ao redor de mim e meu rosto pressionado contra a capa de um livro.

— E aí, abrimos? — pergunta Marquis, grogue de sono, lá embaixo.

— Espera — falo, me sentando. — Karim, você precisa se esconder.

Desço a escada e Karim se enfia em uma alcova que funciona como estante de livros.

— Aqui — diz Atlas, entregando o maior mapa emoldurado do segundo patamar.

Nós o posicionamos em frente à alcova, e Marquis abre a porta da biblioteca. Ravensloe está esperando com um grupo de Guardiões.

— Os que tiverem turnos agora pela manhã serão escoltados até o local de trabalho — anuncia Ravensloe. — O restante — ele olha para Marquis — vai voltar para os dormitórios imediatamente. Acabou a festa.

— Ah, sim, porque passar a noite tentando evitar ser assassinado foi realmente muito divertido — ironiza Marquis.

— Onde é que o senhor estava? — pergunta Atlas a Ravensloe. — Onde estavam seus Guardiões ontem à noite quando duas pessoas foram mortas?

Fico surpresa com o semblante de desconforto que toma conta do rosto de Ravensloe por um instante, mas a expressão logo é substituída por desdém.

— Não tínhamos nos dado conta de que estávamos lidando com um grupo de animais não civilizados.

— Encontraram o Gideon? — questiono. — Ou... algum dos demais recrutas?

— Presumimos que eles estivessem com vocês — fala Ravensloe, dando uma olhada dentro da biblioteca.

Nós quatro balançamos a cabeça em negativa.

— Srta. Featherswallow, srta. Rundell, vocês duas serão acompanhadas até a estufa por estes Guardiões, para sua própria segurança. Quanto a você — diz ele, olhando para Marquis. — A primeira-ministra Wyvernmire deseja parabenizá-lo.

*

Quando Sophie e eu entramos na estufa, a dra. Seymour está bebericando uma xícara de café fumegante, perto da máquina de *loquisonus*. Ela se levanta ao nos ver, os olhos vermelhos. Tem grinaldas cintilantes penduradas no teto, uma tentativa meia-boca de celebrar um Natal do qual ninguém vai fazer questão de se lembrar.

— Meninas, fiquei sabendo o que aconteceu ontem à noite, e com Katherine. Vocês estão bem?

— Eu...

Estive evitando pensar nisso. Katherine, que cresceu na Terceira Classe, mas nunca hesitou em fazer amizade com Serena; que flertava na cara dura com Marquis; que sempre nos derrotava no xadrez.

Não acredito que Katherine tentou me matar. Não acredito que ela morreu.

A dra. Seymour começa a chorar.

— Não era para as coisas acontecerem desse jeito.

— O Atlas me contou tudo — falo. — Você sabe dos dragões búlgaros?

— Os dragões búlgaros? O que tem eles?

— A Wyvernmire está para confirmar uma aliança com eles daqui a dois dias, se não tivermos decifrado o código dos dragões até lá.

A dra. Seymour volta a se sentar, feito uma marionete cujas cordas foram cortadas.

— Eu não fazia ideia. Tem certeza disso?

Faço que sim.

— A própria Wyvernmire me contou. Dra. Seymour... se eu der um dos dialetos a ela, o que é usado pelo Rhydderch e a Muirgen, ela vai voltar atrás com a aliança aos búlgaros. Mas do contrário...

— Eles vão invadir o país — completa Sophie em um tom sombrio.

A dra. Seymour vai até o armário sem falar nada e começa a escrever algo em um pedaço de papel. Um alerta aos rebeldes.

— Seu dracovol — falo, pensando na miniatura de dragão aninhado na floresta. — Você vai conseguir mandar a mensagem sem que ninguém veja?

Ela assente sem tirar os olhos do papel. É óbvio que vai conseguir. Tem meses que vem fazendo isso. A dra. Seymour sela o envelope.

— Vivien, preciso perguntar: você tem intenção de entregar esse primeiro dialeto à Wyvernmire?

— Eu... eu não sei — confesso, ouvindo o pânico na minha voz. — Se não fizer isso, ela vai firmar o acordo com os búlgaros e eu nunca mais vou ver minha família. Mas...

A dra. Seymour assente uma única vez.

— Vou encontrar o dracovol.

Ela desaparece atrás de uma das máquinas de *reperisonus*, e eu a sigo. Atrás do aparelho e da confusão de fios, um dos painéis da estufa está aberto como uma janela. A dra. Seymour passa por ele com o envelope agarrado ao peito. Em seguida, fecha o painel e desaparece floresta adentro. Sophie e eu trocamos um olhar. Ela está com uma das mãos na *loquisonus* e a outra puxando o broche: um dragão preso em uma rede. Se eu contasse a Wyvernmire que Sophie me ajudou a decifrar o código, será que acreditaria em mim?

— Vou lá também — falo. — Procurar a dragoa da biblioteca e pedir para nos ajudar.

Sophie concorda com a cabeça.

Passo correndo pelos bloqueadores sonares e me embrenho na floresta. Vou além de onde Chumana me encontrou da última vez. O chão fica mais íngreme ali, e de repente estou subindo um barranco, tropeçando em galhos quebrados e pilhas de folhas. A pergunta da dra. Seymour gira na minha mente sem parar.

Você tem intenção de entregar esse primeiro dialeto à Wyvernmire?

Paro e respiro fundo antes de passar pela cerca de arame farpado que separa a Propriedade Bletchley dos campos rurais além, tão longe dentro da floresta que esta região nem mesmo é patrulhada. Tropeço em algo pesado, fazendo o que quer que seja cair rolando pela terra congelada. É o capacete de um Guardião. Eu volto a parar. Pouco depois de um tronco de árvore derrubado está uma pilha de corpos, os uniformes reluzindo sob amontoados de neve. Os Guardiões que ouviram Atlas quebrar o Ato Oficial de Sigilo depois que Dodie foi morta. Eles não voltaram para casa no Natal. Engulo o choro e cerro os olhos, apavorada com a possibilidade de ver um longo cacho de cabelo vermelho.

Continuo subindo, avançando pela floresta até chegar ao outro lado do campo coberto de grama. Ali está: a vala para onde Chumana me trouxe. Olho pela beirada. Está vazia: há somente a pele de dragão e várias poças d'água causadas pela neve derretida. Chumana foi embora.

É óbvio que foi, sua idiota. Você praticamente mandou ela ir se lascar.

Mesmo assim, desço para dentro da vala, sujando as botas e a calça de lama. O ar cheira a terra molhada e fumaça de chaminé. Eu me agacho ao lado da troca de pele e choro. Não sou capaz de suportar a perda de Ursa ou do restante da minha família. E a única forma de salvá-los é abrindo mão de Atlas e Sophie, dos rebeldes e possivelmente de todo o Reino Unido. Então é isso o que vou fazer.

Atlas está errado. Eu nasci, *sim*, má. Independentemente do quanto tente, não consigo tomar a decisão *certa*. Não se houver um custo pessoal. Não sou tão corajosa assim, nem altruísta o bastante. Já cometi erros demais para voltar atrás agora.

— A que devo a honra, garota humana?

Chumana me fita da borda da vala, sua cauda curvada ocupando metade da circunferência. Ela desce até mim.

Fungo o nariz.

— Você não foi embora.

— Tive a impressão de que você voltaria.

Limpo as lágrimas do rosto.

— Preciso da sua ajuda para tirar algumas pessoas da Propriedade Bletchley.

— Precisa da *minha* ajuda? — ronrona ela. — De novo?

— Não é pedir muito, é? — pergunto, seca. — A esta altura, você e a dra. Seymour já devem estar acostumadas a trabalhar juntas.

— Estamos, de fato — concorda Chumana. — E você devia ser grata por isso... Eu poderia tê-la matado se não fosse por aquele garoto.

— Garoto?

— Atlas — sibila ela, toda gentil.

— Você conheceu o Atlas?

— Sim. Ele deve ter adivinhado que você me deixaria de cabeça quente. A paciência daquele rapaz com você é estarrecedora.

Minha mente vai a mil. Atlas tem visitado Chumana? Ele nunca falou dela, mesmo depois de admitir ser rebelde, depois de eu ter contado que libertei uma dragoa criminosa que quebrou o Tratado de Paz. Ele deve saber que *Chumana* é a dragoa a quem me referia.

Ele não confia em mim, então. Sinto um aperto no peito, e a verdade aparece diante dos meus olhos com tanta nitidez que não sei como não a vi antes. As promessas da noite anterior, de que Sophie um dia me perdoaria, aquilo de Deus o ter chamado, o beijo... Tudo não passou de uma ceninha para que eu não dê o código a Wyvernmire. Pisco mais rapidamente à medida que mais lágrimas quentes aparecem. Como pude acreditar que Atlas poderia sentir algo por alguém como eu? Como pude ter a audácia de alimentar esperanças de ser perdoada pelo imperdoável?

— Já deu à Wyvernmire os segredos de minha língua ancestral?

Eu me forço a não chorar.

— Ainda não.

— Mesmo com os dragões búlgaros vindo?

Olho para cima.

— Como você sabe disso?

— Estive escutando.

— A dra. Seymour acabou de alertar o restante do seu… os rebeldes.

Chumana assente devagar.

— A Wyvernmire não faz ideia de que tem espiões rebeldes em Bletchley — falo. — Nem que a Coalizão sabe da chegada dos búlgaros. Se quer impedi-la de continuar fortalecendo o exército da Britânia, a hora de atacar é agora, antes que ela mande os búlgaros para ficarem a postos por todo o país.

— Você pensou direitinho em tudo, garota humana. Daria uma ótima rebelde.

— Mas se eu der o código a ela, o koinamens — contraponho, tomando meu tempo —, ela pode desistir da aliança. E aí ninguém vai precisar ter que lidar com os dragões búlgaros.

— Fazer algo assim seria catastrófico para os dragões — diz Chumana. — Com máquinas de *loquisonus* sofisticadas e tradutores especialistas ao dispor dela para reproduzir os chamados do koinamens, a Wyvernmire pode extorquir e infiltrar comunidades dracônicas, doutrinar filhotes, subjugar, ou até mesmo destruir, espécies inteiras.

Solto um suspiro profundo.

— Eu queria mesmo fazer a coisa certa, está bem? Pensei que pudesse mudar, mas não consigo. E por que eu faria isso, agora que o Atlas se mostrou um mentiroso? — Sinto a língua enrolar de raiva. — Não posso ajudar você, nem os rebeldes, nem a Terceira Classe porque esse não é o tipo de pessoa que sou.

— E que tipo de pessoa você é? — pergunta Chumana, calma.

— O tipo ruim — sussurro. — Da mesma espécie da Wyvernmire. O tipo que toma decisões cruéis e necessárias, custe o que custar, não importa quantas pessoas possam acabar se machucando.

— Hmmm. — Chumana solta um rosnado rouco.

É uma resposta sem graça. Não é a que eu queria. Mas o que *é* que eu quero, exatamente? Sinto a raiva tomar conta de mim de novo, e de repente quero humilhar Atlas tanto quanto ele me humilhou, ver o rosto da dra. Seymour quando eu a denunciar para Wyvernmire, observar Chumana voando embora, derrotada. Por que odeio tanto todo mundo?

Não são eles que você odeia, digo para mim. *É você mesma.*

Pressiono os punhos nos olhos revendo Sophie cair ao chão segurando o resultado do Exame. Eu a vejo sozinha no alojamento sem ter nada para comer. A vejo deitada sobre o cadáver de Nicolas em um hospital da Terceira Classe.

Respiro o ar ao mesmo tempo com força e trêmula. Uma gota de chuva cai no meu rosto.

— Por que veio aqui? — pergunta Chumana, a voz comedida.

— Para implorar pela sua ajuda — respondo, olhando para ela. — É isso o que você quer ouvir?

— Acho que há outra razão pela qual veio.

— Mas é óbvio que acha.

— Já conheci muitos humanos com almas atormentadas.

Emito um barulho de deboche.

— Não sei nem se *tenho* uma alma.

Sou uma maçã de casca brilhante, podre por dentro.

— Ah, não? — murmura Chumana. — Eu me sinto da mesma forma sobre mim mesma.

— Você passou anos trancafiada sozinha na biblioteca, e tudo por causa de um aluno que nem chegou a comer. Por que não teria alma?

— Sua memória está falhando — responde Chumana. — Não me prenderam por ter ferido um aluno. Fui presa por ter protestado contra o Tratado de Paz.

Dou de ombros, pensando em como pedi a ela que quebrasse o tal do Tratado de Paz ao queimar um edifício político comandado por humanos.

— Nós duas dividimos essa culpa, não é mesmo?

— E, cinquenta e oito anos atrás, eu lutei no Massacre da Bulgária.

Eu encaro Chumana.

— Não lutou, não.

— Sou uma bolgorith, não sou?

— Mas... pensei que você tivesse sido chocada na Britânia.

— E fui — concorda ela. — Meu ovo foi botado na Bulgária e levado ao outro lado do oceano na bolsa da minha mãe. Fui chocada em Rùm, como a maior parte dos dragões da Britânia.

— Mas, então, como...

— O governo britânico pediu à rainha Ignacia que mandasse reforços para a Bulgária.

— Para ajudar a população humana quando nos mandaram uma súplica de ajuda — falo, recitando as aulas de história.

— Não — rosna Chumana. — Isso foi uma mentira. A ajuda era para os dragões búlgaros, para garantir que a operação seria bem-sucedida.

Por um momento, é como se meu coração parasse.

— Mandaram dragões britânicos para lá para ajudar a *matar* os humanos?

— Exato, garota humana. Para que os dragões mais poderosos da Europa sempre ficassem em dívida com a Britânia. Acha mesmo que a Wyvernmire convenceu os búlgaros a se aliarem a ela com base em meras promessas?

Balanço a cabeça, sem acreditar. Não pode ser. A Britânia jamais trairia seus comparsas humanos, e os dragões não concordariam em ajudar a dizimá-los. O lema da nossa nação é *Louvadas sejam a paz e a prosperidade!*

Eu me lembro do que Wyvernmire me contou.

E, no final, fizemos com que esses dragões estivessem em dívida conosco.

— Algumas pessoas importantes protestaram, óbvio — fala Chumana, que enrola a cauda espinhenta ao redor do corpo, dando a volta no local onde estou sentada. — Sobretudo os poucos que sabiam que significaria o fim dos esforços dos búlgaros humanos para decifrar o koinamens. Naquela época, o governo britânico não entendia o que o suposto *código dos dragões* era, nem o quanto chegariam a cobiçá-lo. — Ela desdenha e solta uma lufada de fumaça preta de raiva.

A repulsa cresce dentro de mim.

— Chumana... você matou os humanos búlgaros?

— Sim.

— A família da minha mãe morreu naquele massacre — acuso. — Ela mal conseguiu sair de lá com vida. Até hoje tem pesadelos com isso.

Chumana baixa a cabeça, revelando uma pequena fileira de chifres ao longo da coroa.

— Sim. Na biblioteca, você contou que ela era búlgara.

Fico de pé.

— Mas por quê? Por que fez isso?

— Eu estava seguindo as ordens da minha rainha — responde Chumana, com calma.

— Mas... mas essas ordens estavam erradas! É muita maldade da parte dela comandar algo assim.

A *honrável* rainha Ignacia, é como os dragões a chamam. Seu reinado é datado de desde antes de meus avós virem ao mundo.

— Maldade não é uma palavra forte o bastante. — Chumana olha de volta para mim, e faíscas explodem em sua boca. — A primeira vez que retornei à minha terra natal o fiz em um banho de sangue. Eu matei, queimei e destruí. Arranquei humanos de suas casas e demoli os barcos em que tentavam fugir. As chamas que cuspi não discriminavam entre idosos e jovens.

— Você está mentindo — falo, meu corpo todo tremendo. — Você não faria isso.

— Ah, garota humana, como fiz. E, quando acabou, o governo da Britânia começou a falar de um Tratado de Paz. — Ela debocha novamente. — Quanta ironia. Viram a facilidade com que massacramos o povo búlgaro e de repente tiveram medo pelo próprio país. O Tratado de Paz somente foi escrito para garantir que os humanos britânicos jamais sofreriam o mesmo destino que os búlgaros que eles ajudaram a matar, e para pintar os dragões como criaturas a serem temidas. O medo invoca o ódio, do tipo que oprime tanto dragões quanto humanos.

Penso no detonador que cortei da pele de Chumana, nas queimaduras não tratadas de Nicolas, em Dodie, Katherine e Owen.

— A rainha Ignacia concordou com o ato depois que lhe ofereceram... privilégios especiais. — Chumana bate a pata no chão, deixando na terra uma marca de garras do tamanho da minha cabeça. — Eu me odiava pelo que tinha feito. Os horrores que cometi na Bulgária eram pesados demais para suportar, até mesmo para uma dragoa. E eu continuei a assistir à corrupção que sempre existira entre a sucessão de primeiros-ministros e a rainha dos dragões. Portanto, na véspera da assinatura do Tratado de Paz, protestei contra sua criação. Eu tentei assassinar a rainha Ignacia.

Chumana é uma dragoa bolgorith, uma das maiores espécies da Europa. Só que os boatos dizem que a rainha dos dragões é ainda mais forte, a maior drake ocidental de que se tem registro, com mandíbulas tão poderosas que podem destruir pedras.

— *Assassinar?*

Ela faz que sim.

— Eu a considero uma traidora da raça dos dragões.

Sinto um mal-estar.

— Falhei, obviamente — fala Chumana, e sua cauda tremelica em irritação. — Não me concederam o privilégio da execução de dragões. Você viu a prisão para a qual me mandaram.

Assinto.

— Lá morei, assombrada pelo mal das minhas próprias lembranças, durante anos. Estava considerando derrubar as paredes da universidade e sair voando para ativar aquele detonador quando uma garota humana apareceu e se ofereceu para removê-lo para mim.

Meu coração acelera, e Chumana me olha no fundo dos olhos.

— Ela me deu uma oportunidade: voar direto para a Coalizão e tentar compensar meus crimes. Uma oportunidade de reparar meus pecados e buscar o perdão. Agora me diga, garota humana, por que não estende essa mesma benevolência a si própria?

Mais gotas de chuva caem no meu rosto, uma após a outra. Elas molham meu cabelo e escorrem para dentro da gola da minha camisa enquanto encaro a dragoa búlgara diante de mim: Chumana, a assassina.

— Eu não mereço o perdão. Nem você.

— Pouquíssimos de nós merecemos perdão, criança — argumenta Chumana. — Mas me responda o seguinte. Onde eu seria mais útil:

naquela biblioteca, apodrecendo na minha própria culpa? Morta por um detonador acionado de propósito? Ou voando livre, ajudando a trazer vitória aos rebeldes?

Tremo e olho para as poças que aumentam cada vez mais sob meus pés, me perguntando quantas batalhas Chumana deve ter ajudado os rebeldes a ganhar desde que se juntou ao grupo. Quantos documentos ela deve ter salvado da Academia de Linguística Dracônica antes que Wyvernmire assumisse o poder de lá? Quantas vidas ela deve ter poupado?

Se tivesse se recusado a deixar aquela biblioteca quando pedi, ou usado aquele detonador para se matar, menos pessoas estariam vivas agora. Meus pais certamente não estariam. E o movimento rebelde teria uma dragoa a menos lutando a seu favor.

Mas quem é ela para perdoar a si mesma? Não foi Chumana quem perdeu o país, a família, a vida.

— O que você tá sugerindo? — explodo. — Que a Sophie simplesmente se esqueça do que causei a ela? Que os sobreviventes búlgaros se esqueçam do papel que você desempenhou na história? As coisas não são tão simples quanto só se desculpar, Chumana!

— Não, não são. Mas *mostrar* que você está arrependida e passar o restante da vida provando isso? Essa é outra história completamente diferente.

Balanço a cabeça. É a mesma ladainha de meias-verdades sagradas de Atlas de novo. E eu sei o que demonstrar meu arrependimento significa: manter o koinamens em segredo de Wyvernmire. Só isso pode dar aos rebeldes uma chance de vencer, de libertar a Terceira Classe do sofrimento que levou Katherine, Dodie e Gideon a tomarem medidas extremas, e de impedir que Wyvernmire escravize os dragões da Britânia.

Mas e se eu ajudar os rebeldes e, mesmo assim, eles perderem? Nunca vou ser a linguista dracônica mais famosa do mundo, isso é certo. Meus pais vão morrer. E eu vou ter perdido todas as chances de encontrar Ursa.

Guardar o código em segredo seria uma escolha nobre, altruísta. Mas não sou nenhuma dessas coisas. Por que eu arriscaria perder tudo que amo em prol dos rebeldes?

Porque você é boa, imagino Atlas dizendo. *Porque, se você sente culpa, é um sinal de que existe mais bem do que mal dentro de si.*

Será que isso pode ser verdade? Em vista de tudo que fiz (mandar Sophie para a Terceira Classe, onde teve seu coração destroçado inúmeras vezes; abandonar Ursa; quase entregar o código a Wyvernmire), será que ainda pode haver bondade em mim?

— Você lutou admiravelmente pela sua família — diz Chumana. — Recusou-se a denunciar a dra. Seymour. Ofereceu-se para me curar, uma dragoa rebelde, com aquela máquina abominável. Estas não são as escolhas de uma pessoa que é *da mesma laia da Wyvernmire.*

A lembrança da compaixão da dra. Seymour me acalenta, assim como a dos lábios de Atlas nos meus, a de Sophie adormecida na minha cama, a daquela faísca de orgulho que não me permiti sentir quando Marquis disse que queria ser um rebelde.

Chumana não está mentindo. Essas não são escolhas e lembranças de uma pessoa ruim, mas de uma pessoa boa que não quer se perdoar pelas coisas ruins que fez.

Porque é mais fácil trair a melhor amiga para favorecer a própria carreira, sacrificar toda a Terceira Classe pela própria família, dar de mão beijada a Wyvernmire os meios de conduzir experimentos com ovos de dragões quando se acredita ser uma pessoa que simplesmente nasceu má.

Mas se for uma pessoa boa? Então a bondade e essas escolhas não são compatíveis.

Encaro meu reflexo na poça sob meus pés.

Mas, se for boa, digo a mim mesma, devagar, *então as pessoas e os dragões que você está prestes a machucar vão sair feridos por escolha sua. Não porque machucá-los é uma parte inevitável da sua natureza, mas porque você decidiu que eles não importam.*

A ideia me faz perder o fôlego. Escolhi trair Sophie por puro egoísmo. Isso, então, significa que sou tão perversa quanto a Wyvernmire e a rainha Ignacia?

Levanto a cabeça para Chumana, as nuvens cinza pálidas contra suas escamas escuras e molhadas.

— Eu não acho que possa me perdoar pelo que fiz — sussurro, sentindo as lágrimas quentes voltando a transbordar.

— Você não precisa se perdoar — rosna Chumana. — Ainda não. Mas pode se dar uma segunda chance.

Uma segunda chance.

— Se não fizer isso, então todo o seu sofrimento, e todo o sofrimento que causou aos outros, terá sido em vão.

Solto um suspiro entrecortado e tremo, minhas roupas tão molhadas quanto a água lamacenta escorrendo pelas laterais da vala. Não consigo me perdoar pelo quanto machuquei Sophie. E talvez ela nunca me perdoe, e eu, em hipótese alguma, jamais vou culpá-la por isso. Mas, se eu puder me dar uma segunda chance, talvez possa fazer as coisas de outro modo. Posso escolher levar uma vida na qual o que importa não são as coisas que posso conquistar (notas, uma classe social, uma carreira), e sim o tipo de pessoa que posso ser.

— Eu de fato quero provar que estou arrependida — confesso para Chumana, mais alto do que a chuva. — Ainda que não ache que arrependimento, por maior que seja, possa compensar a dor que causei à Sophie.

Os olhos da dragoa queimam ao brilhar.

— Mas se você diz que é possível... se diz que foi possível para você... então também quero tentar.

Chumana baixa a cabeça em direção à minha até chegar tão perto que sua respiração aquece minha pele fria.

— Lembra-se de quando, na biblioteca, me perguntou qual era minha máxima? — indaga ela.

— Sim? — respondo, a chuva começando a diminuir.

— Eu não quis contar porque tinha vergonha do que era. Mas agora a descartei, como minhas trocas de pele antigas. Tenho uma nova máxima.

Eu me aproximo dela, encostando meu ombro contra sua pele quente, e coloco uma das mãos nas escamas de seu flanco.

— O que é?

— *Remissio dolor redemptus est* — declama Chumana. — O perdão é o sofrimento redimido.

Vinte e Quatro

Chumana me leva de volta à floresta e, quando passo pelo painel da estufa, a dra. Seymour também já retornou. Ela não pergunta onde estive. Sophie e eu somos escoltadas até a sala de jantar para o almoço de Natal, onde Atlas e Marquis estão sussurrando enquanto comem peru. Ainda não há nem sinal de Serena ou Gideon.

— Soph? — chamo.

Sei que esta provavelmente é a última vez que ela vai me deixar usar esse apelido.

— Posso falar com você? Em particular?

Soph me fita por um instante sem dizer nada.

— Tá bem — concede, por fim.

Atlas sorri para mim, mas eu o fuzilo com o olhar em resposta. Ele não desvia o rosto. Quando Sophie sai para o corredor, ele concorda com a cabeça para mim de maneira quase imperceptível.

Quem ele pensa que é?

Olho para o Guardião à porta, que não está prestando muita atenção, e depois para Marquis.

Ele precisa ir embora hoje à noite, digo, só mexendo os lábios, com Karim ainda escondido na biblioteca em mente. Em seguida, vou atrás de Sophie.

— Recrutas, aonde estão indo? — pergunta o Guardião.

Nunca o vi antes, e me sinto enjoada ao chegar à conclusão de que deve ser um dos substitutos dos Guardiões na floresta.

— Preciso me limpar antes do almoço — fala Sophie, mostrando as mãos sujas de tinta. — O vice-primeiro-ministro Ravensloe disse que seria melhor transitarmos em duplas.

— Recebi ordens de não deixar ninguém ir a lugar algum sem escolta.

— Nos acompanha até o dormitório, então? — proponho.

O Guardião titubeia, olhando para Marquis e Atlas dentro do salão, e enfim decide que somos mais valiosas. Ele nos segue escada acima e fica plantado do lado de fora da porta do dormitório, a qual eu fecho.

— O que foi, Viv?

Sophie parece exausta ao lançar um olhar pesaroso para as camas vazias. É difícil acreditar que nossas colegas de dormitório agora estão mortas ou escondidas.

— Tem a ver com a Chumana? Com o código?

— Não — falo. — Não vou entregar o koinamens à Wyvernmire. Ela vai usá-lo para controlar os dragões e vencer a guerra, e eu sei o que isso significaria para a Terceira Classe. Sei o que significaria pra você.

Ela pega minhas mãos e dá um aperto.

— O Atlas tinha razão — diz ela. — Na biblioteca, só estávamos pensando em nós mesmas. Mas é *assim* que a gente faz com que aquilo que aconteceu com o Nicolas nunca mais se repita. E isso significa que talvez, um dia, nós possamos voltar para casa. Juntas.

A vergonha faz minha pele formigar.

— Era a respeito disso que eu queria conversar com você.

Segurando as mãos dela, me sinto uma fraude.

Ela franze o cenho.

— Nossa casa?

Eu a solto e me sento na cama ao lado dela. Meu coração está retumbando no peito, e meu rosto aos poucos entra em chamas. Como posso dizer essas palavras em voz alta? Quero vomitar.

— Fiz algo horrível — confesso.

Ela me observa com curiosidade.

— No verão passado.

Paro, tentando exprimir cada gota de coragem de dentro de mim.

— Lembra quando fui ver a dra. Morris pra falar da minha inscrição para a universidade?

Sophie assente.

— Todos nós fizemos isso. Ela escreveu nossas cartas de recomendação.

— A filha dela também estava se inscrevendo para estudar matemática na Universidade de Londres — falo.

— Eu lembro. A Lily.

Assinto.

— A sra. Morris estava preocupada que a Lily poderia não entrar, então me pediu para fazer algo.

— O que você poderia ter feito para ajudar a Lily a entrar na universidade?

Fecho os olhos e me lembro. Apesar de Sophie e eu estarmos no Programa Intensivo para entrar na universidade mais cedo, Morris me avisou que as universidades estavam ficando ainda mais criteriosas.

— A Morris disse que você era a principal concorrente da Lily. E... — Respiro fundo e forço as palavras a saírem: — Ela me pediu para imitar sua letra para mudar algumas das suas respostas no Exame.

Sophie balança a cabeça de leve, sem acreditar, como se não tivesse me ouvido direito. Depois, fica imóvel feito uma rocha.

— Ela disse que, se eu recusasse, me expulsaria do Intensivo e me faria passar mais um ano na escola. Só que, se a ajudasse, ia falar pessoalmente a meu respeito para a equipe de admissão de línguas dracônicas.

Queria me encolher até desaparecer, mas me obrigo a encarar os olhos de Sophie, porque é o mínimo que ela merece. Sinto meu rosto ficando vermelho, quente como se eu estivesse com febre.

— Foi culpa minha você não ter passado no Exame, Sophie. Nunca foi questão de falta de preparo ou falta de conhecimento. Mudei seus resultados para que você reprovasse e a Lily entrasse na universidade no seu lugar.

Sophie vacila.

— M-mas... por quê?

— Eu queria entrar mais cedo na universidade, ser a primeira a me formar aos vinte anos como tradutora dracônica — digo, as lágrimas escorrendo pelo meu rosto. — Tive medo de que, se eu não fizesse o que me pediu, ela iria escrever uma recomendação negativa para mim, para que eu nunca entrasse. Mas, Sophie, me escuta. Prometo que me arrependi assim que o fiz. Ainda me arrependo. E depois do que me contou sobre o que aconteceu com você, com o Nicolas... eu não fazia ideia de como sua vida seria.

Os olhos de Sophie estão fechados com força.

— Mas... você sabia que nunca mais ia me ver. Que eu teria que abandonar meus pais. Que eu nunca mais poderia estudar.

— Eu... sim. — Choro. — Me desculpa. Eu me odeio por isso. E não mereço seu perdão, sei disso. Acabei com sua vida por puro egoísmo e ambição. Eu te traí. Mas, por favor... por favor, não me odeie para sempre.

Neste momento, Sophie está se levantando e, quando estendo a mão, ela enrijece e se afasta. Seus olhos ainda estão fechados, mas a expressão em seu resto é do mais absoluto desgosto. Sinto um aperto no peito, e eu fico zonza diante da reação dela. Enfim, ela abre os olhos.

— Te odiar? — indaga ela, a voz saindo quase que em um sussurro. — Eu nem te reconheço. — Ela dá um sorrisinho machucado. — Mas você vai pagar pelo que fez comigo.

Mal consigo respirar, como se estivesse prestes a sufocar dentro do meu próprio corpo.

— Sinto muito mesmo, Sophie.

É tudo que consigo dizer, sem parar.

— Eu sinto muito.

Ela me encara, seus olhos lampejando em fúria. Por um momento, acho que ela pode me matar. Me sinto embriagada, como se tivesse caído nas profundezas do vazio sem ter como sair.

— Vou passar o resto da vida tentando me redimir com você.

Sophie se afasta, abre a porta com força e sai correndo.

— Ei! — grita o Guardião.

Desço da cama e caio de joelhos no chão, deixando os soluços consumirem meu corpo.

Agora ela sabe, e sempre vai saber, quem eu sou de verdade. Uma mentirosa, uma fraude, uma fruta brilhante mas que, por baixo da superfície, é podre. A exaustão toma conta de mim. Subo na cama de Sophie e deito a cabeça no travesseiro. Sou envolta por seu cheiro, o cheiro da minha infância. Nunca mais vou estar próxima assim dela de novo. Tento desesperadamente buscar conforto nas palavras de Chumana, me lembrar do que ela disse antes que minha mente volte a girar para aquele poço horrendo de ansiedade e ódio em que tem vivido sem trégua desde o verão anterior.

Você não precisa se perdoar... Mas pode se dar uma segunda chance.

Uma tábua range no chão, e de repente sinto braços já bem conhecidos ao meu redor e uma voz familiar no meu ouvido:

— Quer me contar o que aconteceu, prima?

Eu me sento.

— Viv? — diz ele, a voz encontrando um tom atípico de seriedade. — O que aconteceu?

Conto a ele.

— Eu sempre soube que você estava escondendo alguma coisa.

— Vou entender se também não me quiser mais na sua vida.

Ele faz pouco-caso disso e afaga meu cabelo.

— Você é minha família. Não tem nada que possa fazer que me levaria a não te querer mais na minha vida. — Ele para. — O que fez foi horrível, mas te conheço bem a ponto de ter certeza de que se arrependeu na mesma hora. E confio que você vai fazer a coisa certa agora.

Ele me abraça e, por um instante, só aproveito a sensação. De ser amada apesar dos meus erros.

— Por acaso... o Atlas disse alguma coisa? — pergunto, toda casual. — Mais cedo?

Ele revira os olhos.

— Quando ele viu a Sophie passando reto, quis vir aqui, mas mandei ele ficar na dele. Nós dois mal conversamos sobre sua vida desde que ele deu as caras.

Solto uma bufada.

— Como se você não tivesse passado cada momento aqui com o Karim.

Ele sorri.

— O que você quis dizer, ontem, sobre o Karim escapar nas costas de uma dragoa?

— A dragoa que libertei da biblioteca está no campo atrás da floresta — falo. — Se conseguirmos tirar ele daqui durante a madrugada, Chumana pode levá-lo a um lugar seguro. Já encontraram alguém?

— Não — responde Marquis, cabisbaixo. — Mas a sala de funcionários dos Guardiões fica logo abaixo da biblioteca, e o Karim tem ouvido as conversas por entre as tábuas a manhã toda. Acham que o Gideon ou a Serena podem ter fugido para a cidade, então estão ampliando a busca.

— E a Wyvernmire?

— Ela me parabenizou por ter ganhado na minha categoria e disse que logo vou poder voltar para casa — debocha ele.

— E nossa família?

Marquis balança a cabeça de um lado para outro.

— Eles não vão ser libertos a menos que você também vença na sua categoria. Ela disse que só estou aqui por sua causa.

— Isso não é nada justo — protesto. — Eles também são sua família, e você honrou seu lado do acordo...

— Mas nunca foi um acordo de fato, né, Viv?

Olho para meu primo.

— Ela não está nem aí para quais promessas fez. Caso se importasse, nunca teria feito a gente competir, para começo de conversa. E agora, por causa dela, talvez a gente precise enfrentar os dragões búlgaros. Esta guerra está prestes a ficar ainda maior.

Respiro fundo.

— Se chegar a isso... sabemos de qual lado vamos estar. Certo?

— Viv... eu já te falei que...

— E eu concordo — concedo. — Você tinha razão em tudo que disse. Estive errada a vida toda. Quero que a gente se junte à Coalizão, Marquis.

— Só porque seu namorado também faz parte dela? — ironiza ele, sem muito ânimo.

— Não! — digo. — Não posso dar o código à Wyvernmire. Não posso entregar os dragões, a Terceira Classe e nossos amigos como se não fossem nada de mais.

— E se os búlgaros se voltarem contra ela?

— Aí lutamos contra eles — afirmo, tomada por coragem. — Se chegar a esse ponto, não vai mais ter isso de governo de um lado e rebeldes do outro. Se os novos amiguinhos da Wyvernmire tomarem conta, vai ser a Britânia contra a Bulgária.

Marquis coloca a mão na minha.

— E vamos pegar a Ursa de volta — garante ele. — Se a Coalizão conseguir tomar Bletchley antes que os búlgaros cheguem aqui, vamos fazer a Wyvernmire nos contar onde ela está.

Faço que sim, sentindo a esperança ganhando espaço dentro de mim.

— A Coalizão pode já estar a caminho, mas eles vão precisar de ajuda interna. Tenho uma ideia, mas é muito arriscada.

Marquis me olha cheio de expectativa.

— Precisamos recrutar mais dragões.

*

Escrevo um último bilhete para Atlas e o dobro em quatro.

Atlas, o que aconteceu ontem à noite foi um erro. Por favor, não me escreva mais.

Sei que ele ora no dormitório dos garotos após o almoço, então deslizo o papel por baixo da porta sem nem disfarçar. Marquis arqueia a sobrancelha.

— Não pergunte.

Lá embaixo está vazio, exceto pelo Guardião à porta. Não é o mesmo de mais cedo.

— Viv — chia Marquis enquanto andamos em direção a ele.

— Tudo certo. — Assinto para o Guardião. — Boa tarde — digo, com entusiasmo.

Ele me observa pela viseira do capacete.

— Precisamos sair, por favor.

Ele não se move.

— Sou a tradutora — falo, a voz entediada, como se fosse algo que ele devesse saber. — Tenho ordens para encontrar alguns dragões de patrulha no território, para ajudar com os preparativos para... a chegada.

— No momento o território da Propriedade Bletchley está proibido para os recrutas — retruca o Guardião.

— Bem, não para *todos* os recrutas — protesto, com delicadeza. — A primeira-ministra não te informou?

O Guardião pestaneja, e vejo um traço de hesitação em seus olhos. Chego mais perto dele.

— Como vamos recepcionar nossos aliados se ninguém aqui fala búlgaro?

Ele arregala os olhos e abre passagem. Enquanto descemos a escada correndo, Marquis se vira e dá um aceno animado para ele.

— Os dragões da Bulgária falam slavidraneishá, não búlgaro — ressalto, balançando a cabeça. — Como é que ninguém sabe disso?

Não leva muito tempo para encontrarmos Rhydderch, que está de patrulha no lado esquerdo da propriedade, próximo ao lago. Muirgen voa em círculos acima de nós conforme nos aproximamos de seu irmão. Rhydderch vira a cabeça enorme na nossa direção e mostra os dentes.

— Você de novo? — vocifera ele. — Pensei que minha irmã a tivesse assustado permanentemente da última vez que nos encontramos.

É melhor ir direto ao ponto desta vez.

— Olá, Rhydderch — cumprimento. — Vim alertá-los.

O dragão bufa, fazendo fumaça sair de suas narinas.

— Nos alertar? — indaga ele.

O reflexo da cauda azul de Muirgen reluz no lago. Ela está escutando.

— A primeira-ministra Wyvernmire está planejando uma aliança com os dragões da Bulgária — revelo. — Vão chegar em dois dias para suprimir a Coalizão e forçar a submissão da sua rainha.

Rhydderch solta uma risada profunda.

— Os búlgaros são o motivo pelo qual o Tratado de Paz existe. Por que a Wyvernmire o trairia, sobretudo depois de tê-lo endossado deliberadamente quando aquela dragoa criminosa queimou a rua Downing?

Dou de ombros.

— A primeira-ministra está perdendo a paciência. Ela ainda não venceu a guerra, apesar de ter a rainha e todos os seus dragões ao lado dela. Então decidiu recorrer a outros meios para conquistar a vitória.

Acima de nós, Muirgen solta um guinchado.

— A rainha dos dragões e a primeira-ministra se uniram para lutar contra os rebeldes quando podiam ter guerreado uma com a outra — fala Rhydderch. — Não acredito que isso possa ser...

— Mas os dragões búlgaros estão em dívida com a Britânia, esqueceu?

Marquis agarra meu pulso e o aperta em alerta. Sei por quê. Acabei de interromper um dragão. Rhydderch rosna. Será que está surpreso que eu saiba do papel da Britânia no Massacre da Bulgária?

— Sim, os dragões da Bulgária estão em dívida com a Britânia. Em dívida com o governo humano *e* com a rainha Ignacia.

— Só que a rainha Ignacia não pode fazer as mesmas promessas que a Wyvernmire. Se ela pode prometer à sua rainha, que é velha e senil, a carne de crianças humanas em troca da paz, o que acham que vai oferecer aos dragões búlgaros em troca de sua força?

Rhydderch ruge e faz o chão sob nossos pés tremer. Marquis cambaleia para trás, e os olhos do dragão reluzem.

— Está irritado porque insultei sua rainha? — pergunto. — Ou porque sei das cláusulas secretas que ela acrescentou ao Tratado de Paz? Parece que a rainha Ignacia não é lá tão digna quanto as histórias dizem.

— Cala a boca, Viv — repreende Marquis atrás de mim, mas eu o ignoro.

— Por que você trairia sua líder para mim? — questiona Rhydderch.

— Se estiver dizendo a verdade, minha rainha vai mandar queimar este lugar até só sobrarem cinzas.

— Ela não é mais minha líder — retruco. — E estou te contando porque... — Titubeio. — Porque nós precisamos da sua ajuda.

— Nós?

— A Coalizão entre Humanos e Dragões — fala Marquis.

— Vocês estão com o inimigo — sibila Rhydderch.

— A Coalizão não é sua inimiga, não mais — argumento. — Não se a Wyvernmire vai trair a Ignacia da mesma forma como está traindo os humanos da Britânia.

A sombra de Muirgen bloqueia o sol por um instante enquanto ela continua a voar em círculos.

— Vocês se uniram à causa que quer destruir o Tratado de Paz! — ruge Rhydderch. — São espiões!

Ele vai para trás, balançando a cabeça de um lado para outro, e então olha para Muirgen no céu. Em um milésimo de segundo, ela aterrissa ao lado dele e berra na nossa direção, tão alto que faz meu casaco esvoaçar nas costas. Marquis me segura e me afasta, mas eu me desvencilho dele.

Olho para Rhydderch.

— Você pediu a Muirgen que pousasse. Usando o koinamens.

— Desta vez eu te mato, traidora humana. — Muirgen cospe as palavras.

— Menti para vocês antes — acrescento, depressa. — Não foi um dragão que me contou sobre o koinamens. Foi a própria Wyvernmire. Foi por isso que fui recrutada para a Propriedade Bletchley. Para usar máquinas especiais para decifrar o koinamens. Nós o chamamos de ecolocalização.

Muirgen respira fundo e seu peito infla, fazendo seu corpo crescer para cima de mim, os resquícios de cheiro de sangue em seu exalar. Uma onda de calor se levanta, e de repente a árvore ao nosso lado explode em chamas.

— Viv! — berra Marquis. — Vamos embora.

Aos tropeços, nós dois cambaleamos para trás quando Rhydderch também cospe fogo em outra árvore.

— Estou dizendo a verdade — grito. — A Wyvernmire nos mandou ouvir o koinamens para que pudesse espionar os dragões rebeldes.

A cauda de Rhydderch balança com violência, derrubando duas árvores atrás dele.

— Mas estamos tentando detê-la! — defendo em desespero.

— Mas que caralho, Viv! — grita Marquis.

— Se depender de mim, ela nunca vai entender o koinamens, mas só de eu saber que ele existe e entendê-lo até certo ponto servem como provas de que a Wyvernmire está contra vocês, não a seu favor.

Os dois dragões param e, por um momento, não há som algum exceto o crepitar das chamas. Marquis me puxou para uma árvore, e nós os observamos de trás do tronco.

— Os dragões búlgaros vão chegar em breve — digo, ofegante. — Se contarem à rainha de vocês, ela vai declarar guerra não só aos rebeldes, mas a cada humano da Britânia. As perdas serão tremendas para ambos os lados. Porém, se ficarem aqui e lutarem com a gente, lutarem com a Coalizão, talvez possamos impedir isso tudo de acontecer. Vamos derrotar a Wyvernmire e expulsar os dragões búlgaros, e quem sabe... — Arquejo quando fumaça preta enche meu peito. — Quem sabe os humanos e os dragões cheguem a um acordo de novo.

— O raio que parta seus acordos vãos — fala Muirgen, desdenhando.

— Espere — rosna Rhydderch.

Observo os dragões se encarando, estabelecendo uma comunicação silenciosa. Parte de mim queria estar com a máquina de *loquisonus*. Marquis, com as bochechas em vermelho-vivo por causa do calor das chamas, olha para mim como se eu tivesse criado asas. Em seguida, Muirgen baixa a cabeça para o irmão.

— Vão embora — ordena Rhydderch. — Antes que seus pulmões explodam.

Sinto um aperto no peito. Se os dragões decidirem ir até a rainha deles agora, Wyvernmire vai saber que dei com a língua nos dentes. Ela vai fazer com que eu nunca mais veja meus pais nem Ursa. E, quando a rainha Ignacia chegar aqui, não vai parar para questionar quem está de qual lado.

— Vão nos ajudar? — pergunto. — Vão contar aos demais dragões? O Soresten, a Addax e o Yndrir...

— Vamos levar seu pedido em consideração — rosna Rhydderch.

Marquis aperta minha mão, um jeito sutil de dizer que vai me matar se eu continuar testando a paciência dos dragões.

— Obrigada.

Devagar, meu primo e eu nos afastamos, e é só quando estamos escondidos atrás de diversos carros vazios que Marquis começa a descer a lenha:

— *Rainha senil?* — repete ele, incrédulo. — *Forçar a submissão da sua rainha?* Que tipo de imbecil diz essas coisas não apenas para um dragão, mas pra *dois?* Você perdeu o juízo de vez, Viv.

Só consigo sorrir feito uma idiota.

Nós nos abaixamos quando vários Guardiões descem os degraus da frente do solar e vão rumo aos campos.

— E agora? — pergunta Marquis, baixinho, enquanto os observamos.

— Fala para o Karim se preparar pra fugir hoje à noite. Preciso encontrar o Atlas. Ele e a dra. Seymour podem ter recebido algum comunicado da Coalizão.

— A dra. Seymour? — pergunta Marquis, chocado.

Assinto, e ele coça a testa em descrença. Em seguida, olha para o céu.

— Acha que os rebeldes conseguem chegar aqui a tempo?

Imagino os bolgoriths búlgaros pousando em Bletchley e sinto um vazio na boca do estômago.

— Espero que sim — falo. — Do contrário, teremos perdido a guerra.

VINTE E CINCO

NÓS NOS SEPARAMOS NO HALL, AGORA livre de Guardiões. Marquis sobe para a biblioteca, e eu vou até o porão. Abro a porta sem fazer barulho, e o calor atinge meu rosto quando bisbilhoto escada abaixo. Ouço vozes baixas ao descer o mais silenciosamente possível. Atlas está ali, embora seu turno já tenha acabado. Bem que imaginei que fosse encontrá-lo naquela parte do solar. Ele e o prof. Lumens estão agachados diante de um dos queimadores, observando lá dentro.

— Fico pensando: e se tentássemos colocar os ovos juntos para ver se isso dá início ao processo de chocagem? — divaga o prof. Lumens.

— Geralmente há mais de um ovo nos ninhos.

— Já tentei, professor — responde Atlas.

— Bem, e que tal virarmos os ovos em sentido anti-horário a cada lua cheia?

— Também já tentei isso. E já os banhei em água do mar, como o senhor sugeriu.

Ele mente bem.

— Pois bem — indaga Lumens. — Neste caso, acredito que não temos alternativa senão os darmos...

— Como assim, senhor?

— Aos cuidados de um dragão.

Atlas se levanta.

— Que dragão vai aceitar cuidar de ovos em que a primeira-ministra Wyvernmire tem feito... De ovos que foram roubados?

— A primeira-ministra parece pensar que um dragão criminoso, que esteja preso, pode ser convencido a...

— Também não vai funcionar — digo, e os dois se viram.

— Recruta Featherswallow? — O prof. Lumens arregala os olhos, surpreso. — O que está fazendo aqui embaixo?

— Vocês não podem ameaçar um dragão a troco de que ele ou ela cuide desses ovos — digo. — Confiem em mim.

Para tanto, Wyvernmire precisaria forçar o dragão a usar a ecolocalização com os ovos para fazê-los chocar. E, para garantir que daria certo, seria necessário deixar alguém de supervisão vinte e quatro horas por dia. Alguém que tivesse uma máquina de *loquisonus*. Alguém fluente no dialeto específico do koinamens desse dragão, alguém que entendesse exatamente quais chamados seriam precisos para chocar um filhote, que pudesse soar o alerta caso o dragão comunicasse outra coisa. Ou se recusasse a ao menos usar a ecolocalização.

As chances de isso acontecer nos dois dias seguintes são nulas.

— Devo insistir que vá embora — determina Lumens, com firmeza. — Isto é bastante atípico para...

— Na verdade, professor — diz Atlas —, a Vivien já veio aqui antes.

Vivien.

Assusto ao ouvir meu nome completo, que só é usado por professores e pelos meus pais. O que aconteceu com *Viv*, com *Featherswallow*? Atlas me fita com o olhar cheio de dor.

Então ele recebeu meu recado.

— Já veio aqui antes? — pergunta Lumens, olhando de Atlas para mim, perplexo. — A confidencialidade do programa deve ser respeitada, mesmo entre vocês...

Um grasnado ressoa do outro lado do ambiente. Olho pela luz baixa e enxergo o formato de três jovens dragões, agora um tanto maiores que dracovols.

— Há quanto tempo o senhor estuda dragões, prof. Lumens? — indago.

— Trinta anos, um número totalmente irrelevante para esta conversa — responde ele.

— Acredito que seus estudos tenham levado o senhor a diversas partes do mundo, antes da Proibição de Viagens? — confabulo. — A pesquisa dos meus pais os levou a diferentes lugares da Europa, às Américas, à Albânia...

— Seus pais?

Faço que sim.

— John e Helina Featherswallow.

A surpresa reluz nos olhos dele.

— Eu não fazia ideia — fala. — Seus pais são antropólogos de dragões muitíssimo respeitados, especialistas em seus respectivos campos. Foi um choque e tanto ler nos jornais que eles eram...

— Rebeldes? — completo.

Lumens fica desconfortável.

— Pois é, eu também.

Atlas me observa com curiosidade.

— Mas agora eu entendo — emendo para Lumens. — Entendo por que eles estavam, quer dizer, estão com a resistência. Não foi só pela péssima maneira como este país trata a Terceira Classe, o que até bem pouco tempo atrás eu me recusava a admitir. Foi o amor deles pelos dragões, entende? O que vocês estão fazendo ali... — Aponto para a prisão escura dos filhotes. — Eles jamais teriam permitido. Pior, teriam se oposto veementemente. Por que o senhor concordou?

— Eu... — Lumens franze o cenho. — Estou fazendo o que meu governo...

— Seu governo está formando uma aliança com os dragões búlgaros, professor. Vão chegar à Propriedade Bletchley depois de amanhã e voltar a rainha dos dragões contra todos nós. A Wyvernmire está prestes a fazer mais inimigos, e não há nada que o senhor possa fazer para impedi-la.

— Os búlgaros? Do que está falando, menina? Isso...

— Ela está dizendo a verdade, professor — confirma Atlas. — O trabalho que deveríamos fazer aqui não vingou, e a Wyvernmire escolheu outras medidas para vencer a guerra.

Lumens fica pálido, e suas mãos começam a tremer.

— É melhor o senhor ir embora daqui — digo. — Finja estar doente ou peça uma licença compassiva. Antes que cheguem aqui.

Lumens se vira para Atlas.

— E você, garoto? O que vai fazer?

— Ah, tenho algumas ideias.

— Os filhotes... não podemos abandoná-los. Independentemente do que pense de mim, recruta Featherswallow, nunca foi minha intenção machucá-los.

— Nós vamos cuidar deles — falo.

— Mas como...

— Prof. Lumens — interrompe Atlas —, se vai mesmo embora, é bom que seja logo.

— Ah... sim. — Lumens perambula afoito pela sala, pegando a papelada e seus pertences.

— Ela não vai deixar o senhor levar nada disso — alerto. — Tudo dentro da Propriedade Bletchley é sigiloso.

O professor me encara por um momento, como se tentasse descobrir quem realmente sou. Em seguida, larga sobre uma mesa tudo que está segurando, assente uma vez para Atlas e dá meia-volta para ir embora.

Atlas vem até mim e pega minha mão, mas eu me desvencilho dele.

— Por que me deixou aquele bilhete? O que fiz de errado?

— Vim te contar que talvez a gente tenha conseguido convencer a Muirgen e o Rhydderch a se juntarem a nós — falo, ignorando-o.

— Nós?

— À Coalizão — digo, baixinho.

Ele abre um sorriso, mas vacila quando vê que não o estou correspondendo.

— O que foi?

— A Chumana — respondo.

Espero uma reação no rosto dele e vejo uma leve sombra de hesitação em seus olhos. Dou um passo irritado à frente.

— Quando é que você ia me contar que conhecia ela? Não, não responde — rebato quando ele abre a boca. — Você nunca ia me contar, porque não confia em mim. Tudo que disse ontem à noite não passou de uma tentativa de me fazer ficar do seu lado.

— Viv, não foi...

— Eu te falei que libertei uma dragoa criminosa da Universidade de Londres e você *sabia* que era ela, mas não me contou que estava dando escapadinhas para encontrá-la na...

— Eu não fui encontrá-la — retorque Atlas. — Foi a própria Chumana que veio até mim quando viu que tinham me prendido no isolamento. É um bunker congelante no meio da floresta e, quando ela me achou, acendeu uma fogueira para mim por entre as barras. Mas por que isso importa?

— Importa porque você *escondeu coisas* de mim enquanto eu *abria meu coração*! — grito.

— Eu não queria que pensasse que estávamos conspirando contra você! — grita Atlas de volta. — Tentando te levar na conversa para se juntar à Coalizão...

— Mas era exatamente isso o que você estava fazendo!

Atlas balança a cabeça, negando.

— Sei que essa é uma escolha que você precisa tomar sozinha. — Ele coloca as mãos nos meus ombros. — Tudo que eu disse ontem à noite e... e todas aquelas outras coisas... — Ele cora. — Foi tudo de coração. Eu prometo.

— E se eu tivesse ficado do lado da Wyvernmire? — pergunto, com cautela.

Ele sustenta meu olhar.

— Isso teria sido... difícil. Mas eu não deixaria de amar...

Ele para de falar do nada e deixa os ombros caírem conforme seu rosto fica vermelho. Engulo em seco, querendo que Atlas termine o que ia dizer.

— A dra. Seymour acabou de receber uma mensagem da Coalizão — é o que ele fala em sequência. — A Wyvernmire está voltando pra cá, e eles estão se preparando para realizar o ataque. Não sabem da aliança ainda porque o dracovol da dra. Seymour só vai chegar até eles hoje à noite. Mas isso significa que vão chegar a Bletchley antes dos búlgaros.

Assinto.

— E tem mais uma coisa.

Olho para ele, ansiosa.

— A Coalizão encontrou sua irmã.

Meu coração para.

— Mandei um pedido de busca algumas semanas atrás, usando o dracovol da dra. Seymour. A notícia chegou com a mensagem de hoje. Ela está em um lar do governo em Blenheim com outras crianças evacuadas de Londres.

Atlas volta a pegar minha mão.

— Quando sairmos de Bletchley, vamos atrás dela — promete ele.

Meu coração martela alto no peito.

Mandei um pedido de busca algumas semanas atrás.

Atlas estava procurando por Ursa antes mesmo de saber que eu mudaria de lado. Ele estava procurando pela minha irmã enquanto eu tentava decifrar o código que assinaria a derrota dos rebeldes na guerra.

— Por quê? — sussurro.

Ele dá de ombros.

— Famílias merecem ficar juntas.

Eu me derreto nele, colocando os braços ao redor de seu pescoço, e ele me ergue do chão enquanto o beijo.

— Quando a Coalizão chegar aqui, como vamos fugir? — murmuro, sem tirar os lábios dos dele.

Atlas tira meu cabelo do rosto com um afago.

— Seu primo teve uma ideia.

Não pergunto há quanto tempo ele e Marquis têm discutido planos de fuga em segredo. O que faço é deixá-lo me colocar sobre uma escrivaninha e me beijar com mais intensidade. Quando ele encontra meu pescoço com os lábios, olho por sobre o ombro dele para o queimador aberto, os ovos quentes feito pedaços de carvão lá dentro...

— Atlas!

Ele pula, afastando as mãos como se minha pele as tivesse queimado.

— Desculpa — pede ele, engolindo em seco. — Acabei me empolgando...

Reviro os olhos.

— Não é isso — digo, uma parte de mim desejando que ele levasse as mãos de volta até onde estavam. — Os ovos. E os filhotes. Temos que tirar eles daqui hoje a noite, com o Karim.

Ele assente diversas vezes, como uma pessoa bêbada tentando entender instruções simples.

— Não temos tempo para... — Ele faz um gesto para a escrivaninha em que estou sentada, e eu sorrio.

— Vamos ter outras oportunidades — falo, com ar de inocência.

Ele cora novamente.

— Então amanhã cumprimos nossos turnos como sempre e aguardamos os rebeldes.

— E se a Wyvernmire descobrir que os filhotes desapareceram?

Atlas olha em volta da oficina do porão, e vejo uma sombra de tristeza. Primeiro Dodie morreu, depois Lumens foi embora, e agora os filhotes também vão.

— Vamos botar a culpa no Lumens — proponho, respondendo à minha própria pergunta.

— O quê? Não podemos...

— Até lá ele já vai estar longe. Diremos que ele roubou os filhotes e os ovos para que ninguém suspeite de você. Quando ela mandar os Guardiões atrás dele, os rebeldes já vão ter chegado.

— Está bem — concorda Atlas, devagar. — Vamos precisar remover os bloqueadores sonares ao redor da estufa. Do contrário, podem impedir a comunicação dos dragões rebeldes quando sobrevoarem a região.

Assinto.

— Nos encontramos à meia-noite — estipula Atlas. — Na porta do seu dormitório.

— Meia-noite — repito, sorrindo ao puxá-lo para perto.

Vinte e Seis

Saio da cama faltando quinze minutos para a meia-noite. No corredor, uma tábua do piso range com o peso do passo de um Guardião enquanto se apronta para o fim do turno. Sophie se senta na cama ao meu lado, acende uma lamparina e fica me encarando.

Você vai pagar pelo que fez comigo.

— Vamos ser pegas — sussurra ela.

— Não vamos, não. A gente vai sair assim que o Guardião for embora. Visto o casaco e as botas.

— Você deve estar amando isso de um dia ser chaveirinho da Wyvernmire e, no outro, rebelde — comenta Sophie. — Quando tudo isso acabar, você vai voltar a ser uma esnobe da Segunda Classe?

— Um dia você também já foi uma esnobe da Segunda Classe.

— Mas não traí minha melhor amiga para entrar na universidade.

Sinto uma pontada de culpa de novo, aquela que nunca vai me deixar em paz. Como pude achar que Sophie fosse me perdoar?

— Não mesmo — concordo. — Você é uma amiga melhor do que eu fui. Agora será que você pode, por favor, ir se vestir?

Ouvimos passos descendo as escadas. Os Guardiões costumam se reunir para fumar no pátio antes da troca de turnos. Temos uns dois minutos para sair. Abro uma fresta da porta e dou um pulo quando um rosto aparece do outro lado.

— Tudo bem aí? — pergunta Marquis.

Karim e Atlas estão atrás dele. Quando saio para o patamar, deixo minha mão tocar de leve na de Atlas, que está carregado de coisas às costas.

— Isso vai acabar matando a gente — fala Sophie para Marquis enquanto descemos a escada apressados.

Meu primo dá de ombros.

— Antes isso do que esperar o Gideon aparecer pra te matar, não acha?

Passamos pelo breu dos corredores e pela cozinha, depois saímos pela porta dos fundos e chegamos ao jardim onde Ralph quebrou meu braço.

— Você vai encontrar a dragoa na parte alta da floresta — sussurro para Karim.

Será que Serena está mesmo escondida na cidade? Ela deve estar tão assustada. Embora eu não gostasse dela, é sincero meu desejo de que estivesse aqui com a gente agora, prestes a fugir. Caminhamos em silêncio pela mata e, quando chegamos à estufa, Atlas para. Ele tira a mochila das costas e a passa para Karim.

— Entrega isso pra dragoa — instrui ele. — Ela vai saber o que fazer.

Karim lança um olhar preocupado a Atlas, depois abre a mochila e quase a derruba.

Os três filhotes de dragão estão encolhidos dentro dela, as caudas entrelaçadas, e abaixo deles estão dois ovos.

— Onde foi que você…

— Meu trabalho e o da Dodie era esse — conta Atlas, com pesar. — Sequestrar bebês.

— Continua andando em linha reta — digo a Karim —, até chegar a um campo aberto. Ela vai estar te esperando lá.

Ele assente, nervoso. Eu me viro para Sophie e falo:

— É melhor você ir com ele. Agora é sua chance de…

— De passar o restante da vida sendo uma fugitiva? — Sophie me fuzila com os olhos, depois observa Atlas de relance. — Se os amiguinhos rebeldes dele queimarem a Wyvernmire hoje, quero estar aqui para assistir.

Ao meu lado, meu primo prende Karim em um abraço.

— Toma cuidado, tá? — pede Karim a ele com firmeza.

Marquis assente e leva as mãos ao rosto de Karim.

— Você também.

Eles se beijam (é um beijo casto) e eu enrijeço. Marquis olha para mim diante do segredo que guardamos por todos esses anos sendo escancarado ao mundo. Um pouco depois, Karim segue pela floresta, e eu me apoio no meu primo.

— Logo, logo vocês vão estar juntos de novo.

Ele força um sorriso.

— Eu sei.

De repente, me dou conta de que *todos* poderíamos ir (Atlas, Marquis, Sophie e eu). Nada mais impede a gente de subir nas costas de Chumana e voar para longe de Bletchley esta noite. Só que eu *quero* estar aqui, percebo. Quero ver os rebeldes com meus próprios olhos, quero estar presente para ver quando Wyvernmire perceber que seu plano idiota saiu pela culatra.

E quero estar aqui para ser quem vai garantir que a primeira-ministra nunca vá ver uma única tradução do koinamens.

— Atlas! — chia uma voz no escuro.

Tenho um sobressalto, depois relaxo. Um rosto pálido, iluminado por um lampião, está bisbilhotando pela janela dos fundos da estufa. É a dra. Seymour.

Entramos pela janela, passando pelo emaranhado de fios das máquinas de *reperisonus*, e a dra. Seymour entrega um segundo lampião a Marquis, que o aponta na direção das duas máquinas de *loquisonus* no sofá, os alto-falantes de latão reluzindo. Ao lado delas, está um martelo.

Sophie arregala os olhos.

— Vamos destruí-las?

— É o único jeito de impedir que caiam em mãos erradas — fala a dra. Seymour. Ela passa o martelo para Atlas. — Aqui, você pode fazer isso. Sophie e Marquis, preciso que removam os bloqueadores sonares.

Levem eles para o mais longe possível. Temos que garantir que não vão interferir com quaisquer chamados de ecolocalização que os dragões rebeldes possam emitir quando sobrevoarem a estufa.

Marquis assente, e ele e Sophie voltam para o lado de fora.

— E eu? — pergunto à dra. Seymour.

— O sistema de indexação — responde ela. — E os cadernos de registro. Cada tradução que fizemos precisa ser destruída.

Sinto um peso no estômago. Olho para a caixa de cartões de indexação sobre a mesa, o resultado de meses e meses de trabalho árduo. Tudo prestes a sumir para sempre. Atlas olha para mim, o martelo em mãos. Eu assinto. Ele levanta a ferramenta acima da cabeça e golpeia a máquina de *loquisonus*, que se quebra em centenas de pedaços, fazendo cacos de vidro voarem pelo sofá e o chão. Ele levanta um braço para proteger o rosto quando o vidro continua a se espatifar, depois bate o martelo de novo. O barulho me faz estremecer.

— Cadê o Soresten? — pergunto à dra. Seymour, percebendo que não vi ninguém de patrulha do lado de fora.

— Eu o vi conversando com a Muirgen agora à noite. Me parece que ele abandonou o posto.

Sinto uma onda de esperança, mas logo em seguida me bate a preocupação. Será que Soresten desertou Wyvernmire para ajudar os rebeldes? Ou foi para ir avisar a rainha Ignacia?

— Como quer destruir isto? — pergunto à dra. Seymour. — Não podemos acender uma fogueira.

No entanto, ela já está trazendo um balde d'água até mim.

— Joga tudo aqui.

Pego um monte de cartões, cada um marcado com minha letra, ou a de Sophie, ou a de Gideon ou a de Katherine. Leio as listas de trinados, gorjeios e sibilos e sinto uma estranha tristeza de luto. Mergulho os papéis na água e, por um instante, eles flutuam, depois afundam. Em poucos minutos, vou poder amassá-los até virarem uma bola. Ajudo a dra. Seymour a enfiar mais papéis no balde, rasgando as páginas dos cadernos de registro. Levo outro susto quando Atlas golpeia a primeira máquina de *loquisonus* mais uma vez e depois puxa a segunda para perto.

Não temos escolha, digo a mim mesma enquanto observo a invenção mais linda que já vi na vida destroçada e deformada no chão. A dra. Seymour, reparo agora, não olhou nem uma vez para o estrago.

Ouço passos do lado de fora. Viro o pescoço para procurar Sophie e Marquis, mas ninguém aparece na janela. Os passos dão a volta para o outro lado da estufa. A dra. Seymour me olha em pânico, e nós ficamos imóveis. A porta é aberta com um estrondo.

— Dolores Seymour, você está presa por colaborar com o inimigo.

Ralph está à porta, a arma em riste. Quando vê a mim e Atlas, abre um sorriso.

— Ora, ora, pague uma, leve três.

Mergulho os últimos cartões de indexação na água quando um grupo de Guardiões invade a estufa e nos prende, tirando o martelo das mãos do Atlas e algemando a dra. Seymour. Ralph me agarra pelo cabelo, e eu grito quando ele me puxa para ficar em pé.

— Larga ela! — grita Atlas.

— Era de se imaginar que você também estaria envolvida nisso — fala Ralph no meu ouvido. — O que a primeira-ministra vai dizer quando eu contar que a melhor recruta dela é uma espiã?

— A primeira-ministra está trabalhando com a Bulgária — falo quando um Guardião leva minhas mãos às costas. — Ela vai acabar matando todos nós.

A dra. Seymour fita Ralph com o mais puro ódio.

— Como foi que descobriu?

Ralph sorri e enfia a mão no bolso, de onde tira o dracovol: as narinas ensanguentadas, os olhos arregalados.

Ai, não.

A dra. Seymour fecha os olhos e solta um suspiro trêmulo.

— Pegamos esse bostinha voltando para o ninho, aposto que depois de ter feito uma entrega — desdenha Ralph. — Enviando mensagens aos rebeldes bem debaixo do nosso nariz. Acho que, no fim das contas, eu te subestimei demais, Dolores.

Ele olha para mim e Atlas.

— Onde estão os outros recrutas? — vocifera ele.

Ninguém fala nada.

— Vai me dizer que não faz ideia de onde seu primo está?

— Deve estar na cama. Ele não tem nada a ver com isso.

— Sua cara nem treme ao mentir.

— Acha mesmo que a gente ia procurar pelos outros recrutas? — intervém Atlas. — Eles estão tentando nos matar!

— Levem-nos para o Ravensloe — ordena Ralph aos Guardiões. — Guardião 257, fique aqui e proteja aquela máquina. Quanto aos demais, tratem de descobrir onde foi que aquele dragão de patrulha filho da puta se meteu.

Eles nos levam à sala de aula, onde Ravensloe está ao lado da mesa como no dia em que o conhecemos. Desta vez, porém, não há vestígio de sua simpatia fingida.

— Como ousam trair seus benfeitores? — rosna o vice-primeiro--ministro quando somos colocados em fila diante dele.

— Benfeitores? — ironiza Atlas. — É isso o que você diz ser?

— Você estaria morto se não fosse por Bletchley, moleque.

— Todos estaremos mortos em breve, vice-primeiro-ministro — diz a dra. Seymour. — Como pôde *você* fazer isso? Como foi capaz de fazer uma coisa dessas com a Britânia? Os dragões búlgaros vão…

— Silêncio! — ruge Ravensloe. — Não estou aqui para aguentar sermão de uma escória desertora! — Ele se vira para Ralph. — Onde está o resto?

— Minha equipe está à procura. Eles…

— Me choca o quanto você é imprestável em ficar de olho em um grupo de adolescentes — interrompe-o Ravensloe, cuspindo as palavras.

Os olhos de Ralph queimam com fúria.

— Eles receberam liberdades demais — diz ele. — A primeira-ministra depositou sua confiança nas mãos …

— A primeira-ministra espera que todos desempenhem seus papéis, tanto os recrutas como os Guardiões — fala Ravensloe, encarando Ralph. — Quando ela souber disso, vai…

A voz dele é abafada por um zumbido alto. Pelas cortinas de vedação, luzes piscam. É o som de hélices. Um helicóptero.

— Ah, e aqui está ela. — Ravensloe finge uma voz animada. Em seguida, aponta para Atlas. — Você. Por acaso tem *algo, qualquer* coisa, para mostrar do seu trabalho com zoologia? Qualquer informação a dar à primeira-ministra pela manhã?

Atlas ri pelo nariz.

— Pior que não. Mas passei muitas informações à Coalizão, senhor.

O Guardião atrás dele o golpeia na cabeça, fazendo-o cair de cara no chão. A dra. Seymour e eu gritamos.

— E vocês? — pergunta Ravensloe, olhando para nós. — Decifraram o código dos dragões? Ou esta noite vamos dar às duas uma sentença de morte?

Olho para meus amigos: o rosto de Atlas sangrando no chão sob a bota do Guardião; o olhar desafiador da dra. Seymour que diz uma coisa, mas cuja mão sobre a barriga indica outra. Nós perdemos antes mesmo de começar. Ravensloe nos detém agora, e Marquis e Sophie estão lá fora, no escuro. E se os Guardiões encontrarem Karim e os filhotes antes de chegarem a Chumana? Talvez tivesse sido melhor aguardarmos os rebeldes, continuarmos fingindo até a chegada deles...

Olho do semblante prepotente de Ralph para a expressão impaciente de Ravensloe.

— Sim — digo, tomada por uma calma. — Eu decifrei o código.

A arrogância de Ralph se dissipa.

— Viv! — grita Atlas. — Não seja idiota! Você não pode...

— Eles vão matar a gente se eu não entregar o que querem — rebato. Olho para Ravensloe. — Não vão?

— Se não for bem-sucedida na tarefa que lhe foi incumbida, será julgada por seus crimes e castigada de acordo com tais, como foi pontuado explicitamente quando aceitou este trabalho — fala ele. — Para sua infelicidade, esses crimes agora incluem traição, cuja punição é a morte.

— Se somos culpados de traição, a primeira-ministra também é! — protesta a dra. Seymour. — Ela está prestes a colocar a Britânia sob domínio estrangeiro.

Fecho os olhos. Marquis e Sophie ainda podem sobreviver, mas Sophie vai passar o restante da vida na Prisão Granger, como evasora de classes. Serena será rebaixada ou forçada a se casar. E quanto a Gideon? Não sei o que ele fez para vir parar aqui.

— Ela está mentindo, vice-primeiro-ministro — afirma Ralph. — Não tem o código coisa nenhuma.

— Não estou mentindo. Estou estudando ele há meses, mas antes eu precisava ter certeza de que entregaria as informações corretas à primeira-ministra. Vou dar o código e todas as suas traduções, mas só se vocês libertarem os demais recrutas. Só se os perdoarem.

— Eles não honraram a parte deles do acordo, srta. Featherswallow, portanto...

— Entregar o código à Wyvernmire é a única chance que vocês têm de cancelar essa aliança — contraponho.

Vejo um lampejo de hesitação nos olhos de Ravensloe.

— Se isso for confirmado, mais cedo ou mais tarde os búlgaros vão se voltar contra a primeira-ministra. Todos nós sabemos que é inevitável.

Olho para Atlas, que me fita do chão.

— Então deixem o Atlas e a dra. Seymour irem embora, cessem as buscas pelos demais recrutas e eu darei o código a vocês.

Ravensloe se mexe devagar de trás da mesa, os olhos concentrados em Ralph.

— Guardião 707, se não estou enganado, seu tempo na Freikorps alemã lhe ensinou uma variedade de técnicas de persuasão, certo?

Ralph endireita a postura.

— Sim, senhor.

— Quais eram elas?

— As técnicas eram para ser usadas somente em dragões, senhor. Não podíamos usar a força bruta, que era facilmente equiparada por nossos prisioneiros, então recorríamos a técnicas mais sutis e afiadas. — Ralph tira um canivete do cinto. — A refinada arte de mutilação era uma delas.

— Pode demonstrar para nós?

Perplexo, Ralph olha para Ravensloe, como se estivesse tentando decidir se seu superior está falando sério. Em seguida, abre um sorriso. Um Guardião me pega por trás e me empurra em direção a Ralph.

— Não! — gritam Atlas e a dra. Seymour em uníssono.

— Me larga! — mando, mas o Guardião chuta minhas pernas, me jogando aos pés de Ralph e me prendendo pelos ombros.

Ele se agacha e faz menção de me tocar. Tento chutá-lo, mas outro Guardião segura minhas pernas. Ralph ergue minhas mangas e olha para os Guardiões.

— Não deixem ela se mexer.

— Eu vou te matar! — ruge Atlas.

O canivete perfura meu braço, e eu grito. Lágrimas e a dor dilacerante embaçam minha visão, e eu arqueio as costas, mas é impossível me mover. Ralph arrasta a lâmina pela minha pele, e eu volto a gritar, a náusea tomando conta de mim enquanto cerro os olhos com firmeza.

— Tenho informações sobre os ovos de dragões! — confessa Atlas, a voz abafada. — Por favor, só parem de machucá-la!

Ralph levanta o canivete, e eu sinto a ponta gelada no meu pulso.

— Ela só tem que nos entregar o código — fala Ravensloe. — Vai fazer isso, recruta?

Continuo de olhos fechados, a luz fraca brilhando em cor-de-rosa atrás das minhas pálpebras. Ouço o ranger da porta sendo aberta e um arquejo de surpresa.

— Primeira-ministra Wyvernmire — diz Ravensloe. — Eu não estava esperando uma visita da senhora esta noite.

A ponta da lâmina desaparece. Abro os olhos. Wyvernmire está à porta, usando um longo sobretudo verde, o broche de garra de dragão reluzindo em seu pescoço.

— E por que não? — indaga Wyvernmire, com a voz fria. Está com rugas fundas no cenho, como se os últimos dias a tivessem envelhecido. — Esperava que eu ficasse plantada nos meus aposentos enquanto você obtinha informações cruciais?

Ralph ainda está agachado na minha frente, olhando para a tia como um menininho pego fazendo arte.

— Eles foram encontrados sabotando os conteúdos da estufa — conta ele. — A senhora disse para usar quaisquer meios que fossem necessários, primeira-ministra.

— Sim, eu disse mesmo — responde Wyvernmire, finalmente me olhando.

Eu a encaro de volta, e por um breve momento espero ver um traço da mulher que me falou que éramos parecidas, mas seu rosto não demonstra vestígio algum de emoção.

— Exceto que não é essa aí que você vai torturar.

Ralph fica de pé.

— Ah, não?

— Não — afirma Wyvernmire.

Ela dá um passo para o lado, fazendo o sobretudo esvoaçar, e revela uma figura pequenina e trêmula atrás de si.

— É esta aqui.

Eu me sento, o corpo todo gritando aterrorizado. A criança me olha e o reconhecimento surge em seus olhinhos dourados. Em seguida, ela estica os braços para mim e solta um gemido profundo de desespero.

Ursa.

VINTE E SETE

TEM ALGUÉM GRITANDO, E SÓ PERCEBO que a voz é minha quando Ursa corre para meus braços. Ninguém se move para nos deter. E, por um instante milagroso, enquanto pressiono os lábios contra o rosto gelado da minha irmã e sinto o cheiro de seu cabelo, tudo ao nosso redor perde os contornos. O corpo pequenino de Ursa balança com um choro silencioso.

— Shh, ursinha — sussurro em seu ouvido. — Tô aqui. Você está segura.

Fico surpresa com a facilidade com a qual a mentira sai. Talvez seja porque sei que vou fazer tudo a meu alcance para que isso seja verdade. Ursa se afunda em mim, agarrando meu cabelo com as mãozinhas, os sapatos sujos sobre minhas coxas, como se o chão estivesse em chamas. Eu a pego feito um bebê, segurando-a bem apertado, e fico de pé. Acima de mim, o rosto de Wyvernmire entra em foco. Meu peito é invadido por fogo quando me lembro de suas palavras. Torturar Ursa?

Só por cima do meu cadáver.

Os Guardiões puxaram Atlas e a dra. Seymour para ficarem de pé, e Wyvernmire os analisa com vago interesse.

— Que grande decepção vocês todos foram — desdenha ela, depois se vira para mim. — Você vai me fornecer o código e todas as possíveis variações, agora mesmo. Caso se negue a fazê-lo, o Guardião 707 vai continuar aplicando suas técnicas bárbaras na criança.

O terror faz minha pele formigar. Wyvernmire assente para um Guardião, que avança para arrancar Ursa dos meus braços.

— Não! — grito enquanto minha irmã se agarra ao meu pescoço. — Por favor, não a leve de novo. Só...

No entanto, o Guardião afasta Ursa de mim pela parte de trás de seu casaco, colocando-a entre a dra. Seymour e Atlas enquanto ela chora.

— Eu te dou o código — digo, sem fôlego. — Só, por favor, não machuque ela.

— Viram, rapazes? — fala Wyvernmire, com um sorriso frio. — Não há motivo para fazer tanta bagunça. O amor é a mais absoluta forma de tortura.

Olho para Ursa com lágrimas escorrendo pelo meu rosto, o ar quieto exceto pelo som dos soluços histéricos de minha irmã. Lentamente, Atlas estica o braço e pega a mão dela.

— Tranquem aqueles três no porão — ordena Wyvernmire. — E encontrem os demais recrutas. Vou cortar o mal desta miniatura de rebelião pela raiz agora mesmo.

Qualquer traço de energia que me resta desaparece. Meu peito dói quando a ficha cai. Fomos pegos, e agora, com Ursa aqui, Wyvernmire pode me obrigar a fazer qualquer coisa que quiser. *Tenho* que entregar o código a ela. Penso no rosto de Ralph enquanto pressionava o canivete no meu braço e engulo mais uma onda de náusea. A ideia de ele chegar perto de Ursa está fora de cogitação. Os rebeldes não atacaram ainda e, daqui a algumas horas, vou ter entregado de bandeja para Wyvernmire o destino dos dragões e da Terceira Classe.

— Há relatos de dragões não identificados no céu — conta ela para mim. — Você deve descobrir a localização exata deles.

— Vou precisar ir à estufa, então. Pra usar a máquina de *loquisonus* que restou.

Wyvernmire assente.

— O Guardião 707 vai levá-la até lá. Quando identificar os dragões, escreva tudo que sabe a respeito do código em um papel e entregue-o a ele. — Ela olha para o sobrinho. — Traga-o para mim antes de o dia nascer.

Ralph me agarra pelo braço.

— Deixa eu levar minha irmã comigo — falo, depressa. — Vou trabalhar mais rápido se souber que ela está segura.

Wyvernmire franze os lábios.

— Você vai trabalhar mais rápido se souber que ela está *correndo perigo*.

Engulo o choro.

— Vou voltar pra te buscar — digo à minha irmã, sentindo o maxilar tremer. — Nunca mais vou te abandonar, entendeu?

Ela seca as lágrimas com a mão livre e assente, toda corajosa. De repente, Atlas se solta, vindo na minha direção e me segurando pelos ombros. Ele me beija, os lábios feito fogo em contato com os meus.

— Não dá o código pra ela — sussurra ele enquanto um Guardião o afasta de mim.

— Pensando melhor — fala Wyvernmire, analisando a cena com um semblante interessado e entretido —, subam com o garoto para o terraço. Assim ele pode ver os dragões que não foi capaz de recriar antes de vocês o empurrarem lá de cima.

— Não! — grito.

Ralph me empurra para fora da sala com a mão na minha nuca, e o choro de Ursa volta a preencher o ar.

— Não faz isso, Viv! — ouço Atlas gritando.

Mas ele não entende. Não há mais nada que eu possa fazer. O sangue escorre pelo meu braço enquanto cambaleamos floresta adentro, envoltos em escuridão. Viro o corpo para trás, em busca de qualquer sinal de Atlas no terraço, mas não vejo nada lá no alto a não ser a forma de um dragão de patrulha sobrevoando o solar. Será que é Muirgen ou Rhydderch? Ou eles nos abandonaram?

— Eu devia ter adivinhado que você era uma rebelde — fala Ralph quando chegamos à estufa. — Devia ter quebrado seu outro braço quando tive a chance.

Quero dar uma resposta rápida e direto na jugular, ou me virar e cuspir na cara dele, mas não me arrisco. Não depois da ameaça que Wyvernmire fez a Ursa. Não agora que conheço a sensação de ter uma lâmina fincada na pele, dez vezes pior do que a ardência de uma vara. Nós abrimos a porta, e Ralph libera o Guardião supervisionando a máquina de *loquisonus*. Caminho com cuidado pelos restos de sua irmã e a coloco sobre a mesa. Ralph acende a luz e puxa uma cadeira para mim.

— Mãos à obra, então, encantadora de dragões — fala ele, com deboche.

Coloco os fones e giro o dial, desejando que minhas mãos parassem de tremer. O crepitar preenche meus ouvidos até eu achar a frequência certa. Então me esforço para ouvir os estalos e trinados familiares do koinamens. Ralph se senta à minha frente, do outro lado da mesa, encarando meu rosto. Ignoro-o e fecho os olhos para ouvir melhor.

Lá estão eles. Uma cadeia de chamados sociais. Quem quer que sejam os dragões nos arredores, eles certamente têm algo a dizer. Escuto com mais atenção. Eles estão falando sobre... aterrissar?

— Me explica uma coisa — fala Ralph em voz alta, lendo o que sobrou do caderno de registros, as páginas que não conseguimos molhar. — Como sabe o que diferentes sequências significam?

Levanto a mão para pedir a ele que cale a boca, e sinto uma pontada de satisfação ao ver sua expressão de choque. Minha mente está espiralando cada vez mais rápido, entrando em pânico ao perceber que mal consigo reconhecer um único chamado. Um arrepio percorre meu corpo. E se forem os dragões búlgaros? E se Wyvernmire já tiver confirmado a aliança? Precisamos dos rebeldes *agora*.

— Consegui entender a ecolocalização por meio da interação com os dragões que passavam por aqui, sem que soubessem que era eu me comunicando — minto. — Eu tocava cortes de gravações de ecolocalização no perímetro de Bletchley, alertando-os, por exemplo, da presença de um humano não identificado, e ouvia como eles respondiam.

Graças a Deus Marquis e Sophie conseguiram mover os bloqueadores antes de sermos pegos. Sem isso, a ideia insana se formando na minha mente não funcionaria. Onde está Atlas agora? Será que já o levaram para o terraço? Sinto um frio de pavor na barriga.

— Vou precisar usar aquelas ali também — digo a Ralph, apontando para as máquinas de *reperisonus*.

Tiro os fones da *loquisonus* e puxo o fio de uma das outras máquinas, depois a conecto à minha.

— Por quê? — pergunta Ralph. — O que isso faz?

— Estou transferindo uma gravação anterior de um chamado de ecolocalização para a *loquisonus* — explico.

Essa parte é verdade. Pressiono os botõezinhos pretos nas máquinas maiores, escaneando a tela na gravação que registrei como *Cobra Noviça*. Instantes depois, eu a mando para a máquina de *loquisonus*, seguida de outra gravação que fiz algumas semanas antes. Com o coração disparado, me sento de volta em frente à *loquisonus* e olho para Ralph, que me encara como se estivesse tentando me entender. Uma gota de suor escorre pelas minhas costas.

— Agora vou tocar uma parte de uma das gravações — anuncio.

Mudo o botão de *receber* para *reproduzir*, como fiz no dia em que entrei em contato com Chumana na floresta.

— Vou fingir ser um dragão para ver se algum dos que foram vistos aqui por perto interage de volta comigo. Gosto de chamar isso de "a arte da intercepção". — Levanto os olhos para encará-lo. — Aposto que você seria bom nisso.

Ele abre um sorriso prepotente. Acho que acabei de ganhar um pouco de tempo.

Aperto *tocar*. Não consigo ouvir, mas sei que os chamados de Chumana estão sendo convertidos de volta à frequência original e transmitidos pelo ar, que não está mais obstruído pelos bloqueadores sonares.

Cobra.

Noviça.

Conto os segundos, o suficiente para os primeiros chamados, depois aperto *rebobinar* e os toco de novo.

Cobra.

Noviça.

E mais uma vez.

Cobra.

Noviça.

— Não tô ouvindo nada — fala Ralph, dando petelecos no alto-falante.

— O alto-falante, ou os fones, toca os chamados sendo recebidos depois de convertê-los a uma frequência audível para os humanos — explico. — Mas os chamados de reprodução são emitidos através de vibrações no ar, imperceptíveis ao ouvido humano.

Ralph se inclina para a frente, ansioso, quando pressiono outro botão. Fico me perguntando como a dra. Seymour teria desenvolvido mais ainda as máquinas de *loquisonus* se tivesse havido oportunidade. Imagino um aparelho melhor, com um botão para cada chamado individual, ou vários dispositivos feitos para falar diferentes dialetos.

Aperto o botão de novo, voltando para a outra gravação. É um chamado de semanas antes, quando alguns dos dragões de patrulha estavam discutindo o protocolo para um ataque. Será que a palavra é reconhecida universalmente, ou estou prestes a usar um chamado que pertence a um dialeto? Estou disposta a apostar que é universal.

Aperto *tocar.*

Ataque.

Ralph observa, o rosto entregando sua confusão. Vou e volto entre as duas gravações, apertando *tocar, pausar* e *rebobinar* o mais rápido que meus dedos conseguem se mover.

Cobra.

Noviça.

Ataque.

Ataque.

Ataque.

— Acho que já chega — diz Ralph, puxando a máquina de *loquisonus* para si. — O que foi que você disse?

— Mandei alguns chamados de patrulha — minto. Pelo menos posso usufruir do fato de que Ralph não sabe nada a respeito da ecolocalização. — Se me deixar colocar os fones, quando os chamados voltarem, vou conseguir medir a que distância os dragões estão.

Quero rir perante à insanidade do que estou dizendo e ao fato de que Ralph nitidamente acredita em mim.

— Deixa os dragões pra lá. — Ele joga o caderno de registros na minha direção. — Me dá o código.

— Você não tá entendendo — falo, balançando a cabeça. — Esta língua é complexa. Não é algo que dá pra aprender da noite para o...

— Pelo bem da sua irmã, é bom que dê, sim — provoca Ralph, batendo o punho no caderno. — Olha só pra isso aqui. Por que nada faz sentido? — Ele aponta para a indicação do Zunido-246 e as anotações apressadas abaixo. — Diz aqui que este chamado tem seis variantes! E que todos significam *queimar*! Você está fazendo questão de nos confundir?

É bem simples, na verdade, quero dizer a ele. *O som do Zunido-246 varia de acordo com o dragão que o emite. No dialeto da Muirgen, o chamado tem uma leve entonação que não aparece na versão do Soresten. E, quando o Yndrir emite o chamado à Muirgen, o tom também é diferente, muito mais grave do que quando o usa para falar com...*

— Responde! — grita Ralph.

Eu o observo crescendo para cima de mim, os lábios brilhando com a saliva.

— O que está escondendo?

A voz de Atlas ecoa na minha cabeça.

Não faz isso, Viv!

Ralph me agarra pelo pescoço.

— Me responde, senão eu faço picadinho da sua irmã.

Será que Chumana ouviu meus chamados? Ou *qualquer* outro dragão?

— Eu já te falei — respondo, com calma. — Se me der os fones, eu consigo...

Ralph me empurra e eu caio para trás com a cadeira, batendo a cabeça no canto da mesa. Trôpega, volto a me levantar e sinto meu corpo estremecer. Ralph avança na minha direção de novo.

— Você está mentindo pra mim! — Há uma nuance de perigo em sua voz, um traço que eu não tinha ouvido ainda, nem mesmo quando ele quebrou meu braço. — Eu falei pra primeira-ministra que você não estava fazendo seu trabalho, mas ela não quis escutar. O que foi que você emitiu por aquela máquina? Com quem está se comunicando?

O sangue escorre pela minha testa, e eu o limpo antes que escorra para o olho.

— Com ninguém! Só fiz o que você mandou...

— Mentirosa! — grita Ralph.

Ele tira o canivete do cinto. E eu me afasto até estar detrás do sofá, desesperada ao procurar entre as canecas de café vazias da dra. Seymour por algo com que possa me defender. Só encontro o alto-falante partido da máquina de *loquisonus* quebrada. Cambaleio em direção a ele, mas Ralph me pega pelo cabelo, e eu grito quando sou puxada com força para trás. Ao nos atracarmos no sofá, finco as unhas no braço dele.

— Me solta, seu cretino — falo, dando uma joelhada no meio de suas pernas.

Ele solta um berro de dor, mas me empurra para trás e sobe em cima de mim, agarrando ambos os meus pulsos em uma mão e soltando o canivete da bainha com a outra.

— Na Alemanha, a gente cortava as escamas dos dragões uma a uma — conta Ralph, com um sorriso perverso, os distintivos de seu uniforme brilhando à luz. — Elas não voltam a crescer, sabe, então era algo que podíamos tirar deles. Além do mais, valem uma fortuna no mercado clandestino.

Eu me debato embaixo do peso dele, mas Ralph é forte demais. Seus olhos continuam no meu rosto, depois descem para meu corpo.

— Agora eu fico me perguntando: o que eu poderia tirar de você?

Junto o máximo de saliva que consigo e cuspo tudo na cara dele.

Ele ri.

— Sua vaca — fala ele, secando os olhos com a manga. Em seguida, Ralph coloca a ponta do canivete no canto da minha boca. — Isso vai te ensinar a sorrir quando eu mandar.

Grito quando ele raspa a lâmina na minha pele.

— Onde estão os dragões com quem você está se comunicando? — grunhe ele.

— Não tem nenhum...

Ele me corta de novo, e minha boca se enche de sangue.

— Você mesma causou isso. Minha tia me contou como você traiu sua amiga. E agora está traindo seu governo, seu país. Você deveria me agradecer por não pegar mais pesado, por não...

— Você só é amargurado — interrompo-o, arquejando e encarando seus olhos. — Porque a Wyvernmire te trouxe de volta da Alemanha pra ser um mero Guardião imprestável. Porque ela não confiou em você pra ser um decifrador de códigos, nem um aviador, nem um zoólogo. Porque ela escolheu *a mim*.

Ralph infla as narinas e fica vermelho. Então abre um sorriso assustador e furioso.

— Você vai pagar pelo que fez comigo.

As palavras me atingem como um choque elétrico. Foram exatamente as mesmas que Sophie usou. Ralph se inclina para a frente e o cheiro forte de sua loção pós-barba toma conta do meu nariz.

— Acha que pode bancar a heroína agora, depois de tudo que arruinou? — sussurra ele no meu ouvido. — Você tem mais é que sofrer, Vivien Featherswallow. Mas isso não é nenhuma novidade para você, é?

Sinto o medo assomando dentro de mim. E se ele tiver razão? E se for assim que as coisas acabam para mim, uma punição por todas as coisas horríveis que fiz?

Penso no que Chumana causou à Bulgária e em como agora está dedicando a vida para compensar seus erros. Penso em como minha mãe me contou que todo mundo deve viver com as consequências de suas ações, e em como sei que não era a este tipo de situação a que ela se referia, porque conheço minha mãe. Penso no quanto eu costumava me odiar porque não conseguia ver a luz no fim do túnel da minha própria culpa.

— Nunca é tarde demais para mudar, Ralph Wyvernmire — sussurro de volta. — Até mesmo *eu* posso ter uma segunda chance.

Abro a boca como se fosse beijá-lo e cravo os dentes em seu pescoço. Ele solta um berro agonizado e cai de cima de mim com a mão no pescoço. Eu cuspo o sangue da minha boca e me jogo no chão. Em seguida, alcanço um pedaço de metal estilhaçado.

— Não chega perto de mim de novo — vocifero. — Do contrário, quando os rebeldes vencerem esta guerra, vou fazer questão de que os dragões saibam como você torturou a raça deles.

Ralph ri, sangue esguichando por entre seus dedos.

— O único lugar para o qual eu vou é dentro daquele solar, para que a pequena Ursa conheça a sensação de um canivete em sua pele macia...

— Mas nem a pau — diz uma voz.

Alguém se mexe nas sombras atrás de Ralph, e então ouço um CREC.

Ralph cai para a frente e derruba o canivete no chão. Os olhos se reviram quando seu corpo cai ao lado da lâmina. Marquis baixa a coronha de sua arma.

— Viv? — chama ele, a voz rouca. — Tá tudo bem com você?

Engulo o choro e assinto. Meu primo estende os braços para mim.

— Cadê a Sophie? — pergunto quando nos soltamos.

— Na floresta — fala Marquis. — Depois que levaram vocês, nós tentamos seguir, mas alguns Guardiões nos encontraram. Estava escuro demais pra enxergarmos direito. Mas então acertei um deles e peguei a arma, depois te ouvi gritar. — A voz do meu primo vacila. — E aí, quando estava vindo pra cá, um dragão voou tão baixo que me derrubou...

— Um dragão? Como era?

— Não é como se eu tivesse tido tempo de parar e admirar a criatura, né, Viv... Ei, o que você tá fazendo?

Pulo sobre o corpo de Ralph no chão e vou depressa até a janela. Por entre as árvores, vejo o solar em chamas. E tem um dragão sobrevoando a estufa. Pego a máquina de *loquisonus* de cima da mesa e sigo para a porta.

— Vem! — chamo.

Na floresta, escondo a máquina embaixo de uma pilha de folhas.

— Pode ser que a gente precise dela mais tarde para estabelecer contato com a Coalizão — digo a Marquis.

Nós nos viramos para o céu cheio de fumaça, e as copas das árvores tremem quando Chumana pousa ao nosso lado com um estrondo, fumaça preta saindo de suas narinas. Ela olha para Marquis e para mim, os olhos âmbares fulminantes.

— Nunca mais use aquela língua artificial para falar comigo, garota humana — avisa ela.

Então, baixa a cabeça para o chão, e uma figura pula de seu pescoço com um baque, fazendo barulho ao cair no chão congelado.

— Boa noite, seus marginais — fala Atlas, com um sorriso. — Prontos para a redenção?

Vinte e Oito

O semblante triunfante de Atlas se transforma em choque quando ele vê o sangue em meu rosto.

— O que ele fez com você? — gagueja, traçando o corte que vai do canto da minha boca até a bochecha.

Ignoro a pergunta.

— Ela não te empurrou do terraço?

— Ah, empurrou, sim — responde Chumana, com calma. — Precisei pegá-lo como um cachorro apanha um graveto no ar.

Marquis reprime um sorriso, e Chumana fica contente.

— Cadê o Karim? — indaga ele.

— Eu o estava levando a um lugar seguro quando ouvi os chamados de Vivien — rosna Chumana. — Então o deixei em uma fazenda aqui por perto.

— Precisamos buscar a Ursa e a dra. Seymour — digo. — Sabem se elas estão mesmo no…

— Porão — confirma Atlas, com um assentir de cabeça, fitando a estufa. — Cadê o Ralph?

— Eu apaguei ele — fala Marquis, sem um pingo de remorso. Em seguida, se vira para mim. — Você disse… Ursa?

No entanto, antes que eu possa explicar, Chumana solta chamas pela boca e narinas. Sinto o calor escaldar meu cabelo, e puxo Marquis para trás enquanto vemos a estufa pegar fogo. As labaredas alaranjadas lambem as quinas da construção, e o vidro explode nas janelas. Pela abertura, vejo o fogo se espalhando, atravessando os carpetes velhos, engolindo as mesas da madeira e avançando para as almofadas, as plantas e a coleção de revistas. Logo, vai consumir o restante das minhas anotações e o que sobrou da primeira máquina de *loquisonus*.

— O Ralph — falo. — Ele ainda está vivo lá dentro.

Atlas e Marquis se entreolham.

— Olha, depois do que ele fez com você, Viv... — começa meu primo.

— Atlas — digo, com firmeza. — Você não vai deixar...

— Não — responde ele, com um suspiro de frustração. — Não, acho que não vou.

Ele dá a volta para a janela secreta da estufa e entra.

— Ai, mas era só o que me faltava mesmo — resmunga Marquis, indo atrás dele.

Chumana se vira para mim.

— Tem uma coisa que você precisa saber, algo que não consegui explicar da última vez.

Fico à espera de ela dizer algo.

— Os chamados do koinamens que você escuta pela máquina, os que fazem nós, dragões, parecermos pássaros, eles não soam da mesma forma para nós. A conversão para uma frequência que os humanos conseguem ouvir os distorce e remove deles sua característica crucial.

Ouço um ruído quando a estrutura da estufa começa a enfraquecer.

Dou um passo para perto de Chumana.

— Que característica?

— A emoção — constata Chumana. — Cada chamado carrega uma emoção complexa. Um chamado de alerta dará ao receptor uma sensação repentina de medo, como um choque elétrico. E se os dragões que estiverem se comunicando forem próximos, se forem da mesma família, por um momento um pode até mesmo enxergar pelos olhos do outro.

Meneio a cabeça, me esforçando para entender o que ela está dizendo. Marquis e Atlas reaparecem, tossindo e arrastando Ralph, um de cada lado. Só que meu foco permanece somente na voz de Chumana.

— Quanto mais forte for a conexão entre os dragões, melhor eles se entendem. É por isso que os que não se conhecem só podem se comunicar usando chamados básicos. Chamados que, sem o elo emocional vibrando nos ossos, eles às vezes não conseguem entender.

Penso em como Muirgen e Rhydderch se comunicaram de maneira tão instintiva, mas mal foram capazes de ter uma ecolocalização efetiva com Borislav.

— Então é isso o que um dialeto de família é? — pergunto. — Uma ligação emocional forte?

Vidro estilhaça atrás de nós mais uma vez, e Marquis coloca uma mão no meu ombro.

— Viv, precisamos ir.

— Sim — sibila Chumana. — E, embora seja possível traduzir o koinamens para a linguagem humana, sua emoção, e, portanto, a maior carga de significado, inevitavelmente se perde.

— Cada ato de tradução requer sacrifício — murmuro para mim mesma.

— É *por isso* que jamais podemos permitir que os humanos o imitem — conclui Chumana, com urgência. Seus olhos são como sóis dourados, me invadindo como se tentassem ler minha mente. — Registrar e emitir um dos chamados de Muirgen a Rhydderch em sua frequência original faria com que ele *a sentisse* em seu âmago. Seria como tocar a voz de sua irmã dentro da sua cabeça, nítida como se ela estivesse bem ao seu lado. Você a seguiria aos confins da Terra, não?

Chumana solta um suspiro alto e quente.

— O mesmo se aplica ao Rhydderch. E os humanos búlgaros *sabiam* disso. Justamente por conhecerem a verdade, queriam explorar o koinamens, e foi por isso que morreram.

Um rugido alto ecoa pela noite.

— Os dragões da Wyvernmire sabem que você está aqui — fala Atlas para Chumana, deitando Ralph ao pé de uma árvore.

Chumana assente em compreensão, me observando enquanto tento assimilar o que ela acabou de revelar. Qualquer tradução humana do koinamens seria uma imitação fraca do significado original. Olho de volta para a estufa. O que estávamos fazendo lá era uma tarefa impossível. E, no entanto, até mesmo nossas tentativas mais imperfeitas poderiam acarretar consequências desastrosas. Agora entendo a fúria de Muirgen e por que Chumana veio até Bletchley para abrir meus olhos.

— Vou atrás da Ursa — anuncio aos garotos.

Atlas assente.

— E depois precisamos ir à oficina de aviação.

— À oficina de aviação?

— É por lá que vamos escapar — conta Atlas.

— Por que nós não podemos ir com a Chumana...

A dragoa ganha altura, as asas batendo sobre a nossa cabeça antes de ela deslizar por sobre as árvores e ir em direção ao solar. Ouço um som parecido com metal sendo riscado.

— Ela vai lutar — diz Atlas.

— Eu ouvi direito? — pergunta Marquis. — Você está mesmo sugerindo que a gente fuja de avião?

— Estou — responde Atlas, impaciente. — Foi você que construiu ele. Não tinha me dito que o conhece como a palma da mão?

— Isso não significa que consigo pilotar a aeronave, seu infeliz! — retruca Marquis.

— Estamos perdendo tempo! — grito. — Marquis, você pode ir atrás da Sophie?

— Ela deve ter ido para o solar. Combinamos de nos encontrar lá caso acabássemos separados.

Corremos pela floresta, o som de vidro explodindo atrás de nós, até chegarmos ao jardim. Acima da mansão, no céu, Chumana colide com outro dragão, fazendo-o bater no terraço.

— Fogo! — grita uma criada ao sair correndo pela porta da cozinha. — Dragões!

Nós nos abaixamos quando uma bola de fogo atinge o arbusto ao nosso lado, e dois Guardiões surgem correndo pela lateral do solar.

Os dois gritam quando nos veem.

— Todos os recrutas devem se reportar ao…

Marquis levanta a arma e atira. A bala atinge um cano, mas é o suficiente para fazê-los desaparecer atrás de uma parede.

— Acha que consegue fazer melhor? — pergunta Marquis quando Atlas dá uma risadinha.

— Com certeza, não — responde Atlas.

Ele me segue porta adentro, mas paro quando um grupo de pessoas abarrotam o corredor escuro, vindo na nossa direção.

— Volta, volta! — grito para Atlas, me virando.

— Viv! — chama uma voz baixa. — Você viu aquele dragão pegando o menino no céu?

Sinto Marquis enrijecer, e Atlas se embanana para acender uma luz.

A dra. Seymour está diante de nós com Ursa nos braços. Ao lado delas, estão Gideon e Serena, armados até os dentes.

— Só pode ser brincadeira — fala Marquis.

— Ai, graças a Deus — sussurro quando a dra. Seymour coloca Ursa nos meus braços.

— Você viu aquilo, Viv? Viu?

Afasto o cabelo de Ursa de seu rosto e dou uma risada.

— Vi, sim. Olha aqui o menino.

Atlas sorri e estende a mão para cumprimentar Ursa.

— Muito prazer em te conhecer, Ursa. Eu me chamo Atlas.

Ursa já está o encarando por sobre meu ombro com os olhos arregalados. Marquis faz uma reverência baixa, seus olhos repentinamente marejados.

— Há quanto tempo não te vejo, hein, ursinha?

Ursa abre os braços para ele. Com relutância, eu a solto e fito Gideon e Serena.

— Onde é que vocês dois estavam?

— Salvando sua irmã — fala Serena.

— É verdade — confirma a dra. Seymour, ajustando os óculos quebrados. — Momentos depois de termos sido trancadas no porão, esses dois desceram a escada correndo, com armas para todo canto.

Serena tira outra arma das costas e a entrega para mim, embora nós duas saibamos que eu não faço ideia de como usá-la.

— Encontrou o juízo, foi? — Atlas olha feio para Gideon. — Vê se não vai tentar matar alguém de novo...

Coloco a mão em seu braço e ele se cala.

— Obrigada — digo a Gideon e Serena. — A vocês dois.

Gideon funga o nariz, passa uma arma para Atlas e pergunta:

— Alguém tem algum plano pra tirar a gente daqui?

— Pelo visto, fui promovido a piloto — fala Marquis, animado, ajeitando o laço no cabelo de Ursa. — Vamos lá?

Ouço vozes altas vindo do lado de fora.

— A Wyvernmire chamou reforços — conta Serena.

A dra. Seymour aquiesce.

— Tem outra saída pelo salão de festas. Vai nos levar até o outro lado do terreno, onde ficam as oficinas.

Ouço um guinchado alto, depois vem um lampejo azul da janela. Muirgen?

— Vão logo! — fala Marquis enquanto tranca a porta dos fundos.

A mansão toda treme, e a parede atrás do fogão tomba para dentro.

— Podemos ir pra casa agora? — choraminga Ursa.

O solar volta a tremer e um pedaço de gesso cai do teto, que por pouco não acerta a cabeça de Marquis. A adrenalina se espalha pelo meu corpo enquanto avançamos pelo corredor até chegar ao hall. Um grupo de Guardiões entra pela porta da frente. Levanto a arma, tateando os dedos em busca do gatilho, sem nenhuma noção, mas eles passam reto por nós e sobem a escada.

— Estão atacando a primeira-ministra! — grita um deles.

Seguimos a dra. Seymour para o salão de festas, depois saímos por uma portinha que dá para a área externa. Viro para olhar para a mansão. Telhas e escombros caem do telhado e, atrás do solar, a floresta está em chamas, labaredas subindo até a copa das árvores como se quisessem brilhar mais forte que os primeiros raios alaranjados do nascer do dia.

— Mais rápido, Viv! — grita Marquis ao passar por mim com Ursa sacolejando em sua cintura.

Do outro lado do gramado, no pátio, Rhydderch assoma ao lado dos carros dos Guardiões. Ele chacoalha a cauda espinhosa, acertando a oponente, uma dragoa prateada de patrulha chamada Fenestra, que solta um rugido de dor. Guardiões buscam cobertura quando a criatura cai em cima dos veículos, achatando-os.

— Ele... ele tá com a gente! — gaguejo em surpresa. — O Rhydderch e a Muirgen estão lutando do nosso lado!

Em meio aos entulhos, um Guardião se vira e nossos olhos se encontram. Ele grita alguma coisa para os demais, que vêm correndo em bando na minha direção.

— Viv! — grita Marquis.

Meu primo e os outros já chegaram às oficinas, e Gideon e Serena estão abrindo as portas de madeira altas de uma delas.

Atlas me puxa pela mão, e eu tiro os olhos de Rhydderch.

— Agora já não falta muito — ofega Atlas.

Seco o suor da testa enquanto corremos e tossimos em meio a uma nuvem de fumaça preta. A mão de Atlas está quente na minha quando paramos abruptamente à porta da oficina. Há um estrondo alto, seguido por um retumbar parecido com um trovão. Do outro lado do gramado, um dragão que não consigo identificar estraçalhou os portões de entrada. A criatura pousa no chão de cascalhos do pátio, e centenas de pessoas vêm correndo. Soldados e civis com armas, cassetetes e facas.

— Abaixo o governo! — gritam eles.

— Abaixo a Wyvernmire!

— A Coalizão — sussurro. — Eles vieram mesmo.

Os olhos de Atlas reluzem ao assistir à cena. Os Guardiões que nos perseguiam ficam para trás, redirecionando a atenção aos invasores avançando. E então vêm os dragões. Eles voam através da fumaça do outro lado do lago, formando um caleidoscópio de cores, e, com as asas, protegem os humanos rebeldes dos tiros ao deslizarem pelo ar feito aves de rapina. Nós entramos na oficina, que está cheia de fileiras de motocarros e caminhonetes de Guardiões de cada lado. E, no meio, cercados por lonas e ferramentas, está um avião de combate.

— Você que construiu isso? — pergunto a Marquis.

— Foi a Serena que construiu a maior parte — diz ele. — O Karim e eu mexemos com a parte de fiação e motor. E — fala, baixando a escada e a encaixando — o Karim fez isso.

Os degraus de metal estão cobertos de tecido azul estampado com centenas de dragõezinhos prateados dançando.

— É lindo — falo.

— É, uma belezura mesmo — murmura Atlas, já impaciente. — Agora entrem logo.

Serena vai para a cabine do piloto, e Gideon e a dra. Seymour a seguem pela escada de metal.

— Espera — digo.

Olho para Marquis e Ursa, seus rostos pretos pela fumaça.

— Não posso deixar a Sophie aqui.

— Do que você tá falando? — grunhe Atlas.

Eu me viro.

— Achou mesmo que eu ia subir neste avião sem ela?

Por que pensei que ela estaria aqui, esperando a gente? Onde é que Sophie está?

— Viv — fala Marquis, devagar —, eu disse para a Sophie fugir se não conseguisse me encontrar. A esta altura ela já deve estar correndo pela floresta.

— E você espera que a gente só deduza isso e ponto?

— Sim! — fala Atlas, com firmeza. — Viv, você fez tudo que podia. Destruiu suas traduções, e a estufa já era. Agora é hora de ir, de escapar com seu primo *e* sua irmã. Foi pra isso que veio a Bletchley.

Balanço a cabeça em negativa.

— Não posso abandonar ela. De novo, não. Depois de tudo que te contei, você não entende que...

— *Eu* vou atrás dela — afirma ele.

— Você? — digo, incrédula. — Mas você...

Uma sombra recai sobre a oficina, e lá se vão os primeiros raios do dia que começavam a aparecer por entre as aberturas do teto de madeira. Do lado de fora, o céu ficou escuro, como se a lua tivesse eclipsado o sol. A gritaria e confusão cessam, e eu corro para a porta. Em seguida, a luz fraca retorna.

E a formação de dragões búlgaros acima de nós explode em todas as direções.

Deve haver centenas deles, todos em tons de preto e vermelho. Voam como um regimento marcha, com movimentos angulares precisos e rápidas mudanças de direção. Ao vê-los rumarem para o pátio, sinto os pelos da minha nuca se eriçando.

— Não entendo — fala Atlas. — Era para eles chegarem só amanhã. Não foi isso o que a Wyvernmire disse?

Ninguém responde. Todos ficamos apenas encarando os dragões cruzando o céu. No pátio, os humanos rebeldes e os Guardiões pararam de brigar para ficarem olhando para cima. Até mesmo os dragões de Bletchley e os rebeldes parecem pairar no ar, aguardando. Da formação dos búlgaros, chamas explodem, e sinto uma onda de eletricidade no peito.

— Serena! — grito. — Liga o avião.

Agarro o braço do meu primo.

— Vocês dois conseguem pilotar essa coisa juntos, tenho certeza disso.

— Entra no avião, Viv — fala Marquis, entre os dentes.

Nego com a cabeça, e Ursa se debulha em lágrimas.

— Eu te encontro — digo a ela. — Só preciso voltar pra buscar a Sophie, tá?

Ela se debate e grita enquanto Marquis sobe com minha irmã pelos degraus e Gideon a pega, levando-a para dentro.

— Viv, por favor — suplica meu primo, com lágrimas nos olhos.

Eu me levanto para plantar um beijo em sua bochecha.

— Prometo que vou ficar bem — falo. — Cuida da Ursa, tá?

Ele me dá um abraço de urso por um momento, depois sobe os degraus.

— Atlas? — chamo.

Ele me olha, todo encolhido.

— Você não pensou que eu fosse deixar a Coalizão lutar sem mim, pensou?

— Você *viu* o estado do céu?! — grito. — Como é que *você* vai lutar contra os dragões búlgaros?

— Olha — fala Atlas.

Chumana está voando em direção aos búlgaros e, no seu encalço, estão Rhydderch e Muirgen, Soresten e Addax, Yndrir e mais alguns dragões rebeldes. Não há mais do que um espaço mínimo no céu entre os grupos em oposição. O que ela está fazendo?

Por um momento, nenhum deles se mexe. De um lado, o exército búlgaro com escamas feito vidro e, do outro, um pequeno grupo de dragões, já com ferimentos de batalha. Será que estão usando a ecolocalização? Será que Chumana está tentando negociar com eles? Três dos dragões búlgaros na linha de frente da formação avançam, e Rhydderch reage, assumindo a dianteira para proteger seu grupo com um rosnado de alerta. Os búlgaros seguem até ele, e um grito ecoa pelos céus quando arrancam a cabeça dele do corpo e o sangue cai feito chuva.

— Não! — grito.

Guinchados monstruosos vêm dos dragões de Bletchley enquanto atacam em retaliação, e de repente o céu é tomado por movimento. Abaixo, os tiros e a briga recomeçam. Tem um zumbido nos meus ouvidos e, quando Atlas me olha, vejo o reflexo do meu horror. Um mar de fogo é cuspido sobre o pátio, engolindo um grupo de Guardiões e rebeldes humanos. O avião ganha vida. A desvantagem da Coalizão é ridiculamente absurda. Não tem a menor chance de eles sobreviverem. Como foi que pensamos que conseguiríamos enfrentar um exército de dragões búlgaros? Quando o avião começa a avançar, Atlas me segura.

— Entra — pede ele.

— Entra você — retruco.

— Não posso... — Ele volta a olhar para o pátio. — Preciso ajudar.

— O que você pode fazer lá? Você é um seminarista, não um soldado...

— Não podemos deixar a Wyvernmire se tornar ainda mais poderosa, Viv. Não podemos deixar que...

Seguro o rosto dele.

— Escuta o que vou te dizer! — grito, mais alto do que o barulho das hélices. — Já era, é tarde demais. Os búlgaros chegaram e eles são muitos. Vai ter uma guerra de verdade, uma...

Paro quando uma lembrança ressurge em meio ao caos da minha mente. O som de violinos, um lampejo de penas e pele animal, bolhas subindo à superfície em uma taça de champanhe.

A linguagem é tão crucial na guerra quanto quaisquer outras armas.

E então sei o que devo fazer.

— Preciso voltar — falo, devagar. — Preciso encontrar a Wyvernmire e dar a ela o que deseja.

Atlas me empurra para fora do caminho quando o avião vem na nossa direção com um rugido. Marquis me encara pela janela da cabine do piloto. Balanço a cabeça, e ele diz algo a Serena. Em seguida, o avião avança mais uma vez e sai da oficina, atravessando o terreno antes de alçar voo.

— O que foi que você disse? — pergunta Atlas.

— Eu preciso ser a tradutora da Wyvernmire. É a única esperança que temos de controlar os búlgaros...

— Que ideia mais ridícula — acusa ele. — Isso é o oposto do que a Coalizão defende, e...

— Olha ao redor, Atlas! — grito. — Logo não vai mais existir Coalizão nenhuma pra contar história. Os búlgaros estão aqui, e pode apostar que têm mais dragões vindo. Se a Wyvernmire não tiver como ouvi-los, não tiver como controlá-los, a Britânia vai virar uma terra de dragões. Você sabe tão bem quanto eu que esta nova aliança é apenas temporária. E esta guerra que estamos lutando, de rebeldes contra o governo, não é nada em comparação com o que vai acontecer quando a rainha Ignacia descobrir que foi traída e quando os búlgaros decidirem que a Wyvernmire é só um espinho cutucando sua pele. Agora só nos resta ajudar nosso povo, nosso país...

Atlas está furioso.

— Ou seja, desistir? Baixar a cabeça para os búlgaros, para a Wyvernmire?

Nunca vou entregar o koinamens a Wyvernmire, jamais vou contar a ela que o domínio dessa língua poderia lhe dar o poder que tanto sonhou, mas posso usar o que aprendi para espionar os dragões búlgaros, fazer com que não se voltem contra ela e proteger a Britânia e os rebeldes ao mesmo tempo.

— Por enquanto — digo, com delicadeza. — Até encontrarmos uma maneira de combatê-los. Vou passar um código falso à Wyvernmire, deixá-la pensar que estou do lado dela. Quando perceber o que fez ao deixar os búlgaros entrarem no país, talvez ela...

O restante da minha frase é abafado pelo som do avião de Marquis no céu. Ele circula a floresta uma vez e, ao ganhar altura, labaredas explodem direto da parte de baixo frontal.

Quase consigo ouvir o grito de triunfo de Marquis.

Um avião que cospe fogo.

— Achei que era *isso* o que eu deveria estar fazendo — diz Atlas. — Que, se meu chamado não é para ser padre, então talvez fosse para lutar por mudanças com você. Defender as pessoas, *o meu* povo, a Terceira Classe e os dragões.

A voz dele falha, e eu pego suas mãos e as beijo.

— Eu sei — falo. — E quem sabe seja. A Coalizão, a causa dos rebeldes, não está só aqui dentro de Bletchley. Está lá fora também. — Aponto para além do confronto e dos portões quebrados. — Você é o homem que arriscou a própria vida só para salvar uma mísera pessoa, quando escondeu aquele homem lá na sua igreja. Só porque perdemos esta batalha, não significa que ainda não há esperança.

Ele dá um passo para trás.

— Ainda assim, falhei. Esse tempo todo eu estava me preparando para liderar a batalha. Planejamos o ataque durante meses e...

— Isso é só seu orgulho falando — digo. — Vai por mim, disso eu entendo bem.

Ele me fita com olhos vermelhos.

— Tem outra máquina de *loquisonus*, lá na floresta — falo.

— Achei que as duas tinham sido queimadas quando a estufa...

— Escondi a que você não quebrou. Mas não pra mim — apresso-me a acrescentar. — Era para me comunicar com os dragões rebeldes, caso a Chumana não tivesse ouvido minha última mensagem. Mas agora podemos usá-la para espionar os búlgaros, aprender seus chamados e ficar um passo à frente. Com a linguagem… é assim que a gente vai se rebelar.

— Os dragões da Coalizão jamais vão concordar — contrapõe Atlas. — Como pode sugerir uma coisa dessas depois de tudo que a Chumana contou pra…

— Pode ser que concordem, se for a único jeito de nos salvarmos — falo, com firmeza. — Depois a gente dá um jeito de nenhum humano voltar a usar uma máquina de *loquisonus*. Ainda podemos derrotar os búlgaros e vencer esta nova guerra.

Atlas fixa o olhar no meu, cauteloso ao assimilar essa última gota de esperança.

— Confiei em você quando disse que eu deveria contar a verdade pra Sophie, que eu poderia ser perdoada. Ajudar as pessoas é meio que sua especialidade, não é? É o *seu* chamado para o amor. O meu é a linguagem. Você mesmo disse isso, lembra?

Acaricio o rosto dele quando me lembro daquele momento quando estávamos perto da estátua de ovo de dragão.

— Agora eu preciso que você confie em *mim*, Atlas.

Ele se inclina para a frente, o rosto assustado feito o de uma criança, e me beija.

— Eu confio em você, Viv.

— Então precisamos voltar para a estufa.

Há corpos em chamas e o cadáver de um dragão no chão quando passamos pelo solar e entramos na floresta. As árvores ao nosso redor também estão pegando fogo e, no meio delas, a estufa está derretida e carbonizada. Não há sinal de Ralph. Tusso e ofego enquanto a fumaça atinge meus olhos, chuto a relva até encontrar o alto-falante dourado da máquina de *loquisonus* escondido por entre as folhas. Confiro se está intacta, embora o vidro e o metal estejam pelando, depois me viro para Atlas.

— Precisamos ir atrás da Wyvernmire. O helicóptero dela ainda está aqui, então ela não foi evacuada, mas duvido que esteja lá dentro.

Metade do solar já foi destruído pelo fogo.

— O porão — afirma Atlas, de repente. — É à prova de fogo por causa dos...

— Filhotes — termino. — Vamos.

— Espera. A gente nem sabe ainda se ela vai concordar com isso. E, se não concordar, pode ser que te prenda lá embaixo. É você que tem o código na cabeça, não eu. Deixa que eu vou.

Hesito, mas ele tem razão. Wyvernmire tem um exército de dragões búlgaros a seu lado, então Atlas e seu conhecimento de zoologia agora são irrelevantes para ela. No entanto, se ele conseguir trazê-la até mim... Respiro fundo.

— Está bem — concedo, ficando na ponta dos pés para beijá-lo. — Espero você aqui, onde a fumaça vai ajudar a me manter escondida.

Atlas assente, depois se vira e desaparece por entre as árvores.

Tudo que era importante no dia anterior (resguardar o código de Wyvernmire, me juntar aos rebeldes, fugir de Bletchley) de repente se torna irrelevante. Tem uma guerra tripla vindo aí, entre Wyvernmire e os búlgaros, a rainha Ignacia e a Coalizão. E nossa única chance de vencer é dando aos nossos inimigos algo para eles enfrentarem um inimigo ainda maior. Se teve uma coisa que aprendi com o destino da minha mãe e a família dela, é que os dragões búlgaros não se aliam a humanos. Mas posso fazer com que esta guerra não seja o fim de nós todos. Posso usar minhas línguas dracônicas, meu conhecimento de ecolocalização, para nos salvar. Ainda posso devolver a Sophie sua antiga vida. Olho para a máquina de *loquisonus*, para os escombros da estufa, para as cinzas da minha vida na Propriedade Bletchley.

Isto aqui é minha segunda chance.

VINTE E NOVE

EU ME AGACHO EM MEIO à fumaça e escuto a luta pelo que me parece ser uma eternidade. Por fim, iluminado pela luz das árvores flamejantes, vejo algum movimento. Atlas vem na minha direção, as mãos cerradas em punhos ao lado do corpo, e atrás dele está Wyvernmire, com um olhar de vitória. Onde estão os Guardiões dela? O chão começa a tremer, e o que eu imaginava ser uma massa de árvores pretas avança adiante, saindo da fumaça. A única proteção de que Wyvernmire necessita: um bolgorith búlgaro.

Atlas fica do meu lado e eu os observo, me posicionando na frente da máquina de *loquisonus* escondida.

— Não precisou de muito para convencê-la — fala Atlas, baixinho. — Metade de seus Guardiões a abandonaram e… olha só para o tamanho daquela coisa. Acha que ela sabe que o olho foi maior do que a barriga?

Wyvernmire e o dragão param alguns metros diante de nós. É o maior dragão que já vi na vida, com escamas cheias de joias encrustadas. Minha mãe me contou sobre esse tipo de ferimento autoinfligido, geralmente encontrados em dragões búlgaros de alto nível, naqueles que detêm as maiores reservas.

— Vivien — diz Wyvernmire —, permita-me apresentar o general Goranov. Ele é nosso novo aliado nesta guerra que a Propriedade Bletchley falhou em vencer.

O dragão me analisa com seus olhos pretos e reluzentes feito vidro.

— Boa noite, general Goranov — cumprimento-o em slavidraneishá.

Ele pisca o olho uma vez.

— É a primeira vez que conheço uma humana que fala minha língua materna — grunhe o general. — Desde que minha espécie ascendeu ao poder, isso tem se tornado um tanto impopular. Foi um dragão que lhe ensinou?

— Em inglês, por favor! — ralha Wyvernmire.

Ela dá um sorriso forçado para o general quando a cabeça dele se vira em sua direção.

— Acontece que a maior parte das minhas tropas não fala inglês — rosna ele.

— Onde foi que *você* aprendeu? — pergunto. — Foi um humano que lhe ensinou?

Atlas dá um apertinho no meu quadril, e eu me viro para Wyvernmire.

— O que vai acontecer agora? — indago. — Você criou inimizade tanto com a Coalizão quanto com a rainha Ignacia. A Britânia está em uma guerra de três instâncias. — Olho para Goranov. — E logo podem ser quatro.

— Meu governo e os dragões búlgaros vão restaurar a ordem nesta nação — afirma Wyvernmire. — Tem mais tropas búlgaras a caminho.

— Mas, na sua tentativa de acabar com uma rebelião, a senhora criou duas — debocha Atlas.

— Proporemos acordos à Coalizão e à rainha Ignacia. Um novo Tratado de Paz. Não sou uma primeira-ministra cruel que...

— Ninguém vai querer você como primeira-ministra quando descobrir o que fez — digo.

— Ah, me poupem. Estou fazendo apenas o que é necessário para garantir que nossa grã Britânia não caia em ruínas.

— Você mesma jogou essa ruína bem na porta do nosso país. — Olho para o general novamente. — Acha que *eles* ligam para ordem, paz ou prosperidade?

Goranov solta um rosnado.

— Você ainda é jovem demais para entender — diz Wyvernmire.
— Eu lhe dei uma oportunidade, Vivien, mas você não conseguiu aproveitá-la. O que tem de ambição lhe falta em coragem.

— Se tem uma coisa que não falta à Viv é coragem — retruca Atlas.

— O trabalho que tenho feito na estufa — digo. — Ainda posso entregá-lo a você. É a única coisa que vai manter você e o restante da Britânia em segurança. É a única vantagem que vai ter.

Wyvernmire semicerra os olhos, e sinto meus batimentos acelerarem. Será que sabe que estou mentindo?

— Você foi bem específica quando disse que não tem intenção nenhuma de compartilhar seus conhecimentos e que só colaborou porque eu estava com sua irmã, que agora desapareceu, algo que lhe é muito conveniente.

— Como pode ver — começo, devagar, indicando o dragão búlgaro —, as circunstâncias mudaram.

Wyvernmire olha para o general.

— Obrigada por me acompanhar, general Goranov. Eu lido com estes recrutas a partir daqui.

O general sorri para mim.

— Quero ouvir o que sua poliglota tem a dizer.

Faço todo o esforço do mundo para ignorar o fedor de seu bafo, a forma como seus suspiros parecem uma forte correnteza de vento.

— Vou continuar ao seu lado, como sua tradutora pessoal — informo a Wyvernmire. — Pense nisso como uma garantia, caso as coisas não saiam como planejou.

Os lábios dela tremem quase imperceptivelmente, e sei que ela entende o que quero dizer.

— Mas a estufa foi destruída, e…

— Consegui salvar o necessário — afirmo, dando um passo mínimo para o lado para que ela consiga ver a máquina de *loquisonus* semioculta. — Mas, em troca, você deve concordar com as seguintes condições.

Atlas me abraça mais forte, o que me dá mais ousadia. Um estilhaçar longo e o rugido de um dragão vêm do solar. Os rebeldes ainda estão lutando.

— Quero que ordene a retirada de seus Guardiões e dragões, incluindo os búlgaros.

O general corta o ar com a cauda feito um chicote e esmaga um tronco de árvore caído.

— Ninguém ordenará nada às minhas tropas senão eu mesmo.

— Você vai permitir que todos do lado oposto, tanto os humanos quanto os dragões, deixem a Propriedade Bletchley — continuo. — Os recrutas restantes serão perdoados e suas famílias, libertas, caso ainda as esteja mantendo presas.

Os olhos de Wyvernmire brilham, entretidos.

— Prossiga.

— Os dragões vão ser reintegrados à sociedade, receber mais direitos, mais terras e mais prospectos.

O general solta uma risada baixa.

— Eu havia me esquecido do quanto é enfadonha a negociação de equidade entre dragões e humanos.

— Os termos que oferecer à Coalizão serão justos — acrescento. — Nesta nova sociedade que planeja criar, os cidadãos da Terceira Classe terão os mesmos direitos da Segunda. E você vai abolir o Exame. Ele não vai mais determinar a posição de uma pessoa na...

— Não — diz Wyvernmire, direta e reta.

— Ah, não? — respondo, ouvindo minha voz vacilar. — Então não precisa que eu seja sua tradutora?

— Tradutora de quê? — rosna o general.

— É bom ter em mente que já perdeu esta batalha — fala Wyvernmire, baixinho.

— E é bom que *você* se lembre de que, sem mim, seu governo não vai passar de um estado-fantoche.

— Estou de acordo com as primeiras duas condições — responde ela. — Mas não com as demais. Você pode ser excelente, Vivien, mas somente se parar de tentar bancar a heroína e acabar com esse papel de salvadora da Terceira Classe. Tudo que lhe resta é se lembrar de que a ambição requer sacrifícios.

— Só que são sempre as mesmas pessoas que precisam sofrer com esses sacrifícios — acusa Atlas.

Sinto como se estivesse encolhendo aos poucos, a coragem que me serviu de combustível a noite toda começando a minguar. Se eu não escutar o koinamens por Wyvernmire, os dragões búlgaros podem dizimar todo o país. Se a primeira-ministra não tiver nada para usar contra eles, então ela, a rainha Ignacia e os rebeldes... todos nós vamos sofrer.

— Vou empregá-la como tradutora — declara Wyvernmire. — Você vai trabalhar na Academia, sob a supervisão da própria dra. Hollingsworth, com um salário padrão e um diploma honorário em línguas dracônicas.

Enquanto ela fala, duas coisas acontecem. Sinto Atlas mexer o pé para trás e depois para a frente, empurrando uma grande pedra na minha direção com a lateral do sapato. E, na copa das árvores, bem acima da cabeça do general, vejo um lampejo cor-de-rosa.

Deixo as palavras de Wyvernmire se agarrarem às beiradas da minha imaginação. Minha família, segura e livre em Fitzrovia. Sophie e os demais recrutas perdoados. Eu, trabalhando na Academia de Linguística Dracônica para monitorar os dragões búlgaros. E Atlas... se nós dois nos casássemos, ele se tornaria um membro da Segunda Classe.

— Juntas, faremos a Britânia ser ainda maior *e* garantiremos sua segurança. Mas somente se você abrir mão de suas ideologias rebeldes.

A visão some, evaporando assim que me lembro da forma como os dragões búlgaros arrancaram a cabeça de Rhydderch. O rosto ensanguentado da garota da Terceira Classe, morta. Os olhos do meu pai ao ser retirado da nossa casa e enfiado no motocarro de um Guardião. As imagens formadas pelas palavras de Wyvernmire não passam de uma ilusão que esconde a verdade horrenda que meus pais enxergaram desde o princípio.

— O povo não deveria temer os primeiros-ministros, Wyvernmire — digo lentamente. — São os primeiros-ministros que deveriam temer o povo.

Atlas se vira com brusquidão para me olhar, perplexo com a enunciação do slogan rebelde. São palavras que eu não havia entendido até este momento. O sorriso de Wyvernmire se desmancha. Eu me abaixo até o chão e pego a pedra aos meus pés, quando o céu é tomado por fogo. Chumana aterrissa nas costas do general, provocando um guinchado terrível. Wyvernmire sai da frente, escorregando em um monte de folhas mortas bem quando galhos em chamas caem ao redor dela. Eu ergo a pedra e a bato na parte de cima da máquina de *loquisonus*.

Wyvernmire solta um arquejo sufocado quando o vidro da máquina é espatifado, o interior escancarado. Um dial sai voando e cai na relva.

— Viv! — grita Atlas.

Ele me puxa para fora do caminho quando Chumana e o general tombam em cima dos escombros da estufa. Chumana abocanhou a pata do general, e ele ruge de agonia quando ela perfura suas escamas com os dentes. De algum lugar acima, vem o barulho de um avião. Os dragões de repente saem do chão e pairam no ar. Quando o general perfura a lateral do corpo de Chumana com as garras, o sangue respinga no cabelo de Wyvernmire. Ela fica de pé, protegendo o rosto, e grita para mim:

— Me entregue o código e eu faço minhas tropas recuarem.

Ela ainda não entendeu. Aquela era a última máquina de *loquisonus* de que sabíamos da existência. A esta altura, ela não passa de um peão no jogo dos dragões búlgaros. Atlas me puxa para trás de uma árvore.

— Olha — diz ele, apontando para cima. — É o Marquis.

Meu coração dispara. É óbvio que sim. O avião de Marquis circula acima de nós, pouco a pouco ficando mais baixo. Atlas me beija.

— Você foi fantástica, Viv.

Balanço a cabeça.

— O que vamos fazer agora? Sem a *loquisonus*, os búlgaros só são mais poderosos. Eles podem usurpar o governo da Wyvernmire se assim quiserem...

— Mas *você* não vai ser parte disso — interrompe Atlas, com firmeza. — O que quer que aconteça, você vai saber que se recusou a sacrificar pessoas. Vamos encontrar outra maneira de proteger a Britânia. Um jeito que não envolva se meter com dragões búlgaros...

O avião de Marquis atira labaredas em uma árvore, errando por pouco a cabeça do general.

— A mira do seu primo não é lá muito boa — balbucia Atlas ao olhar para a floresta fumegante.

Passo as mãos por baixo do casaco dele, abraçando suas costas e o segurando bem perto enquanto o avião procura por um lugar em que pousar. Por um momento, finjo que não estamos no meio de um campo de guerra. Até fecho os olhos, vejo nossos anos futuros juntos, invocados não pelas mentiras de Wyvernmire, mas pelo cheiro da camisa de Atlas contra meu rosto. Planejando a resistência da Britânia de dentro da segurança do território rebelde escocês. Vendo, de mãos dadas, Ursa brincar em uma zona rural cheia de dragões. Passando as manhãs da primavera fazendo perguntas que ainda não foram escritas nos bilhetes secretos, descobrindo as partes um do outro que ainda não tivemos a oportunidade de conhecer. Atlas gira uma mecha do meu cabelo no dedo quando outro dragão cai do céu a alguns metros de nós.

— Viv — diz ele, com cuidado —, preciso ficar aqui e ajudar os rebeldes machucados.

Assinto, ainda de olhos fechados, porque não adianta discutir. Ajudar as pessoas faz parte de quem Atlas é. Sei que ele precisa provar a si mesmo que é capaz de fazer isso, mesmo que seja sem o sacerdócio.

— Preciso procurar a Sophie, depois voltar para a Ursa. Não vou deixar nenhuma das duas de novo.

Ele pressiona os lábios à minha testa.

— Vou atrás de você quando a batalha acabar.

Cambaleamos para trás quando o fogo se espalha para mais perto. Agora já tomou todo o nosso redor, rugindo tão alto que quase abafa o barulho do avião.

— Vão pousar na quadra de tênis — diz Atlas, apontando para a clareira que fica depois das árvores.

Estremeço quando ouço sons de tiros, e ele me empurra na direção da clareira.

— Você precisa ir *agora*.

— Espera, eu...

Guardiões surgem no espaço entre nós dois e a quadra de tênis, passando por Chumana e o general Goranov e vindo até mim. Nós nos viramos para correr, mas tem mais deles vindo da outra direção, seus uniformes brancos agora escuros devido ao forte calor das chamas. Meu estômago se revira, e Atlas arregala os olhos, tomado pelo pânico. Esperamos tanto tempo, e agora eles nos encontraram...

Ouço um longo assovio baixo.

O sinal.

Viro a cabeça para cima. Marquis? Era para ele estar pilotando o avião. Como é que está me mandando o sinal...

Vejo um movimento na parte de cima das árvores. Um rosto aparece entre as folhas.

Sophie.

Se abaixa!, ordena ela, sem emitir nenhum som.

Não penso duas vezes. Puxo Atlas para o chão quando um dragão azul desliza baixo sobre nós e ataca os Guardiões, as asas imensas estendidas feito uma rede gigantesca. Os gritos são silenciados por um rugido quando eles são derrubados para trás. Usando as garras, Muirgen arranha toda a extensão das costas do general, forçando-o a soltar Chumana de sua bocarra. Sophie desce da árvore. Sinto os lábios de Atlas na minha bochecha antes de me soltar e, quando me viro, ele já desapareceu em meio à fumaça. As mãos de Sophie encontram as minhas. Corremos, seus dedos frios entrelaçados nos meus, que estão quentes, até chegarmos à quadra de tênis.

Yndrir bate com a cabeça na de um búlgaro, e os dois caem sobre as redes de tênis, achatando as estacas que as mantêm no lugar. O avião está a caminho, voando o mais baixo e devagar possível acima da quadra, e lança uma escada de cordas para baixo. Os guinchados são ensurdecedores. Sophie agarra a escada e começa a subir.

— Vem! — grita ela.

Eu subo atrás dela, e o avião ganha altura, nos puxando para cima. O vento gélido faz meu cabelo chicotear ao redor do meu rosto enquanto escalo, galhos queimados caindo em volta de mim. O rosto de Gideon aparece lá em cima, e Sophie é puxada para dentro. Quando subo pelos apoios de pé seguintes, olho mais uma vez para a fumaça que sobe do solar. E então os vejo. Ralph e Atlas. Estão discutindo algo que não consigo ouvir. Os dragões voam acima dos dois, com a mesma rapidez e precisão com que acho que as palavras estão sendo trocadas. Ralph levanta a arma.

Atlas avança para a frente, depois vai para trás com um impulso, como se seu corpo estivesse sendo puxado por uma linha invisível.

Meu pé vacila no apoio. O tiro é silenciado pelo som da batalha, mas ressoa por todo meu corpo, o momento mais barulhento que já vivi.

O tempo desacelera.

Atlas cai no chão.

Vozes que vêm de cima gritam meu nome, mas meus olhos estão fixos em Ralph, avançando em direção a Atlas enquanto meu mundo todo é consumido por chamas.

— Viv! — grita Sophie. — Sobe!

Em vez disso, eu solto a escada.

TRINTA

A DOR TOMA CONTA DO MEU peito e eu arfo, desesperada por um fôlego que não vem. Quando abro os olhos, estou deitada de costas, o avião circulando acima de mim. Meu peito sofre uma série de espasmos, e eu me engasgo, arquejando quando o ar enfim preenche meus pulmões. A garra de um dragão quase esmaga meu braço, e eu rolo no chão até ficar de barriga para baixo na quadra, livre das caudas que não param de ir de um lado a outro. Eu me levanto em um sobressalto e disparo a correr de volta pela floresta, indo para o jardim. Na luz do amanhecer, Ralph está ajoelhado sobre Atlas.

— Sai de cima! — grito.

Meus joelhos fraquejam quando o alcanço.

— Atlas? — arfo.

Ele pisca os olhos depressa para tentar focar meu rosto. Ralph se afasta, o revólver prateado ainda em mãos. Pressiono os dedos contra o vermelho que se espalha na lateral do corpo de Atlas.

— Sua camisa está manchada — falo, a voz trêmula. Faço pressão na ferida. — A gente lava, não se preocupa.

Ele franze o cenho, o rosto contorcido de dor.

— Era pra você estar no avião.

O sangue dele, que cobre minhas mãos, é assustadoramente denso. Quando as árvores ao nosso redor começam a girar, aproximo o rosto do dele.

— Alguém vai vir para ajudar — sussurro. — Um médico. Alguém vai...

Pouso os olhos em Ralph, que nos encara com uma expressão perplexa.

— Eu mirei na perna dele, não...

— Chumana! — Jogo a cabeça para trás e grito para o céu. — Chumana!

O céu está vazio de um jeito que chega a ser sinistro. Atlas pega minha mão.

— Volta para o avião — pede ele. — A Ursa tá te esperando.

Balanço a cabeça em recusa, sentindo as lágrimas caírem. Na floresta e no pátio, a batalha continua, mas aqui no jardim estamos só nós.

Ninguém vem para ajudar.

Aperto os dedos de Atlas quando o pânico anuvia minha mente. Passos vêm da floresta, e Wyvernmire aparece ladeada por diversos Guardiões.

— Atlas — digo. — Você precisa se levantar.

Ele faz menção de se sentar, mas seu rosto se contorce de dor.

— Não dá.

Envolvo o peito dele com os braços e tento puxá-lo para cima, mas tem tanto sangue saindo da ferida que acabo desistindo. Eu o deito de volta, minha respiração entrecortada.

— Agora ela vai ter que te dar o código. — Ouço Ralph dizendo atrás de mim.

Uma sombra recai sobre nós. Wyvernmire olha para Atlas no chão, depois de volta para o sobrinho.

— Do contrário, ele vai...

— Se o que você sugere acontecer — sibila Wyvernmire —, ela não vai me entregar coisa alguma.

Atlas sorri, folhas mortas coroando sua cabeça.

Wyvernmire se ajoelha ao meu lado.

— Você não devia ter destruído aquela máquina — fala ela, baixinho.

Dou um respiro trêmulo e me viro para olhá-la, sem soltar a mão de Atlas. Ela está tão próxima que consigo ver as gotas de sangue de dragão em seu rosto.

— Arrume um paramédico pra ele, *por favor* — suplico. — E eu te dou o que for. Construo outra máquina. Posso até...

Ouço o desespero na minha própria voz se transformando em soluços descontrolados.

— Meus Guardiões vão ajudá-lo, se você fizer a coisa certa ...

— Manter a ecolocalização em segredo *é* a coisa certa a se fazer, Viv — clama Atlas.

Chio para que ele se cale e acaricio seu cabelo, com medo de que falar lhe custe mais energia do que ele pode se dar ao luxo de gastar.

Ele me observa, os olhos castanhos brilhando.

— Ela está errada a seu respeito. Você é corajosa, altruísta e boa. Mas *você*? — Ele ri de Wyvernmire e leva a outra mão acima da minha ensanguentada. — Sem Viv, você está morta. Ela poderia ter protegido você e a nação que diz amar, se tivesse concordado em estender a proteção a todo mundo. Até o Ralph sabe disso... e por isso atirou em mim. Porque ele acha que a Viv vai ficar aqui comigo, com você, em vez de se juntar aos rebeldes.

— Eu não vou me juntar a eles — afirmo, contundente, sentindo lágrimas quentes escorrendo pelo rosto. — Não vou te deixar.

— Vai, sim. — Atlas suspira, dando batidinhas na minha coxa. — Você é um deles, não é, meu amor?

O sol nascente ilumina seu rosto, um tom dourado sobre sua pele escura.

— Atlas — sussurro, escondendo o rosto no pescoço dele, cujo cheiro é de hortelã e fumaça de dragão. — Por favor, se levanta.

Wyvernmire está esperando pacientemente, como uma mãe talvez espere por uma criança birrenta. Acima da quadra de tênis, o avião voa para longe. Sophie não pode nos salvar agora. Olho ao redor à procura de ajuda, mas, derrotada, volto a olhar para Atlas. Seus olhos estão fechados. Eu me inclino sobre ele de novo, bloqueando-o da visão de Wyvernmire.

— Eu te amo — sussurro no ouvido dele.

Atlas não se move.

Beijo seus lábios, seus olhos, a barbinha curta em seu queixo. Minhas lágrimas caem em seu rosto e no colarinho branco. Seu peito sobe, depois desce e não volta mais a subir. Tiro o casaco e o coloco com gentileza embaixo da sua cabeça. A mão dele ainda está na minha coxa. Eu a beijo também, depois a deixo do lado de seu corpo. Fico de pé e, quando o faço, vejo um pedaço de papel escapando do bolso em seu peito. Eu o desdobro e o desamasso. É o bilhete que deixei para ele na noite passada, depois de nos beijarmos no porão.

Estou te deixando mais um recado porque, bem, sinto que preciso compensar pelo último. Me diga, Atlas... se Deus transformou os dragões em andorinhas para deixá-los mais leves e livres de preocupações, acha que Ele vai fazer algo semelhante para nós? Esse código, essa linguagem dos dragões, tem sido um fardo tão grande para todos nós. Eu nem mesmo ouso pensar na destruição que isso tudo poderia causar. Só que tem um lado bom. O lado mais positivo que já vi em qualquer situação ruim. O koinamens (e todas as minhas línguas dracônicas) me trouxeram à Propriedade Bletchley. Me trouxeram a você.

Embaixo, ele rabiscou a resposta:

Agradeço a Deus pelas línguas dracônicas, Featherswallow. Agradeço a Deus por você.

Respiro fundo, um fôlego trêmulo, e coloco o bilhete no meu bolso. Em seguida, me viro. Wyvernmire está me encarando com o maxilar tensionado, o qual forma uma linha enrijecida.

— Acompanhe-me agora — diz ela. — Esta é a última morte que você vai ter que...

— A última, não — respondo, com calma. Olho para Ralph, e o ódio me consome. — Vou fazer com que você não saia da Propriedade Bletchley com vida, seu filho de uma puta. Se depender de mim, você vai...

Chamas caem das nuvens, ateando fogo no jardim e no casaco de Ralph, que cai no chão, um grito atormentado explodindo de sua garganta. Chumana pousa na grama e se coloca entre mim e Wyvernmire. Guardiões atiram a esmo, cercando a primeira-ministra e levando-a até o pátio, de onde um helicóptero se aproxima. Ralph, que conseguiu apagar o fogo, vai mancando atrás da tia. Eu me agacho atrás de Chumana para fugir dos tiros.

Mate ele, suplico em silêncio vendo Ralph fugir.

Porém, quando os Guardiões recuam, Chumana vira a cabeça na direção dos campos. Tem um carro vindo em alta velocidade pela lateral do lago. Ele passa por cima de um arbusto, fumaça preta saindo do exaustor, e entra direto no jardim. Caio para trás sobre os cotovelos, me perguntando como foi que Wyvernmire conseguiu chamar reforços com tamanha rapidez, sendo que...

A porta traseira do carro é aberta e um rosto surge.

Rita Hollingsworth.

— Entre logo — ordena ela. — Antes que eu seja vista.

Faço que não com a cabeça, olhando para o dragão búlgaro que apareceu voando no céu. Chumana também o avistou.

— Vá com ela, garota humana! — rosna.

Não ouso discutir, entrando no banco de trás do carro enquanto o motor ruge. Olho pela janela enquanto vamos de ré de volta ao lago. Do chão, Chumana está lutando com o dragão búlgaro, suas escamas brilhando cor-de-rosa na luz da manhã. Atrás dela está o corpo de Atlas. Eu me retraio, sem conseguir respirar, e por fim perco o controle. De repente, Hollingsworth está me abraçando, me envolvendo em perfume, seu casaco de pele grudando nas minhas bochechas cobertas de lágrimas.

— Ele está sozinho — choro. — Eu o deixei sozinho.

O carro avança por Bletchley, passa por caminhonetes cheias de rebeldes machucados e cidadãos atônitos. O sol bate no para-brisa, iluminando meu rosto, quente e zombador. Atlas nunca mais vai ver o sol. Ele morreu antes do amanhecer. Apoio a cabeça no ombro da estranha ao meu lado e penso em todas as maneiras como o conheci.

Atlas King.

Rebelde, padre em treinamento, defensor de dragões.

O único garoto que já amei na vida.

E, quando fecho os olhos, vejo a alma dele, procurando por Deus enquanto parte por entre o incêndio das árvores de Bletchley.

Trinta e Um

O CARRO PARA DO LADO DE fora de uma fazendinha, sua frente cheia de galinhas e guardada por um cachorro que late sem parar. O motorista sai do veículo e acende um cigarro sem dizer nada. Então, de repente me dou conta de quem é minha companhia: a reitora da Academia de Linguística Dracônica.

A mulher responsável por meus pais terem sido presos.

Eu me recosto contra a porta, secando os olhos, e a encaro. Está usando óculos de armação escura e um colar de pérolas. Seu cabelo é como teias de aranha prateadas formando uma nuvem perfeita ao redor da cabeça dela.

— O que estamos fazendo aqui?

— Esperando aquele avião. — Ela olha pela janela. — Chumana disse que estaria aqui.

— A Chumana é uma rebelde — rebato. — Por que ela contaria alguma coisa pra *você*?

Tomara que ela ainda esteja viva, assim como Muirgen e os demais dragões de Bletchley.

— A Academia de Linguística Dracônica está cheia de rebeldes — fala Hollingsworth, com calma.

— Como sabe disso?

Hollingsworth gira um dos anéis em seus dedos.

— Porque também sou uma.

Dou uma risada furiosa, desacreditada de que terei que aguentar ainda mais mentiras.

— Não espera mesmo que eu acredite que você faz parte da rebelião, né?

— Como reitora, tenho uma posição exclusiva, que me mantém próxima da Wyvernmire e...

— Meus pais foram presos por culpa sua — acuso. — Você me deu a pesquisa da minha mãe porque *queria* que eu decifrasse o código, queria que eu *ajudasse* a Wyvernmire a vencer a guerra!

Hollingsworth está balançando a cabeça de um lado para outro.

— Seus pais teriam sido presos com ou sem minha ajuda. Havia meses que estavam sendo observados pelo governo. Mas a Wyvernmire começava a suspeitar de mim, e o pedido dela para que eu investigasse seus pais... e recrutasse você... foi um teste de lealdade. Entregar seus pais renovou a confiança dela em mim, e isso me garantiu a permanência em seu círculo próximo.

Uma raiva intensa se espalha pelo meu corpo, ameaçando provocar mais lágrimas. Será mesmo que ela está dizendo a verdade, ou isso não passa de conversa-fiada para me distrair até que Wyvernmire chegue?

— Está dizendo, então, que a Coalizão sabia que meus pais seriam presos?

— Exato. — Hollingsworth arqueia a sobrancelha. — Mas eles não contavam com sua reação de libertar uma dragoa criminosa que quebrou o Tratado de Paz.

— Mas se for assim... os rebeldes traíram pessoas que lutavam com eles.

— Quando seus pais se juntaram à Coalizão, concordaram que, na eventualidade de a posição deles ser comprometida, os rebeldes poderiam fazer o que fosse melhor para a causa, mesmo se fosse à custa da vida deles. Contanto que suas filhas tivessem proteção. Helina e John não sabiam quem eu era, Vivien. A maioria das pessoas não faz ideia.

Penso na versão de Hollingsworth que vi no baile, em como fazia as pessoas virarem o pescoço em sua direção ao passarem por ela. A reitora é próxima dos membros dos mais altos níveis do governo, mas está me dizendo que também é uma rebelde infiltrada?

— Depois que seus pais foram presos, enviei um dracovol para contar a Wyvernmire que você não estava interessada em um trabalho no DDCD. Eu realmente queria recrutar você, mas *não* para ela, *nem* para a Academia. Um grupo rebelde foi mandado para sua casa para te buscar, mas você já havia partido. Quando soltou a dragoa, a Wyvernmire soube que seria capaz de fazer um acordo com você.

— Então, se eu tivesse só me aquietado em casa...

Hollingsworth assente e afaga o cabelo.

— Eu estava prestes a negociar a soltura de Marquis, mas descobrimos que você tinha convencido a Wyvernmire a deixá-lo ir para Bletchley também. Receio que tenha facilitado demais as coisas para a primeira-ministra, Vivien.

— E quanto à pesquisa da minha mãe? Por que você a mandaria para mim se os rebeldes não queriam que eu decifrasse a ecolocalização?

— Eu sabia que você tinha o potencial para decifrar o código dos dragões — afirma ela. — Peço desculpas por ter sido tão enigmática, Vivien, mas te dar o que havia me pedido era minha maneira de contar que eu estava do seu lado.

— Mas... como foi que você soube? — gaguejo. — Como soube que eu não entregaria o código à Wyvernmire? Que eu me uniria à Coalizão?

— Atlas — fala Hollingsworth simplesmente. — Ele me disse que seria impossível você escolher a Wyvernmire em vez de os rebeldes, e que só precisava de tempo para se dar conta disso sozinha.

Pestanejo.

Atlas.

O som baixo de hélices ressoa lá fora, e eu olho pela janela. O avião de Marquis nos sobrevoa, em busca de um local para aterrissar. Olho de volta para Hollingsworth. Ela não estava mentindo.

— Você é mesmo parte da rebelião? — indago, baixinho.

— Parte dela? — Hollingsworth sorri. — Vivien, eu *sou* a rebelião.

O avião começa sua descida no campo atrás da fazenda.

— Aonde vamos, depois disso? — pergunto.

— Eu vou voltar a Londres — fala Hollingsworth. — Se quero continuar meu trabalho infiltrado, não deve haver nenhum vestígio da minha presença aqui. Você vai para Eigg.

— Eigg?

Ela confirma com a cabeça.

— A sede da Coalizão.

Então era para lá que a dra. Seymour estava mandando o dracovol.

— Mais uma coisa — acrescento. — Você pegou um pedaço de papel da mesa do meu pai em Fitzrovia. O que era?

— Uma carta para a Coalizão — responde ela. — Alertando-nos de uma potencial invasão búlgara. Graças a ele, tivemos a oportunidade de estudar as táticas de combate dos bolgoriths, algo que nos será muitíssimo útil nos próximos meses.

O avião pousa, e vejo alguém sair correndo de um celeiro no quintal. Karim.

Pego a maçaneta da porta.

— Vivien, eu sinto *muito* por Atlas — fala Hollingsworth.

Engulo em seco.

— Ele me ensinou que são as nossas decisões… quem escolhemos nos tornar quando reconhecemos nossos erros… que faz de nós quem somos de verdade. Então eu me arrependo de ter levado tanto tempo para ouvir quando ele me alertou para não dar o código à Wyvernmire. Eu ainda estava descobrindo quem sou… mas agora já sei.

Saio do carro. Karim corre e me envolve em seus braços, mas não me pergunta por que estou aqui ou quem está por trás das janelas escuras do carro. Haverá tempo para isso mais tarde. Seguimos pelo campo de trigo e subimos os degraus estilizados do avião. De repente Marquis está abraçando nós dois, e Ursa está agarrada à minha perna. Quando as hélices do avião voltam a girar e alçamos voo, conto a eles sobre como Atlas morreu. As palavras saindo da minha boca mal fazem sentido, e eu tento de tudo para manter a compostura enquanto o silêncio toma conta do avião.

A dra. Seymour me guia até uma poltrona com o mesmo toque delicado que construiu as máquinas de *loquisonus*, e Sophie, os olhos brilhantes de tão marejados, pega minha mão. Eu me sinto ficando vermelha, chocada com este gesto simples, quando ela tem todo o direito do mundo de me odiar. Quero dizer à minha amiga uma última coisa antes de sucumbir à vontade de dormir.

— Obrigada. Por ter tentado me tirar de lá.

— Achou que eu tinha me esquecido do sinal que usávamos naqueles bunkers, né? — responde ela.

Faço que sim, vendo a dra. Seymour colocar o cinto de segurança em Ursa.

— Você foi a mais leal das amigas para mim — digo. — E em troca eu só fiz da sua vida um inferno.

Sophie abre a boca para responder, mas eu continuo falando, atropelando minhas palavras antes que perca a coragem de dizê-las:

— Nunca vou te pedir para me perdoar, Soph. Jamais cobraria isso de você. Mas... vou começar a tentar perdoar a mim mesma. Não sei se um dia vou conseguir, mas quero tentar. E prometo que vou retribuir a amizade que você me deu. Vou passar o restante da vida fazendo a sua ser mais feliz, assim como a vida de todas as outras pessoas que sofreram com o Sistema de Classes e o Tratado de Paz...

Sophie levanta a mão no ar para me silenciar, nossa pulseira da amizade de infância ainda balançando no pulso.

— Eu sei que vai, Viv — garante ela. — Sei disso.

*

Segundos antes de despertar, estou flutuando no mais suave nada, permeada por uma voz grossa e firme, tão familiar para mim que talvez seja a minha própria. E então me lembro. Abro os olhos e me deparo com a luz forte do dia entrando pelas janelas do avião. A voz de Atlas desaparece, e sou engolida por uma escuridão pior do que qualquer outra que já senti. Sophie está dormindo ao meu lado, e Karim e Gideon cochilam sentados nas poltronas, os três filhotes de dragão aninhados entre eles. Ouço as vozes baixas de Marquis e Serena na cabine do piloto. Com Ursa deitada em seu colo, a dra. Seymour sorri para mim e aponta para a janela.

— Bem-vinda às Ilhas Menores — diz ela.

Bisbilhoto lá fora. Abaixo de nós, serpenteando pela extensão de mar azul-acinzentado, está um arquipélago de ilhas verdes e montanhosas salpicadas de rochas e ovelhas. E, voando ao nosso lado, cobertos de sangue e ferimentos de guerra, estão…

— Dragões — sussurra Ursa, maravilhada.

Ela aparece do meu lado, desperta de repente, e eu a levanto para poder pressionar o rosto contra o vidro. O céu está cheio deles: drakes ocidentais, dragões da areia e ddraig gochs, voando junto ao avião de Marquis de ambos os lados. Analiso as nuvens à procura de algum sinal de uma bolgorith cor-de-rosa, mas não encontro nada.

A dra. Seymour coloca uma das mão sobre o ombro de Gideon enquanto meu primo observa as ilhas.

— Dra. Seymour — chamo-a. — O lorde Rushby disse que Eigg era propriedade do governo até algumas semanas atrás. Onde ficava a sede antes disso?

— A Coalizão estava dispersa até agora. Temos facções espalhadas por todo o Reino Unido. É por isso que há grupos em discordância: rebeldes que concordam com algumas partes da nossa causa, mas não com outras.

— Tipo o quê? — pergunta Gideon.

— Alguns acham que o Tratado de Paz deveria ser abolido, e não reformulado. Há uma facção em Birmingham clamando pelo direito de voltarem a caçar dragões, e outra acha que deveríamos tirar as propriedades dos humanos e dragões e redistribuí-las entre todos. Infelizmente, eles conseguiram nos deslegitimar aos olhos do público.

Passei esse tempo todo vivendo em uma bolha, tanto em Bletchley quanto em Fitzrovia.

Os dragões dão início à aterrissagem, e o avião os acompanha.

— Apertem os cintos, senhoras e senhores! — grita Marquis. — Minha copilota, Serena Serpentine, está prestes a pousar o avião.

Prendo Ursa e coloco meu próprio cinto com mãos trêmulas, feliz que a experiência de Serena de pousar aeronaves é mais extensa que a do meu primo. Eu me recosto quando ganhamos velocidade, avançando pelo ar, até mergulharmos de cara e atingirmos uma praia coberta de areia com um baque forte que faz Ursa gritar. As hélices param de girar à medida que desaceleramos e o avião fica em silêncio.

— Me solta! — reclama Ursa.

Percebo que a estou apertando tanto que os nós dos meus dedos estão brancos. Marquis está na ponta do avião, sorrindo de orelha a orelha.

— Acho que eu fiz um bom trabalho! — brinca ele.

E Serena aparece logo atrás, revirando os olhos.

Solto meu cinto e o de Ursa, que corre para Marquis.

— Prontos? — pergunta ele.

Ele abre a porta e chuta a escada para baixo. O vento invade o interior do avião. Olho para a luz forte do dia. As ondas quebram na orla, e do outro lado da água há mais uma ilha, com dragões a sobrevoando. O ar está frio e cheio de sal, e eu respiro fundo quando afundo meus sapatos na areia. Dragões pousam ao nosso redor, centenas deles aterrissando na praia e fazendo o chão tremer, com pessoas descendo de suas costas. Muitos estão machucados, e todos os dragões têm feridas fundas nos flancos ou falhas de escamas pela pele. Eu me viro para olhar para a ilha e vejo mais pessoas correndo até nós, vindo do topo de um penhasco.

Então aqui é Eigg, a nova sede da Coalizão. Lar da causa à qual meus pais estavam dispostos a dar a vida, à qual Atlas *deu* a vida. Será que um dia serei tão devota quanto eles? Marquis aparece do meu lado com Ursa no colo, e basta um olhar para que eu entenda que ele está pensando no mesmo que eu. Nossa discussão no trem indo para Bletchley parece ter sido séculos antes.

As pessoas estão se cumprimentando; famílias, se reunindo com seus entes queridos voltando de Bletchley. E uma equipe de enfermagem robusta já está levando os feridos. Estão todos vestidos de maneiras distintas, então, nem se tentasse, eu conseguiria dar um palpite a respeito de suas classes. Além da praia, no topo do penhasco, estão algumas casinhas de pedra.

— Dra. Seymour, quantas pessoas vivem aqui?

— Não chega a cem — responde ela. — Só os rebeldes mais procurados pelo governo da Wyvernmire vieram para Eigg.

— E a Wyvernmire não tentou conquistá-la de volta? — pergunto.

A dra. Seymour balança a cabeça, olhando para as multidões.

— Tem uma cláusula no Tratado de Paz que proíbe aviões de voarem perto de Rùm, para não perturbar os ovos. É um espaço sagrado, um...

Ela solta um suspiro quando um homem vem correndo em sua direção, pegando-a nos braços e a rodopiando. Observo os dois enquanto o vento fica mais forte, esvoaçando areia ao redor deles, e o homem se agacha para beijar a barriga da dra. Seymour. Quanto tempo eles passaram separados? O que mais essas pessoas sacrificaram pela rebelião? Atrás deles, dois dragões da areia estão juntos. Reconheço o rosto dos dois.

— Soresten! — grito. — Addax!

O dragão de patrulha que protegia a estufa me cumprimenta com um pestanejar enquanto caminho até ele.

— Você também é um rebelde infiltrado? — pergunto.

— Não sou — responde Soresten. — Mas, quando Rhydderch me contou o que Wyvernmire planejava, decidi lutar com vocês.

Sinto um aperto no peito ao me lembrar da morte brutal de Rhydderch.

— Sabem o que aconteceu com os demais? Com a Muirgen e... a dragoa cor-de-rosa? A que estava lutando contra o general?

— Muirgen foi se juntar com a rainha Ignacia — rosna Addax. — Ela ainda é leal a Sua Majestade, apesar da corrupção desta.

Soresten levanta a cabeça para olhar para o mar.

— Ouvimos boatos de que a corte da rainha está dando um banquete na Ilha de Canna. Vim ver se os rumores eram verdade...

— E quanto à bolgorith? — pergunto, desesperada. — Chumana?

— Nós a vimos matar alguém antes de nos retirarmos da batalha — conta Soresten. — Acredito que tenha sobrevivido.

Solto um suspiro trêmulo. Chumana está viva.

Soresten fica em silêncio, e vejo a ferida no peito de Addax se curando. Os demais dragões ao nosso redor estão fazendo o mesmo. Eles podem curar uns aos outros, mas não a si mesmos, porque o koinamens é uma linguagem, e a linguagem se trata de uma troca. Não sei quando descobri isso, mas espero que Chumana não esteja voando sozinha.

Com uma pontada de tristeza, percebo que o ar deve estar repleto de chamados de ecolocalização que, agora que as *loquisonus* foram destruídas, jamais poderei ouvir de novo. Addax semicerra os olhos com curiosidade ao me observar.

— Os dragões estão falando sobre como você destruiu aquelas máquinas. Alguns provavelmente gostariam de matá-la só por tê-las usado. — Ela faz uma pausa. — Porém, saiba que sua decisão não passou despercebida.

Faço uma reverência com a cabeça quando os dois se viram e cruzam a areia, as pessoas pulando para fora do caminho de suas caudas enquanto os dois seguem para as cavernas rochosas no fim da praia.

— De nada — respondo, baixinho. — Foi a coisa certa a fazer.

A dra. Seymour nos leva para uma estalagem chamada de Toca do Dragão. Todos temos nossos próprios quartos, cortesia do dono, um homem que fala alto e cujo nome é Jacob. Dou um banho em Ursa e a coloco para dormir na nossa cama grande no meio da tarde. Ela cai no sono instantes depois de deitar a cabeça no travesseiro.

Vou ao pequeno lavatório e encaro meu rosto no espelho. Está preto com fuligem, manchado de cinza nas partes em que as lágrimas escorreram e de vermelho naquela em que Ralph cortou com o canivete. Tem uma queimadura no meu queixo, e minhas mãos estão em carne viva por causa da escada de corda. O suor, a fumaça e os últimos traços do toque de Atlas se atêm à minha pele. Coloco o bilhete dele, o único lembrete físico dos nossos últimos momentos juntos, em um recipiente na estante e tento não pensar em sua promessa.

Vou atrás de você quando a batalha acabar.

Deixo a lembrança se esvair na água quente e espumenta da banheira. Minha mente viaja rumo à última conversa que tive com Chumana.

Este tempo todo, minha teoria estava errada. As muitas versões da eco-localização que ouvimos nas máquinas de *loquisonus* não eram ramificações diferentes de uma língua universal, não eram dialetos. Eram simplesmente a conversão de diversos níveis de emoção incumbidas aos sons. A compreensão que os dragões têm entre si, os chamados que usam para se comunicarem, dependem exclusivamente da ligação entre eles. A comunicação de Soresten com Addax soava diferente de quando ele estabelecia contato com Muirgen, porque se trata de conexões diferentes. Uma é o elo entre irmãos, e a outra é o de dois dragões que por acaso trabalhavam juntos na Propriedade Bletchley.

Observo as gotículas de água na minha pele. As línguas dracônicas podem até conter dialetos de famílias, como sugere a pesquisa da minha mãe, mas o koinamens, não. Isso porque ele não se baseia na gramática nem em palavras. É a linguagem da emoção, uma telepatia que nosso cérebro humano é incapaz de compreender. Esse tempo todo passei abordando-o de um ponto de vista linguístico, baseando minhas teorias nas línguas que conheço, presumindo que esse era o ponto de partida ideal.

Agora percebo que sempre tive esse costume. Sempre dei como certo que todo mundo pensava como eu, que todos viviam o mundo da mesma forma como eu faço, que era impossível que eu pudesse estar errada. Contudo, apesar das notas altas, das cartas de recomendação e da vaga na universidade, tem tanta coisa que *não* sei.

Estou me vestindo com as roupas de outra pessoa e escovando meu cabelo molhado quando ouço uma batida de leve à porta.

— Vem, desce pra gente comer — sussurra Marquis, apontando com os olhos para a forma adormecida de Ursa.

Deixo a escova e o sigo escada abaixo. As pessoas estão reunidas ao redor do bar, a maioria ainda usando roupas ensanguentadas e chamuscadas. Alguém que nunca vi na vida me entrega uma cerveja e sorri. Beberico a espuma no topo, saboreando a refrescância amarga, e sigo Marquis até o lado de fora. Há várias fogueiras acesas no gramado do topo do penhasco e, em volta delas, estão grupos de dragões e pessoas conversando em voz baixa. O sol já está se pondo, e o mar e o céu no horizonte são de um roxo-claro.

Uma pessoa entrega comida para mim e meu primo quando passamos por uma das fogueiras (uma salsicha entre duas fatias de pão) e nós comemos como se nunca mais fôssemos ver algum alimento na nossa frente. Karim e Sophie estão à beira do penhasco com vista para a praia e, quando os dois se separam, vejo Serena, Gideon e a dra. Seymour sentados atrás deles, olhando para o mar. Sinto uma pontada no peito. Faltam três de nós.

— Como que a Ursa tá? — pergunta Karim, com meiguice, quando chegamos até eles e apoia a cabeça no ombro de Marquis.

— Dormindo — falo.

— Sonhando com dragões — emenda meu primo.

Acabo com o restinho da cerveja e me sento na grama ao lado de Sophie. Seu cabelo loiro está limpo e úmido; as bochechas, coradas, e há manchas escuras sob os olhos.

— O que está olhando? — pergunto quando o sol lança raios cor-de-rosa sobre a água.

— O Gideon estava nos mostrando onde fica Canna — fala Sophie.

Eu me viro para Gideon, que está olhando além da ilha diretamente à nossa frente, para a que fica atrás.

— Como sabe onde fica Canna? — indago.

Até onde sei, Gideon não cresceu na Escócia.

— Porque foi lá que me recrutaram — balbucia ele, sem tirar os olhos da ilha.

Olho de Sophie para a dra. Seymour para me certificar de que não ouvi errado. Canna é o lugar para onde mandam os jovens criminosos, o território que a rainha Ignacia usa para suas caças pessoais. É onde a maioria dos recrutas teria acabado se antes disso nós não tivéssemos sido mandados para Bletchley.

— Eu não passava de um brinquedinho para meu pai e seus amigos — conta Gideon, sem piscar.

Meu coração parece afundar no peito.

— Mas eu me vinguei. Por isso me mandaram para lá.

— É verdade? O que dizem que acontece naquela ilha? — pergunto.

— Os dragões de fato vão até lá para se alimentar?

Gideon assente de maneira quase imperceptível, depois volta a olhar para o mar. Coloco o copo no chão. Ficamos em silêncio. Não é de espantar que Gideon não via a hora de decifrar o código. Ele não queria ter que voltar para Canna.

Já estive perto de muito dragões.

— A Coalizão vai acabar com isso — afirmo, depois me viro para a dra. Seymour em busca de confirmação. — Eles vão, não vão? Não dá pra tirar aquelas crianças de Canna?

A dra. Seymour hesita, mas acaba dizendo:

— Sem dúvida é um dos nossos objetivos, mas, com a invasão dos dragões búlgaros, o país está prestes a cair em ruínas. A guerra agora assumiu uma escala muito maior do que antes de a Wyvernmire se aliar aos dragões mais odiados da Europa, fazendo da Britânia um inimigo para os países vizinhos. Os búlgaros vão ocupar a Britânia, com ou sem o consentimento da Wyvernmire, e talvez nós também precisemos fazer alianças por conta própria. Por ora, essas serão as prioridades da Coalizão.

— Então é possível que a gente esteja à beira de uma superguerra a nível mundial mesmo? — questiona Marquis.

— É possível que sim — responde a dra. Seymour.

Hesitante, coloco a mão no ombro do garoto que tentou me matar.

— Não se preocupa — digo. — A gente vai dar um jeito.

Gideon não responde, mas não se afasta.

Eu me viro para Marquis, que me retribui com um olhar conspiratório. *Nós* sabemos quais são as *nossas* prioridades. Agora que o avião que cospe fogo e o conhecimento do koinamens são dispensáveis, não podemos ser de grande valor para os rebeldes em Eigg. No entanto, se conseguirmos chegar a Londres e encontrarmos a dra. Hollingsworth, talvez ela nos ajude a tirar minha mãe, meu pai e o tio Thomas de Highfall. E então oferecerei meus serviços a ela, usando minhas línguas para ajudar a Coalizão como for possível. Minha mente ainda está girando com tudo que aprendi a respeito da capacidade dos dragões de se comunicarem através da língua *e* da emoção. E com o fato de que eu quase contei para a Wyvernmire como explorar tudo isso.

Eu me aconchego no calor do ombro de Sophie e me lembro do que a reitora da Academia de Linguística Dracônica me contou naquele fatídico dia em que a conheci em Fitzrovia, antes mesmo que eu soubesse quem ela realmente era.

Vejo um futuro brilhante em seu caminho, Vivien. No entanto, para acessá-lo, você pode ter que procurar em cantos inesperados.

Estou sentada à beira de uma ilha em guerra, na companhia da antiga amiga que traí e de amizades novas que fiz nesta trajetória, agora com uma língua dracônica ultrassônica morando para sempre na minha cabeça. Cometi erros, erros terríveis. Mas estou me perdoando por eles (tentando, pelo menos) e, diante da suavidade do pôr do sol, percebo:

Não há nada mais inesperado do que isso.

A GAZETA DE BLETCHLEY

PROPRIEDADE BLETCHLEY É DESTRUÍDA EM UM INCÊNDIO CAUSADO POR DRAGÕES DURANTE ATAQUE REBELDE

BLETCHLEY, QUARTA-FEIRA, 26 DE DEZEMBRO DE 1923

CIDADÃOS SE REUNIRAM na cena de destruição da Propriedade Bletchley na manhã desta quarta-feira após as comemorações de Natal enquanto Guardiões do governo e o corpo de funcionário do Solar de Bletchley recebiam socorros médicos emergenciais. A brigada de incêndio enfrentou com bravura o fogo que se alastrou pela propriedade, destruindo a maior parte da mansão construída no século XIX e as redondezas do terreno.

A primeira-ministra Wyvernmire, que supostamente estava presente devido a propósitos governamentais, e o vice-primeiro-ministro Ravensloe foram levados de helicóptero para o hospital, mas tivemos relatos de que os dois estão em condições estáveis. É provável que os representantes políticos tenham sido os alvos diretos deste mais recente ataque rebelde. O parlamento já está exigindo explicações para os mais de setenta dragões búlgaros que foram avistados cruzando o Canal rumo a Londres durante a noite.

Acredita-se que Propriedade Bletchley, confiscada pelo governo da família Leon em 1918, seja o esconderijo de inúmeros segredos bélicos. No total, vinte e seis vítimas já foram encontradas, incluindo os corpos de quatro dragões búlgaros, um drake ocidental e vinte e um membros da Coalizão entre Humanos e Dragões.

Quando a equipe de reportagem chegou à cena, as únicas presenças de dragões restantes eram as forças dracônicas empregadas na Propriedade Bletchley e uma bolgorith cor-de-rosa, vista no céu acima do lago, carregando em suas garras o que pareceu ser, de acordo com as testemunhas oculares, o corpo de um jovem rapaz.

AGRADECIMENTOS

Tantas coisas inspiraram este livro: o fato de eu ser bilíngue e trabalhar como tradutora literária; o som do sotaque galês de uma avó e o jeito que a outra enrolava o R escocês; os penhascos da costa sul da Inglaterra com seu potencial para dragões; minhas próprias experiências com o amor, a fé e o perdão... Mas o mais inspirador de tudo são as pessoas que me acompanharam durante minha longa jornada de escrita — eu me sinto honrada de poder agradecê-las aqui.

Primeiramente, obrigada a meu marido, Val, que me apoiou de todas as maneiras possíveis durante a escrita deste livro. Je t'aime.

A meus pais, por uma infância cheia de magia e de histórias, e por tratarem a ideia de eu me tornar uma autora publicada em termos de "quando" e não de "se". A meu padrasto e minha madrasta, pela empolgação e pelo apoio desde o momento em que chegou a tão aguardada notícia sobre o contrato de publicação.

A meus sete irmãos, espalhados por dois países — principalmente Grace, que agora é apaixonada por dragões, mas lealmente insiste que os meus são os melhores; e Harry, meu primeiro leitor, meu parceiro de fanatismo por fantasia, meu próprio Marquis.

A minha avó, que incentivou a escrita desde o começo e me mostrou que a maternidade e a vida intelectual podem sim se encaixar, com um pouco de esforço, como duas peças de um quebra-cabeça imperfeito. E a meu avô, que me dizia para "continuar rabiscando". Sinto saudade de vocês dois todos os minutos dos meus dias.

A minhas amigas e almas gêmeas, que leram meus inúmeros manuscritos, surtaram com cada atualização empolgante e sempre me animaram e me colocaram para cima: Em, Hattie, Emma, Justine e Meg.

A meu grupo de escrita, o Esquadrão da Canela, que faz da terra do primeiro, do segundo e do terceiro rascunho um lugar menos solitário: Eve, Kate, Zulekhá, Anika, Lis e Fox.

A minha amada agente, Lydia Silver, por me levar para almoçar em Paris antes de fazer meus sonhos de agenciamento se realizarem, por acreditar em cada livro que já escrevi e por ficar do meu lado durante os altos e baixos... nós conseguimos! À Coordenadora de Direitos, Kristina Egan, por fazer meus dragões alçarem voo pelo mundo todo; a minha agente norte-americana, Becca Langton; e ao restante da equipe incrível da Darley Anderson Children's.

A meu editor do Reino Unido, Tom Bonnick, por seu entusiasmo contagiante e pela dedicação a este livro, por me dar o processo caótico de submissão com que sempre sonhei e pelas releituras atentas de cada versão desta história — sou muito grata por trabalhar com você.

A minhas editoras dos Estados Unidos, Erica Sussman e Sara Schonfeld, por fazerem eu me sentir tão querida e valorizada. Erica, perdi a conta das maneiras como este livro melhorou graças a seu olhar editorial aguçado.

A toda a equipe da HarperCollins Children's BooksUK, incluindo Cally Poplak, Nick Lake, Geraldine Stroud e Elisa Offord, por me dar uma recepção tão maravilhosa e fazer com que eu me sentisse uma celebridade quando visitei a sede de Londres pela primeira vez. Obrigada a Laura Hutchinson e Isabel Coonjah por sua genialidade criativa em compartilhar a história de Viv com a comunidade literária virtual, e também a Jasmeet Fyfe, Leah Woods, Dan Downham, Jane Baldock, Charlotte Crawford e Sandy Officer.

A minha equipe estadunidense, Heather Tamarkin, Mary Magrisso, Meghan Pettit, Allison Brown, Lisa Calcasola, Abby Dommert e Audrey Diestelkamp.

A Ivan Belikov e Nekro pelas ilustrações belíssimas das capas do Reino Unido e dos Estados Unidos, a Matthew Kelly e Jenna Stempel--Lobell pelos designs de capa e a meus preparadores de texto e revisores, Jane Tait, Mary Ann Seagren e Mary O'Riordan.

A Steve Voake, um estimado mentor de escrita e amigo, e aos ex-alunos de suas oficinas de escrita pelos pareceres construtivos sobre o primeiro rascunho deste livro... vocês sabem quem são. A Jo Nadin, por ter sido a primeira pessoa a me dizer para escrever um YA com dragões, muitos anos atrás. A Natasha Farrant, que apostou em uma jovem graduada e a apresentou ao mundo de publicação literária e de direitos internacionais. A todos do programa de mestrado de escrita para jovens que me trataram como uma escritora de verdade bem antes de eu ser publicada.

A todas as pessoas que chegarem a este livro — mil vezes obrigada, e espero que minhas palavras tragam exatamente o que vocês precisam.

E, por fim, agradeço a Deus, que me deu todas as coisas que eu pensei que jamais fosse ter, tudo de uma vez.

Carta aos Leitores Internacionais

Eu me tornei escritora antes de ser tradutora, quando esboçava histórias no meu quarto, ainda criança, muito antes de minha mente ser habitada por uma segunda língua. Durante o período em que cresci na França e, depois, quando aprendi italiano na universidade, eu me maravilhava com o tanto de histórias que jamais atravessariam as fronteiras para outros países sem o trabalho cuidadoso de profissionais da tradução. Acessar as ideias de outras pessoas e outras culturas — algo crucial para a empatia e a compreensão — depende da transmissão de significado para novas línguas.

Portanto, eu me sinto incrivelmente sortuda por este livro ter sido traduzido para vinte línguas (e não paramos por aí!) e honrada por você poder ler esta história na sua língua nativa. Traduzir um romance de fantasia não é uma tarefa fácil. Traduzir um romance de fantasia que contém diversas línguas dracônicas distintas e códigos ultrassônicos de dragões me parece um trabalho um tanto heroico. Obrigada a todos os tradutores maravilhosos que aceitaram o desafio.

Viv, a protagonista deste livro, é tradutora de línguas dracônicas, o que significa que precisei refletir muito a respeito de línguas quando criei o mundo no qual a história se passa. Será que os dragões do meu romance conseguiriam falar línguas orais, ou eles se comunicariam com os humanos por meio de algum tipo de linguagem de sinais ou da palavra escrita? Como é que eles interagiriam entre si e, caso falassem, qual seria a origem de suas línguas? Será que a fala influenciaria a cultura das espécies da mesma forma como acontece com os humanos?

Será que suas línguas cresceriam e se ramificariam assim como as nossas, e qual seria o dominador comum entre as línguas deles e as dos humanos? Mais importante ainda: se uma jovem tradutora recebesse a tarefa de decifrar uma língua dracônica oculta, quanto de seu significado inevitavelmente seria sacrificado?

A tradução, assim como a escrita, é um ato de criação. É a arte de reescrever uma história para permitir que ela viva — e prospere — em uma língua e uma cultura diferentes. A tradução perfeita é uma ideia impossível, mas torço para que — por meio da decifração de códigos, da rebelião, dos dragões eruditos e do amor e do perdão proibidos — esta história carregue um significado que transcenda fronteiras e barreiras linguísticas para fazer de você seu novo lar.

Com amor,
S.F. Williamson

CENA BÔNUS EXCLUSIVA

Sinto as contas do rosário, frias e lisas, dentro do meu bolso — uma âncora familiar e a única coisa que me resta para me lembrar de que não sou o que dizem.

Um encrenqueiro.

Um problema.

Um *marginal.*

Observo o drone do vice-primeiro-ministro da minha mesa em uma sala escura na Propriedade Bletchley, o lugar onde a Coalizão entre Humanos e Dragões me alocou. Algumas semanas atrás, eu estava silenciosamente insurgindo contra o governo, escondendo rebeldes procurados na igreja do padre David, e agora fui recrutado pelos líderes do movimento que vai desmantelar o Tratado de Paz e o Sistema de Classes. Quando a dra. Seymour apareceu na minha cela alegando estar com a Coalizão, achei que fosse uma armadilha.

Olho para os demais recrutas. Supostamente, são todos criminosos também. Há uma batida na porta, e Ravensloe se cala. Um Guardião entra, seguido por um menino e uma menina. O garoto está usando um colete de tricô e tem um hematoma roxo debaixo do olho. A garota aperta o casaco ao redor dos ombros, como se quisesse desaparecer dentro dele. Seu cabelo longo e escuro cai ao redor do rosto pálido, e seus olhos vagam de Ravensloe para a turma, furtivos e reprovadores.

— Ah, Vivien e Marquis — fala Ravensloe. — Estávamos aguardando sua chegada.

Vivien.

As maçãs do rosto dela ficam vermelhas ao ouvir o som de seu nome. Ela anda na minha direção e se senta na carteira vazia à minha esquerda, depois me olha de relance com a sobrancelha arqueada.

Ela é arrogante, penso.

E muito, muito bonita.

— Olhem só para vocês — desdenha Ravensloe. — A turma de 1923.

Ele torna a falar, explicando o significado da sigla DDCD, o que sei porque a dra. Seymour já havia me contado. Nosso trabalho é espionar e relatar aos rebeldes o que Wyvernmire está fazendo aqui em Bletchley. Agora que a guerra enfim começou, os dragões vão ter um papel crucial para determinar qual lado vai vencer. A porta se abre de novo, e chega mais uma garota. De supetão, Vivien endireita a postura na cadeira.

— Excelente — fala Ravensloe. — Turma, permitam que eu lhes apresente nossa última recruta. O nome dela é...

— Sophie — diz a garota. — Meu nome é Sophie.

Elas se conhecem, percebo. Vivien e Sophie. Na primeira fileira, Marquis se virou para falar com Vivien, mas ela está paralisada. Sophie olha direto para a frente. Suas roupas são escuras e chamuscadas, e tem um tremor em suas mãos que eu conheço bem. Ela parece os rebeldes que costumavam se esconder na nossa igreja antes de os levarmos escondidos para a zona rural, os que começavam com cartazes de protesto pacíficos e agora fogem de Londres com as mãos cobertas de bolhas por causa de bombas deixadas em caixas de correio e do uso de fogo de dragão. Os Guardiões às vezes também entram na igreja. Abaixam as viseiras do capacete e os cassetetes com movimentos lentos e cuidadosos, como se tivessem medo de que Deus os percebesse e tacasse fogo neles.

Porém, quando as pessoas estão armadas apenas com seus pecados, é difícil decifrar por qual lado estão lutando.

Um baque vem da carteira ao lado.

— Vivien Featherswallow, você está me acompanhando?

Featherswallow.

Um nome adequado para uma menina da Primeira Classe.

A máscara rígida dela cede por um instante, e eu vejo o lampejo de outra pessoa. Não uma criminosa fria, embora cativante — e sim uma aluna esforçada tomada pelo pânico.

— Sim, senhor — murmura ela.

O rosto de Ravensloe infla com satisfação ao vê-la se encolhendo, e de repente odeio o governo ainda mais. Ele continua a perambular pela sala, e eu analiso o rosto de Vivien, impressionado pela rapidez com que a máscara se restaura em suas feições. Por que uma garota como ela está em um lugar como este? Que tipo de crime ela pode ter cometido?

— Há muitos meses, a primeira-ministra Wyvernmire vem recrutando mentes afiadas feito diamantes: pessoas fortes e saudáveis, com habilidades especializadas e que são capazes de poder trabalhar bem sob pressão.

Arrisco um olhar para Ravensloe em seu terno roxo. Nada nele sugere que haja uma mente afiada feito diamante dentro daquela cabeça, mas seu discurso pomposo me intriga. A dra. Seymour me disse que eu viria a Bletchley para uma missão aprovada pela Coalizão, mas não me contou o que era.

— Cada um de vocês se viu em algum tipo de circunstância de rejeição social — diz ele. — Todos aqui, de um jeito ou de outro, são marginais.

E lá está de novo, a palavra. É a segunda vez que ele a usou hoje. Eu já deveria estar acostumado — já fui chamado de coisas muito piores. Ser um garoto negro da Terceira Classe faz você ser agredido com centenas de rótulos antes mesmo de ter idade suficiente para conseguir prender o próprio registro de classe. Se acrescentar um colarinho branco então, você praticamente vira o anticristo.

— Disseram que nos dariam um trabalho. No que exatamente isso consiste?

Viro a cabeça para ela.

A voz de Vivien não é nada como eu esperava. É direta, mas não tão certinha quanto imaginei que fosse. Eu a fito enquanto Ravensloe apresenta nossos líderes de categorias, mas ela só tem olhos para Sophie. Vivien morde o lábio, fazendo-o sangrar. Em seguida, ela limpa o sangue com a língua.

Abaixo os olhos.

Voto de celibato, seu idiota.

Já cheguei a questionar meu chamado ao sacerdócio. No entanto, quando os Guardiões mataram o padre David por se recusar a entregar os rebeldes que escondia, tomei minha decisão.

Quero ser como ele foi, tão confiante na minha vocação sagrada que estou disposto a morrer em nome dela. Ravensloe continua sua ladainha, nos passando direcionamentos e estipulando condições, lembrando-nos do quanto somos inferiores com um desdém que só a classe dominante tem. Fico me perguntando o que Vivien deve achar dele — e do governo — agora que corre o risco de ser rebaixada, ou pior.

E o que ela pensa de mim?

De repente, a curiosidade de saber se torna uma necessidade.

Levanto a mão.

— Só para que não restem dúvidas, vice-primeiro-ministro — questiono na minha melhor voz de quem não está procurando problemas.

— Quem exatamente estamos combatendo nesta guerra?

Vivien se vira para mim.

Sucesso.

Sorrio.

E então eu vejo.

— Qualquer indivíduo que conspirc contra o Estado, qualquer indivíduo que colabore com a rebelião, qualquer indivíduo que forneça abrigo ao inimigo, seja ele humano ou dragão... são contra essas pessoas que estamos lutando. Respondi à sua pergunta, rapaz?

Sou forçado a desviar o olhar de Vivien e sustentar o contato visual de Ravensloe. Devo isso a mim mesmo, é o que minha mãe sempre dizia. Olhar bem nos olhos das pessoas que querem me diminuir. Lembrá-las do meu valor.

— Certamente, senhor.

E então volto a olhar para ela. Nem mesmo anjos e santos poderiam me deter. Porque eu sei o que vi. Quando os olhos de Vivien Featherswallow viraram de Sophie para mim, vi neles algo inesperado, um potencial tão imprevisível que preciso me forçar a arrancar o sorriso do rosto.

Eu vi uma rebelde.

Este livro foi composto na tipografia Minion Pro,
em corpo 11/15,2, e impresso em papel off-white,
no Sistema Cameron da Divisão Gráfica
da Distribuidora Record.